Nosé

—

Der Autor:

Der Österreicher Dithmar Mayer ist promovierter Naturwissenschaftler. Er wurde 1961 zu seiner Überraschung von einer Frau in Liezen geboren, treibt sich seither in der Steiermark herum. Falls Sie ihn sehen, fragen Sie ihn nichts, er hat keine Ahnung. Er schreibt Einkaufszettel, Drohbriefe, seit 2019 auch Romane. Dies ist die neunte Entblößung seiner schieren Unvernunft.

$\mathcal{N}$osé

$\mathcal{N}$arr unter $\mathcal{N}$arren

Dithmar Mayer

Bibliografische Information der Deutschen Nationalbibliothek: Die Deutsche Nationalbibliothek verzeichnet diese Publikation in der Deutschen Nationalbibliografie; detaillierte bibliografische Daten sind im Internet über dnb.dnb.de abrufbar.

2. Auflage, 2025.
Erste Auflage 2024 © Dithmar Mayer, – alle Rechte vorbehalten. Covergestaltung: Dithmar Mayer.
Verlag: BoD · Books on Demand GmbH, Überseering 33, 22297 Hamburg, bod@bod.de
Druck: Libri Plureos GmbH, Friedensallee 273, 22763 Hamburg.
ISBN: 978-3-7597-3742-7

Historische Korrektheit ist eine Illusion.
Warum nicht gleich Unsinn erzählen?
Na gut!

Narr von eigenen Gnaden

Er schien aus dem Nichts zu kommen. Keiner konnte sich an ihn erinnern – zunächst. Madrid hatte ihn aus dem gemeinschaftlichen Gedächtnis gelöscht. Jemand, der alte Morales, meinte schließlich, ihn wiederzuerkennen.

»Da war doch dieses Neugeborene, ihr wisst schon, der Findling. Eine feine Dame – jede Menge Unterröcke unter dem Verdugado – soll den Bastard weggelegt haben, ums Jahr sechzehnhundert herum war das. Die grindige Manuela hatte es beobachtet, behauptete sie. Die feine Dame hatte hier nichts verloren; eine vom Hof wahrscheinlich. Legt die doch das Wurm in eine Hauseinfahrt! Der Karren des alten Jiménez hätte den Kleinen um ein Haar zweigeteilt, stellt euch vor. Was gingen damals viele Gerüchte um: Er sei der Sohn Kö-

nig Philipps des Dritten und seiner Mätresse, oder eine
große Tänzerin opferte ihn für ihre Karriere, eine Hexe
zeugte ihn mit dem Teufel und ließ ihn aufs Volk los,
derlei. Der alte Jiménez nahm das Balg schließlich für
sechs Jahre zu sich, ließ sich gar mit der grindigen Manuela ein, damit das Kind eine Mutter hätte. Dann setzte er ihn wieder aus, weil ihm der Kleine die Haare
vom Kopf fräße. Er nannte ihn Nosé wie ›no sé‹, also:
Ich weiß nicht. Er wolle den natürlichen Eltern nicht
ins Handwerk pfuschen, meinte Jiménez. Man sagt,
Nosé sei mit einem Rudel Straßenköter in einer Scheune aufgewachsen. Ihr braucht mir nicht zu glauben. Ich
wiederhole nur, was man mir erzählte. Mein krummer
Rücken hat mich noch nie getrogen, der prophezeit mir,
der zerlumpte Jüngling wird noch manche Verwirrung
stiften. Merkt euch meine Worte.«

»Welche Worte?«

»Hab' ich vergessen.«

Das mit den Kötern entsprach der Wahrheit, ersetzte man die Scheune durch eine verlassene Kellerwohnung. Zwei Zimmer und eine Art Abstellraum gab es
hier, in Letzterem stand ein Blecheimer zum Kacken,
den Nosé regelmäßig in den Bach hinterm Haus ent-
leerte, ahoi. Uno, Dos, Tres, Cuatro und Cinco waren
die Namen seiner räudigen Mitbewohner. Die hierar-
chischen Strukturen zeigten sich fließend, Nosé fand
sich an der Spitze wie auch am Ende der Hackordnung,
je nach Situation. Dos übernahm gelegentlich etwas
wie eine Mutterrolle, aus der sie aber des Öfteren fiel.

Abends zogen sie los, stöberten in Misthaufen, liefen durch die engen Gassen, wo die Bewohner ihre Küchenabfälle aus den Fenstern leerten. Dann hieß es, schneller zu sein als die Ratten. Tres ließ sich die nacktschwänzigen Renner schmecken, die anderen konzentrierten sich lieber auf die Speisereste, verjagten die Nager nur. Eine Ratte mit einem Schwanz, der dir den Arm brechen konnte – er nannte sie Rompiente – war fast auf Augenhöhe mit Cinco. Wenn Rompiente anwesend war, mussten sie warten. Hungers mussten sie nicht leiden, doch waren die Küchenabfälle oft verdorben, was sie manchmal erst bemerkten, wenn sich einer krümmte und kotzte. Nosé verdächtigte die Bewohner der oberen Wohnungen, sie vergifteten die Abfälle, beabsichtigten, die Ratten oder gar ihn und seine Freunde loszuwerden. Er hatte aus sicherer Deckung ein Gespräch zwischen Bürgern mitangehört, die behaupteten, Ratten brächten Unglück, nach ihrem Auftauchen wäre auch die Pest nicht weit, sie folge den schmutzigen Nagern, wie eine fürsorgliche Mutter ihrem Nachwuchs, ja, sie seien die Kinder der Pest. Andererseits sei es auch gefährlich, Gift zu mischen, die Inquisition schlafe nicht, schnell würde man als Hexer angeklagt, gefoltert und ende auf dem Marktplatz in einer Rauchsäule, duftend wie eine gebratene Gans. Nosé verstand die Erwachsenen, trotz seines nur kurzen Aufenthalts unter ihnen. Er wusste Buchstaben zu Worten zu verbinden, nahm alles, was Lettern barg, mit sich, las die Kundmachungen der Stadtregierung, Menüpläne der

Hosterías, verworfene Liebesbriefe aus dem Müll. Cuatro kam eines Tages mit einem Bündel im Maul gelaufen, in dem sich Schweinefleisch, Brot und ein Haufen Zettel fanden, auf Letztere waren Teile aus einem Werk Torquato Tassos gedruckt. Die Titelseite fehlte. In dem Abschnitt, der ihm zur Verfügung stand, ging es um ein fiktives Gefecht zwischen Christen und Muslimen. Er bekam Lust auf mehr erzählende Literatur. *Lazarillo de Tormes* war ein populärer Schelmenroman, der vor fast fünfzig Jahren erschien. Sein Autor wagte nicht, in Erscheinung zu treten – ein falsches Wort konnte den Kopf kosten. Nosé ließ die Hunde im Buchladen für Chaos sorgen, schnappte sich ein Exemplar und nahm die Beine in die Hand. In einem Sack auf einer Parkbank entdeckte er später ein Werk, das ihn besonders beeindrucken sollte: *El ingenioso hidalgo Don Quixote de la Mancha*. Cervantes' Buch war auch schon zehn Jahre alt, Nosé erfuhr, ein zweiter Teil soll eben erschienen sein. Der erste Teil hatte ihn beinahe so sehr beeindruckt wie die Übersetzung einer hundert Jahre alten deutschen Streichesammlung von Hermann Bote, *Dil Ulenspeygel*, anderswo Till genannt, das Vorbild für Lazarillo de Tormes.

Man schrieb das Jahr sechzehnhundertsechzehn. Nosé hatte die Arbeit an seinem Kostüm beendet, das er aus verschiedenen Stoffteilen zusammennähte. Er sah einst eine Darstellung Till Ulenspeygels in seinem Narrenkleid. Leider war jene nicht farbig, so musste er seine Fantasie bemühen. Er entschied, das Kleid war gewiss bunt, so verwendete er nur Stoffe von intensiver Färbung, die nicht häufig zu finden waren, denn die Färbereien mussten sich meist mit Pigmenten bescheiden, die billig und leicht erhältlich waren, entsprechend fahl und stumpf zeigten sich diese. Purpur und Indigo waren den Reichen vorbehalten. Doch auch von diesen Stoffen gab es Reste, Abfälle, Flicken. Nach anderthalb Jahren war es dann so weit. Uno knurrte, als er Nosé erstmals in dem neuen Kostüm sah. Tres und Cinco kamen gelaufen, knurrten mit ihm. Nosé hatte Mühe, seine Freunde zu überzeugen, er sei immer noch der Alte. Dos verjagte schließlich die Zweifler, ihre mütterliche Seite schlug wieder durch. Nosé wollte sein wie Till. Er besaß einen Spiegel, verstand er auch nicht, was es damit auf sich hatte. Er sagte sich, die Menschen würden schon wissen, was es bedeutete, wenn er ihn ihnen hinstreckte. Schwieriger war es schon, sich Streiche einfallen zu lassen, wortgewandt zu sein, wie sein Vorbild. Der Autor des Buches hatte Zeit, sich schlaue Sprüche einfallen zu lassen, ad hoc war das gleich etwas ganz anderes, man stand leicht dumm und stumm da. Es hieß aber auch, Till hätte wirklich gelebt. Seine Streiche mochten nicht so ausgefeilt gewesen sein, wie Bote sie sich einfallen ließ, doch der Narr war bestimmt nicht ohne Grund so berühmt. Vielleicht war er auch bloß lästig, hat Passanten mit Possen geärgert, angepöbelt, ein Halbstarker. Egal, Nosé war beides recht. Sein erster Auftritt stand bevor, ein wohliges Kitzeln im Genick wechselte mit Kribbeln im

Bauch ab. Vor Aufregung zerbrach er seinen Spiegel. Einerlei, heute musste es sein. Er getraute sich nicht, allein den Menschen gegenüberzutreten, führte Dos und Cuatro mit sich, als er zur Plaza de la Villa schritt. Dos war das Weibchen im Rudel, Uno, Tres, Cuatro und Cinco die Rüden. Cuatro als Ältester verhielt sich ruhiger, man konnte sich mit ihm blicken lassen, trotz seiner Räude. Als Nosé den Hunden ihre Namen verliehen hatte, wusste er noch nichts von alledem, darum gab es kein System in deren Durchnummerierung.

Der junge Mann hatte sich nicht überlegt, was er auf dem großen Platz veranstalten wollte, er gedachte, aus dem Moment heraus zu agieren. Es musste nicht beim ersten Mal klappen, noch war kein Narr aus dem Himmel gefallen. Sein Kleid zwickte an einigen Stellen, die Schellen wogen als einzelne nicht schwer, in ihrer Gesamtheit lasteten sie wie ein Kettenhemd auf seinem Leib. Die Fransen verhedderten sich bei mancher Bewegung, er stolperte die staubige Straße entlang, sehr zur Erheiterung der Beobachter. Kleine Kinder wiesen mit den Fingern auf ihn, spotteten, ihre Eltern lachten, schüttelten die Köpfe. Unter Nosés Narrenkappe juckte die Kopfhaut. Hatten sich Läuse oder Wanzen in den Stoffen eingenistet? Er riss sich die Kappe vom Haupt, schleuderte sie zu Boden. Jetzt juckte es überall, er wusste nicht, wo zuerst kratzen. Cuatro verfolgte mit großen Augen Nosés Bewegungen, als jener hüpfte, um sich schlug, wie von einem unsichtbaren Bienenschwarm gejagt. Dos schnappte mit dem Maul nach der Narrenkappe, die auf der gepressten Erde lag, setzte sich mit dem Apportl vor Nosé hin. Cuatro begann nun seinerseits, sich mit den Hinterläufen zu kratzen. Immer mehr Leute gesellten sich zu den Zuschauern, lachten, warfen Münzen in den Narrenhut in Dos' Maul. Jemand stimmte ein Seemannslied an, im Rhythmus zu Nosés und Cuatros Tänzen passend, bald klatschte ein ganzes Menschenrudel im Takt.

Zwei Ordnungshüter der Platzwache erschienen mit langen Piken. Der Mob löste sich auf, Nosé hüpfte und lachte weiter, badete in seinem Erfolg. Einer der Männer in Lederrüstung klopfte auf seine Schulter.

»Was denkt Er, dass Er hier tut?«, fragte er.

»Wer?«, fragte Nosé.

»Na, Er!« Der Mann hob die Brauen. Nosé sah die zweite Wache an.

»Ich weiß auch nicht, was er denkt«, sagte er.

»Wenn Er so weitermacht, werfe ich ihn in den Kerker.«

»Ich muss Euch Recht geben. Wie er seine Pike hält …«

»Ich spreche mit *Ihm*.«

»Ja eben. Er antwortet nicht einmal. Es ist fast peinlich, das mitansehen zu müssen.« Nosé schüttelte ungläubig den Kopf. Das Gesicht des Wächters schwoll an. Der junge Narr konnte schon die Feuchte der Gefängnismauern in seinem Genick spüren. In diesem Moment polterten Hufe, die königliche berittene Garde kehrte auf prächtigen Pferden von einem Ausritt zurück.

»Platz dem König!«, rief einer. Die beiden Platzwächter traten zur Seite, standen stramm, als hätten sie ihre Piken verschluckt. Nosé griff nach seiner Narrenkappe, Dos gab sie frei, sodann liefen der frischgebackene Tor und seine räudigen Freunde zurück in ihren Keller. Außer Atem zählte Nosé die Münzen, die sein Publikum in den Narrenhut geworfen hatte.

»Ich musste nicht einmal etwas tun«, sagte er zu Cuatro. »Du und ich, wir brauchten uns bloß zu kratzen. Ich liebe die Schaustellerei. Das wiederholen wir gleich morgen. Und du, Dos …« Er wandte sich der Hündin zu. »Du trägst von Anfang an meine bunte Kappe im Maul und sammelst die Reales ein.« Dos legte den Kopf zur Seite. »Zweifelst du an meinem Plan?«, fragte Nosé. Dos fiepte, verkroch sich in einen Winkel.

Am nächsten Tag ging Nosé doch nicht in die Stadt. Er hatte sich überlegt, sein Kostüm war hauptverantwortlich für die Freigiebigkeit der Leute, nicht jeder, der sich kratzte, würde dafür mit Geld beworfen. Also arbeitete er den ganzen Tag an seinem Narrenkleid, fügte Fransen und Aufnäher hinzu. Etwas weiter den Bach runter entfachte er ein kleines Feuer, füllte den Blecheimer, der sonst seine Kacke aufnahm, mit Wasser, kochte dieses über den Flammen, warf seine Kleider hinein, das lästige Kleingetier abzutöten, wusch sich selbst im Bach. Das Jucken musste nicht echt sein, er war nun Schausteller. Am Ende stellte er fest, seine

Kleider hatten an Farbe verloren. Es war jedoch nicht weiter schlimm, insgesamt wirkten sie heller, freundlicher. Er übte, sich zu kratzen, scheuern, reiben, schürfen, wetzen, rubbeln, führte es in einen Tanz über, erstellte eine zwanglose Choreografie. Seine Mitbewohner saßen aufgereiht, beobachteten mit hängenden Zungen das Schauspiel, nur Dos legte sich draußen vor die Tür.

Des Nachts lag Nosé mit roten Ohren in seiner Bettstatt. Er sah, sieht …

… einen weißen Himmel. Ein Trompeter steht im Gegenlicht auf dem Dach, verkündet den Beginn eines Schauspiels. Der Fokus senkt sich, gibt die Sicht auf eine offene Bühne frei. Rundum biegen sich Sitzreihen, restlos gefüllt mit Menschen. Ein Flirren liegt in der Luft, Erwartung bringt Kindernasen zum Leuchten, die Alten reiben sich die Hände. Alle andern schnattern, bis der Trompeter seinen letzten Stoß tut. Jetzt erscheint der Spielleiter mit Halbglatze und Schnurrbart. Nosé kennt sein Gesicht von einem Stich auf dem Abklatsch eines der Stücke des Dramatikers. Shakespeare heißt er. Ein Engländer bloß. Er breitet seine Arme aus, zitiert aus seinen Sonetten. Nosé kennt eines auswendig. Er ist mit der Bedeutung der Worte vertraut, weiß er auch nicht, wie man sie korrekt ausspricht; er hört sie gemäß spanischer Phonetik.

»My Mistres eyes are nothing like the sunne,
Currall is farre more red, than her lips red,
If snow be white, why then her breasts are dun,

If haires be wiers, black wiers grow on her head;
I have seene Roses damaskt, red and white,
But no such Roses see I in her cheekes,
And in some perfumes is there more delight,
Then in the breath, that from my Mistres reeks.
I love to heare her speake, yet well I know,
That Musicke hath a farre more pleasing sound;
I graunt I never saw a goddesse goe,
My Mistres, when thee walkes treads on the ground,
And yet by heaven I thinke my love as rare,
As any the beli'd with false compare.[1]«

Applaus brandet auf, einige Zuseher lachen. Spott und Doppeldeutigkeit durchziehen das Sonett. Im Publikum streiten sich zischelnde Stimmen, ob der Dichter sich über seine Dame lustig mache, oder ihre Einfachheit preise. Der Spielleiter verneigt sich, nimmt einen breitkrempigen Hut, den ihm ein Komparse vom Bühnenrand reicht, an Kniff und Krone, schwingt ihn anmutig, während er sich erneut verneigt; ein flauschiger Federbusch am Hutband windet sich einer Schlange gleich abwärts. Shakespeare setzt den Hut nicht auf sein Haupt, sondern reicht ihn dem Komparsen zurück. Jetzt stellt sich der Meister in die Bühnenmitte. Ein Knistern liegt in der Luft, etwas Großes steht bevor, Spannung zerrt an den Nerven. Der Mann holt Luft, wirft dann seine Worte in die Menge.

---

[1] Shakespeare, William (1609). **Shakespeares Sonnets: Never Before Imprinted**, London: By G.Eld for T.T. (Thomas Thorpe).

»Und nun, verehrtes Publikum, ein Edelstein aus dem fernen Spanien – er scheute nicht die mühevolle Reise in steifen Kutschen über Steine und Wurzeln, im Schiff durch turmhohe Wogen, von der Brandung an die Küste unseres Landes geworfen, uns mit seiner Kunst zu erfreuen.« Er dreht sich zu den Türen im Bühnenbild, weist auf die mittlere. »Applaus für Nosé Ulenspeygel, den größten Narren seit Lazarillo de Tormes.« Das Publikum rast, will sich nicht beruhigen, als Nosé mit Cuatro und Dos die Bühne betritt. Shakespeare müht sich, die Menge zu beschwichtigen, bewegt wiederholt seine Hände nach unten, dann einen Finger zu den Lippen. Nach Minuten endlich bricht der Beifall ab, gespannte Stille breitet sich aus, eine Nadel fällt zu Boden irgendwo in den Zuschauerreihen. Nosé atmet durch, schließt die Augen. Da! Im nächsten Moment beginnen er und Cuatro, sich wie wild zu kratzen. Das Publikum steht auf den Bänken, Applauswelle rollt über Applauswelle. Dos läuft mit der Narrenkappe im Maul umher. Münzen regnen auf sie nieder, sie wird beinahe unter Reales begraben. Nosé verbeugt sich nach allen Richtungen, fängt die Rosen, die man ihm zuwirft. Er schickt, schickte …

… Kusshände ins Publikum und in die Nacht, die seine Kellerbude erfüllte. Uno saß neben ihm, hatte den Kopf zur Seite gelegt.

»Das verstehst du nicht«, sagte Nosé. »Leg dich hin!« Uno lief eine Runde um eine unsichtbare Achse, legte sich dann eingerollt neben Nosés Schlafplatz. Nosé verschränkte die Hände im Genick, schmeckte noch einmal das Aroma des Erfolgs, drehte sich zur Seite, schlief wieder ein. Diesmal blieb er traumlos, holte sich die Energie, den nächsten Tag zu beginnen.

Narr von eigenen Gnaden

2

Im kupfernen Morgenlicht tänzelte ein Narr die Straße entlang ins Zentrum Madrids. Es herrschte bereits reges Leben in den Handwerksstuben, Funken stoben aus den Essen der Schmieden, die Händler schichteten ihre Waren am Straßenrand. Nosé fiel auf. Sein Kleid leuchtete von edleren Farben als das des Königs, war zugleich miserabel geschneidert. Trug er seine Kappe, offenbarte sich sein Narrentum, sie schien den Unterschied zwischen Tor und Edelmann auszumachen. Nosé merkte sich diese Tatsache, sie mochte ihm noch dienlich sein. Einige Passanten dienerten im Vorübergehen, die Nächsten verspotteten ihn. Noch hatte er seine Vorstellung nicht begonnen, Cuatro und Dos waren bloß Straßenköter, bald würden alle drei, heißa, wie Sterne über Madrid leuchten. Die Morgensterne – ein möglicher Name für die Schaustellertruppe; sein eigener Name ward ihm im Traum gegeben: Nosé Ulenspeygel. Gut, er verglich sich mit dem König der Narren, dem gerecht zu werden, war ein schwieriges Unterfangen. Doch nur belesene Spanier wussten von Till und solche, die Wickelpapier lasen wie er. Ein paar junge Frauen kamen mit Körben vorbei, sie hielten ihre jeweils freie Hand vor den Mund, flüsterten sich zu, dann lachten sie lauthals und gingen weiter. Erstmals gefiel es Nosé nicht so gut, verlacht zu werden. Eine davon gefiel ihm ausnehmend gut. Einerlei, es galt, eine Vorstellung abzuliefern. Er betrat den Platz vor dem Real Alcázar. Noch war nicht viel los, doch langsam strömten Menschengruppen auf den Platz. Cuatro und Dos setzten sich, als er anhielt. Nosé spürte ein Augenpaar auf sich gerichtet. Er sah in die Richtung, aus welcher der Blick kam. Der Wächter, dem er zwei Tage zuvor entkommen war, schritt entschlossen auf ihn zu, ein zweiter folgte ihm. Nosé drehte sich um, dort trafen eben weitere Wachen, die Ablösen, ein. Es blieb nur eine Richtung zu nehmen, Nosé rannte auf das Tor zum Real Alcázar zu. Hier standen die weit schwerer bewaffneten Soldaten der königlichen Garde, ihre Hellebarden waren furchteinflößend, doch Nosé hatte einen Plan. Dazu musste er jedoch die Hunde loswerden. Er warf die Wurst, die er unterwegs erstmals für echtes Geld gekauft hatte, weit in den Platz hinaus. Dos und Cuatro liefen um die Wette hinter dem Leckerbissen her. Nosé hob seine Narrenkappe, die Dos im Eifer fallen gelassen hatte, auf, setzte sie auf seinen Kopf. Zwei lange Tüten mit Glöckchen an ihren Enden baumelten nun von seinen Ohren bis auf die Brust. Er tänzelte zum ersten Gardisten.

»Seine Hellebarde ist ganz nett, ich könnte mich beinahe fürchten, hätte ich nicht meine Dunklebarde bei mir«, sagte Nosé. Der Gardist schaute ihn mit großen Augen an.

»Was will Er?«, fragte er.

»Einen Zweikampf will ich. Meine Dunklebarde gegen deine Hellebarde.« Nosé schwang eine imaginäre Waffe vor der Nase seines Gegenübers. Der Gardist schien das Wortspiel zu verstehen, er und sein Kollege auf der anderen Seite lachten.

»Wer ist Er, Witzbold?«, fragte er.

»Sieht man das nicht? Ich bin der neue Hofnarr des Königs. Man sagte mir, ich würde erwartet.«

»Der König hat doch schon zwei Hofnarren, der eine ist viel kleiner und komischer als Er, nicht größer als so.« Der Mann hielt seine Handfläche in Höhe seiner Hüfte. Nosé überlegte kurz.

»Kleiner Narr, kleiner Spaß – großer Narr …«

»Großer Spaß«, ergänzte der Gardist, lächelte. Ein junger Mann trat eben in den Palast, er war etwa in Nosés Alter, siebzehn oder achtzehn.

»Wollt Ihr den Narren nicht einlassen?«, fragte er.

»Wir sind uns noch nicht sicher, Meister«, antwortete dieses Mal der zweite Gardist. Jetzt kam der Platzwächter hinzu.

»Unbefugte Bettelei in Palastnähe, öffentlicher Aufruhr und Widerstand gegen die Platzwache – ich nehme Ihn mit mir.«

»Was will die Platzwache?« Der Gardist reckte seine Brust. »Die königliche Sicherheit hat Vorrang. Außerdem ist er Hofnarr, hat somit spezielle Rechte.«

»Die Welt hat der Narren nicht genug«, mischte sich der junge Mann ein. »Wem sollte er etwas zuleide tun? Es könnte sich im schlimmsten Fall jemand totlachen.« Die Gardisten lachten, der Platzwächter schmollte.

»Ist gut, Meister«, sagte einer von ihnen. »Nehmt ihn mit euch.« Nosé folgte dem jungen Mann ins Innere des Palasts.

»Ihr riskiert für mich und kennt mich doch nicht.«

»Ich habe auch eine Art von Narrenfreiheit hier.«

»Ihr seid in meinem Alter und doch Meister. Worin?«

»Ich bin weit davon entfernt, ein Meister zu sein. Mein Lehrherr würde brüllen vor Lachen, hätte er das gehört.«

»Warum nennt man Euch dann so?«

»Ich habe ein paar meiner Arbeiten bei Hofe gezeigt. Man war wohl recht beeindruckt, sagt man mir.«

»Welche Arbeiten?«

»Ich bin Maler aus Sevilla. Ich muss weiter. Gehab' Er sich wohl.« Der »Meister« verabschiedete sich. Nosé bemerkte, der Künstler trug nicht die bei Hofe übliche Heerpauke mit Braguette. Er war ganz in Schwarz gekleidet, mit weitem Mantel und flacher Halskrause.

Narr von eigenen Gnaden

Am Tor wurde es laut, die Hunde versuchten, einzudringen. Nosé hoffte, man setze nicht die Hellebarden gegen die Tiere ein. Um aus der Witterung der Hunde zu kommen, drang er weiter ins Innere des Palastes. Bald hörte er ihr Bellen nicht mehr. Die Höhe der Räume, die breiten Treppenanlagen mit rotem Teppich belegt – der Palast beeindruckte den einfachen Jungen. Er gelangte in einen Bereich, wo es ganz ruhig wurde, niemand außer ihm zu sehen, weit und breit. Zögernd betrat er eine Treppe, hörte ein Kichern, schreckte zurück, lief hinab, versteckte sich hinter einer hohen Bodenvase. Eine junge Frau kam die Treppe herabgetrippelt. Sie trug einen weiten Reifrock, eine pompöse Halskrause, um die Taille hatte man sie fest verschnürt, nicht viel mehr als die Wirbelsäule blieb als Verbindung zwischen Ober- und Unterleib. Für einen Moment drehte sie sich in Nosés Richtung. Ihr Gesicht schien ihm vertraut. Das kam vor, wenn er Gesichter mochte. Nie zuvor war er bei Hofe gewesen. Und doch … Die junge Frau lief in den Nebenraum, öffnete dort eine Tapetentür – Nosé hätte nicht erraten, dort sei eine Pforte –, sie schlüpfte hindurch, schloss sie hinter sich. Der Narr wagte sich aus seinem Versteck, schlich nach nebenan, horchte an der Tür, nahm nichts wahr. Er wartete einen Augenblick, horchte noch einmal, dann öffnete er die Tür einen Spalt weit. Nichts weiter als eine Treppe nach unten, vermutlich in den Keller, fand er vor. Nosé wunderte sich, eine feine junge Dame hielt sich an einem finsteren und feuchten Ort auf.

Dann erinnerte er sich, er war gekommen, eine Vorstellung zu geben. Auf die Beteiligung der Hunde musste er verzichten, die hatte man gewiss nicht in den Palast gelassen. Er lief den Weg, den er gekommen war, zurück, landete in der ersten großen Halle. Hier liefen Menschen hin und her, Bedienstete, Lieferanten, Höflinge und Gardisten. Er nahm Haltung an, stimmte sich auf seinen Auftritt ein. Aus dem oberen Geschoß drang Lärm. Menschen liefen umher, schrien; danach nahm er vertraute Laute wahr: Cuatro bellte, jagte Personen durch die oberen Gänge. Die »Morgensterne« waren in Schwierigkeiten. Nosé sah keine Möglichkeit, zugleich Cuatro und sich selbst zu retten, so entschied er, seinen Freund zurückzulassen, fiel es auch schwer. Er ging an den Gardisten am Eingang vorbei, es waren nicht dieselben wie zuvor, auch hier hatte offenbar eine Ablöse stattgefunden. Eine Hellebarde senkte sich vor ihm.

»Wo will der Narr hin?«, sagte einer der Wachhabenden. Nosé drehte eine elegante Pirouette.

»In die Stadt. Ich suche nach Notenmaterial, meinen Herrn, den König zu unterhalten.«

»Wie sieht Er überhaupt aus? Mir scheint Er eher ein Landstreicher zu sein als ein Hofnarr. In der Nähe des Alcázar ist das Betteln verboten, das ist bekannt.«

»Ich bettle nicht, ich bin Künstler.«

»El Greco ist Künstler. *Er* scheint mir nicht einmal ein rechter Hofnarr.«

»El Greco *war* ein Künstler«, sagte der junge Mann aus Sevilla, der in Begleitung eines Alten erneut erschien. Der Vollbart des Letzteren reichte bis zu dessen Bauch. »Der Meister ist vor zwei Jahren gestorben.«

»So ist es.« Der Begleiter des Jungen trat vor.

»Und wer seid Ihr, Euch einzumischen«, fragte der Wächter.

»Francisco Pacheco del Río«, antwortete der Mann. »Und der Junge hier ist Diego Velásquez de Silva, mein Schüler.«

»Velásquez – der Name ist mir bekannt.« Der Gardist wandte sich Diego zu. »Man hört, Ihr versprecht viel für die Zukunft der spanischen Malerei.«

»Meister Pacheco del Río sorgt für diese Gerüchte«, entgegnete Diego. »Er weiß mich zu vermarkten.« Während die Unterhaltung eine entspannte Wendung nahm, kochte das Gewissen in Nosé. Er hatte seinen Freund verraten. Er rannte zurück in die Halle, brüllte: »Cuatro!«, lief in den hinteren Teil des Gebäudes. Er fand den Raum wieder, in dem er die Tapetentür gesehen hatte. Cuatro kam gelaufen, nicht weit hinter ihm mussten seine Verfolger sein. Nosé hörte ihre Schritte. Er riss die Tür auf, ließ Cuatro hindurchschlüpfen, folgte ihm, schloss die Tür hinter sich. Sie liefen die schmale Treppe hinab, durch mehrere Kellerräume. In einem stand ein Schrank, davor eine Bank, auf welcher ein Reifrock lag sowie eine gewaltige Halskrause. Er hatte keine Zeit, sich viele Gedanken darüber zu machen, Cuatro hatte das Ende des Wegs gefunden, scharrte an einem Holztor, das nur durch einen Riegel

zu versperren war, dieser war jedoch offen. Die junge
Dame hatte den Palast verlassen.

Nosé öffnete das Tor, sie liefen durch einen aufwändig gestalteten Garten, folgten dem von den Schritten
der feinen Dame niedergetretenen Gras bis zu einer hohen Mauer, an der, verdeckt durch Efeuranken, gusseiserne Haken nach oben führten. Cuatro konnte unmöglich daran nach oben klettern. Der Rüde war nicht eben
leichtgewichtig, doch Nosé blieb nur eine Möglichkeit:
Er musste den Hund nach oben tragen. Cuatro schien
zu verstehen, er hielt ruhig, als Nosé unter seinem
Bauch und seiner Brust hindurch griff, ihn hochhob,
nach dem ersten Haken fasste und mit vielen Umständen und Pausen seinen Freund Haken für Haken an
der Mauer hochwuchtete, seine Beine nachzog, wiederum das Tier anhob. Dazu kam, die Schellen an seinem
Narrenkostüm verhedderten sich in den Kletterpflanzen. Er musste sich mit ruckartigen Bewegungen befreien, zerriss dabei die Stoffe seines Kleids. Glücklicherweise waren keine Verfolger auszumachen, die Tapetentür hatte den Narren und seinen Freund gerettet.
Als sie die Mauerkrone erreichten, erkannte Nosé, jenseits befand sich ein weiterer Garten, auch hier waren
Haken an der Mauer angebracht. Diese war hier etwas
niedriger, der Garten lag höher als der erste. Immerhin
waren es noch gut zwei Pasos. Cuatro und Nosé sahen
einander in die Augen, der Hund winselte kurz,
schluckte mehrmals, dann stellte er sich auf die Mauerkrone, streckte seine Vorderläufe weit von sich. Er

schlug hart auf, kämpfte sich hoch, tat ein paar Schritte, legte sich sodann in die Wiese, winselte und fiepte. Nosé kletterte hastig die Mauer hinab. Er untersuchte seinen Begleiter, der seine Vorderläufe über die Schnauze legte. Nosé strich über Cuatros Kopf. Ein Auge blinzelte hervor. Der Narr hatte einen Verdacht.

»Dann kannst du wohl keine Wurst fressen«, sagte er, erhob sich, ging ein paar Schritte. Cuatro schnellte hoch, kam an seine Seite gelaufen. Nosé kraulte den Hals des Hunds. »Gauner du!«

Der Garten, den sie durchquerten, war deutlich schlichter als der Palastgarten; ein paar Obstbäume, ungepflegter Rasen. Er war nur zu einer Seite von der Mauer begrenzt, ansonsten von einem hohen, mit Sträuchern durchsetzten Zaun. Das Gras wuchs schütter, Nosé konnte keine Fußabdrücke ausmachen. Wenn die junge Frau auf diesem Weg entwischt war, musste es einen Ausgang geben, ein Loch im Zaun. Die beiden liefen rundum, untersuchten penibel die Umzäunung. Ein Mann in Bürgertracht, eine Sichel in Händen, steuerte auf die zwei Eindringlinge zu. Nosé hastete den Zaun entlang, tastete nach der undichten Stelle. Cuatro lief auf den Bürger zu, gab Laut. Der Mann fuchtelte mit seiner Gärtnerwaffe vor Cuatros Schnauze herum. Nosé gewann Zeit, fand schließlich ein loses Brett verdeckt von einem Oleanderstrauch. Es hing oben an einem Nagel, ließ sich unten wegdrehen. Daneben fand Nosé eine weitere lose Zaunlatte, so konnte er wie durch einen Vorhang nach draußen gelangen. Er rief nach Cuatro. In seinem Augenwinkel erschien die Schnauze eines anderen Hunds. Er erstarrte. Man hatte ihn entdeckt. Cuatro sprang durch die Lücke im Zaun. Die Hunde warfen sich gegeneinander, doch schien es nicht wie ein Kampf. Nosé ließ die Zaunlatten in ihre Ausgangsstellung zurückschwingen, blickte zu seiner Seite, wo Cuatro und Dos einander stürmisch begrüßten.

3

Nosé und seine räudigen Freunde überquerten den Manzanares über die Puente de Segovia. Ein letzter Blick zurück auf den Real Alcázar versicherte Nosé, niemand folgte ihnen. Nun untersuchte er sein Narrenkleid, stellte fest, er hätte viel Arbeit vor sich, wollte er als adretter Narr beeindrucken. Er sah ein, die unzähligen Schellen an seinem Anzug erwiesen sich im Alltag als wenig nützlich. Nosé hatte sie aus einem dünngewalzten alten Brustpanzer gefertigt, der einem öffentlich Hingerichteten, einem Edelmann, abgenommen und einfach auf die Straße geworfen worden war. Die Brustwehr zeigte sich besonders filigran, deshalb auch für ältere Männer mit schwachem Kreuz geeignet, doch niemand glaubte, sie böte ausreichend Schutz, so blieb sie liegen. Nosé sammelte metallene Gegenstände, die schienen ihm stets wertvoll, weil mit viel Mühe und Feuer dem Stein abgetrotzt. Allein der Schweiß der zwangskonvertierten Protestanten – von der Inquisition verschont, damit sie billige Arbeit verrichteten – verlieh dem Material hohen Wert. Das Kleid hatte ihn nicht nur beim Klettern behindert, es schränkte auch seine Lauffertigkeit ein, als schleppte er das Gewichtsäquivalent eines Kleinkindes mit sich herum. Er beschloss, das gesamte Kostüm neu zu gestalten, sobald er zuhause wäre.

Nosé befand sich auf der falschen Seite des Manzanares. Wollte er den Fluss überqueren, musste er schwimmen. Zur Brücke zurück wagte er sich nicht, mit dem schweren Narrenkleid war Schwimmen jedoch nicht möglich. Cuatro und Dos sprangen ins Wasser, ließen sich etwas abtreiben, liefen an Land zurück. Nosé wurde klar, es hülfe ihm nichts, das Kleid nur abzulegen, weil er es irgendwie mit sich führen müsste – das Gewicht war zu groß. Er setzte sich aufs Gras, dachte über sein Problem nach, als er hinter sich ein Klappern hörte. Eine raue Stimme erklang.

»Na, Farbklecks, was brütest du?«

Nosé drehte sich herum, grinste, ob dem Bild, das sich ihm bot. Ein dicker Mann ritt auf einem dürren Esel einher. Ersterer war unrasiert, aber bartlos, entgegen der Mode unter den erwachsenen Männern seiner Zeit. Er trug einen breitkrempigen Hut, der aussah, als sei er an den Enden von Mäusen angeknabbert. Der Fremde wurde auf dem Rücken des Tiers in raschem

Stakkato hoch- und niedergeworfen, sein Bauch federte nach, hüpfte ihm voraus. Die Eselslaute vermittelten den Eindruck, das Tier lache aus vollem Hals über seinen Reiter.

»Ich muss über den Fluss, mein Kleid ist aber zu schwer«, rief Nosé.

»Lauf doch über die Brücke!«

»Dort erwartet mich Ungemach.«

»Das ist dumm«, sagte der Eselsreiter, der mittlerweile angehalten hatte. Er kratzte die Stoppel auf seinem Kinn. »Ich könnte dein Kleid über die Brücke bringen, und dir am anderen Ende wiedergeben.«

»Ha! Guter Versuch!«, entgegnete Nosé. »Und wenn ich aus dem Wasser steige, bist du schon auf dem Markt und verhökerst meinen Anzug.«

»Wenn du mir nicht traust, musst du nach einer anderen Lösung suchen. Ich reite weiter. Adiós!«

»Warte!« Nosé begann, hastig sein Narrenkostüm abzulegen. Am Ende streckte er es dem Fremden hin. Als dieser danach griff, zögerte der Narr.

»Du weißt, du trägst das einzige Gut eines armen Menschen? Es ist womöglich meine ganze Zukunft, mein Leben.«

»Ich bin gewohnt, die Rüstung eines andern zu schleppen. Mein Herr trug weit schwereren Harnisch als du.«

»Du willst der Knappe eines Ritters gewesen sein? Sieh dich an. Wer soll das glauben?«

»Mein Herr war ein spezieller Ritter, er wurde nicht vom König dazu geschlagen. Als Ritter von eigenen Gnaden war er doch der Größte von allen.«

»Du sprichst Unsinn. Ich hoffe, dein Verstand reicht aus, mich nicht unterwegs zu vergessen.« Nosé legte sein Gewand in die Arme des augenscheinlich verwirrten Mannes, zeigte danach mit einem Finger auf die gegenüberliegende Seite des Flusses.»Hinter den Sträuchern dort warte ich auf dich. Dieser April ist kalt. Lass mich nicht zu lang frieren.«

Der Mann verstaute das Kostüm auf dem Esel, hob die Hand zum Gruß und schnalzte mit der Zunge, den Esel anzutreiben. Der Schwerbeladene trappelte los. Nosé ging an den Fluss, tauchte erst einen Zeh ins kalte Nass, hockte sich hin, besprenkelte mit beiden Händen seinen Körper mit Wasser, warf sich letztlich in die Wellen. Dos und Cuatros folgten ihm. Der Fluss hatte vom Ufer aus schmäler ausgesehen, als er sich in dessen Mitte erwies. Insbesondere die Strömung machte dem Narren zu schaffen. Die Hunde wurden noch weiter abgetrieben, Nosé holte einmal den einen, einmal die andere zurück auf die Ideallinie. Sie kletterten letztlich nahe der Brücke aus dem Fluss. Nosé fürchtete, von dem Bauwerk aus gesehen zu werden. Seine Verfolger mochten noch nach ihm suchen, außerdem war er nackt. Er flüchtete sich ins Buschwerk am Ufer, lief in dessen Deckung bis zum vereinbarten Treffpunkt mit dem vermeintlichen Knappen. Eine Gruppe junger Höflinge tauchte auf. Die Spitzbärtigen blickten nach allen Seiten, wie um sich zu vergewissern, ob sie beobachtet würden. Cuatro und Dos liefen davon, sie hatten aus schmerzlicher Erfahrung Respekt vor den Degen, welche an den Gürteln der Männer baumelten. Diese steckten die Köpfe zusammen, sprachen erst leise. Dann erhitzten sich die Gemüter.

»Pater Juan de Santa María gewinnt zunehmend Einfluss auf den König, das kann unserer Sache nur schaden.«

»Die Pfaffen beherrschen alles, sie regieren das Land. Die Inquisition foltert, tötet im Namen des Herrn, zugleich vergnügen sie sich selbst ohne Hemmungen, rammeln sich die Muskete wund.«

»Es hilft nicht, uns aufzuregen, wir müssen handeln. Ich bin bereit. Unser Plan verträgt keinen Aufschub mehr. Noch ein paar Jahre und der Hof ist ein Kloster, Folterknechte und Hexenjäger durchkämmen das ganze Land.«

»Du bist bereit. Heißt das, du selbst willst das Attentat begehen?«

»Ich brauche euch alle als Schild und Ablenkung. Wir können es nur gemeinsam unternehmen oder weiterjammern.«

»Ich bin dabei, was ist mit euch?« Hände erhoben sich zögernd. »Dann ist es also ausgemacht.«

»Wir halten uns an den Plan, den wir schon seit Wochen mit uns tragen. Lasst uns gleich Morgen beginnen.« Die jungen Männer streckten je einen Arm aus, legten ihre Hände ineinander. Einige Verschwörer gingen in die Richtung zurück, aus der sie gekommen waren, die anderen liefen an Nosé vorbei. Einer von ihnen blickte zu dem Strauch hin, riss die Augen auf, hielt seine Kameraden an deren Schultern zurück, wies mit dem Zeigefinger auf Nosés Versteck. Der Narr reagierte, lief die Uferböschung nach oben, rutschte im Erdreich. Seine Verfolger trugen Stiefel, die ihnen besseren Halt boten, so holten sie schnell auf, packten ihn.

»Was treibt Er hier?«, herrschte ihn einer an. Nosé wusste nichts zu sagen. Der junge Höfling wies mit einem Finger auf den Körper des Umzingelten. »Er ist nackt. Lauert Er jungen Frauen auf? Ist Er ein Lüstling?«

Nosé schüttelte heftig den Kopf. Ein anderer stierte in seine Augen.

»Was hat Er gehört?«

»Nichts.«

»Natürlich hat Er mitgehört.«

»Mich kümmert die Verschwörung der jungen Herren nicht. Ich bin ein einfacher Junge.«

»Die sind die Schlimmsten.«

»Lasst mich gehen, meine Kleider werden mir in meinem Versteck überbracht. Ich muss zurück.«

»Seine Kleider sind sein geringstes Problem, glaube Er mir.«

»Ach. Ich bitte Euch.«

Ein Degen glitt aus seiner Scheide, die Spitze der Waffe zitterte vor Nosés Nase.

»Ein Wort und sein Leben ist vorbei. Versteht Er das?«

»Ja, gewiss, Eure Eminenz.« Nosé verbeugte sich. Die Verschwörer lachten.

»Eminenz, sagt der Kleine. Gerade die Eminenz sollte uns fürchten. Kommt!« Die Attentäter liefen davon. Er hörte ihr Lachen, als sie das Ufer entlang rannten.

Nosé sah auf den Manzanares hinaus, dachte über die Worte der Verschwörer nach. Er bemerkte nicht, unter der Brücke kamen die drei Frauen hervor, denen er kürzlich schon einmal begegnet war. Sie näherten sich, kicherten. Erst als sie hinter ihm standen, erregten sie seine Aufmerksamkeit. Er drehte sich herum. Sogleich erkannte er unter ihnen die junge Frau aus dem Palast.

»Guten Tag, die Damen«, sagte er. Sie stellten ihre Körbe ab, lachten hinter vorgehaltenen Händen, stierten auf seine Körpermitte. Er sah an sich hinab, erschreckte. Mit zwei, drei Sätzen erreichte er den nächsten Strauch, verbarg seine Blöße.

»Es ist der Narr aus der Stadt«, stellte eine der jungen Frauen fest. »Jetzt wissen wir, wozu die Glöckchen dienten!« Die drei lachten immer heftiger. Nun kamen Cuatro und Dos gelaufen, bellten. Die Frauen nahmen ihre Körbe auf, flüchteten.

»Jetzt spielt ihr die Helden!«, sagte Nosé zu den Hunden, die von den Frauen abließen, zu ihm hinter den Strauch kamen. »Wo wart ihr, als es mir ans Leder ging?«

Die drei Mädchen trafen, gerade noch in Sichtweite, mit einigen der Verschwörer zusammen, schienen sie zu kennen. Das Mädchen aus dem Palast fiel einem der Höflinge, demjenigen, der das Attentat begehen sollte, um den Hals. Nosé ahnte großen Schmerz voraus.

Endlich hörte er Eselsrufe und unrhythmisches Klappern. Er kam hinter seinem Versteck hervor, winkte den stoppeligen Knappen zu sich.

»Ich glaubte schon nicht mehr an dein Erscheinen.«

»Sancho ist ein Ehrenmann«, sagte der Angesprochene.

»Sancho heißt du also. Ich bin Nosé, Nosé Ulenspeygel.«

»Was für ein Name! Kommst du aus den neuen Provinzen jenseits des Ozeans?«

»Ich habe keine Ahnung, woher ich komme. Man fand mich in einer Einfahrt in Madrid.«

»Und den Namen hast du dir einfach ausgedacht, damit sich die Menschen die Zunge brechen.«

»Gut erkannt!«

Sancho überreichte Nosé sein Narrenkleid, in das dieser schlüpfte. Nun erschien es dem jungen Mann schwerer als zuvor; erstmals erkannte er, Gewichtempfindung fand zum Teil im Gehirn statt, dort mischte sich vielerlei hinzu.

»Was hast du heute gegessen?«, fragte Sancho.

»Nichts«, entgegnete Nosé.

»Das dachte ich mir. Komm, ich stelle dich einem Freund vor, der wird sich über deine Aufmachung freuen. Dort gibt es auch zu essen.«

Nosé willigte ein.

Bald zogen ein klappriger Esel mit einem gedrungenen Reiter, dahinter ein mit Schellen behängter Narr, dem zwei räudige Hunde folgten, auf Schleichwegen zur anderen Seite der Stadt. Sancho führte sie ins Villenviertel. Nosé war überzeugt, sie würden es nur passieren, um dahinter ein ländlicheres Gebiet anzusteuern, doch vor einer schon etwas heruntergekommenen Villa – vielleicht verarmter Adel oder gescheiterte Wirtschaftstreibende – machten sie Halt. Sancho stieg von seinem Esel, wuchtete das Gepäck von dessen Rücken auf die Treppe zum Hauseingang. Nosé sah ihm dabei zu. Er hätte in einem anderen Fall seine Hilfe angeboten, doch Sancho sah aus, als ob ihm etwas Bewegung und Hebearbeit guttäte. Die Hunde liefen zwischen den beiden Männern hin und her.

Sie betraten die Villa durch einen Nebeneingang. Eine Nonne sah die beiden streng an, zeigte auf den frisch gewichsten Boden. Nosés bloße Füße wiesen ein Panier aus Staub und Kies auf, Sanchos Stiefel hatten Schlammreste an den Sohlen. Die Männer sahen einander an, zuckten mit den Schultern.

»Wartet hier!«, befahl die Nonne. »Die Hunde bleiben draußen.« Sie verschwand für eine Minute, kehrte mit einem Bodenwischtuch zurück. »Erst der Barfüßige«, sagte sie. Nachdem die Besucher sich stubenrein darbieten konnten, durften sie der Geistlichen folgen, die sie ins Obergeschoß führte.

»Was tut eine Nonne hier?«, flüsterte Nosé.

»Unser Herr ist sehr krank«, antwortete Sancho. Die Nonne blieb stehen, drehte sich zu den beiden um.

»In Tat und Wahrheit wird er sterben«, sagte sie. »Darum bin ich hier.« Die Männer duckten sich, schlichen weiter hinter der geistlichen Schwester her. Damit hatte Nosé nicht gerechnet, er hatte auf eine fröhliche Mahlzeit gehofft.

Sie betraten ein hohes, schmales Zimmer. Es roch nach mancherlei Tinkturen, nach Krankheit. Die Nonne schritt zum Fenster, öffnete es, überprüfte sodann, ob der Kranke im mit Schnitzereien verzierten Holzbett gut zugedeckt war.

»Nur für eine Minute«, sagte sie. »Die schlechten Dämpfe nach dem Aderlass müssen hinausgeschafft werden.« Der Mann im Bett reagierte nicht. Er schien etwas an der Zimmerdecke zu sehen, das ihn faszinierte. Sancho räusperte sich. »Einen Moment noch, meine Herren«, sagte die Nonne, verrichtete einige Tätigkeiten, reichte einer jungen Frau, die ein und aus lief, unreine Wäsche, schloss das Fenster, zog die Vorhänge zur Hälfte zu, ließ die drei Männer allein.

»Meister«, wandte sich Sancho an den Siechen. Langsam drehte sich der Kopf des Mannes zur Seite, ein Lächeln kroch seine Mundwinkel hoch.

»Sancho, alter Freund.«

»Wie ist Euch?«

Der alte Mann schloss die Lider wie zur Beruhigung seines Gegenübers.

»Ach, Sancho, guter Sancho.« Der Blick des Alten wanderte zu Nosé. »Wen bringst du mir?«, fragte er.

»Einen jungen Narren, Herr. Er ist hungrig und ein schlechter Narr. Jemand muss ihm beistehen.«

»Das ist eine Aufgabe für dich. Du bist es gewohnt, Narren zu führen.« Er lachte kurz, zuckte mit schmerzverzerrten Zügen zusammen.

»Das bin ich wohl.« Sancho hob seinen Hut vom Kopf, strich sein Haar zurecht. »Doch meine Narren sterben mir unter den Fingern weg.«

»Ich bin dein größter Narr, alter Freund. Wie heißt der junge Mann?«

»Nosé Kauderwelsch«, sagte Sancho.

»Nosé Ulenspeygel«, berichtigte ihn der junge Narr.

»Till Ulenspeygel kenne ich wohl«, sagte der alte Mann. »Er trieb vor langer Zeit in deutschen Landen sein Unwesen, so er nicht bloß Fiktion ist.« Er hob den Arm, senkte ihn wieder.

»Darf ich fragen, wer Ihr seid?«, sagte Nosé.

»Miguel heiße ich. Miguel Cervantes.« Der Alte hustete, bäumte sich kurz auf, fiel wieder ins Kissen. Nosé lächelte.

»Miguel Cervantes kenne ich wohl, der könnt Ihr nicht sein. Er ist ein berühmter Mann, sein Herrenhaus ist sicherlich in besserem Zustand als das Eure.« Sancho und der Alte grinsten einander an.

»Der Meister weiß zu leben«, sagte Sancho. »Die Reales verbleiben nicht lange in seinem Beutel.«

»Ein Vermögen ist nur ein Vermögen, wenn es etwas vermag«, sagte Cervantes. Nosé beutelte seinen Kopf, als wolle er Wasser abschütteln wie ein nasser Hund.

»Ihr seid der Schöpfer des Don Quijote?«

»Ich bin nicht sein Schöpfer, ich schrieb bloß seine Geschichte nieder.«

»Er lebt tatsächlich?«

»Das tut er.«

Sancho räusperte sich.

»Er lebt leider nicht mehr, Herr. Das war der Grund meines letzten Besuches. Ich brachte Euch die Nachricht seines Todes. Ihr schriebt es am Ende des zweiten Teils Eures Werkes.«

»Tat ich das?« Cervantes blickte ernst, überlegte. »Welcher zweite Teil?«

»Strengt Euch nicht an, Meister.« Sancho bettete den Kopf Cervantes in seine rechte Hand, fasste mit der linken an seine Stirn, drückte ihn sanft zurück ins Kissen.

»Führe unseren jungen Freund nicht zu den Windrädern, Sancho«, sagte der Patient. »Das ist ein Kampf fürs hohe Alter, seine Siege sollen ihn weiterbringen.«

»Wie kommt Ihr darauf, er erränge Siege?«

»Auch seine Verluste sollen sinnvoll sein.«

»Ich habe nicht vor, zu kämpfen«, warf Nosé ein. »Ich will ein Possenreißer sein.«

»Welche Possen reißt du denn?«, fragte Cervantes. Nosé errötete.

»Ich … ich lerne noch.«

»Von wem?«

»Vom Leben.«

»Gute Antwort, aber das ist ein harter Weg. Du wirst von etwas leben müssen, bis du so weit bist.«

»Ich lebe jetzt auch. Ich habe gelernt, mich durchzubringen, gemeinsam mit meinen Freunden.«

»Deine Freunde?«

»Seine Hunde«, erklärte Sancho.

»Du hast dir gute Freunde gewählt«, sagte Cervantes zu Nosé. »Lass dir die Wege offen, Junge, ein Till war fast genug, Lazarillo de Tormes äffte ihn treffend nach, du sei du.« Nosé blickte zu Boden. »Geht jetzt!«, sagte der Dichter. »Ich bin müde.«

Sancho und Nosé verließen den Raum. Die Nonne und ihre Helferin hatten schon vor der Tür gewartet, sie würdigten die beiden Männer keines Blickes, drangen ins Krankenzimmer. Die Besucher stiegen die Treppe hinab, traten ins Freie, als die junge Frau aufgeregt an ihnen vorbei auf die Straße lief.

»Warum so eilig?«, rief ihr Sancho hinterher.

»Ein Pfarrer … der Herr … ach!« Sie rannte weiter. Sancho und Nosé drehten sich zum Haus um, sahen zu den oberen Fenstern hoch. Sancho nahm seinen Hut ab. Nosé fummelte seine Narrenkappe vom Kopf. Dos und Cuatro winselten leise.

»Zwei plus zwei sind vier, mal vier gibt sechzehn«, flüsterte Nosé, sich das Datum einzuprägen, wie er es stets tat, wenn er Geschehnissen beiwohnte, die ihm bedeutend schienen. Es war der zweiundzwanzigste April sechzehnhundertundsechzehn nach gregorianischem Kalender.

Nosé gab vor, die Tränen in Sanchos Augen nicht zu bemerken, kraulte Dos' Hals, wandte sich letztlich an den Knappen.

»Du bist Sancho Panza, richtig?«

Sancho quetschte den lädierten Hut in seinen Händen.

»Bin ich es noch ohne ihn?«, sagte er, murmelte dann mit gesenktem Haupt ein Gebet.

Im Land der Engel

Are you going to Scarborough Fair?
Parsley, sage, rosemary and thyme,
Remember me to one who lives there,
For she once was a true love of mine.

– Fasst ihn!

– Er hat Beine wie ein Floh, Herr!

– Fasst ihn, oder ich lasse euch auspeitschen.

Der Dieb hatte ein Dach erklommen, sprang von
Haus zu Haus, uneinholbar für die gepanzerten Verfolger. Er war mit den Dächern von Birmingham, seinen
üblichen Verkehrswegen, vertraut. Die Wachen, die
ihm auf der Straße folgten, kamen besser voran als jene
auf den Dächern. Er landete geräuschvoll auf einem

Dach gleicher Höhe wie jenem, von dem er gesprungen war, sah die Verfolger auf der Straße weiterlaufen, sie wollten ihn am Ende des Gebäudes abfangen, doch er hüpfte sacht wieder auf das erste Dach zurück, glitt auf der pultförmigen Abdeckung der angebauten Scheune nach unten, landete in einem Hinterhof, verkroch sich in einem Hühnerstall. Das Federvieh stob auseinander, gackerte aufgeregt. Er würde hier ausharren müssen, bis die Wachen ihre Suche trotz der Drohungen des größten Eisenhändlers der Stadt aufgäben. Zum Diebstahl war es gar nicht gekommen. Man verdächtigte ihn, irgendeinen Eisengegenstand genommen zu haben, doch er war kein einfacher Warendieb, er spezialisierte sich auf Kunstdiebstahl. Im Haus des Eisenhändlers hing ein Bild, gemalt von einem gewissen Peter Paul Rubens, den die Kunstwelt inzwischen hoch einzuschätzen schien. Arden begann erst vor kurzem, sich Wissen über die Künste anzueignen, bisher hatte er einfach nach Auftrag gehandelt, ohne sich zu fragen, was das Besondere an den Raubobjekten sein mochte. Zuvor war ihm unter den lebenden Malern nur Nicholas Hilliard, der in England Miniaturen und Porträts malte, ein Begriff gewesen. Arden hatte wohl von alten Meistern wie Michelangelo und Raffael gehört, gut, auch Caravaggio – erst vor einigen Jahren gestorben – war ihm ein Begriff, auch deshalb, weil er selbst gerade seinen achtunddreißigsten Geburtstag gefeiert hatte, welcher der letzte Caravaggios gewesen war. Die aufstrebenden Künstler aus Flandern und den Niederlanden, selbst jene aus Spanien, kannten, wenn überhaupt, nur die Höflinge.

Nach einer knappen Stunde wagte er sich aus dem Stall, dem Hinterhof, dem Viertel, der Innenstadt nach draußen an den Stadtrand, wo er bei der Familie seiner Auserwählten untergekommen war. Er warf die klapprige Eingangstür ins Schloss, trat in den Wohnraum. In einem Winkel des Raums klaffte ein Loch in der Decke, durch das der Rauch des Holzfeuers abziehen konnte. Ums Feuer herum saß die ganze Familie. Keiner blickte hoch, als er zu ihnen trat, sie starrten ins Feuer, die Kinder kauten Fischhäute, Beths Mutter schälte Kartoffeln. Arden hockte sich neben Beth auf den Boden.

»Niemals gab es das.« Beths Vater sprach ins Feuer, die Flammen zeichneten eine dämonische Grimasse in sein Gesicht. »Die Mallones waren immer arm, fleißig, bescheiden.«

»Vater«, mahnte Beth.

»Beth, dein Vater spricht!«, sagte ihre Mutter, stellte den Topf mit den Kartoffeln zur Seite.

»Niemals«, setzte der Patriarch fort. »Niemals gab es einen Taugenichts in der Familie Mallone, einen Strauchdieb, Gesindel.«

Arden schluckte. Das galt ihm.

»Ich …«, begann er.

»Dir wurde nicht das Wort erteilt!«, donnerte der Patriarch. Arden zuckte zusammen, dachte an Flucht, doch damit blamierte er sich vor seiner Versprochenen, das kam nicht in Frage, noch nicht. »Ich gehe nicht auf

Einzelheiten ein«, fuhr der Hausherr fort. »Man sucht nach dir. Deine Verlobte lügt für dich. Unser Haus erhält einen schlechten Ruf.« Nach einer Pause setzte er erneut an. »Ein Leben in Demut und Entbehrung, alles, um von nichtsnutzigem Diebspack unterlaufen zu werden, das sich in den Pelz der Familie setzt wie eine Laus.« Beth starrte mit ausdruckslosem Gesicht in die Flammen. Arden ahnte, was jetzt kommen würde. »Wir können uns nicht mehr auf der Straße blicken lassen«, fuhr Beths Vater fort. »Du wirst die Familie verlassen. Ich verstoße dich. Beth kann sich reinwaschen, wenn du sie freigibst. Es wird dauern, doch ein anderer wird kommen, ein braver Mensch, und ihren Ruf wiederherstellen. Bestehst du darauf, sie mit dir zu nehmen, so ist sie verloren. Ihr Schicksal liegt in deiner Hand.« Arden wusste nichts zu sagen. »Ich erlaube dir jetzt, zu antworten«, sagte das Familienoberhaupt. Arden erhob sich aus der Hocke, sah zur Seite, während er sprach.

»Ich lasse sie euch. Ich will kein unglückliches Weib an meiner Seite haben. Ich …« Arden wandte sich zur Tür, schritt aus dem Raum. Er drehte sich noch einmal herum, sah die Familie unbewegt ins Feuer stieren; keiner nahm Notiz von seinem Aufbruch, nicht einmal Beth. Er schob die Tür ins Schloss und machte sich auf, ließ all sein Gut zurück.

Der einzige Kontakt, auf den er zählen konnte, war Lord Whitehead, sein wichtigster Auftraggeber und Hehler. Arden hatte noch seinen Anteil am Verkauf des

Gemäldes eines jungen niederländischen Künstlers, Frans Hals oder so ähnlich hieß er wohl, zu erhalten – eine Fastnachtsdarstellung. Lord Whitehead bevorzugte die Maler aus den Niederlanden, er hatte Kunden an der Angel, die diese sammelten oder mit Gewinn weiterverkauften. Arden vermutete, Lord Whitehead übervorteilte ihn, doch er war nicht in der Position, durch Forderungen und Anschuldigungen seine Einnahmequelle zu riskieren. Das Geld, das er nachhause gebracht hatte, wurde von der Familie gern angenommen und neben Nahrung vor allem in Werkzeug für den Mann investiert, der ihn so herablassend behandelte, wegwies. Einerlei, das Leben hatte weiterzugehen. Er schlich auf Umwegen zu Whiteheads Herrenhaus, niemand durfte eine Verbindung zwischen den beiden Männern vermuten. Dies gestaltete sich umständlich, weil eine Wache ihn erkannte und durch einige Gassen verfolgte. Eine halbe Stunde später stand er vor dem Lord in dessen Lesesaal. Der edle Herr saß in einem mit feinem Leder bespannten Ohrensessel, fast verschluckt von dem gewaltigen, mit goldenen Nägeln beschlagenen Möbel. Arden sah erst nur die Füße, die Whitehead dem Kaminfeuer entgegenstreckte, und die Hand mit einem Glas Wein.

»Tritt näher!«, sagte der Lord. Arden umrundete den Sessel, stellte sich zwischen den Hausherrn und das Kaminfeuer. »Geh zur Seite«, sagte Whitehead. »Mich friert.« Arden gehorchte.

»Wie ist Euch, Ihr werdet doch nicht krank?«

»Ich war beim Eisenhändler. Der Rubens hängt noch an seinem Platz. Dieser Umstand tut meiner Gesundheit nicht gut.«

»Ich wurde ertappt. Die Nichte des Alten nutzte den Verkaufsraum außerhalb der Geschäftszeit für ein romantisches Abenteuer mit einem Subteniente.«

»Du hast schon bessere Arbeit beim Auskundschaften geleistet. Du wirst unvorsichtig. Damit bringst du nicht nur dich in Gefahr.«

»Ich kann nicht das Liebesleben aller Verwandten miteinbeziehen, das dauerte Monate.«

»Du weißt, mich interessiert nicht, wie du zu deinen Ergebnissen kommst, ich erwarte Qualitätsarbeit.« Der Lord nahm einen kräftigen Schluck aus seinem Glas. Arden überlegte.

»Die Wachen denken, ich wollte Eisenteile stehlen, ich kann immer noch nach dem Bild ...«

»Nein. Das ist zu riskant. Ich melde mich bei dir, wenn ich einen neuen Auftrag habe.«

»Herr, mein Geld für den letzten Auftrag ...«

»Das behalte ich ein. Du musst lernen, was die Folge schlechter Arbeit ist.«

»Aber – ich bin ohne Mittel und Obdach, man hat mich verstoßen.«

»Langweile mich nicht mit deinen persönlichen Problemen. Geh jetzt!« Lord Whitehead wies mit dem Weinglas zur Tür. Arden schluckte, ging rückwärts aus dem Raum, verneigte sich dabei mehrfach. »Halt!«, rief ihm Whitehead nach. »Komm zurück. Du kannst etwas gut machen. Viel Geld ist da nicht für dich drinnen. Zumindest ist es eine Aufgabe, die außerhalb Birminghams zu erledigen ist, damit schadest du mir weniger.« Arden stellte sich wieder vor den Armsessel, verschränkte die Arme.

»Was wollt Ihr von mir?«

»Warst du in letzter Zeit einmal in Stratford upon Avon?«

»In letzter Zeit nicht, aber früher hatte ich regelmäßig dort zu tun, ich …«

»So genau wollte ich es nicht wissen. Du wirst dich dort hinbegeben. Dort lebt ein Schausteller und Theaterdirektor.«

»Shakespeare«, sagte Arden.

»Du kennst ihn also, gut.«

»Er schreibt auch sehr erfolgreich seine eigenen Stücke.«

»Dann muss ich dir nicht erklären, dass die Originalmanuskripte dieser Stücke einst wertvoll sein werden, der Mann soll stinken vor Geld.«

»Ihr wollt das Original von Hamlet stehlen? Das hat bestimmt sein Verleger.«

»Ich interessiere mich für ein anderes Stück. Angeblich besitzt Shakespeare, der kaum mehr produktiv ist, ein Stück, das er nicht veröffentlicht hat, weil es nicht mit der Qualität seiner früheren Werke mithalten kann, wie er meint. Aus Erfahrung weiß ich, solche Fehlgeburten bringen als Originale am meisten Geld, weil sie dem Sammler die Genugtuung geben, sie als einziger oder einer weniger Kenner zu besitzen.«

»Warum sollte der Meister ein schlechtes Stück geschrieben haben?«

»Es heißt, er sei dem Alkohol verfallen, und womöglich hat die Hurerei ihre Male hinterlassen.«

»Shakespeare wird das Manuskript nicht vollendet haben, denkt Ihr nicht?«

»Umso besser. Ein unvollendetes Werk hat etwas Geheimnisvolles, es regt die Fantasie der Menschen an. Bring es mir!«

»Ich werde mir mit Gewalt Zutritt verschaffen müssen, der Mann wird mich nicht empfangen.«

»Langweile mich nicht schon wieder mit Einzelheiten. Erledige deine Aufgabe.«

»Höheres Risiko bedeutet höheres Salär.«

»Du solltest dankbar sein, überhaupt noch für mich arbeiten zu dürfen, nach deiner letzten Pleite.« Whitehead zeichnete eine abfällige Geste. Arden lächelte ungerührt. Der Lord stöhnte. »Na gut, du sollst deinen Teil erhalten. Mach dich aber sofort auf, der Dichter soll in den letzten Zügen liegen. Wenn die Aasgeier sein Totenbett umschwirren, muss das Manuskript bereits in deinen Händen sein.«

Arden verlor keine Zeit. Er fand ein Ehepaar, das per Kutsche den langen Weg nach Oxford bewältigen wollte. Für ein paar Reales waren sie bereit, den Fremden bis Stratford mitzunehmen. Weniger als eine Stunde

später setzten sich die Pferde in Bewegung. Seine Reisegefährten erzählten, dem Eisenhändler sei erst vor
Stunden sein geliebter Rubens gestohlen worden.
Whitehead hatte Arden als Ablenkungsmanöver missbraucht, während ein anderer seiner Schergen das Bild
entwendete. Die Schläue des Lords rang ihm Bewunderung ab, gleichzeitig erschreckte ihn, wie leichtfertig
Whitehead mit einem Leben, Ardens Leben, spielte.
Doch auch er hatte seinen Auftraggeber betrogen, indem er behauptete, großes Risiko auf sich zu nehmen.
Whitehead wusste nichts über Ardens Vergangenheit,
derlei interessierte ihn nicht. Noch vor einigen Jahren
war dieser bei Shakespeare ein und aus gegangen, hatte Päckchen abgegeben, die er in Spanien zuerst von einem älteren Herrn, zuletzt von einem jungen Mädchen
entgegengenommen hatte. Bis vor dreizehn Jahren
übergab er auch Päckchen von Shakespeare an eine Dame vom englischen Hof und erhielt welche von dieser
für den Dichter. Danach hörte das auf. Es war ein
schwieriges, gefährliches Unterfangen. Zwischen Spanien und England herrschten Spannungen. Nach Englands Sieg über die spanische Armada war nie ein Ende des Krieges erklärt worden, die beiden Kampfhähne
hatten sich in ihre Tennen zurückgezogen, krähten,
krakeelten, ließen ihre Kämme schwellen, und hier und
dort kam es noch zu Übergriffen. Arden war in einem
Haushalt aufgewachsen in dem Spanisch und Englisch
gesprochen wurde, er vermochte, sich unerkannt in
Feindesland zu bewegen. Die Verbindung Shakes-

peares zum englischen Hof schien ebenfalls von höchs-
ter Vertraulichkeit zu sein. Shakespeare persönlich hatte er nie kennengelernt – jemand wie Arden durfte nur
mit Handlangern Kontakt pflegen –, doch fänden sich
in dessen Gesinde gewiss noch einige, die ihm vertraut
wären.

In Stratford upon Avon entstieg Arden der Kutsche.
Sein Rücken schmerzte vom Gerüttel und Geholper der
Fahrt auf steinigen Wegen. Ein Hund, der ihn knurrend
verfolgte, ließ ihn den Schmerz bald vergessen. Strat-
ford bestand aus einer Hand voll Häuser und einem
Misthaufen. Shakespeare wohnte unweit des Letzteren.
Unübersehbar war der Ort, wo der Schausteller seine
Kunst zum Besten gab, wenn gerade kein Markt oder
Tanzfest veranstaltet wurden. Eine Fahne wehte über
dem Dach des Gebäudekomplexes aus Pubs und diver-
sen Gewerken, in dessen Atrium sich zeitweise die
Bühne befand, darunter folgten lange Außenwände,
die Sitzreihen im Innenhof zu bergen. Von außen stellte
das Gebäude einen unförmigen Klotz dar, dessen Pro-
portionen eher den Verhältnissen Londons entsprachen
als jenen einer Kleinstadt. Immerhin barg es fast alles,
was das öffentliche Leben Stratfords ausmachte, der
Rest waren Wohnhäuser. Seit seinem letzten Besuch
war die Stadt allerdings etwas gewachsen. Schöne
Fachwerkbauten zierten zuvor schon das Stadtbild. Die
Fassade von Shakespeares lang gezogenem Herrenhaus
wurde durch Gauben und Giebel aufgelockert, es passte ins Stadtbild. Arden pochte mit dem gusseisernen

Türklopfer an das Eingangstor. Es dauerte eine Weile, ehe ihm jemand öffnete. Die alte Frau erkannte Arden sogleich, sie hatte hier schon gearbeitet, als er wegen seines ersten Auftrags vorsprach, beziehungsweise sein Päckchen übergab.

»Sieh an, unser junger Bote«, sagte sie. »Ich habe Ihn lange nicht gesehen. Er wird doch kein Päckchen überbringen.«

»Ihr habt ein gutes Gedächtnis«, versetzte er. »Ich komme, im Gegenteil, etwas abzuholen. Man sagt mir, ich solle etwas vom Hausherrn an eine bekannte Adresse überbringen.«

»Das ist mir neu. Warte Er … oder trete Er ein und verweile im Salon, während ich mich erkundige.«

Arden dankte und ließ sich in den Salon führen. Hier war die Chance, ein Manuskript zu finden, gleich null. Er schlich sich, kaum war die Alte, die sich nur noch langsam fortbewegen konnte, verschwunden, aus dem Salon. Arden hielt sich nicht damit auf, im Erdgeschoss seine Suche zu beginnen. Shakespeare bewahrte seine Manuskripte gewiss in seiner Nähe im oberen Wohngeschoss auf. Er sah die Bedienstete eben die oberste Schwelle der Treppe verlassen, als er die unterste betrat. Oben angekommen, huschte er die Empore entlang, horchte an der ersten Tür, öffnete sie, nachdem er nichts vernahm, vorsichtig einen Spalt weit. Er erkannte nichts, etwas verstellte seinen Blick. Jetzt schwang die Tür auf, jemand packte ihn im Genick,

zog ihn in den Raum. Arden versuchte, sich loszurei-
ßen.

»Ganz ruhig Bürschchen!«, sagte der Mann, der ihn
festhielt. Ein Zweiter bückte sich zu Arden hinunter.

»Warte! Den kenne ich«, sagte er. »Lass ihn los, er
ist eine Art Postbote!« Der Griff des Ersten lockerte
sich.

»Seit wann kommen Boten so weit ins Haus?«, fragte er. Sie sahen beide Arden an.

»Ich wollte der älteren Dame entgegenkommen, damit sie nicht so viele Stufen zu gehen braucht, sie müht
sich sichtlich damit.«

»Schlechte Ausrede«, sagte der Mann, den Arden
kannte. Er war der Stewart, hatte die Aufsicht über das
Personal. »Bringt Er Post für den Herrn?«

»Ich hoffe, ein Päckchen des Herrn an den Hof
überbringen zu dürfen.«

»Ich weiß nichts davon. Komme Er, wir gehen Shirley entgegen.« Arden folgte dem Stewart. Aus einem
Nebenzimmer trat Shirley, die ältere Bedienstete.

»Ah, da ist ja der junge Mann«, sagte sie. »Er muss
einem Irrtum erlegen sein. Der Herr weiß nichts von einem Päckchen. Man hat Ihm wohl einen Streich gespielt.« Der Stewart betrachtete Arden ernst.

»Oder Er spielt *uns* einen Streich«, sagte er.

»Der Herr möchte Ihn sehen.« Shirley winkte Arden
mit dem Zeigefinger zu sich. »Dass Er sich ja gesittet
verhält, der Zustand des Herrn ist angegriffen.« Arden
nickte, schlüpfte durch die Tür, die Shirley für ihn of-

fenhielt, ins Schlafzimmer des Dichters. Der Stewart folgte ihm. Ein Bett und eine Kommode – das war die ganze Einrichtung. Neben der Schlafstatt lag auf einem Hocker eine Schröpfausrüstung; ein blutiges Tuch ließ Arden schließen, der Meister wurde außerdem zur Ader gelassen.

»Komme Er näher, junger Mann«, sagte eine Stimme, die aus der Tiefe eines lose gefüllten Kissens drang. Arden tat, wie ihm geheißen. Der Stewart blieb im Hintergrund. Shakespeare atmete schwer. »Ich höre, Er sucht nach Post von mir nach London. Wer sendet ihn? Der Hof?«

»Niemand sendet mich«, sagte Arden. »Ich komme auf eigenes Mandat. Ich hörte Gerüchte, Andeutungen, Hinweise von mancherlei Seite. Es hieß, Ihr hättet ein neues Werk vollendet, das den Hof interessieren könnte.«

»Warum sollte es das?«

»Das weiß ich nicht. Ich bin nur ein Bote.«

»Das ist der Grund, warum ich Ihn sehen wollte. Er hat mich stets mit Post aus Spanien versorgt. Ich warte auf Nachricht von einem Freund. Hat Er mir bestimmt nichts zu überbringen?«

»Ich war lange nicht in Spanien, ich wirke zurzeit in Birmingham.«

»Vor elf Tagen ist in Spanien ein bekannter Kollege verschieden. Es würde Ihn etwa so lange beanspruchen, mit einer letzten Nachricht von ihm zu mir zu kommen.«

»Ihr reist wohl nicht viel. Der Weg ist weit beschwerlicher, dauert Wochen. Ich weiß von nichts dergleichen.«

»Hat Er je von Miguel Cervantes gehört? Ein Kollege aus Spanien, bekannt für seine Arbeiten der erzählenden Literatur.«

»Das habe ich wohl. Ich hörte unterwegs, er starb gestern, also am zweiundzwanzigsten April?«

»Der gregorianische Kalender spielt uns diesen Streich, nach unserem julianischen Kalender war es der zwölfte April. Er weiß also tatsächlich nichts?«

»Es tut mir leid, Meister.«

»Nenne Er mich nicht Meister, ich verdiene es nicht.«

»Und wie Ihr es verdient! Eure Stücke, Eure Sonette …«

»Ach, Er hat keine Ahnung. Doch einerlei – ich besitze ein übriges Manuskript, doch es verdient nicht, zu Hof präsentiert, weniger noch, der Öffentlichkeit zugänglich gemacht zu werden. Sage Er meinem Stewart, ich möchte ihn sprechen, dann gehe Er. Ich habe nichts für Ihn.«

Der Stewart trat ans Bett.

»Ich bin hier, Sir«, sagte er, deutete Arden, der den Raum verlassen wollte, mit einer Geste an, er solle bleiben. Arden stellte sich zur Tür. Shakespeare hob eine Hand, als wolle er jene des Stewart ergreifen.

»Ich werde nicht mehr gesunden, mein Freund«, sagte der Dichter. »Lass mich dir am Ende das Du anbieten, du bist mehr als ein Bediensteter für mich.«

»Zu viel der Ehre, Meister.«

»Ich lege das Los des Stückes ›The History of Cardenio‹ in deine Hände. Vernichte es, verbirg es oder handle nach deinem Glauben. Alles, was ich habe, ist mein Name, und er gehört nicht nur mir, er wirft drei Schatten.«

»Ich verstehe nicht.«

»Das musst du nicht. Es ist nicht die Geschichte, die nicht taugt, die Sprache erfüllt nicht meinen Anspruch. Sie ist nicht schlecht, doch keines Shakespeares eigen. Auch verrät der Inhalt ein Geheimnis, das … wie auch immer. Du wirst das Richtige tun.«

Die Tür öffnete sich hinter Arden. Ein Mann mit einer blutigen Schürze, offenbar der Arzt, trat ein, gefolgt von einem jungen Mann und einer jungen Frau.

»Ich muss die Herren bitten, das Zimmer zu verlassen«, sagte der Arzt. »Es sind noch böse Säfte aus dem Körper des Meisters zu entfernen.« Arden und der Stewart wandten sich zum Gehen. Letzterer drehte sich noch einmal um, sprach zum Patienten.

»Ich werde tun, wie du mich geheißen hast, Freund«, sagte er, schritt durch die Tür.

Auf dem Weg ins Erdgeschoss sprachen die zwei Männer nicht. Shirley lief mit einem groben Besen durch die Eingangshalle.

»Wie ist dem Herrn?«, fragte sie. Der Stewart zuckte mit den Achseln.

»Nicht gut«, sagte er knapp. Er führte Arden in eine Kammer, die wohl sein Dienstzimmer war.

»Also: Wer ist Er?«, sagte er.

»Ich verstehe nicht«, entgegnete Arden.

»Ich weiß, wer Er war, als Er vor Jahren hier ein und aus ging. Jetzt ist Er aus einem anderen Grund hier. Ich verlange Offenheit.«

»Ich, äh, na ja, ich bin hinter dem Manuskript her.«

»Hinter der Geschichte von Cardenio, weshalb?«

»Mein Auftraggeber denkt, sie sei wertvoll, weil geheimnisvoll.«

»Er hat meinem Herrn kein Geld geboten. Ich weiß, was das heißt.« Der Stewart zog die Brauen hoch. Arden sah zur Seite. »Es ist eine Möglichkeit«, setzte der Stewart fort. »Würde das Stück gestohlen, wäre ich meine Verantwortung los und es könnte veröffentlicht werden.«

»Ihr werdet es mich aber nicht stehlen lassen«, sagte Arden.

»Nein. So einfach ist Selbstbetrug nicht. Hätte ich Ihn nicht durchschaut, wäre ich frei.«

»Ich will es gar nicht mehr. Sein letzter Wille muss erfüllt werden. Ich werde meinem Auftraggeber sagen, ich sei zu spät gekommen.«

»Ist Er nicht neugierig, was es mit dem Stück auf sich hat?«

»Doch, sehr.«

»Ich ebenfalls. Ich habe heute Morgen begonnen, es zu lesen.«

»Ihr seid bereits im Besitz des Manuskripts?«

»Der Meister war der Ansicht, bei mir würde man zuletzt danach suchen. Ich unterbreite Ihm … nein, ich unterbreite *dir* einen Vorschlag. Ich kenne die ersten Seiten. Während du sie liest, besorge ich Tee und gebe dem Gesinde ein paar Anweisungen. Danach lesen wir gemeinsam das Stück zu Ende, ehe wir es vernichten. Ich heiße James.«

Arden stimmte zu. Er begriff, der Stewart stellte ihm frei, das Manuskript in seiner Abwesenheit zu stehlen, ihn so von der Verantwortung zu befreien. Zugleich aber zeigte er ihm sein Vertrauen, indem er ihm das Du anbot. Nun war Arden es, dessen Gewissen infrage stand. Die Entscheidung fiel ihm leichter als gedacht.

Als James mit dem Tee zurückkehrte, hatte Arden die ersten fünfzehn Seiten gelesen.

»Ich kann nichts Schlechtes entdecken«, sagte er zum Stewart.

»Ich fand auch keinen Mangel im Text, doch der Ton … ich weiß nicht«, sagte James.

»Ich bin nicht so belesen«, gestand Arden. »Ich verfüge nicht über den Vergleich. Was kann das bedeuten?«

»Ich weiß es auch nicht. Lass uns gemeinsam das Stück zu Ende lesen. Der Herr sprach von einem Geheimnis, das im Inhalt offenbart würde.«

Arden und James lasen einander abwechselnd Abschnitte des Manuskripts vor. Shakespeare hatte eine Figur aus Cervantes Don Quijote zur Hauptfigur seines Stückes gemacht, üblicherweise verwendete er entweder historische Persönlichkeiten oder eigene fiktive Charaktere. Die Erleuchtung bezüglich eines Geheimnisses innerhalb des Textes blieb jedoch aus. Die zwei Leser kamen zum Schluss, ihnen fehle das grundlegende Wissen, die Quintessenz entdecken zu können. An einigen Stellen holperte die Sprache, das fiel beiden auf. Der sprichwörtliche große Wortschatz des Meisters schien auch reduziert. Arden brachte Lord Whiteheads Verdacht, was den Lebenswandel Shakespeares betraf, aufs Tapet, doch James wollte das nicht gelten lassen.

»Der Meister schrieb seine besten Zeilen nach durchzechter Nacht; das behauptete er zumindest. Ich denke nicht, mit einem Mal wendete sich das ins Gegenteil.«

»Dann bleibt nur eines zu tun«, sagte Arden. James nickte.

»So, wie der Herr es getan hätte.«

Die Spelunken der Stadt bedienten vorwiegend die Bürger; Landbevölkerung und städtische Unterschicht waren hier nicht gern gesehen. James besorgte Umhänge und Hüte seines Herrn für sich und Arden. Derart verkleidet betraten sie ein kleines Lokal mit nur zwei großen Tischen. Einen davon besetzte eine Runde älterer Gentlemen, am anderen saßen zwei Junker. James und Arden setzten sich zu den Letzteren. Sie bestellten portugiesischen Charneco, unterhielten sich über Shakespeare, seine Werke. Bald erweckten sie die Aufmerksamkeit der Junker.

»Shakespeare, der Maulheld«, sagte einer zum anderen. »Von großen Schlachten schreiben, aber nie eine Waffe in Händen gehalten«. Sein Begleiter lachte.

»Er hält den Degen wie eine Stricknadel, aber mit großer Geste.«

»Grotesk! Das schwülstige Gerede.«

»Man sagt, er bemale sein Gesicht wie eine Dame von Hof.«

»Seine Braguette stopft er mit fünf Fuß Stoff aus, heißt es, weil er sonst nichts hat, sie zu befüllen.« Die beiden schütteten sich aus vor lachen. James ballte die Fäuste, die Muskeln in seinem ganzen Körper spannten sich. Arden legte seine Hand auf die Schulter des Stewarts.

»Sie sind es nicht wert. Es ist bloß der Neid der Unbegabten. Bleib ruhig.«

»Du hast Recht«, sagte James. Sie tranken noch einen Charneco, dann einen weiteren. Die Junker ließen von ihnen ab, als sie sahen, sie konnten die Unbewaffneten nicht provozieren. Es wäre kein Ruhmesblatt für sie gewesen, mit Degen auf zwei Wehrlose loszugehen. Arden holte seine letzte Crown für eine Runde Sherry hervor, lud auch die Junker dazu ein. James starrte seinen neuen Freund an, ließ es aber geschehen. Siehe da, mit einem Mal erwiesen sich die jungen Adeligen als

Kenner der Stücke Shakespeares, ja, einer lobte den Reichtum seiner Sprache und seine Darstellungskunst. Noch so mancher Sherry wärmte die Kehlen, man lachte, prahlte, schlug auf den Tisch. Arden und James weihten ihre Saufgefährten in ihr Vorhaben ein, Shakespeares verschmähtes Werk auf würdige Weise zu vernichten; die Zecherei sei eine wichtige Komponente des Plans, war doch auch der Dichter dem Sherry und Charneco zugetan. Am Nebentisch wurden Einzelne aufmerksam. Es kam Bewegung in die Gruppe.

»Sie wollen ein Werk unseres großen Dichters vernichten«, sagte einer.

»Das werden wir zu verhindern wissen!«, rief ein anderer. Degen wurden aus ihren Scheiden gezogen. Ein erfolgloser Kollege Shakespeares schleuderte sein Pathos ins Getümmel.

»Stratford verteidigt seinen berühmten Sohn. En garde!«

Die Junker holten ihrerseits die Degen hervor, warfen Arden und James lange verzierte Messer zu. Diese wussten nicht viel damit anzufangen, doch das schien nicht von Bedeutung; die jungen Adeligen führten eine weitaus flinkere Klinge als die zahlenmäßig überlegenen Bürger, die sich bald geschlagen gaben und das Weite suchten. Nun war es an den Siegern, die Zechen aller zu zahlen. Den jungen Adeligen war dies ein Leichtes, sie warfen wie nebenbei große Münzen aus ihren Geldbeuteln auf die Theke. Danach brachen die Verschworenen auf.

»Lasst uns unsere Aufgabe erfüllen«, sagte einer der Junker. Vier Hände fassten ineinander zu einer übergroßen Faust, dann liefen die Angetrunkenen durch die englische Nacht.

Vor dem Gebäudeklotz, der das Theater beinhaltete, stand eine Gruppe Frauen mit Fackeln und Gebetsbüchern in Händen.

»Was treibt ihr hier?«, fragte James.

»Habt Ihr es nicht gehört?«, sagte eine. »Shakespeare – er ist tot.«

Anstatt zu trauern, bekräftigten die Gefährten ihren Plan. Sie liefen zur anderen Seite des Bauwerks, hier war sonst niemand. Arden kletterte aufs Dach des Gebäudes, wies die anderen an, wie sie ungefährdet nachkommen konnten. Sie folgten seinen Bewegungen auf dem Weg über die Dachziegel. Einer dieser löste sich unter dem festen Tritt des Stiefels eines Junkers, rutschte ein Stück, blieb jedoch auf dem Dach liegen. Sie überblickten nun den großen Innenhof mit der Bühne. Unter den Dächern befanden sich einfach gezimmerte Zusehertribünen. Nun folgte der schwierigste Teil. Für Arden zwar wäre es ein Leichtes gewesen, bis an den Traufrand des Dachs zu steigen, sich an der Regenrinne festzuhalten und nach unten zu schwingen, wo er sich mit den Schenkeln an einer Säule, die die Überdachung trug, festklammern würde. Für seine Begleiter stellten solche akrobatischen Einlagen eine Bedrohung dar, zumal in ihrem angetrunkenen Zustand. Arden hatte das

Manuskript unter dem Hemd an seiner Brust mit sich geführt. Jetzt holte er es hervor, warf es in weitem Bogen in den Innenhof. Er setzte sich an den Rand der Traufe, holte einen der Junker, den Stärksten unter ihnen, zu sich. Sie fassten James an den Handgelenken, stemmten sich mit den Beinen gegen die Traufe, ließen ihn langsam nach unten gleiten. James zappelte erst ein wenig, dann schaffte er es, die Säule mit den Beinen zu erreichen, umschlang sie, rutschte ein Stück, bis ihn seine Helfer loslassen konnten und er auch mit den Händen das Bauteil umfasste. Er glitt hinab in die obere Tribüne. Sie wiederholten denselben Vorgang mit dem ersten Junker, wobei James nun dabei half, dessen Beine sogleich an die Säule zu bringen. Der zweite Junker konnte sich dank seiner Kraft mit einer Hand an der Traufe halten, das andere Handgelenk hielt Arden. Schließlich schwang sich der geübte Kletterer nach unten in die Tribüne, landete auf einem der Sitze. Nun liefen die vier die Stufen in den Innenhof hinab. Unterwegs ergriff James eine von der letzten Vorstellung noch glühende Fackel. Sie sammelten Programmzettel vom Boden auf, entfachten im Zentrum des Innenhofs, kurz vor der Bühne ein kleines Feuer, an dem sie zwei ungebrauchte Fackeln, die sie aus den gusseisernen Haltern entnahmen, mit welchen sie schräg an den Säulen angebracht waren, entzündeten. Diese steckten sie in die Erde. Nun erhielt jeder der vier ein etwa gleich dickes Bündel Seiten des Manuskripts. Jeder rezitierte einige Zeilen von je einem Blatt, hielt dieses danach ins Feuer und warf es auf den Boden. Das Ritual mochte Stunden gedauert haben, das konnte Arden nicht mehr beurteilen; die Wirkung des Sherrys trat jetzt, da sie in Ruhe verharrten, erst richtig zu Tage. Am Ende standen er und seine Mitverschworenen rund um den Aschehaufen. Schwarze Fetzen wurden von einer leichten Brise davongetragen. Die Geschichte von Cardenio war nicht mehr. Shakespeare war nicht mehr. Man schrieb den dreiundzwanzigsten April des Jahres sechzehnhundertundsechzehn nach julianischem Kalender.

Auszug

Nosé war mit Dos und Cuatro in seine Kellerwohnung zurückgekehrt. Mehr als Woche ging ins Land, zehn Tage. Er wollte Sancho Panza am kommenden Nachmittag wiedersehen, der Knappe hatte darauf bestanden. Ein paar Ausbesserungsarbeiten an seinem Kostüm erledigte der Narr noch an diesem Abend. Schellen ließ er nur noch an Säumen, Ärmeln und am Kragen. So war der Anzug gleich viel angenehmer zu tragen. Tres und Uno hatten tote Ratten angeschleppt, die Räume stanken elendiglich. Natürlich mussten die Hunde fressen, er hatte sie den ganzen Tag alleingelassen, das kannten sie so wenig wie er selbst. Zu sehen, seine Hunde konnten sich zur Not selbst ernähren, erleichterte den Narren. Cinco streunte noch irgendwo herum, er jagte gern allein. Nosé zog noch einmal mit

Dos und Cuatro los, damit auch sie sich nach dem langen Tag nicht ungesättigt schlafenlegen mussten. Er selbst hatte im Zuge der traurigen Ereignisse auf das erwartete Essen bei Cervantes verzichtet und in den folgenden Tagen wenig Appetit entwickelt.

Sie liefen nicht weit, fanden schon in der nächsten engen Gasse Nahrungsreste auf dem Boden. Nosé klemmte brauchbares Material unter den linken Arm, sammelte mit seiner Rechten weitere Leckerbissen auf, bis der Klang eines dumpfen Schlags, gefolgt von Winseln, seine Aufmerksamkeit erregte. Er drehte sich um, sah Dos an einer Hauswand am Boden liegen, sie wehrte sich gegen die riesige Ratte, Rompiente, welche sie mit blitzschnellen Bewegungen an verschiedenen Stellen ihres Körpers biss. Cuatro rannte hinzu, packte Rompiente am Schwanz, welcher einer Riesenschlange glich, zerrte daran. Die Ratte wirbelte herum, griff nun Cuatro an. Sie verbissen sich ineinander, Cuatro knurrte, gurgelte seinen Speichel hoch, Rompiente gab pfeifende und rasselnde Laute von sich. Dos schlug ihre Zähne in den Rücken der Ratte. Nosé fasste das Tier am Genick und riss es von Cuatros Körper. Rompiente wand sich aus seinem Griff, schüttelte Dos ab, rannte davon ins Dunkel. Dos lief ein Stück hinterher, lies dann von der Ratte ab. Cuatro war schwer lädiert, er versuchte, sich hochzustemmen, brach wieder zusammen. So konnte er nicht nachhauselaufen. Dos winselte, lief zwischen Cuatro und Nosé hin und her.

»Schon gut, Dos«, flüsterte Nosé. »Ich lasse ihn nicht allein.« Er zerrte Cuatro ein Stück die Gasse entlang. Cuatro jaulte – so ging es nicht. Nosé fand einen Hinterhof, in dem ein Pferdefuhrwerk ohne Pferde stand. Er streichelte Cuatros Hals.

»Ein Stück weit musst du noch durchhalten«, sagte er. »Ich bringe uns in Sicherheit.« Er fasste den Hund so um den Körper, dass er ihn halb trug, halb zog, schleifte ihn bis zum Fuhrwerk. Über die Ladefläche war zum Schutz der Ladung eine Plane aus festem Leinen gespannt. Nosé löste das Seil, das durch Ösen im Leinen und Bohrlöcher in der Ladefläche gezogen war. Er schlug die Plane zurück, wendete seine ganze Kraft auf, Cuatro hochzuheben, erst auf Nosés Knie, dann auf den Wagen zu legen. Die Ladung bestand aus Feldfrüchten. Er selbst vermochte, sich daran zu delektieren, nicht die Hunde. So half er Dos, auf die Plattform zu springen, zog die Plane zu, ging noch einmal in die Gasse, nach Nahrungsresten zu suchen. Es hatte zu regnen begonnen. Er sammelte Wursthäute, Innereien, Fischabfälle, alles, was ein wunder Hund zu sich nehmen konnte, ging zurück zur Einfahrt in den Innenhof. Jähes Peitschen schreckte ihn auf. Rompientes Schwanz schlug auf die nassen Kopfsteine. Das Tier kam auf ihn zu. Nosé erstarrte. Kurz bevor ihn die Ratte erreichte, sackte sie in sich zusammen, rollte zur Seite, gab einen schnarrenden Laut von sich, rührte sich nicht mehr. Nosé brachte Dos und Cuatro die Nahrungsreste, dann schleifte er Rompiente an ihrem borstigen Schwanz in den Innenhof, zerrte sie unter das Pferdefuhrwerk. Danach schlüpfte er zu seinen Hunden unter die Plane.

Es war noch Nacht. Er erwachte vom Trommeln des nun starken Regens auf die Plane. Diese hatte sich vollgesogen, war entsprechend schwer. Sein Kostüm hatte ebenfalls Wasser gezogen, er betastete sich, dann Dos, deren feuchtes Fell, Cuatro schließlich. Das Muskelgewebe unter dessen Pelz erschien hart und kalt, ganz anders als Dos' warmer Körper. Nosé rollte sich zu einer Schnecke zusammen, umfasste seine Knie, wischte seine Tränen an den Feldfrüchten ab.

Stark sein. Noch war der Tag nicht angebrochen, als Nosé und Dos aus dem Fuhrwerk sprangen. Der Narr schaffte den toten Hund, der viel leichter zu sein schien denn im Leben, von der Ladefläche, legte ihn neben seine Mörderin auf die Straße. Er fädelte das Seil aus den Ösen, wickelte ein Ende um Cuatro, das andere um Rompiente, stellte sich dazwischen, hob den Strick an, drückte ihn mit aller Kraft nach vorn. Die beiden Leichen bewegten sich nur ein kurzes Stück weit. Dos schnappte sich auch ein Stück des Seils, zog nach vorne. Zusammen kamen sie sehr langsam, aber stetig voran. Sie waren nur zwei, drei Blocks von ihrer Wohnung entfernt, eine Weltreise mit dieser Fracht.

Endlich angekommen, überließ Nosé Rompientes Kadaver den Hunden, während er Cuatro nahe dem Bach in der Erde vergrub. Danach wusch er sein stinkendes Kostüm im Fluss, wand es gut aus, hängte es zum Trocknen auf. Bis zum Mittag bewegte er sich nicht aus der Kellerwohnung, trank viel heißes Wasser aus dem Kessel im Kamin. Aus zwei Holzstücken und einer Schnur hatte er sich ein Feuerzeug gebastelt, mit dem er etwas Heu zum Brennen brachte. Er beobachtete die Flammen, hing seinen Gedanken nach. Am frühen Nachmittag schlüpfte er in sein beinahe trockenes Kostüm, lief auf einem Umweg ins Villenviertel, wo er sich mit Sancho Panza verabredet hatte. Die Hunde nahm er nicht mit. Sancho hatte eine zerfranste Jacke und eine Hose auf seinen Esel gepackt, die Nosé über sein auffälliges Kostüm ziehen musste, um nicht erkannt zu werden. Die viel zu weite Hose banden sie mit einem Strick um Nosés Mitte. Derart verkleidet, machten sie sich auf in die Innenstadt. Sancho wollte den Narren mit jemandem bekanntmachen.

Die Plaza Major war noch in Bau, ein ehrgeiziges Projekt des Königs. Angeblich sollte am Ende im Zentrum des Platzes eine Reiterstatue Philipp III. zeigen, jetzt war das Areal einfach nur groß. Um die Mitte der Plaza hatte sich ein breiter Menschenring gebildet, mit Sancho und Nosé strömten noch weitere Menschengruppen herbei, bald war kein Durchkommen mehr. Auf einer zentralen Plattform waren drei Galgen aufgerichtet worden. Ein Mann mit schwarzer Maske untersuchte Konstruktion und Seile auf ihre Eignung für das grausige Geschäft, dem sie dienen sollten. Jetzt fuhr ein Pferdefuhrwerk auf den Platz. Nosé erkannte das Fuhr-

werk wieder, auf dem Cuatro sein Leben ausgehaucht
hatte. Man hatte nicht einmal die Feldfrüchte entfernt.
Inmitten standen mit gefesselten Händen die drei Verurteilten und zwei Wachen mit Hellebarden. Die Männer wurden auf die Plattform gebracht und der Menschenmenge zum Bespucken und Bewerfen mit den
Feldfrüchten, die in der Menge verteilt wurden, überlassen. Nosé erkannte die Männer. Es waren drei der
Verschwörer, die er am Manzanares kennengelernt hatte, darunter derjenige, der den Anschlag verüben sollte.

Ein Höfling mit grotesk großem Hut entrollte eine
Schriftrolle, verlas die Verbrechen der gefassten Täter
und deren Todesurteil. Der Anschlag auf Pater Juan de
Santa María war fehlgeschlagen, die leidenschaftlichen
jungen Menschen hatten ihr Vorhaben nachlässig geplant. Die Wachen führten die Verurteilten zu ihren
Galgen, wo sie über kleine Treppchen auf Podeste ge-
langten. Es war kein Geistlicher anwesend wie sonst
üblich, vermutlich, weil der Anschlag einem der ihren
galt. Der letzte Satz des königlichen Kundmachers endete folgerichtig: »… ohne geistlichen Beistand werdet
ihr direkt zur Hölle fahren.«

Der Henker legte einem Verschwörer nach dem anderen die Schlinge um den Hals, trat hinter ihn und
zog sie in seinem Genick fest. Die Treppchen wurden
entfernt. An jedem Podest befand sich ein Hebel, mit
dem der Henker über eine Mechanik die Podeste weg-
klappen konnte, wodurch die Körper in einen Abgrund

geschleudert würden. Nosé wollte das Schauspiel nicht verfolgen. Er warf einen letzten Blick auf den Attentäter, dieser sah im selben Augenblick zu ihm herab. Seine Augen weiteten sich.

»Verräter!«, brüllte er, spuckte auf die Plattform. Nosé zuckte zusammen. Er? Warum? Was hatte er getan? Er spürte die Blicke vieler Menschen auf sich ruhen. Einige sprühten von Hass. Er machte die restlichen Verschwörer im Publikum aus und … die junge Frau, die den Attentäter umarmt hatte. Ihr kalter Blick bohrte sich in Nosés Herz.

»Komm!«, sagte Sancho. »Los!«

»Aber …«

»Ich weiß nicht, was du mir alldem zu tun hast, aber der Todeskandidat hat eben seinerseits ein Todesurteil gesprochen.« Der Knappe zog den Narren am Kragen durch die Menschenmenge, mit der anderen Hand führte er den Esel.

»Ich habe niemanden verraten«, sagte Nosé.

»Das spielt jetzt keine Rolle. Komm!« Sie kämpften sich durch den Mob bis ans Ende des Platzes. »Du musst die Stadt verlassen«, sagte Sancho. »Hier wirst du nicht alt.«

»Wenn ich ihnen sage, dass nicht ich …«

»Dazu kommst du gar nicht. Es ist ihnen auch egal, ob du es wirklich warst. Sie brauchen einen Schuldigen, jemand der ihren Hass aufnimmt, bevor sie daran ersticken.«

»Du scheinst ihre Gefühle gut zu kennen.«

»Ich war einst wie sie.«

»Was jetzt?«

»Wir brechen noch heute auf.«

»Wir? Dich jagt doch niemand.«

»Jemand muss auf den Narren achten. Du weißt nichts von der Welt.« Sancho war außer Atem. Er bestieg seinen Esel – Laufen tat einem großen Bauch nicht gut.

»Hast du keine Familie, die dich vermisst?«, fragte Nosé.

»Meine Familie habe ich verloren, als ich mich zum zweiten Mal für Don Quijote entschieden habe.«

»Warum hast du das getan?«

»Ich bin Sancho Panza, es war mein Schicksal.«

»Habe ich auch ein Schicksal?«

»Wer weiß.«

Hufgetrappel – zwei Pferde trabten von hinten auf sie zu. Einer der Reiter gehörte zu den Verschwörern. Nosé rannte los, überholte den Esel, auf dem Sancho durchgeschüttelt wurde. Die Pferde holten auf. Nosé sprang über eine steinerne Brüstung, lief auf eine Wiese. Das Pferd des Verschwörers setzte darüber, der Reiter beherrschte seine Kunst. Vier Hunde huschten über die Wiese, bellten aus Leibeskräften. Uno, Dos, Tres und Cinco waren vermutlich auf Nahrungssuche, als sie ihren Mitbewohner in Bedrängnis fanden. Das Pferd scheute, der Reiter hatte Mühe, sich im Sattel zu halten. Nosé überquerte die Wiese, tauchte am anderen Ende ins Gassengewirr.

Er wählte seinen Heimweg durch Privatgrundstücke, Hinterhöfe und entlang schmaler Fußpfade. Nosé packte alles in einem Tuch zusammen, was er besaß. Er erschreckte darüber, wie wenig das war. So musste er zumindest nicht schwer schleppen, er hatte keinen Esel zur Verfügung wie Sancho.

Nicht lange nach ihm kehrten die Hunde zurück. Sie waren gottlob alle wohlauf. Nach einer stürmischen Begrüßung war Gruppenkuscheln angesagt. Die Hunde spürten sichtlich, es stand eine Veränderung an. Sie hatte sich mit dem Tod Cuatros angekündigt.

Eine Stunde später stand Sancho in der Kellerwohnung, schüttelte den Kopf über die Wohnbedingungen des jungen Narren.

»Das ist bestenfalls ein Stall, Tierhaare überall. Es riecht wie ein Abort.«

»Es ist ein Abort«, sagte Nosé. »Sind nicht Küche und Abort das Wichtigste?«

»Das Wichtigste ist aber nicht genug. Allerdings steht uns fürs Erste noch mehr Verzicht bevor. Unsere Reise wird beschwerlich.«

»Wohin geht die Reise.«

»Das Ziel muss Andorra sein, dort gilt die spanische Gerichtsbarkeit nicht.«

»Was haben wir mit der spanischen Gerichtsbarkeit zu schaffen?«

»Don Quijote und ich haben uns nicht immer mustergültig verhalten.«

»Es ist also nicht reine Nächstenliebe, dass du mich begleitest. Vielmehr drängst du mich zur Flucht, um einen Reisegefährten zu haben.«

»Du lässt mich ziemlich schäbig aussehen, angesichts meiner guten Taten.«

»Verzeih«, sagte Nosé, wandte sich den Hunden zu. »Wer kommt mit?«, fragte er. Keine Reaktion. »Na gut, ich gehe. Wer mitkommt, kommt mit; wer nicht, nicht.«

Sanchos Esel war nicht mehr bepackt als sonst.

»Willst du noch etwas bei dir zuhause holen?«

»Ich habe alles. Ich bin seit Tagen bereit, abzureisen.« Es war also noch Platz. Nosé holte seinen großen Topf aus dem Kamin – die Hunde konnten nichts damit anfangen –, stülpte ihn über Sanchos Gepäck, wodurch dieses auch vor Regen geschützt würde.

Sie brachen auf. Nach einigen Minuten kam Dos gelaufen. Nosé freute sich, seine treueste Freundin bei sich zu wissen. Bei flottem Gang lag eine Reise von zwei bis drei Wochen vor ihnen, widrige Umstände vermochten diese Dauer beträchtlich zu strecken. Solange sie es schafften, sich mit Nahrungsmitteln zu versorgen, war das in Ordnung. Das Reisewetter erwies sich als ideal. Die Sonne schien, zugleich war die Luft kühl. So mochte es Nosé. Er war so gut wie nie aus der Stadt hinausgekommen, wie ein Tier war er stets auf Nahrungssuche, das gelang an Gemüseständen leichter, als in freier Natur nach Essbarem Ausschau zu halten.

Sie sprachen nicht viel, bestaunten die Schönheiten der Natur. In den ersten zwei Stunden begegnete ihnen nur ein Bauer, der auf seinem Karren Kartoffeln transportierte. Die Gewächse waren vor etwa fünfzig Jahren aus Amerika eingeführt worden, galten lange Zeit als Hexenpflanzen, weil sie Nachtschattengewächse waren wie Tollkirsche, Stechapfel, Alraune und Bilsenkraut. Was unter der Erde wuchs, konnte nicht für den Verzehr gedacht sein; dazu kam, die Kartoffel wurde nicht in der Bibel erwähnt. Nun begann sich die Speicherwurzel als nahrhafte Pflanze, die auch Zahnfäule verhindern konnte, durchzusetzen, immer öfter begegnete man Fuhrwerken, beladen mit Hanfsäcken voller Kartoffeln. Sie unterhielten sich mit dem Bauern, Sancho tauschte ein paar Schuhe, die er nie trug, gegen einen halben Sack mit den begehrten Wurzelknollen ein. Nun waren sie froh, den Topf und Nosés Feuerzeug mit sich zu führen. Doch zu essen gab es noch lange nichts, Nosé forderte, sie müssten sich bescheiden.

Dos wurde nach einem Zweitagesmarsch unruhig. Sie winselte, lief zwischen den Männern hin und her.

»Ich habe auch Heimweh«, sagte Nosé, strich über ihr Fell. Sancho erleichterte wo möglich die Last seines Esels, der war nicht mehr der Jüngste. Es zeigte sich, zwei Wochen waren als angenommene Reisezeit deutlich zu optimistisch gewesen, drei würden wohl das Minimum sein. Dos wirkte unglücklich. Nosé setzte sich zu ihr auf den Boden, kraulte ihr Brustfell.

»Du vermisst deine Familie, richtig? Du musst mich nicht begleiten. Ich kann auf mich selbst aufpassen. Außerdem ist da noch Sancho … und sein Esel.« Dos winselte.

»Es ist gut, wirklich. Glaub mir«, sagte er. Sie winselte.

»Na los, hopp!« Er klatschte in die Hände. »Lauf!«

Dos bellte, winselte, bellte wieder, dann lief sie los.

»Pass mir auf die Jungs auf!«, rief Nosé ihr nach.

6

Die Dämmerung brach herein. Es wurde Zeit, sich die Wegzehrung schmecken zu lassen. Sie hielten Ausschau nach dem idealen Platz, als ein alter Mann auf sie zukam. Der brave Mann schleppte einen schweren Sack. Nosé bot ihm sogleich seine Hilfe an. Der Fremde bedankte sich mit einem breiten Lächeln. Sancho fragte ihn nach seinem Ziel und Vorhaben. Der Alte lächelte nur, zog eine Radschlosspistole aus seinem Rock. Sancho riss die Arme in die Höhe, Nosé ließ seinen Sack fallen und hob ebenfalls die Arme.

»Was willst du«, sagte Sancho zum Fremden. »Wir haben nichts von Wert.« Der Mann grinste weiter wortlos. »Sehen wir aus wie Höflinge?«, setzte Sancho hinzu.

»Zeigt mir euer Gepäck«, sagte der Fremde endlich.

Sancho nahm die Tücher mit seiner Habe vom Esel. Der Räuber sah sich das Zeug durch, fand nichts Brauchbares für sich. Nosé öffnete sein Bündel. Er fürchtete um sein Feuerzeug, doch der Bewaffnete wollte davon gar nichts wissen. Letztlich nahm dieser den Kartoffelsack. Er konnte ihn nicht gleichzeitig mit seinen anderen Habseligkeiten tragen und sie auch noch mit der Faustbüchse bedrohen, darum befahl er ihnen weiterzugehen. Sie waren auf offenem Feld, so konnten sie sich nicht zurückschleichen, wenn er voll beladen wäre. Die Kartoffeln waren verloren. Nachdem sie einige Pasos weit gelaufen waren, rief er ihnen nach.

»Halt!« Er stellte seine Last ab. »Der Esel!«, sagte er. »Her damit.«

Sancho drehte die Augen über, er hatte offenbar erwartet, das würde geschehen. Ihm blieb angesichts der Waffe keine Wahl. Der Fremde warf Sanchos Gepäck auf den Boden, ersetzte es durch sein eigenes, zog den Esel mit einer Hand, während er die zwei Opfer mit der Faustbüchse in der anderen bedrohte. Bald war er in der hereinbrechenden Nacht verschwunden.

»Was jetzt?«, fragte Nosé. »Du kannst nicht dein ganzes Gepäck schleppen.«

»Richtig. Du wirst einen Teil davon tragen«, sagte Sancho.

»Den Topf …«

»Müssen wir zurücklassen.«

»Aber …«

»Es muss sein«, schloss Sancho. Nosé betrachtete seinen geliebten Topf wie einen sterbenden Angehörigen. Er schulterte einen Teil von Sanchos Habe zusätzlich zu seiner bescheidenen eigenen. So liefen sie ein Stück, bis sie eine Baumgruppe fanden, ihnen Schutz zu bieten. Sie bereiteten eine Schlafstatt, sammelten trockenes Holz, entzündeten mithilfe Nosés Feuerzeug ein Lagerfeuer, positionierten sich derart, mögliche Bedrohungen schnell erkennen zu können. So vermochten sie einander nicht gut zu sehen, doch das konnte hilfreich sein, wenn man sich über persönliche Dinge unterhielt.

»Hast du Kinder?«, fragte Nosé seinen Begleiter.

»Meine Tochter ist lange fort.«

»Ihr besucht einander doch, nicht?«

»Würdest du dich mit einem Vater zeigen, der mit einem Verrückten umherzieht, als Knappe des Ritters von trauriger Gestalt?«

»Ich weiß nicht. Ich hatte nie Eltern. Fehlt sie dir?«

»Ach, ich weiß nicht.«

»Das weiß man doch.«

»Ich bin zu beschäftigt, wie du siehst.«

»Du beschäftigst dich mit einem fremden Narren, statt mit deinem Fleisch und Blut.«

»Ihr Narren braucht Schutz, ihr seid so angreifbar.«

»Ist das nicht eine willkommene Ausrede?«

»Ich bin hungrig. Zur Hölle mit dem Dieb.«

»Du lenkst ab.«

»Ich versuche zu überleben. Dazu muss man an praktische Dinge denken, nicht in Selbstmitleid baden.«

»Na gut. Aber jetzt können wir nichts an unserer Notlage ändern. Immerhin müssen wir keinen Esel ernähren.«

»Rucio ernährte sich selbst. Er fand sich stets trockenes Gras, Haselstauden oder Baumrinde. Er würde jetzt die vier Bäume hier beknabbern.«

»Nanntest du ihn nicht ›Grauohr‹ in Cervantes Werk?«

»Der große Dichter – Gott hab' ihn selig – hatte ein schlechtes Namensgedächtnis.«

»Könnte der Mensch Gras verdauen, wären wir gerettet.«

»Ich hoffe, der Dieb behandelt meinen Rucio gut.«

»Meine Familie sind Uno, Dos, Tres und Cinco. Ich möchte sie wiedersehen.«

»Da fehlt doch einer. Gab es auch einen Cuatro?«

»Ja, den gab es, er wurde gestern von einer Riesenratte getötet.«

»Das tut mir leid für dich.«

»Er hat mir das Leben gerettet, mehr als einmal.«

»Hunde sind wunderbare Wesen.«

»Das sind sie.«

»Wir haben beide unsere Familien verlassen, weil uns unsere Dummheit ständig in Schwierigkeiten bringt.«

»Ich bin ein Narr von Berufung. Was ist deine Entschuldigung?«

»Ich fühle mich weise in Gesellschaft von Narren, darum suche ich nach ihrer Nähe«, sagte Sancho. Er streckte seine Arme von sich, gähnte. »Wir sollten jetzt Schlaf finden, um morgen ein gutes Stück Wegs zu schaffen.«

Das Feuer knisterte, fraß die Zweige. Nosé stierte in die Flammen, er saß, sitzt …

… am Totenbett Cervantes, neben ihm ein zweiter Narr. Cervantes wendet sich an diesen.

– Till, hilf mir aus dem Bett.

Der Narr zuckt mit den Schultern.

– Seid Ihr sicher, dazu in der Lage zu sein?

– Zerbrich dir nicht den Kopf, Narr. Hilf mir!

Till fasst unter einer Achsel Cervantes' hindurch, schiebt ihn an den Schulterblättern hoch. Nosé eilt hinzu, von der anderen Seite zu helfen. Cervantes wehrt ab.

– Du bist nicht Till, vergiss das nicht. Er hat seine Aufgaben, du die deine. Finde deine Rolle!

– Aber wie … ?

Till hat Cervantes aufgesetzt, nimmt ihn nun mit beiden Händen unter den Achseln, hebt ihn vom Bett hoch. Nosé sieht sich um, findet einen Haufen rostigen Metalls unter dem Bett des Dichters. Er zieht die Blechstücke hervor, die sich als alte Rüstung aus der Zeit der

Reconquista entpuppen. – Ist das Eure Rüstung?, fragt er Cervantes.

– Das ist sie, Narr.

– So seid Ihr es doch.

– Sancho sagte dir doch, Don Quijote schrieb den Roman, nicht Cervantes, richtig?

– Ich weiß nicht mehr. Es war verwirrend.

– Als Don Quijote starb ich zuerst, glaube ich. Oder war es ganz anders? Mein Geist fasst vieles nicht mehr. Wenn du sonst nichts mitnimmst aus meinem Werk, so merke dir zumindest dies: Die aufgeblasenen Ideale der Höflinge: Gralsuche, Minne, Blabla, sie alle sind wertlos, Zeitvertreib für Belanglose. Suche nach einem anständigen, arbeitsamen Leben, einem liebenden Weib, sei gut zu ihr und euren Kindern. Stirb mit Schwielen an den Händen, Liebe im Herzen. Nimm dich in Acht vor der Eitelkeit der Herrschenden, sie werden bald wieder einen großen Krieg anzetteln zu ihrem Gefallen; fliehe ihn, geh fort, geh nach Osten. Till soll dich in seine Heimat führen.

Er wendet sich um. – Willst du das tun, Till?

– Ich werde ihm beistehen, Meister.

Die Glöckchen an Tills Kostüm klingeln, wie zur Bestätigung seiner Worte. Nosé lässt auch seine Schellen erklingen. Cervantes zugewandt, ergreift er das rostige Blech.

– Darf ich Euch die Rüstung anlegen?

– Tut es gemeinsam.

Till zieht die zweizipfelige Narrenkappe von seinem Haupt. Wie aus einer Raupe ein Schmetterling schlüpft, steht unvermittelt der junge Maler vor Nosé, der ihn vor den Wachen rettete, Diego Velásquez. Sie bugsieren gemeinsam den Dichter in die Rüstung. Diego ist ganz in Schwarz gekleidet, das Zimmer taucht in rostbraunen Nebel.

– Lass uns das Bild vervollständigen. Meister und Werk sind eins.

Diego stellt sich zu einer Staffelei in der Mitte des Zimmers. Der Raum erweitert sich, Bilder in tausenderlei Brauntönen hängen an den Wänden, ein Spiegel steht hinter dem gerüsteten Cervantes, welcher sich einen Zettel mit der Aufschrift »Schrott« an den Brustpanzer heftet. Diego wirft mit einer Hand voll Pinselstrichen ein Gemälde auf die Leinwand. Cervantes – oder ist es Don Quijote? – erstrahlt in grellem, von der Rüstung zurückgeworfenem Licht. Im Spiegel dahinter ist blass Nosé zu erkennen und Tills Kostüm, das in der Luft hängt, ohne Till, ohne Diego, leer. Sancho tritt ins Bild, legt die Hand auf Nosés Schulter.

– Komm! Zeit zu gehen.

Nosé öffnet, öffnete …

… seine Augen. Sancho kniete neben ihm, schaffte die verkohlten Reste des Lagerfeuers beiseite.

»Cervantes sagte mir, er sei Don Quijote«, sagte Nosé. »Jetzt weiß ich Bescheid.«

»Träume bestätigen nur, was wir glauben wollen«, entgegnete Sancho. »Du weißt gar nichts.« Nosé stöhnte, erhob sich, packte die Tücher mit ihren Habseligkeiten.

»Also auf ins Ungewisse.«

»Genau dorthin.«

»Kennst du Velásquez?«

»Wenn das nichts Essbares ist, kenne ich es nicht und will es nicht kennen.«

»Na gut. Lass uns Jagd auf Nahrungsmittel machen.«

Sie liefen über Wiesen, durch Wäldchen, ohne Aussicht auf eine Mahlzeit. Nach Stunden näherten sich ihnen zwei Personen, die von Hand einen Karren zogen. Nosé blieb stehen.

»Wenn es nun Wegelagerer sind wie der Dieb, der uns um den Esel brachte …«

»Wir haben nicht mehr viel zu verlieren«, sagte Sancho. »Wir sollten es wagen. Im Übrigen haben wir gar keine andere Wahl.«

Die Fremden schickten sich an, grußlos an ihnen vorbeizulaufen.

»Auf ein Wort«, sagte Sancho, der die Ladung des Karrens mit einem Blick inspizierte, zum Nächststehenden. »Wir wurden Opfer eines Wegelagerers. Er nahm unseren Esel und unsere Nahrung. Wir sind hungrig. Ich sehe, Ihr führt verschiedenes Gemüse mit Euch. Wäret Ihr bereit, uns davon abzugeben?«

»Wir sind Geschäftsleute«, sagte der Angesprochene. »Hat Er uns etwas zum Tausch zu bieten?«

»Nicht viel. Ich kann Euch zeigen, was ich mit mir führe.« Sancho gab Nosé ein Zeichen. Sie öffneten die Tücher, legten deren Inhalt auf den Weg. Die beiden Fremden untersuchten jedes Stück genau.

»Nichts, was Er besitzt, ist von Interesse für uns«, sagte einer der Fremden. »Es wäre nur zusätzliche Last zu schleppen.« Sanchos und Nosés Gesichter zeigten Züge der Enttäuschung. »Das heißt …«, sagte der andere Geschäftsmann.

»Ja?«, fragte Sancho.

»Sein Freund trägt unter seiner Jacke ein Kostüm, das wir vielleicht bei Hof einem Narren anbieten könnten.«

»Mein Kostüm?«, mischte sich Nosé ein. »Es soll meine Zukunft sein, mich ernähren.«

»Nun, es ernährt Ihn jetzt schlecht, nicht wahr? Warum denkt Er, das würde anders?«

»Er hat Recht«, sagte Sancho. »Dein Kostüm ist nur ein Kostüm, es nährt niemanden, das Gemüse wohl.«

»Soll ich nackt umherlaufen?«, sagte Nosé. Die Fremden gruben in ihrer Gemüseladung herum, brachten eine Kiste zum Vorschein. Das Behältnis barg verschiedene Lumpen von schlechter Qualität.

»Er kann eine Hose und ein Hemd bekommen, eine Jacke besitzt Er ohnehin. Schuhe haben wir nicht, sie sind zu schwer.«

»Ich will keine Schuhe, ich gehe immer auf bloßen Füßen. Nichts will ich, mein Kostüm möchte ich behalten, ich habe lang daran gearbeitet.«

»Kein Kostüm – kein Gemüse«, sagte einer der Fremden. Sancho deutete mehrfach mit den flachen Händen von Nosé zu den Geschäftsmännern hin, zuckte dabei mit den Brauen. Nosé stöhnte, schlüpfte langsam aus seinem Kostüm, hielt einige Male inne, überlegte, fuhr mit seiner Tätigkeit fort. Endlich reichte der Narr sein Kostüm den Fremden hin, nahm ihre Lumpen entgegen. Sie durften sich mit reichlich Lebensmitteln eindecken, auch gesalzenes Trockenfleisch war dabei.

»Mein Kostüm hat keinen geringen Wert«, sagte Nosé zu Sancho, als die Fremden weitergezogen waren. »Ich werde es mir wiederholen.«

»Wie stellst du dir das vor?«

»Du wirst schon sehen.«

7

Nosé und Sancho stapften in den Spuren eines Fuhrwerks, das beim letzten Regen tief im Erdreich einge-
sunken sein musste. Sie waren nach ihrer Begegnung
mit den Fremden etwa zwei Stunden gewandert.

»Etwas stimmt nicht«, sagte Sancho.

»Was meinst du?«, entgegnete Nosé.

»Die Spuren. Mir scheint, ich sah sie bereits, kurz
nach unserer letzten Rast.« Sancho kratzte sich am Hinterkopf. Nosé grinste. Sie gingen noch ein paar Pasos
weiter. Diesmal kratzte Sancho seinen Hintern. »Du
hast uns geführt. Was hast du getan?«

»Das wirst du gleich sehen«, sagte Nosé. »Da! Dort
ist es.«

»Was ist dort?«

»Siehts du es nicht?« Er zeigte mit einem Finger auf den Boden, zwanzig Pasos vor ihnen. »Dort liegt es mitten auf dem Weg.«

»Das ist nicht wahr!«, sagte Sancho. »Wie …«

Sie näherten sich der Stelle, auf die Nosé gewiesen hatte. Er hob etwas mit zwei Fingern an, lächelte. Sancho schüttelte den Kopf. »Wie hast du das gemacht?«, fragte er. »Kannst du zaubern?«

»Du hast vergessen, was meine komödiantische Spezialität ist.«

»Nimm es mir nicht übel, aber soweit ich weiß, kannst du nichts weiter, als dich vor Publikum zu kratzen.«

»Ich nehme es dir ganz und gar nicht übel. In einer feuchten Kellerbude mit Hunden, allerlei Getier und wenig Sauberkeit gewöhnt man sich an die Gegenwart von Flöhen, Wanzen und Läusen. Das ist nicht jedermanns Sache, wie du weißt.«

»Du hast die Fremden verseucht … als Dank für ihre Gaben.«

»Gaben? Sie wollten uns übervorteilen.«

»Sie sind Geschäftsleute, das ist ihr täglich Brot.«

»Ich bin Narr, Täuschen ist mein täglich Brot.«

»Jetzt wird mir klar, warum ich mich seit unserer Nacht am Feuer ständig kratze. Ich will, dass du dieses Kleidungsstück vernichtest.«

»Denkst du, das Ungeziefer und Geziefer steckt nur im Kostüm?«

»Geh weg von mir!«

»Zu spät. Gewöhne dich besser an deine Gäste, sie sind sehr treu und durstig.«

Nosé legte sein Kostüm wieder an. Als sie an einem Bach vorbeikamen, zwang Sancho seinen Reisegefährten zu einem Bad und zur Reinigung seiner Wäsche. Er selbst tat das Gleiche.

»Hätten wir noch den großen Topf, könnten wir das Zeug auskochen«, sagte er. Nosé zuckte mit den Achseln.

Sie ließen ihre Kleider nicht trocknen, ehe sie diese anlegten. Sie hatten keine Zeit zu verlieren.

»Du hast uns um einen halben Tag gebracht, wegen deines Kostüms«, sagte der Knappe. »Jetzt gibt es lange keine Rast mehr.« Nosé schwieg. Sancho überlegte. »Ich muss zugeben, dein einziger Trick wirkt.« Nosé schwieg. »Zusammen mit deinem Hund sah das vielleicht auch komisch aus«, setzte sein Begleiter hinzu. Nosé schwieg. »Sag was!«, befahl Sancho. Nosé schwieg. Sancho fuchtelte mit den Armen. »Wieso bin jetzt auf einmal *ich* der Missetäter? Ich …«

»Es ist nicht mein einziger Trick«, erwiderte der Narr nun. »Ich narrte auch die Wachen am Palacio Real.«

»Ist das so?« Sancho stemmte seine Arme in die Hüften. »Warum narrtest du nicht den, der uns den Esel raubte?« Er wartete auf eine Antwort, dann setzte er hinzu. »Weil es *mein* Esel war?« Nosé betrachtete den Himmel, einige Wolken zogen dahin. »Darf ich um eine Antwort bitten?«, sagte Sancho. Wolken konnten faszinierend sein, Nosé bekam nicht genug davon. Der Knappe stieß ihm seinen Ellbogen in die Seite.

Sie marschierten nebeneinander her, tauschten keine Blicke, erst recht keine Worte. Jeder versuchte, dem anderen einen Schritt vorauszugehen, so kamen sie schnell voran. Schon brach der Abend herein. Nosé dachte, sie würden nun einen Platz zum Schlafen suchen, doch Sancho machte keine Anstalten. Bald war es so dunkel, man konnte die eigene Hand nicht vor Augen sehen, doch jede Menge Sterne am Himmel. Nosé stolperte dahin, sicher, sie hätten längst den Weg verlassen. Einmal prallte er mit flottem Schritt gegen einen Baum. Er versuchte, sich nicht anmerken zu lassen, wie sehr ihn sein Kinn schmerzte, sein Kiefer. Ein dumpfes Geräusch bestätigte ihm, Sancho litt ähnliche Qualen.

In der Landschaft, die sie nun betraten, wuchs Strauch in Strauch, Ruten peitschten, Dornen ritzten die Haut, Kletten hafteten an ihren Kleidern. Nosé hatte genug davon. Er blieb einfach stehen, atmete einmal tief durch, setzte sich ins Gestrüpp, das über den Boden ausgriff, legte die Tücher mit seiner Habe neben sich. Momente später kehrte der vorangelaufene Sancho zurück, legte sich in die Ruten und schnarchte sofort los.

Nosé öffnete die Augen, als er ein Krabbeln an seinem Hals wahrnahm. Er sprach längst nicht mehr auf Kleinsttiere auf seiner Haut an, doch was er jetzt mit

seinen Fingern zu fassen bekam, war ein Tausendfüß-
ler. Er warf das Tier von sich, wollte sich aufsetzen. Sofort verfing er sich im Gestrüpp, es riss ihm die Narrenkappe vom Kopf. Sancho schnarchte noch selig. Nosé
kämpfte sich hoch. Er entdeckte, Sancho und er hatten
sich in einer Barriere verfangen, die ein Grundstück
umgab, in dessen Mitte ein schmuckes Haus mit einer
kleinen Orangerie stand, Lustschlösschen eines niedri-
gen Adeligen womöglich. Sicher war, der Besitzer wollte nicht gestört werden. Ein Grund mehr. Nosé befreite
seine Narrenkappe aus dem Griff der Kletten, weckte
Sancho, zeigte ihm seine Entdeckung. Sie beschlossen,
die Freundlichkeit des Hausherrn zu testen. Sie befrei-
ten ihre Kleider von Zweigen und Käfern, überwanden
die Dornenbarriere.

»Du stinkst zwar nicht mehr wie ein faules Ei«, sagte Sancho. »Doch man kann sich mit dir nicht sehen
lassen.«

»Hältst du deinen Körper für ein Blumenbeet?«,
wehrte sich Nosé. »Da kommt mir eine Idee.« Der Narr
lief auf das Haus zu, öffnete die Glastür zur Orangerie.
Sancho schüttelte den Kopf, folgte ihm. Die beiden liefen zwischen den Hochbeeten einher, schnupperten an
den Blüten der Gewächse. Mit wenig Zartgefühl rissen
sie Köpfe von den Pflanzen und rieben sich damit ein.
Während Sancho sich ein exotisches Bouquet zusam-
menstellte, hielt sich Nosé an Rosenduft mit einem
Hauch des Wohlgeruchs irgendeiner gelben Pflanze –
was nicht auf den Wiesen seiner Umgebung wuchs,

kannte er nicht mit Namen. Wozu auch? Blumen kamen nicht gelaufen, wenn man sie rief.

So gerüstet wagten die Wanderer, sich dem Haustor zu nähern. Nosé zupfte seine Kleidersäume zurecht, betätigte den schmiedeeisernen Türklopfer in Form eines Löwenkopfs. Sancho räusperte sich in Erwartung der Konversation mit einem Bedienten. Stattdessen kamen um beide Hausecken mit Spießen bewaffnete Wachen.

»Wer hat den Herumtreibern gestattet, das Grundstück zu betreten?«, fragte einer von ihnen. »Werden sie erwartet?«

»Kann ich mir nicht vorstellen«, sagte Nosé. »Ich sehe keinen Herumtreiber.«

»Na Er und Er«, sagte die Wache. Nosé blickte um sich.

»Wo sind er und er?«, sagte er. »Siehst du Herumtreiber, Sancho?«

»Sie müssen in den Büschen stecken«, argwöhnte der Angesprochene.

»Man kann gar nicht genug achtgeben, bei Leuten, die nicht erwartet werden.«

»Wie Recht du hast!«

»Genug!« Die Wache stampfte mit einem Fuß auf. »Verschwindet!«

Nosé und Sancho zuckten mit den Schultern, wandten sich zum Gehen. In diesem Augenblick öffnete sich das Haustor. Das Gesicht einer Frau mittleren Alters blickte durch den Spalt. Sie musste früher sehr schön gewesen sein, war es – durch die Augen eines reiferen Menschen als Nosé gesehen – immer noch, wie jener an Sanchos Blick erkennen konnte. Der Knappe schien einen Stock verschluckt zu haben, daher übernahm Nosé das Reden.

»Die schöne Dame will bestimmt nicht, dass zwei unglückliche Verbrechensopfer von ihren Wachen bedroht werden«, sagte er. »Das edle Ross meines Begleiters wurde von einem ruchlosen Menschen entwendet, meine ganze Habe auch.« Sancho schützte seine Lippen mit einer Hand, während er Nosé zuflüsterte:

»Niemand hat dir etwas genommen. Rucio ist kein edles Ross.« Nosé schützte ebenfalls seine Lippen.

»Lass mich machen«, sagte er. Die schöne Frau musterte die beiden. Etwas an ihr war seltsam. Ein Wächter drehte die Augen über, als wüsste er, was kommen würde.

»Er sieht lustig aus«, sagte die Frau zu Nosé. »Man wird seinem Freund das Pferd ersetzen.« Der Wächter atmete tief ein, fuchtelte mit den Händen. »Sargento, helft dem guten Mann dabei, sich das beste Tier auszusuchen«, sagte sie, wandte sich sodann an Nosé: »Er komme gleich mit mir!« Der Narr folgte ihr.

Nosé staunte über den Reichtum, der sich vor ihm ausbreitete. Er hatte außer der Eingangshalle des Palacio Real bislang nichts Luxuriöses gesehen, und die war leer. Brokat, edle Wurzelhölzer, Marmor – eine andere Welt tat sich ihm auf. Jetzt realisierte er, was ihn an der Dame so verstört hatte. In der Mitte ihres Gesichts schien eine Wunde zu klaffen. Ihr Mund war dunkelrot, fast schwarz, er erschrak.

»Verzeiht meine Offenheit, aber ich sorge mich … Eurer Krankheit wegen.«

»Welcher Krankheit?«

»Na, die Lippen. Es muss furchtbar schmerzen.«

»Hat er noch nie Lippenfarbe gesehen? Die englische Königin hat sie eingeführt. Es ist eine Mischung aus Alabaster, Gips und Farbpigmenten.« Nosé staunte. Sie bemalten ihre Gesichter, wie der Maler ein Porträt fertigte. Er wollte es Velásquez erzählen, doch der war weit weg in Sevilla.

Die schöne Frau klatschte in die Hände. Eine Bedienstete trat ein, vollführte einen Knicks, der die schon ältere Dame fast aus dem Gleichgewicht brachte.

»Bereite Sie uns einen Tee«, sagte die Herrin zur Bediensteten, dann zu Nosé: »Portugiesischen oder holländischen Tee?« Nosé schaute sie groß an. Er hatte von dem exotischen Getränk gehört, doch nie davon gekostet. »Er hat Recht«, sagte sie. »Es ist beides chinesischer Tee, unabhängig davon, welches Schiff ihn ins Land schaffte.« Sie wandte sich wieder der Bediensteten zu. »Wir nehmen das Getränk der Feinde, bringe Sie uns den Holländer.« Der Narr stand linkisch, sah sich im Raum um. »So setze Er sich doch«, sagte sie, wies mit einem Arm auf ein samtbespanntes Sofa. Nosé wagte nicht, das edle Stück zu beschmutzen, stellte sich daneben hin. »Sei Er doch nicht so schüchtern.« Sie klopfte mit der Hand auf die Sitzfläche des Sofas.

»Ich war lange auf offener Straße unterwegs«, sagte der Narr. »Ich möchte nicht Eure Kostbarkeit verunzieren.«

»Er duftet dennoch wie meine Rosenzucht«, sagte die Dame. Nosé errötete. Hatte man die geköpften Pflanzen entdeckt?

»Er muss sich nicht genieren. Der König verwendet ebenfalls Rosenwasser, wenn er keine Zeit für die Toilette hat, und – unter uns – die Zeit nimmt er sich selten.« Nosé wusste nichts zu sagen, grinste nur. »So spreche Er doch: Was führt Ihn zu mir?« Ohne nachzudenken, sagte Nosé: »Ich komme, Euch zu warnen.«

»Wovor will Er mich warnen?«

»Vor … vor einer Gefahr.«

»Was vermöchte, mich zu bedrohen?«

»Man trachtet nach Eurem Leben.«

»Wer?«

»Eure Feinde.«

»Wer sind meine Feinde?«

»Ich kann nicht auf Einzelheiten eingehen. Nur so viel: Nehmt Euch in Acht.«

»Wie soll ich mich in Acht nehmen, wenn ich nicht weiß, wovor?«

»Verlasst nicht unbewacht das Haus.«

»Das tu ich nie – das heißt … wie viel weiß er?«

»Ich weiß alles.«

»Woher?«

»Das tut jetzt nichts zur Sache.«

»Das letzte Mal ist lange her. Ich kann nicht ewig in diesem goldenen Käfig darben. Alejandra hat Ihn ins Vertrauen gezogen?«

»Sie musste es jemandem anvertrauen.«

»Sie wird gleich hier sein. So hat sie Ihn also vorausgeschickt, mir die böse Nachricht nicht persönlich überbringen zu müssen.« Nosé erhob sich.

»So ist es. Ich sehe rasch nach meinem Gefährten.«

»Wozu?«

»Ihm ist bei der Wahl eines guten Rosses nicht zu trauen. Womöglich bringt er mir eine Schindmähre an.«

»Na gut. Kehre Er aber bald wieder. Alejandra wird sich freuen, Ihn hier anzutreffen.«

»Gewiss, Edle.«

Nosé lief aus dem Haus, suchte nach den Stallungen. Bei dieser Gelegenheit beobachtete er einen kleinen Tross von Reitern rund um eine offene Kutsche, sie sprengten in den Hof vor dem Haupttor. Die zahlreichen Hufe klopften auf die Kopfsteine, verursachten Lärm gleich einem Trommelwirbel zum Auftritt eines hohen Gastes. In der Kutsche saß nur eine Person, eine Dame. Nosé verbarg sich hinter einer Säule des Arkadengangs im Eingangsbereich. Die Person trat an das Tor, benutzte den Löwenkopf, an dieses zu klopfen. Für einen Moment vermochte Nosé das Gesicht der Dame zu sehen. Es war die junge Frau aus dem Palacio Real, die die Hinrichtung ihres Geliebten mitverfolgen musste. Alejandra hieß sie also. Im Nachhinein wunderte sich Nosé über die gefasste Miene der jungen Frau, angesichts des Geschehens an jenem Tag. In ihrem Blick hatte er schon damals keine Trauer gefunden, nur Hass, auf ihn gerichteten Hass. Wenn sie ihm begegnete – nicht auszudenken! Er wartete ab, bis sich ihre Begleiter mit der Pflege der Pferde beschäftigten, schlich zu den Stallungen.

Sancho stand mit dem Sargento vor einem Pferdepferch, kratzte seine Wange, musterte ein Tier.

»Ein edles Tier«, sagte er. »Gewiss ideal zum Ausritt, doch trägt es auch Lasten?«

»Ihr wollt einen Ackergaul?«, sagte der Sargento. »Den könnt ihr haben.« Er führte den Knappen zu einem weiteren Pferch, wies auf ein stämmiges, schwerfällig aussehendes Tier, das von den Männern keine Notiz nahm. Nosé gesellte sich zu ihnen. Er hielt eine Handfläche senkrecht zur Seite des Mundes.

»Nimm irgendein Tier und ab!«, sagte er. Sancho schien die Situation richtig zu verstehen.

»Ich nehme es«, sagte er zum Sargento. Sie holten das Pferd aus dem Pferch, hängten ihre Taschen über eine Decke auf dem Rücken des Gauls, während der Sargento das Zaumzeug anbrachte.

»Wir brechen sofort auf, um die Dame des Hauses nicht länger mit unserer Anwesenheit zu belasten«, sagte Nosé zum Unteroffizier. Der schien darüber erleichtert zu sein.

»Ich wünsche den Herren einen guten Ritt«, sagte er. Die Gäste führten das Pferd zur Rückseite des Herrenhauses, setzten sich beide auf das Tier, ritten aus dem Gelände, bogen in einen Waldweg ein.

Nach einer halben Stunde hielten sie an einer geschützten Stelle. Nosé wollte danach wieder zu Fuß weiterziehen. Das Pferd hatte zu viel zu tragen.

»Was war los?«, fragte Sancho.

»Du erinnerst dich an die Hinrichtung?«

»Natürlich.«

»Eine Besucherin – sie war dort. Einer der Gehängten war ihr Liebster. Sie hasst mich.«

»Wir hätten so oder so nicht bleiben können. Die Herrin des Hauses … sie ist wirr.«

»Etwas eigen, ja, aber was tut uns das?«

»Sie hätte mich in einem lichten Moment erkennen können.«

»Ihr kennt einander?«

»Sie kannte meinen Herrn.«

»Don Quijote?«

»Wenn du so willst, ja.«

»Was heißt: wenn ich so will?«

»Ach nichts.«

»Du kannst nicht solche Andeutungen machen und dann verstummen.«

»Doch. Wie du siehst, kann ich das.«

Sie machten sich wieder auf. Nosé trottete hinter dem Gaul her. Er musste nicht mehr schleppen, das erleichterte manches. Er hing seinen Gedanken nach. Bald rief er zu Sancho hinauf:

»Was haben die beiden Frauen miteinander zu tun?«

»Wer weiß«, sagte Sancho.

»Don Quijote war doch kein Verschwörer. Oder doch?«

»Nicht, dass es mir bekannt wäre.«

»Du weißt doch etwas«, sagte Nosé. Sancho pfiff eine Melodie aus einer populären Zarzuela, ließ den Gaul, den er nun wie seinen Esel Rucio nannte – eine Diffamierung übelster Sorte fand Nosé –, ein wenig beschleunigen. Der Narr stolperte hintendrein, verfiel zwischenzeitlich ins Laufen, um Schritt zu halten.

An einer Hügelkuppe näherte sich von hinten eine Reitergruppe. Angeführt wurde diese von einer jungen Frau, deren Haare wie ein schwarzer Schleier im Wind wehten. Ihre wilden Augen gaben sie als die Geliebte des gehenkten Verschwörers zu erkennen. Nosé fürchtete um sein Leben. Die Reiter brachten ihre Pferde zum Stehen, die junge Frau zog aus der Scheide am Gürtel eines ihrer Begleiter einen Degen, sprang vom Pferd, hielt die Waffe an Nosés Brust.

»Ich sollte Ihn aufschlitzen wie einen Kartoffelsack«, sagte sie, spie ins Gras. Nosé wich immer weiter zurück, der Degen hatte bereits sein Kostüm durchlöchert.

»Ich habe nichts gesagt«, flehte Nosé. »Ich kenne doch gar niemanden. Mit wem hätte ich sprechen sollen?«

»Wimmernder Feigling.« Alejandra verzog ihre schönen Lippen. »Er hat nicht einmal den Mumm zu seinem Verrat zu stehen.«

»Er spricht die Wahrheit«, sagte Sancho. »Ihr solltet lieber unter den anderen Verschwörern nach dem Verräter suchen.« Die Zornige riss mit ihrem Degen Nosés Gewand über der Brust zur Gänze auf, schnellte die Stichwaffe weiter bis vor Sanchos Nase.

»Er wagt es, die Ehre meiner Freunde anzuzweifeln.«

»Habt ihr euch nicht gefragt, warum nicht alle Verschwörer hingerichtet wurden?«, sagte Nosé, hielt die Stofffetzen über seiner Brust zusammen. »Ich sah zwei Weitere am Manzanares.«

»Was soll das jetzt?«, warf einer der Begleiter der jungen Frau ein, ihr zugewandt, fuhr er fort. »Lass dich nicht verwirren. Er will Zwietracht und Zweifel säen.«

»Du hast Recht, Emilio«, sagte sie. »Eure Aufgabe war, Rodrigo Deckung zu geben. Ihr standet nicht im Fokus der Königstreuen.«

»Die Deckung hat wohl versagt«, stellte Sancho fest.

»Was will Er, feister Zwerg?«, sagte Alejandra. »Was weißt denn Er schon?« Sanchos Stimme zitterte, der Degen ritzte seine Nase.

»Zumindest so viel, dass der, welcher die Deckung gibt, als Erster fällt«, sagte er. Die Drohende schien zu überlegen.

»Du wirst dich doch nicht täuschen lassen, Aleja.« Der elegante Höfling lächelte seine Freundin an. Sie senkte den Degen, zielte nun auf Sanchos Brust. Sie zögerte. »Gib mir den Degen«, sagte Emilio, griff nach der Waffe. Sancho stürzte. Emilio hob den Degen zum Stich an. Alejandra fasste nach seinem Arm.

»Lass ihn«, sagte sie. »Er ist nicht der Verräter, er hat nur ein loses Mundwerk.«

»Na gut«, entgegnete ihr Begleiter. »Er ist tatsächlich eine unbedeutende Nebenfigur.« Er wandte sich Nosé zu. »Dieser hier ist es, der den Tod verdient.«

»So ist es!«, sagte ein anderer Begleiter. »Töte ihn und Schluss.«

»Das werde ich auch, Miguel, aber zuerst stelle ich noch etwas richtig.« Emilio richtete sich wieder an Nosé. »Ich lasse nicht auf mir sitzen, ein feiger Verräter zu sein. Ich stand ganz allein, unsere Truppe traf nicht ein. Ich stellte mich den Königlichen. Ich war ein schlechter Scherz in ihren Augen, in Sekunden war ich besiegt und überrannt.«

»Gab es überhaupt eine Truppe?«, wollte Nosé wissen. »Ich glaube nicht daran. Ihr ward doch nur eine Bande verblendeter Idealisten. Wer hätte euch unterstützt, seinen sicheren Tod gesucht?«

»Miguel hier hat die Männer für unsere Sache begeistert«, sagte Emilio. »Sie wurden aufgehalten, konnten nicht rechtzeitig eingreifen.«

»So ein Pech aber auch«, fiel nun Sancho ein.

»Was willst du damit sagen?«

»Habt ihr die Truppe je gesehen? Habt ihr auch nur einen davon kennengelernt?«

»Genug jetzt!«, sagte Alejandra. »Wir werden das nicht hier erledigen. Fesselt sie und setzt sie auf ihren Gaul. Wir kehren zum Herrenhaus zurück.«

8

Nosé schmerzte jeder Knochen im Leib von der unnatürlichen Haltung. Mit im Rücken gefesselten Händen saß er auf dem Pferd. Er und Sancho wurden ins Haus gebracht. Die Hausherrin staunte, ihren Narren in Gefangenschaft zu sehen.

»Was haben sie verbrochen?«, sagte sie. »Ich schenkte ihnen das Pferd.«

»Es geht nicht um das Pferd«, entgegnete Alejandra. »Dem Narren wird der Prozess wegen Verrats gemacht.«

»So ein hässliches Wort. Kinder, warum vertragt ihr euch nicht. Erst schickst du ihn, mich zu warnen, dann jagst du ihn. Ich will, dass ihr lieb zueinander seid.«

»Ich habe niemanden geschickt. Er ist ein verdammter Lügner.«

»Aber er hat doch so ein lustiges Kostüm. Oh, es ist ja ganz zerrissen.« Die feine Dame fingerte an dem Stoff des Anzugs herum. »Calida!«, rief sie. »Wo steckt sie nur? Aleja, Schatz, sieh doch bitte nach der Alten.« Alejandra stöhnte.

»Gut, Süße«, sagte sie, ging durch eine Seitentür ab. Emilio und Miguel öffneten jeweils die Fesseln eines der Gefangenen, die Hausherrin nicht zu indignieren.

»So setzt euch doch«, forderte die Dame ihre Gäste auf. Sancho und Nosé nahmen Platz, die beiden Höflinge stellten sich hinter sie. »Alle!«, ergänzte die Dame. »Wo bleibt nur Aleja mit Calida«, sagte sie, ging danach aus dem Zimmer. »Hast du das gehört?«, sagte Nosé zu Sancho. »Alejandra nannte die Hausherrin ›Süße‹.« Sancho zuckte mit den Schultern, sah seinen Freund nicht an.

»Es ist ihr Name«, sagte Emilio hinter ihm, er hatte sich noch immer nicht gesetzt.

»Süße?« Nosé hob die Brauen.

»Dulcinée«, sagte der junge Adelige. »Nur Aleja darf es auf diese Weise sagen.« Nosé sah Sancho an, der sich offenbar sehr für den Teppich interessierte, dann wandte er sich wieder an Emilio.

»Sie stehen sich wohl sehr nah«, mutmaßte er.

»Stelle Er nicht so viele Fragen«, herrschte ihn Miguel an. »Er scheint das für ein Teekränzchen zu halten.« In diesem Moment kam ein Mädchen mit einem Tablett voller Teetassen in den Raum, ihr folgte ein älterer Diener mit der Teekanne. Die Bedienstete stellte ihre Last auf ein Tischchen, der Diener schüttete in jede der Tassen Tee, jedes Mal mit einer kleinen Verbeugung.

»Ja«, sagte Nosé zu Miguel. »Dafür halte ich es.« Die Augen des Höflings verengten sich zu Schlitzen. Nosé fror mit einem Mal.

Dulcinée kehrte mit einer älteren Frau zurück, die ein Kästchen in Händen hielt. Letztere kam auf Nosé zu, entnahm dem Behältnis, das sie auf das Tischchen stellte, eine Nadel, entwirrte einen Ballen zu einem langen Faden, versuchte letztlich, ein Ende dessen an der Nadel zu befestigen. Sie stocherte in der Luft herum, weitab von ihrem Ziel.

»Darf ich helfen?«, fragte Nosé. Die Frau reichte ihm die Utensilien. Emilio fasste Nosé am Unterarm.

»Keine Dummheiten«, sagte er, gab den Arm wieder frei. Dulcinée beobachtete die Szene, schüttelte den Kopf.

»Die Herren stehen ja immer noch«, sagte sie. »Ich muss darauf bestehen, dass sie sich zu den anderen setzen.« Die zwei Höflinge setzten sich jeweils neben Sancho und Nosé. Letzterer befestigte in einem einzigen Zug den Faden an der Nadel. Die Damen staunten.

»Er scheint Übung im Umgang mit der Nadel zu haben«, sagte Dulcinée.

»Ich benutze sie oft. Man zerreißt leicht seine Kleidung, wenn man …«

»Wenn man was?«

»Ach nichts. – Ich habe diesen Anzug selbst genäht«, sagte er stolz.

»Ohne ihm zu nahe treten zu wollen: Das sieht man.« Dulcinée sah Calida an, diese nickte, nahm Nosé die Nadel aus der Hand, ergriff die Ränder des Risses, der im Brustteil seines Kostüms klaffte, und begann zu nähen.

Nosé überlegte, sagte dann zu Dulcinée: »Ein schöner Name – Dulcinea. Wie die Angebetete des Ritters von der traurigen Gestalt.« Emilio sprang auf.

»Was erlaubt er sich, die edle Dame bei ihrem Vornamen zu nennen!«, rief er. Nosé duckte sich, erwartete, der junge Mann würde seinen Degen ziehen. Calida holte ihn wieder hoch.

»So kann ich nicht arbeiten, junger Mann«, schimpfte sie.

»Beruhigt Euch«, sagte Dulcinée. »Ich weiß, worauf der junge Narr hinauswill. Ich kenne die Geschichte sehr gut ... sehr gut. Trinkt doch Euren Tee, der steht nicht zur Zierde herum.« Sancho hob erstmals seinen Blick vom Teppich.

»Was geschieht nun mit uns?«, fragte er.

»Zuerst nehmt ihr ein Bad«, entschied Dulcinée. Emilio und Miguel erhoben sich gleichzeitig. Sie wagten jedoch nichts zu sagen. Es war offensichtlich für Nosé, Dulcinée stand gesellschaftlich weit über den anderen. Man hätte meinen können, sie sei aus königlichem Hause.

Nun betrat Alejandra in Begleitung des Sargento, der den Fremden das Pferd übergeben hatte, den Raum, wandte sich an Dulcinée.

»Du hast wildfremden Menschen einfach so ein Pferd geschenkt? Sie hätten sich dein bestes Tier aussuchen können. Gott sei gelobt, sie sind zu dumm eine Kröte von einem Adler zu unterscheiden.«

»Kind, man hat ihnen ihr eigenes edles Tier gestohlen.«

»Ihr edles Tier war ein klappriger Esel. Vermutlich ist er unterwegs an Altersschwäche gestorben.«

»Oh, das wusste ich nicht.«

»Siehst du nun ein, es war ein Fehler?«

»Du hast Recht, die Armen haben nicht nur ein Fortbewegungsmittel verloren, sondern ein geliebtes Wesen, das von ihnen gegangen ist. Hätte ich davon gewusst ...« Alejandra, Miguel und Emilio drehten im perfekten Gleichklang die Augen über, sie schienen Übung darin zu haben. Dulcinée breitete die Arme aus. »Gut, meine Lieben. Ich werde mich mit Alejandra zurückziehen, wir haben einiges zu besprechen. Ihre Begleiter sind bestimmt so lieb, meine fleißigen Bewacher ein wenig zu unterhalten. Calida geleitet, sobald sie ihre Näharbeiten vollendet hat, meine beiden schwergeprüften Gäste zum Waschtrog. Das tust du doch, nicht wahr Calida?«

»Selbstverständlich, Eure Hoheit«, antwortete Calida. Nosé sah Sancho an, als das Wort Hoheit fiel; dieser schien sich nicht zu wundern, er wusste sichtlich etwas.

Bald war Nosés Kostüm wiederhergestellt, Calida führte die beiden Gäste in eine Kammer, in der ein großer ovaler Bottich stand. Eine junge Magd füllte Wasser aus Eimern in den Behälter. Calida steckte einen Finger in die Flüssigkeit.

»Es darf ruhig ein bisschen heißer sein«, sagte sie. »Wir haben es mit schweren Fällen zu tun.« Sie wandte sich den beiden Männern zu. »Na los! Raus aus den Kleidern.«

»Sie wollen nicht vorher den Raum verlassen?«, fragte Nosé.

»Nein«, sagte sie bestimmt. »Ich gedenke zu bleiben.« Sancho und Nosé sahen einander an. Jetzt kam auch die Magd zurück, füllte Wasser ein, während sich die Männer ihrer Hüllen entledigten. Die beiden Frauen stellten sich nebeneinander auf, beobachteten die linkischen Bewegungen der Gäste. Am Ende standen der Narr und der Knappe mit um ihre Mitte übereinandergelegten Händen vor dem Bottich.

»Los jetzt!«, sagte Calida. »Wärmer wird das Wasser nicht.« Sancho testete die Temperatur mit einem Finger, zog ihn sogleich zurück.

»Das ist viel zu heiß«, sagte er. Nosé folgte seinem Beispiel, nickte dann heftig mit dem Kopf. Calida verschränkte die Arme.

»Unsere beiden Jungfrauen haben Angst vor warmem Wasser«, sagte sie zur Magd. Diese kicherte. Als sich die Männer dennoch nicht rührten, meinte die alte Frau zur Magd gewandt: »Jemand wird ihnen vorführen müssen, wie harmlos das ist.«

»Ja«, sagte Nosé, seine Ohren röteten sich. Calida knöpfte ihr Kleid auf. »Aber ... ich dachte ...«, stammelte der Narr.

»Was dachtest du?«, fragte Calida, während sie das Kleid an sich hinabgleiten ließ. Das erste Unterkleid kam zum Vorschein.

»Die ... die Magd«, brachte Nosé hervor.

»Die Magd hat zu tun«, entgegnete die Alte, schlüpfte aus dem Unterkleid, das den Blick auf ein weiteres freigab. Die Magd kicherte ohne Unterlass.

Etwa zehn Minuten und drei Unterkleider sowie ein störrisches Mieder später präsentierte sich Calida in Spitzenunterwäsche.

»Überprüfe die Temperatur«, forderte sie Nosé auf. Er tat es. Das Wasser erwies sich als immer noch heiß, aber durchaus erträglich.

»Es geht«, sagte er.

»Gut«, erwiderte Calida, hob das Mieder auf. Die Magd half ihr, es wieder anzulegen.

»Sie hat uns reingelegt«, sagte Sancho zu Nosé. »Wäre es nicht *deine* Aufgabe, andere an der Nase herumzuführen?«

»Ich bin nackt«, sagte Nosé. »Ohne meine Arbeitskleidung bin ich außer Dienst.«

»Ulenspeygel ist der falsche Name für dich. Ich werde dich Nosé Unbedarft nennen.« Die Männer stiegen in den Bottich. Die Magd reichte ihnen kratzige Tücher und ein grobes Pulver. Sancho erklärte Nosé, es handle sich dabei um Pottasche, das schäume und helfe, Schmutz zu entfernen. Nosé lachte. Er ließe sich doch nicht für dumm verkaufen, meinte er. Doch überraschenderweise tat das Pulver seine Wirkung.

Calida hatte sich mit Unterstützung durch die Magd wieder angekleidet. Die beiden verließen die Kammer. Die Männer rubbelten und schruppten ihre Haut im Bottich, als die Tür aufgestoßen wurde.

»Raus da!«, kommandierte Miguel, er trug eine Radschlosspistole, richtete sie auf Nosé. »Du bleib, wo du bist«, sagte er zu Sancho, der sich aufrichten wollte. Nosé stieg aus dem Bottich. Sein Kostüm war nirgendwo zu sehen.

»Ich habe nichts anzuziehen«, sagte er. Miguel sah sich um.

»Egal. Ich werde es ganz anders machen.« Er kratzte seine Wange, fuchtelte dann mit seiner Faustbüchse vor Sancho herum. »Du da! Du nimmst meinen Degen.«

»Was?« Sancho riss die Augen auf.

»Du hast schon verstanden.« Miguel holte seinen Degen aus der Scheide. »Ihr hattet einen Streit. Du hast die Nerven verloren und ihn niedergestochen.«

»Woher hatte er plötzlich den Degen?«, fragte Nosé.

»Er … er … mir fällt schon noch etwas ein.« Der Höfling hielt Sancho seinen Degen mit dem Griff hin. Der Knappe nahm die Waffe entgegen, sah sie verständnislos an. »Ich weiß jetzt«, sagte Miguel. »Ich kam herein, nach euch zu sehen. Ihr habt gestritten. Ich versuchte, euch zu besänftigen. Unvermutet griff Er nach meinem Degen, stach auf seinen Freund ein.«

»Warum bin ich dann außerhalb des Bottichs? Hätte ich so nicht fliehen können?«

»Zurück in den Bottich!«, befahl Miguel. Nosé gehorchte. »Also los!«, sagte der Mann mit der Faustwaffe zu Sancho. »Stich zu!«

»Wohin soll ich stechen?«, fragte der Knappe.

»Mein Gott – ins Herz. Stelle Er sich nicht so dumm an!« Sancho hob den Degen an, zielte.

»Das Herz ist links«, sagte Nosé. Sancho orientierte sich um. Seine Hand zitterte, der Degen wand sich wie eine Schlange.

»So halte Er doch still!«, drängte Miguel.

»Er versucht es doch«, erklärte Nosé. »Macht den armen Mann doch nicht verrückt, geduldet Euch!«

»Ich … ich … Er sticht jetzt zu oder …« Miguel sah zwischen der Tür und dem Bottich hin und her. »… ich werde schießen. Ich warne Ihn.« Sancho stach an Nosés Brust vorbei ins Leere. »Was ist das für eine Vorstellung?«, sagte der junge Adelige. »Er nimmt mich nicht ernst. Steche Er zu, oder ich drücke ab!«

»Was ist denn hier los?«, rief eine Stimme an der Tür. Calida trat in die Kammer. »Hier wird weder geschossen, noch gestochen.«

»So viel Aufregung in meinem Bad«, sagte die nun hinzutretende Dulcinée. »Kann mir jemand erklären, worum es sich dreht?«

»Der Höfling drängte Sancho dazu, mich zu töten«, sagte Nosé.

»Ach, Kinder! Habe ich nicht gesagt, ihr sollt lieb zueinander sein? Nehmt diese Requisiten fort, damit kann man sich ernsthaft verletzen. Wir alle lieben Shakespeare, aber diese Dramen bringen euch nur auf dumme Ideen. Am Ende sterben noch alle wie bei Hamlet. Shakespeare selbst ist auch tot.«

»Mir scheint, es ist kein Spiel«, sagte Calida.

»Aber, meine Liebe, was sollte es sonst sein? Wir beruhigen uns jetzt, jeder von uns; und mein Lieblingsnarr taucht bitte etwas tiefer ins Badewasser, ich kann sein kleines Er-weiß-schon-Was sehen.« Nosé erschrak, tauchte sein Becken tiefer in den Bottich. Sancho reichte Miguel seinen Degen, der schob ihn in die Scheide zurück, stopfte seine Faustbüchse in den Gürtel, schnaubte und rannte aus dem Raum. »Habe ich etwas Falsches gesagt?«, fragte Dulcinée. »Ich wollte den Heißsporn nicht verärgern.«

»Ich denke, Eure Hoheit haben das Richtige gesagt«, erwiderte Calida.

Im verborgenen Herrenhaus war Chaos eingekehrt. Niemand wusste, vor wem er sich in Acht nehmen sollte, wer Freund war, wer Feind. Miguels Verhalten hatte diese Verwirrung gestiftet. Er war ein alter Vertrauter von Alejandra und Emilio, sie kannten einander seit ihrer Kindheit. Doch nun hatte sich Zweifel in ihre Beziehung geschlichen. Miguel konnte keine überzeugende Erklärung liefern, warum er Sancho dazu benutzen wollte, Nosé zu töten. Er erzählte, er wollte sich die Finger nicht an dem Narren schmutzig machen, konnte aber nicht länger ertragen, dieser lebte noch, während der Beste unter ihnen tot sei. Nicht einmal Alejandra schien das zu glauben, wusste sie doch, wie gern Miguel sich schlug, besonders mit Menschen, die er verachtete. Diese Inszenierung passte nicht zu ihm, meinte sie, es war nicht stimmig. Nosé und sein Begleiter blieben dennoch verdächtig, den Verrat begangen zu haben. Sie wollte deren Tod sichtlich so wie Miguel, nur dessen Beweggründe erregten ihr Misstrauen.

Dulcinée litt am meisten unter diesen Umständen, sie ertrug keine Streitigkeiten. Am Abend wurden Sancho und Nosé in ein Zimmer gesperrt, Emilio übernahm die erste Wache vor ihrer Tür. So nobel hatten die zwei Landstreicher noch nie residiert, ein weiches Bett mit Daunendecken stand ihnen zur Verfügung. Sie legten sich eben schlafen, als die Wand sich auftat. Durch eine Tapetentür kam Calida ins Zimmer. Sie hielt einen Zeigefinger an ihre Lippen, winkte die Männer mit der anderen Hand zu sich. Nosé und Sancho zogen sich an, folgten ihr in einen schmalen Gang. Sie vermochten sich nur mit der Schulter voran weiterzubewegen, Sancho streifte mit dem Bauch an der Wand. Nosé wurde klar, sie liefen innerhalb einer ausgehöhlten dicken

Wand. Eine Treppe führte hinab in den feuchten Keller. Calida führte sie durch einen langen Gang, dann wieder eine Treppe nach oben. Eine Tür entließ sie hinter dem Pferdestall ins Freie. Dort stand der Sargento mit ihrem Gaul. Er führte sie bis in den Wald, half ihnen aufs Pferd, warf zwei aneinandergebundene Säcke über die Satteldecke und kehrte zum Haus zurück. Dulcinée hatte ihnen Proviant mitgegeben, feine Speisen von ausgesuchter Köstlichkeit.

»Wir haben die Ruhe ihres Hauses gestört«, sagte Sancho. »Sie wirft uns mit einer freundlichen Geste aus dem Haus.«

»Wir leben noch«, sagte Nosé. »Wohin jetzt?«

»Nach Andorra.«

»Ist das nicht sehr weit weg?«

»Hast du etwas Besseres vor?«

»Zufällig habe ich gerade Zeit.«

Sie ritten die ganze Nacht durch. Bei Morgengrauen suchten sie sich einen Platz zum Schlafen im Wald. Sie bauten sich eine Art Nest.

»Jetzt will ich es wissen«, sagte Nosé.

»Was?«

»Dulcinée. Ist sie *die* Dulcinea?«

»Schlaf lieber.«

»Seit ich dich kenne, hast du Geheimnisse vor mir. Plötzlich schweigst du, guckst dir stundenlang einen Teppich an …«

»Ich mag Teppiche.«

»Magst du nicht. Niemand mag Teppiche.«

»Schlaf, Junge.«

Am Nachmittag brachen die beiden wieder auf. Die Sonne war aus den Wolkenschleiern hervorgekommen, wärmte ihre Knochen.

»Kennst du den Weg nach Andorra?«, fragte Nosé.

»Nach Osten«, sagte Sancho knapp.

»Wo ist Osten?«

»Dort, wo wir hingehen.«

»Wann werden wir dort sein?«

»Wenn wir dort sind.«

»Wenn wir im Osten sind?«

»Wenn wir im Osten sind.«

»Warum gehen wir nach Andorra?«

»Es gehört nicht zur spanischen Gerichtsbarkeit.«

»Zu welcher Gerichtsbarkeit gehört es dann?«

»Es ist ein Puffer zwischen Frankreich und Spanien. Der Bischof der Diözese Seo de Urgel verwaltet es gemeinsam mit dem französischen König, die haben aber andere Probleme. Im Grunde ist es unabhängig unter der Kontrolle des Consell de la Terra.«

»Wir wollen keine spanische Gerichtsbarkeit, weil …«

»… weil du dich nicht beliebt gemacht hast in Madrid und noch weniger bei den Verschwörern.«

»Warum kommst du mit?«

»Weil ich ein netter Mensch bin.«

»Ach!«

»Na gut. Ich habe für Don Quijote ein paar Dinge getan, die der Inquisition nicht zusagten.«

»Das sind mächtige Gegner.«

»Ich habe nichts getan, wofür man mich verbrennen würde.«

»Du hast Don Quijote weggezaubert. Er ist eine Romanfigur, du bist real. Das ist doch Hexerei, meinst du nicht?«

»Don Quijote war real.«

»Wie geht das?«

»Zerbrich dir nicht den Kopf unter deiner Narrenkappe.«

»Es ergibt keinen Sinn.«

»Manch einer würde den Sinn entdecken.«

»Willst du sagen, ich bin dumm?«

»Mit ›wollen‹ hat das gar nichts zu tun«, sagte Sancho. Nosé überlegte. Er verstand nicht, was das hieß, doch er würde jetzt nicht mehr aus Sancho herausbringen, so beließ er es dabei. Sie hatten eine lange Reise vor sich. Er würde seine Fragen noch öfter stellen.

Nach einer Meile Wegs fasste Nosé den Arm Sanchos.

»Hast du gehört, was Dulcinée gesagt hat?«, sagte er. »Sie behauptete, Shakespeare sei tot. Glaubst du das? … Oder hat sie Shakespeare und Cervantes verwechselt.«

»Dulcinée sollte es besser wissen«, sagte Sancho. »Wenn sie sagt, Shakespeare sei tot, dann ist der englische Dichter tot.«

Nosé dachte an den Mann aus seinem Traum, die edle Geste, mit der er seinen Hut schwang, die Begeisterung, die er erregte.

»Leb wohl!«, sagte er laut. Sancho sah ihn kurz an, schob seinen Hut in den Nacken.

»Halt jetzt einfach den Mund«, sagte er.

London, die Große

Tell her to make me a cambric shirt,
Parsley, sage, rosemary and thyme,
Without no seam nor fine needlework,
And then she'll be a true love of mine.

Arden saß auf dem Rücken eines ausgesuchten Reit-
pferdes, desgleichen er nie besessen hatte. Shakespeare
wollte James nicht in Verlegenheit bringen, indem er
ihn in seinem Testament erwähnte, deshalb schenkte er
ihm schon zu Lebzeiten einen gewissen Betrag, damit
der Freund nach dem Tod des Dichters nicht mittellos
dastünde. James lud Arden ein, ihn nach London zu
begleiten, wo er sich im Globe Theatre um eine Stelle

bewerben wollte, für die ihn Shakespeare vorgeschlagen hatte. Er führte das Empfehlungsschreiben mit sich. Der Ritt war anstrengend. Sie legten mehrere Pausen ein, erzählten Menschen vom Tod Shakespeares. Vielen war der Theatermann bekannt, doch löste die Nachricht von seinem Ableben keine starke Wirkung aus. Dramen wurden als Unterlagen für Jahrmarktstücke zur Unterhaltung während des Einkaufs verstanden, nicht als literarisch bedeutende Erzeugnisse wie Epen, Romane oder Novellen. Auch wurde die englische Sprache als inferior gegenüber der spanischen oder französischen verstanden, wenngleich jene die Sprachen der Feinde waren. Shakespeare war beliebt, aber nur wenig geachtet. Cervantes' Tod wurde in England mehr Aufmerksamkeit geschenkt, so Ardens Eindruck.

Sie hatten sich in Stratford viel Zeit gelassen. James fühlte sich fürs Wohlergehen seiner Arbeitskolleginnen verantwortlich, arrangierte vieles für sie. Er hielt Verbindung mit Thomas Thorpe, half diesem beim Nachruf auf den toten Dichter. Danach legten er und Arden einige Aufenthalte während ihrer Reise ein, so waren Wochen, sogar Monate vergangen. An einem regnerischen Nachmittag im September langten sie in London ein. James wollte sich gleich nach ihrer Ankunft im Globe Theatre bewerben. Arden verabschiedete sich für den Tag. Er konnte sich gleich daran machen, eine Bleibe für die Nacht zu suchen, James würde nach Erledigung seines Vorhabens in kurzer Zeit eine Unterkunft finden müssen, wenn möglich für jahrelangen Aufenthalt. Sie verabredeten sich für den kommenden Tag. Der ehemalige Steward bestand darauf, seinem Begleiter das Pferd zu überlassen – ein wertvolles Geschenk, das dieser letztlich annahm. Arden dachte darüber nach, das edle Tier zu verkaufen, ein Blick in dessen große Augen bewegte ihn jedoch, das vorerst zu lassen. Was er jetzt brauchte, war ein Bett. Er fand ein Zimmer in einem heruntergekommenen Haus, dessen Besitzer eine Tafel mit hingekritzelter Darstellung von Bett und Schrank in ihren Vorgarten gestellt hatten. Man wusste sich zu helfen, war man des Schreibens nicht kundig. Arden mutmaßte, Shakespeare, welcher das Schweigen so meisterlich als Stilmittel einzusetzen verstand, hätte das beeindruckt. Das Zimmer sah so schäbig aus, wie er es sich vorgestellt hatte, doch das reichte ihm. Er handelte sich aus, es für einen Tag zu bezahlen; sollte er bleiben, zahlte er für jeden weiteren Tag im Voraus. Er plante, bald aufzubrechen, fühlte sich nicht sicher in England. Lord Whitehead hatte Beziehungen überallhin, besonders nach London. Zusätzlich wurde Arden als Dieb eines Kunstwerkes gejagt, das ein anderer genommen hatte. Es war früher Abend, als er zu Bett ging. Er schloss die Augen. Das flach einfallende Abendlicht ließ seine Lider im Innern leuchten, Bläschen stiegen vor seinen Pupillen hoch, Funken tanzten hinterher, Flammen schlugen, schlagen ...

… aus der Feuerstelle im Haus der Mallones. Gesichter starren in die Flammen, spielen dämonische Schatten. Niemand rührt sich, nicht einmal die Kinder. Die Stimme des Patriarchen schwebt über seinem unbewegten Gesicht.

– Strauchdieb, Gesindel. Ich verstoße dich. Gib Beth frei. Sie wird unglücklich enden mit dir. Sie lügt für dich.

Sie lügt für mich. Ich habe nicht danach gefragt in jener Nacht. Ich habe nicht einmal mit ihr gesprochen. Hätte ich um sie kämpfen müssen?

Im Schatten des Patriarchen versteckt sich ein Gesicht, Beths.

– Du hast nicht an mich gedacht.

– Ich wurde verfolgt.

– Du hast nicht an mich gedacht.

– Lord Whitehead setzte mich unter Druck.

– Du hast nicht an mich gedacht.

– Es war eine anstrengende Reise nach Stratford, meine Reisegefährten wollten unterhalten werden.

– Du hast nicht an mich gedacht.

– Shakespeare starb, wir haben seiner gedacht, wir tranken viel.

– Du hast nicht an mich gedacht.

– Zu Pferde nach London mit einem Freund …

– Du hast nicht an mich gedacht.

– Ich habe nicht an dich gedacht.

Beths Gesicht geht völlig im Schatten des Patriarchen auf. Die Mutter bewegt sich als Erste, sie klöppelt, achtet auf niemanden. Aus ihrem Rücken kriecht eine Gestalt ans Feuer, wärmt die Hände über den Flammen. Shakespeare richtet seine Augen auf Arden.

– Du bist die Memme im Stück, einem schlechten Stück ohne Handlung. Was hast du vor? Willst du weiter stehlen, flüchten, stehlen, flüchten? Geschichten brauchen einen Wendepunkt, eine Neuigkeit. Du hast keine Geschichte, das ist traurig.

– Ich konnte doch nicht kämpfen. Ihr Vater – sie hätten mich nie anerkannt.

– Dann hätten sie es eben nicht getan. Romeo hatte mit weit größerer Ablehnung zu kämpfen. Du warst bereits ihr Verlobter.

– Romeo ist gestorben.

– Er hat in kurzer Zeit mehr gefühlt als du in deinem Leben.

– Was geht mich der Idiot an. Er ist nicht einmal real, ein Hirngespinst.

– Was weißt du über meine Quellen? Du weißt nicht einmal, wer ich wirklich bin. Nichts weißt du.

Nichts weiß ich. – Ich habe nicht an Beth gedacht, nicht ein einziges Mal, seit ich ihr Haus verließ. Ich denke nicht an sie.

Shakespeare springt in die Flammen, fängt Feuer wie ein Scheit Holz. Er wird die Familie lang warmhalten. Es knistert, pocht, pochte …

… an der Tür zu Ardens Zimmer. Er schreckte hoch, wankte zur Tür, öffnete sie. Die Hausherrin stand vor ihm.

»Mein Mann schickt mich, Ihm zu sagen, der zweite Tag hat angefangen, Er wird dafür im Voraus zahlen müssen.« Arden suchte in seiner Tasche, die er unter dem Bett versteckt hatte, nach dem Geldbeutel. Er zählte die Miete in die Hand der Frau. Sie betrachtete mit großen Augen den prallen Beutel. Arden kannte diesen Blick. Er würde seine Tasche im Auge behalten müssen. »Sein Pferd, es wird Futter brauchen«, setzte sie hinzu. Er legte noch ein paar Münzen in ihre Hand. Überraschenderweise brachte der Hausherr persönlich eine Schüssel Wasser ins Zimmer, so konnte sich Arden erfrischen, eh er sich ankleidete.

Seine Tasche über der Schulter machte er sich ins Vergnügungsviertel etwas außerhalb der Stadt auf. Er war mit James vor dem Globe Theatre verabredet. Das Gebäude war leicht zu finden, jeder Londoner kannte es. Vor drei Jahren wurde das Theater durch ein Feuer fast vernichtet. Man gab Heinrich VIII, feuerte, um die Dramatik zu steigern, eine Kanone ab. Das damals strohgedeckte Dach ging sofort in Flammen auf. Das Ziegeldach auf dem wieder errichteten Gebäude versprach, solchen Effekten gegenüber weniger empfindlich zu sein. Die Schindeln wirkten wie frisch gelegt.

London, die Große

Arden lief vor dem runden Fachwerkbau auf und ab, bis James erschien. Er kam aus dem Theatergebäude, schwang ein Pergament vor Ardens Nase.

»Gestern sprach ich vor, wurde sofort eingestellt«, sagte er. »Heute habe ich es schriftlich.«

»Was ist deine Aufgabe im Theater?«

»Ich … ich habe keine Ahnung. Es ging alles so schnell. Sie sahen Shakespeares Empfehlungsschreiben, und alles war erledigt.«

»Sie werden schon etwas für dich finden«, versicherte Arden. »Die Tribünen kehren …« James schlug seinen Kumpel auf den Hinterkopf.

»Dir werde ich geben«, sagte er. »Ich habe Erfahrung als Verwalter und kenne Shakespeare besser als jeder von ihnen. Bald werden sie für mich arbeiten.« Sie liefen durchs Vergnügungsviertel Bankside, wo noch andere Veranstaltungsorte, wie Hope Theatre, Rose Theatre, Swan Theatre und Fortune Theatre sowie rustikalere Unterhaltungsstätten zu finden waren.

»Ich lade dich auf eine Runde Bearbaiting ein«, sagte James. Sie betraten ein achteckiges Bauwerk, das im Innern ähnlich gebaut war, wie die Theater, nur die Bühne fehlte. Der Bereich, wo sich sonst die Stehplätze unter der Bühne befanden, diente hier als Kampfarena. Arden fühlte sich an die römischen Arenen erinnert, von denen sein Lehrer einst sprach. Im Zentrum des Platzes war ein Pfahl in den Boden geschlagen, an dem man einen Bären band. Nun näherten sich unter ständigem Kläffen Hunde, geführt von jungen Männern.

Letztere waren mit Stöcken bewaffnet. James schien Ardens Blick zu lesen.

»Keine Sorge, der Bär hat keine Krallen«, sagte er.

»Haben die Hunde auch keine Zähne?«, fragte Arden. James neigte seinen Kopf zur Seite, sah seinen Begleiter an, zog eine Braue hoch. Der Bär lief um den Pfahl herum, versuchte, den Hunden zu entkommen. Diese wurden noch zurückgehalten. Die Männer stocherten und schlugen mit ihren Stöcken. Der Bär hieb mit einer Tatze, konnte die Menschen nicht erreichen, so verpuffte seine Kraft. Nun ließen die Anheizer die Hunde los. Die Tiere stürzten sich sogleich auf den Bären. Dieser stellte sich auf, zeigte seine Zähne. Die Hunde wichen vor dem Riesen zurück, einige winselten kurz. Die Schrecksekunde war bald überwunden, ein Hund nach dem anderen schnellte vor, schnappte nach einem Bein des mächtigen Tieres. Der Bär brüllte. Für einen Moment verstummte das Gejohle der Zuseher, die Tribünen schienen unter den Schallwellen zu erzittern. Eine Bulldogge flog neun Fuß oder weiter durch die Arena, eine andere blieb ohnmächtig liegen. Doch die ständigen Bisse, die Kräfte raubenden Schläge, wohl auch die Angst, ließen die Bewegungen des Hünen bald erlahmen. Jetzt wurden die Männer mutig, kamen mit ihren Stöcken und Ruten näher, droschen auf die gewaltigen Muskeln des Bären ein. Das Publikum trieb sie mit lauten Rufen an. Die Hunde verbissen sich ins Fleisch der Bestie. Schließlich liefen zwei bunt gekleidete Clowns in die Arena, vertrieben die

Männer mit ihren Hunden, schlugen Saltos und Räder. Inzwischen wurde der Bär weggebracht. Er war zu wertvoll, ihn töten zu lassen, er würde das gleiche Schauspiel noch öfter erleiden. Personen mit Bauchläden drängten durch die Zuseher, boten ihre Waren feil. Arden machte sich fertig zum Gehen, doch James hielt ihn zurück.

»Wir haben für das volle Programm bezahlt«, sagte er. »Das war erst die erste Runde.« Arden setzte sich wieder. James holte von einer der Bauchladnerinnen in Brot gebackene Hühnermägen, eine Blutwurst und zwei Becher Wein. Arden argwöhnte, der Blutrausch der Zuseher sollte mit dieser Nahrung angeheizt werden. Auf der gegenüberliegenden Seite der Arena saßen auf der Ehrentribüne die üblichen Höflinge, unter ihnen eine eher einfach gekleidete Frau von exotischem Aussehen, gewiss eine Besucherin aus den Kolonien. Nur ein Stirnreif mit einer flauschigen Feder diente ihr als Schmuck. Sie wirkte verloren, blass vom grausigen Schauspiel. James folgte Ardens Augen.

»Virginia«, sagte er. Arden sah ihn an. »Sie ist eine Indianerprinzessin aus Virginia«, erklärte James. »Pocairgendwas.«

»Pocahontas«, sagte eine Frau neben ihm.

»Sowas, ja«, bestätigte er.

»Was tut sie hier?«, fragte Arden.

»Wer weiß.« James biss in seine Blutwursthälfte. »Sie macht sich wichtig, denke ich.«

Seine Sitznachbarin mischte sich wieder ein.

»Sie hat einen Engländer geheiratet«, sagte sie. »Sie ist als Botschafterin ihres Landes hier. Die Hofdame unserer ehemaligen Königin ist ihre offizielle Begleiterin.«

»Ich sagte doch, sie macht sich wichtig«, schloss James. Die Frau drehte sich weg. Jetzt ertönte eine Fanfare. Erst schien nichts zu geschehen, dann stürmte plötzlich ein Bulle aus einem Pferch in die Arena. Seine Hörner waren nur zwei Stummel. Wieder war Vorsorge getroffen worden, Mensch und Hund würden nicht ernsthaft verletzt. Junge Männer aus dem Publikum sprangen in die Arena, Peitschen und Spieße wurden an sie verteilt. Durch ein Tor kamen Männer in Schutzschürzen wiederum mit Bulldoggen. Natürlich, fiel Arden ein, die Hunde waren für den Bullenkampf gezüchtet worden, erhielten den Namen »Bulldogge« deshalb. Diesmal ging es gegen ein Tier, das nicht angebunden war. Trotz aller Vorsichtsmaßnahmen bestand für die ungeübten Teilnehmer Gefahr, ernstlich verletzt zu werden. Er ertappte sich dabei, für den Bullen die Daumen zu halten. Zwischendurch sah er wiederholt zur Ehrentribüne. Die indianische Prinzessin hielt sich die meiste Zeit über die Augen zu. Auch die Hofdame Königin Elisabeths, der Jungfräulichen, nach welcher das Heimatland Pocahontas Virginia benannt worden war, schien wenig erbaut vom rüden Spektakel. Er verstand sie, doch konnte er nicht umhin, den Kampf zu verfolgen. Der Bulle wehrte sich tapfer, warf manchen Angreifer über seinen Nacken in den Staub. Letztlich blieben Hunde und Menschen erfolgreich. Der Bulle hatte nicht das Glück des Bären, noch gebraucht zu werden, er würde ohnedies geschlachtet. So tötete man ihn in der Manege zur allgemeinen Belustigung. Bei der nächsten Vorstellung stand sein Fleisch womöglich schon auf dem Speiseplan, füllte sein Blut die Würste. Pocahontas stand auf. Ihr Begleiter versuchte, sie zurückzuhalten, sie kämpfte sich los, drängte durch die Zuschauerreihen zum Ausgang. Was mussten die Eingeborenen der Kolonien von den Wilden der Stadt halten? Das Reich der Jungfräulichen, das Land Shakespeares, zeigte sich barbarisch. Elisabeth wurde Virginia genannt, weil sie nicht heiraten wollte. Tatsächlich wusste jeder, die edle Dame war alles andere als jungfräulich. Das fremde Land, das in Besitz genommen wurde, verdiente den Namen mehr als sie. Die exotische Botschafterin würde lügen müssen, ihr Volk nicht gegen ihre neuen Herren aufzubringen in einem Kampf, den sie nicht gewinnen könnten, so wie der Bulle mit den gestutzten Hörnern, der Bär ohne Krallen an der Leine. Arden sah sich in seinem Vorhaben bestätigt, dieses Land zu verlassen, mehr und mehr wurde es freier Wille, nicht Zwang.

Den Abschluss der Show bildete ein seltsames Spektakel. Ein Pferd wurde in die Arena geführt, auf seine Rücken war ein Schimpanse festgebunden. Zum dritten Mal kamen Bulldoggen zum Einsatz, diesmal, den alten Gaul zu hetzen. Zwei Uniformierte ließen Peitschen mit langem Schlag und noch längerer Treibschnur knallen, trieben das Tier den Hunden zu. Die Hunde verbissen sich in die Läufe des Pferds, das sich aufbäumte, trampelte. Der Affe auf dessen Rücken wurde durchgeschüttelt, kippte, hing kopfüber. Zwei Tiere in Todesangst brachten die Menge zum Lachen. Arden wollte das nicht mehr sehen, er deutete James an, sich erleichtern zu wollen, lief die Ränge hinunter. Er ging an den Aborten vorbei, lief im Eingangsbereich auf und ab. Ein Paar drängte an ihm vorbei. Er erkannte Pocahontas und ihren Mann. Zwei Wachen folgten ihnen. Die Prinzessin war wie aufgelöst, rannte aus dem Gebäude, der Gatte hatte Mühe, Schritt zu halten. Europa war kein Ort für sanfte Gemüter, für naturverbundene Menschen, die Tiere liebten oder zumindest respektierten. James stand plötzlich hinter Arden.

»Ist wohl nichts für dich, was?«, sagte er. »Ich habe einen Weichling aufgegabelt, empfindsam wie ein kleines Mädchen, eine Prinzessin.« Arden senkte den Kopf. »An dir ist ein Künstler verloren gegangen«, meinte James.

»Ich denke, Empfindsamkeit ist keine Voraussetzung für Kunst.«

»Vielleicht keine Voraussetzung, aber ein häufiger Beweggrund.«

»Wie auch immer. Abschlachten wehrloser Tiere finde ich nicht unterhaltsam.«

»Wir genießen es, weil es uns erdet. Wir sehen, die anderen sind ebenso primitiv wie wir.«

»Du bist nicht primitiv.«

»Doch. Du bist es auch. Glaub nicht, ein wenig Mitleid mit einer misshandelten Kreatur erbebe dich über andere. Was hast du unternommen, den Tieren zu helfen?«

»Ich ... die Menge ... Du hast Recht.«

»Komm, lass uns dieses neue Getränk der Italiener kosten. Hier gibt es ein Pub, das geschmuggelten Kaffee anbietet. Er soll köstlich sein.«

Das Pub versteckte sich in einem Gewirr schmaler Gassen. Arden hätte allein nicht wieder herausgefunden. Der Gastraum war überraschend groß, jedoch geschickt in heimelige Inseln aufgeteilt. Sie fanden eine Nische mit einem Tisch, kaum größer als ein Platzteller.

»Schau, dort!«, sagte James, zeigte mit einem Finger auf einen Tisch, an dem die exotische Botschafterin saß. »Sie hatten dieselbe Idee.«

»Sie ist schön«, sagte Arden.

»Geschmacksache«, setzte James entgegen. »Es ist bloß der Reiz des Fremden. In ihrer Heimat ist sie gewiss nur durchschnittlich.«

»Worüber sie wohl sprechen?«

»Ach, der arme Bulle, schluchz, wie kann man nur, heul ...«

»Mach dich nur lustig.«

»Tu ich doch.«

»Hast du einmal daran gedacht, England zu verlassen?«

»Nein. Hier spricht man meine Sprache, hier sind meine Freunde …«

»Was ist mit deiner Familie?«

»Ich habe keine mehr. Darüber spreche ich nicht.«

»Ich hatte nie eine. Meine Mutter hat mich Menschen überlassen, die mich nie als Sohn anerkannten, gab ihnen Geld, mich durchzubringen, und verschwand.«

»Verscherbelt. Du hasst das ganze Land dafür, träumst davon, es zu verlassen.«

»Ich will erst in die Niederlande. Vielleicht von dort tiefer in den Kontinent. Wo bleibt der Kellner?«

»Hier sind wir schlecht zu sehen, wir könnten uns näher an deine Prinzessin heranpirschen, sie zieht alle Aufmerksamkeit auf sich.« Die beiden wechselten zu einem Tisch, auf dessen Mitte ein Täfelchen mit der Aufschrift »Irish Corner« stand.

»Ich hoffe, wir müssen nicht nachweisen, aus Dublin zu stammen«, sagte Arden.

»Es wird reichen, wenn wir ein Kleeblatt zeichnen können«, erwiderte James. Schon kam eine der Kellnerinnen, die ihren fremdländischen Gast umschwirrten, vorbei, die Bestellung aufzunehmen. James bestellte zwei große Tassen Kaffee mit Milch.

»Man schüttet Milch hinein?«, wunderte sich Arden.

»Manche feinen Leute tun das, um einen cremigeren Geschmack zu erreichen.«

»Plötzlich gehöre ich zu den feinen Leuten.« Arden lachte. Am Nebentisch wurden Stimmen laut.

»Sie zeigen mich herum wie eine Jahrmarktfigur«, klagte die für eine junge Frau dunkle Stimme. »Hereinspaziert! Wir bieten einen zweiköpfigen Gnom, eine blutende Mumie und eine Wilde aus dem fernen Virginia.«

»Du wusstest, das würde passieren«, entgegnete ihr Begleiter. »Du hast es zu deiner Berufung gemacht. Wir bleiben nicht lange.«

»Ich weiß«, sagte sie. »Ich wollte unsere Völker einander annähern, wusste aber nicht, wie barbarisch die Zivilisation sein kann.«

»Sie spricht fast akzentfrei unsere Sprache«, flüsterte Arden.

»Nicht bei öffentlichen Auftritten«, entgegnete James. »Allzu natürlich verhält sich deine Urwaldprinzessin nicht, sie hat eine Agenda.« Pocahontas Mann ergriff wieder das Wort.

»Es fühlt sich seltsam an, dass du hier den Namen Pocahontas verwendest, während du in Virginia als Rebecca Rolfe bekannt bist«, sagte er. »Du förderst selbst den exotischen Eindruck. Jeder, der an die Öffentlichkeit drängt, spielt Theater. Wir geben ein Stück wie deren Shakespeare.«

Plötzlich stand James am Tisch des Paares.

»Verzeiht«, sagte er. »Ich hörte Euch eben den Namen Shakespeares erwähnen. Als ein Freund des Dichters würde ich gern wissen, ob man seine Stücke auch im fernen Virginia aufführt.« Pocahontas selbst antwortete ihm.

»Wir haben keine Theater. Nur wenige von uns kennen seine Stücke. Wir beide haben vor, das zu ändern, nicht wahr, John?« Ihr Mann zeigte seine Zustimmung durch ein Räuspern. »Ich beherrsche eure Sprache ganz gut«, fuhr sie fort. »Ich möchte selbst Shakespeares Werke in die Sprache meines Volkes übersetzen.«

»Dazu werden Euch Eure Verpflichtungen als Prinzessin wenig Zeit lassen«, sagte James.

»Eure Königin Elisabeth fand Zeit, Werke ausländischer Dichter ins Englische zu übersetzen, so sollte ich es erst recht können«, entgegnete sie. Arden stellte sich zu James an den Tisch.

»Sind in Eurem Land weitere englische Einwanderer erwünscht?«, fragte er.

»Zupackende Hände sind immer erwünscht«, sagte John Rolfe. »Was hat Er gelernt?«

»Ich … äh, tja …«, stammelte Arden.

»Wohin soll ich den Kaffee stellen«, sagte nun die Kellnerin hinter ihm.

»Wir sitzen dort«, sagte er, ging mit ihr zurück an seinen Tisch. James bedankte sich bei den ausländischen Gästen, setzte sich dann zu Arden.

»Was ist in dich gefahren?«, fragte er. »Du hast sie brüskiert. Du kannst doch nicht so einfach weggehen.«

In diesem Moment sah Arden Lord Whitehead an einem Tisch nahe dem Eingang sitzen. Er drehte sich schnell in die andere Richtung.

»Jetzt koste doch endlich den Kaffee«, sagte James. »Ich wäre neugieriger an deiner Stelle.« Arden nahm einen Schluck. Das Zeug schmeckte wie abgestandene Ölfarbe. Er spuckte es in die Tasse zurück. James wunderte sich über Ardens Verhalten, nahm selbst einen Schluck, spuckte ihn ebenfalls zurück. Er winkte einer Kellnerin. »Die Milch ist verdorben«, sagte er. »Das kann niemand trinken.« Er wollte einen Ersatz, doch Arden überzeugte ihn, besser das Lokal zu verlassen. Als sie sich erhoben, erklang eine bekannte Stimme in Ardens Rücken.

»Was tust du in London«, fragte Whitehead. »Ich habe dich nach Stratford beordert. Hast du das Skript?«

Arden gab vor, sich wegen des Kaffees übergeben zu müssen, rannte in den Abort, der aus einem Loch im Boden bestand. Ein blindes Fenster war eben groß genug, hindurchschlüpfen zu können. Er warf seine Tasche durch die Öffnung, krabbelte nach draußen, schlich sich aus dem Hinterhof in die nächste Gasse. Natürlich verirrte er sich im Gassengewirr, kam wieder am Pub vorbei. Eine Wache hielt ihn auf, brachte ihn in einen Innenhof. Hier wartete die ehemalige Hofdame Elisabeths, sie stellte sich zu Arden.

»Wartet dort vorne!«, sagte sie zu dem Uniformierten. »Ich habe mit dem Herrn zu sprechen.« Die Wache gehorchte. Die ältere Dame sah Arden in die Augen. »Ich habe nicht viel Zeit und werde mich kurzfassen«, sagte sie. »Er weiß, wer ich bin?« Arden nickte. »Gut, höre Er zu: Es gibt keinen Grund, Lord Whitehead zu fürchten, er handelte in meinem Auftrag.«

»Aber …«, setzte Arden an.

»Er soll zuhören! Whitehead schickte Ihn nach Stratford, um dem sterbenden Dichter beizustehen. Es war ein Irrtum.«

»Was für ein Irrtum?«

»Ich werde Ihm jetzt etwas eröffnen, das … also, Shakespeare war kein Kind von Traurigkeit, im Gegenteil. Er … kurz, er hatte Nachkommen, von welchen er zum Teil selbst nicht wusste. Er versteht?«

»Ich verstehe ganz deutlich Fuhrhof, Abfahrt in fünf Minuten.«

»Stelle Er sich doch nicht so an.«

»Wollt Ihr sagen, ich sei ein Nachkomme Shakespeares?«

»Nicht dieses Shakespeares.«

»Fast hätte ich verstanden, nun habt ihr mich gänzlich verwirrt.«

»Ich sagte doch, es war ein Irrtum. Irrtümer passieren. Lord Whitehead hat etwas falsch verstanden, das heißt, er konnte etwas nicht wissen. Alles wegen dieser ewigen Geheimnistuerei – jemand … *ich* habe einen Denkfehler begangen und alles durcheinandergebracht.«

»Das wundert mich nicht. Ihr seid recht, wie soll ich sagen …«

»Das alles wäre wenig aufregend, wenn …«

»Mich regt es sehr auf.«

»Viel wichtiger ist, wer Ihn geboren hat.«

»Ihr kennt meine Mutter?«

»Ich kannte sie gut. Wie auch immer, er ist in Gefahr. Man hat Wind von seiner Existenz.«

»Welchen Wind? Warum ist das eine Gefahr?«

»Verlasse Er das Land! Man wird wieder Kontakt zu Ihm suchen, wenn es so weit ist.«

»Wenn was wieweit ist?«

»Mehr kann ich nicht sagen.«

»Ich plane ohnehin, das Land zu verlassen.«

»Gut, schiffe Er sich ein.« Sie wandte sich an den Uniformierten. »Officer, bringt mich zurück in die Spelunke!« Die beiden verschwanden. Arden brach auf, verirrte sich ein weiteres Mal im Gassennetz. Erneut passierte er das Lokal. Dieses Mal sah ihn James, folgte ihm. Nach kurzem Fußweg drängte er Arden in eine Einfahrt.

»Ich erwarte eine Erklärung«, sagte er. Arden erzählte von Lord Whiteheads Auftrag, auch von seinen üblichen Aufträgen. »Ein gedungener Dieb bist du also, Kunstdieb«, stellte James fest. »Jetzt verstehe ich auch deine Vorliebe für die Niederlande mit ihren gepriesenen Malern.«

»Das ist es nicht.«

»Ich wusste, du warst auf Shakespeares Manuskript aus, ich habe das akzeptiert. Ich hatte den Eindruck, du hättest dich geändert.«

»Ich will nicht mehr stehlen.«

»Aber du stiehlst dich weg wie ein Strauchdieb. Du bist aus der Arena gelaufen und aus dem Lokal. Ehrenmänner stellen sich hin, stehen zu ihren Taten, wehren sich, wo nötig, verteidigen ihre Ideale. Du läufst davon, lässt andere zurück, deine Freunde. Ich dachte, das seien wir, Freunde.«

»Das sind wir doch auch. Ich …« Arden wusste nicht mehr zu sagen, er spürte, eben zerbrach etwas.

Die beiden gingen schweigend zurück zum Globe Theatre.

»Leb wohl«, sagte James. »Hier trennen sich unsere Wege. Ich wünsche dir viel Erfolg bei den Holländern.« Er betrat das Theater. Arden starrte eine Minute auf das Tor des bauchigen Gebäudes, lief zurück zu seinem Hauswirt. Er räumte sein Zimmer, verabschiedete sich von dem Ehepaar, holte das Pferd aus dem Stall, schwang sich auf dessen Rücken, ritt los, ohne sich noch einmal umzudrehen.

Ostwärts

Nosé und Sancho hatten eine weite Strecke hinter sich gebracht. Sie nahmen sogar Gelegenheitsarbeiten an Bauernhöfen an, über die Runden zu kommen. Monate zogen ins Land. Die größte Herausforderung stellten die Pyrenäen dar, die sie bewältigten, indem sie einem ortskundigen Wanderer folgten, der sie für Teilhabe an ihrer Verpflegung ins Gebirgsland führte. Dennoch erreichten sie erst im September Andorra. Ihre Vorräte waren bald aufgebraucht. Es galt, den Lebensunterhalt zu verdienen. Die einzige Möglichkeit in diesem gebirgigen Zwergstaat Geld zu verdienen, bestand darin, in der Eisenmine zu arbeiten. Beide waren nicht die Idealkandidaten für schwere körperliche Arbeit, doch in Ermangelung anderer Anwärter gab man ihnen eine Chance, sich zu beweisen. Menschen, die nebeneinander hart arbeiten, schließen schnell Freundschaft. Sancho und Nosé bemühten sich. Es dauerte eine Weile, bis dieser Einsatz gute Ergebnisse zeitigte, doch ihr Eifer brachte ihnen die Anerkennung ihrer Arbeitskollegen. Nosé freundete sich mit einem Hünen aus dem Elsass an. Der Mann machte sich zuerst über ihn lustig, seines Narrenkostüms wegen. Bald stellte sich heraus, er war ein Liebhaber der Geschichten um die Streiche Till Ulenspeygels, er nannte ihn Till Eulenspiegel – noch schwieriger auszusprechen für den Spanier. Er kannte die Heimat des Narren, hatte Mölln besucht, das die lauenburgischen Herzöge an Lübeck verpfändet hatten, Braunschweig kannte er auch und Wolfsburg. Er erzählte gern davon, und Nosé liebte es, seine Geschichten zu hören. Holger hieß der beste Arbeiter der ganzen Mine, was er nicht zuletzt seinen Körpermaßen zu verdanken hatte. Er konnte mit einem Schlag mehr Gestein zerschlagen als Nosé mit zehn Hieben. Er lebte mit seiner Mutter in zwei Zimmern eines Bauernhofs, wo er in seiner spärlichen Freizeit auch noch aushalf. Sancho hatte ein Auge auf Holgers Mutter geworfen, so freute ihn die Freundschaft zwischen Nosé und dem Minenarbeiter. Nosé sah eine Chance, endlich in Sanchos Geheimnisse eingeweiht zu werden. Er arrangierte ein Treffen mit Holger und seiner Mutter, zu dem Sancho gebadet und rasiert erschien. Einige Schnitte ums Kinn zeigten, er war darin nicht geübt. Er trug seinen schäbigen Hut, den er nur ganz selten abnahm, nicht zu diesem Anlass. Nosé hätte ihn fast nicht wiedererkannt. Die meiste Zeit über sprachen nur Holger und Nosé. Der Knappe beäugte die Mutter des Unter-tagearbeiters, lächelte unentwegt. Das Treffen verlief angenehm, doch nicht erfolgreich für den Verliebten. Nosé unterbreitete ihm einen Vorschlag.

»Ich könnte ein weiteres Treffen arrangieren, bei dem ich einen Vorwand finde, Holger fortzulocken, da-mit du mit seiner Mutter allein sein kannst.«

»Und wenn mir nichts zu reden einfällt?«

»Zumindest erhältst du eine Möglichkeit. Was du daraus machst, liegt bei dir. Willst du sie oder nicht?«

»Ach! Ich will sie.«

»Na siehst du. Ein klitzekleines Entgegenkommen erwarte ich mir dafür schon.«

»Was meinst du?«

»Antworten.«

»Ich verstehe. Das ist unmöglich.«

»Dann träume weiter von deiner Angebeteten.«

»Nur interessehalber: Was genau beschäftigt dich?«

»Ich will alles über Dulcinée wissen und uber Don Quijote, ja, und wie er zu Cervantes steht.«

»Vergiss es! Ich gehe lieber in die Taberna und er-tränke meine Gefühle in Wein.« Sancho wandte sich ab. Nosé lief ihm nach.

»Warte! Sag mir nur irgendetwas davon«, rief er.

»Ich kann dir etwas über Dulcinée verraten, aber bei Weitem nicht alles. Don Quijote – nein.«

»Na gut«, sagte Nosé. »Rede!« Sancho blieb stehen.

»Dulcinée ist, wie du sicherlich bemerkt hast, von adligem Geblüt.«

»Das ist zu wenig.«

»Ich bin noch nicht fertig. Sie ist eine verleugnete Tochter der ehemaligen englischen Königin, Elisabeth, der Jungfräulichen.«

»Warum wurde sie verleugnet?«

»Denkst du, das erzählt mir jemand? Ich weiß es nicht. Mehr kann ich dir nicht bieten.«

»Mehr willst du mir nicht bieten.«

»Auch das.«

»Na gut, das Geschäft steht. In die Taberna können wir trotzdem gehen.«

Sie hatten am Vortag ihr Salär erhalten. Außer Nahrungsmitteln konnten sie von dem Geld nicht viel kaufen, daher verzechten die meist ledigen Minenarbeiter ihr Gehalt in der Taberna. Einige Kollegen saßen bereits an einem großen Tisch. Nosé und Sancho setzten sich zu ihnen.

Man scherzte über die Leistung der anderen im Bergwerk, prahlte mit der eigenen. Diese Treffen waren immer sehr kurzweilig. Sancho und Nosé hatten sich gut in ihr Umfeld eingelebt. Einer der Steiger war zum Vorarbeiter aufgestiegen, das wollte gefeiert werden – wurde es auch. Nosé war guter Dinge, er hatte erstmals Freunde.

Hufgetrappel kündigte das Eintreffen mehrerer Reiter an. Bald wurde die Tür aufgestoßen, Männer in Lederpanzern mit schweren Schwertern an den Hüften traten ein, bildeten ein Spalier, durch das zwei Personen in Dominikanerkutten schritten.

»Scheiße, die Inquisition«, flüsterte einer der Bergarbeiter.

»Wir sind sicher«, entgegnete ein Kollege. »Du musst bloß den Zunftbrief vorweisen.«

»Den habe ich nicht dabei«, sagte der Erste.

»Wir haben Glück«, flüsterte Sancho Nosé zu. »Der Brief war dem ersten Lohn beigelegt.«

»Ich habe alles weggeworfen, was kein Geld war«, gab Nosé zurück.

»Wo hast du das Zeug hingeworfen?«

»In den Fluss.«

»Dann ist es endgültig weg. Sieh zu, dass du dich wegschleichen kannst!« Sancho zog Papiere mit Siegel aus seinem Hemd. Nosé nahm ein leeres Glas in die Hand, tauchte langsam unter die Tischplatte.

Einer der Mönche entrollte ein langes Pergament, der andere – kahles Haupt, Rauschebart – hielt eine Schiefertafel und einen Griffel in Händen.

»Also!«, sagte der kahle Mönch. »Ihr wisst, was jetzt kommt. Lasst euch nicht lange bitten, bereitet eure Papiere vor. Das kann schnell vorüber sein.« Die Gäste des Lokals wühlten in ihren Taschen, selbst die Magd an der Theke griff in ihre Schürze. Jetzt überprüften die beiden Geistlichen jeden einzelnen Gast. Die Tür öffnete sich, Holger trat mit zwei weiteren Steigern ein. Die

Mönche unterbrachen ihre Überprüfung, wandten sich den Neuankömmlingen zu.

»Ihr werdet euch gleich ausweisen«, sagte der Kahle. Holger zog ein Schreiben aus dem Ledertäschchen, das er immer am Gürtel führte, hielt es dem Mönch hin.

»Elsass … sieh an! Hier stehen keine Einzelheiten zu seinem Aussehen und Stand, das ist für einen Arbeiter nicht ziemlich. Er will mir doch nicht vormachen, Er sei von edlem Geblüt.«

»Mein Vater ist Graf.«

»Was tut er dann hier in einer Mine?«

»Ich habe mich von meiner Familie losgesagt.«

»Er ist auf der Liste«, sagte der Mönch mit dem Pergament. »Wir haben ihn letztes Jahr überprüft: Holger von Hoven zu Freiburg.«

»Er hatte noch einmal Glück«, sagte der kahle Mönch, setzte die Überprüfung der übrigen Gäste fort. Als sie sich dem Steiger näherten, der seinen Zunftbrief zuhause gelassen hatte, zitterte dieser am ganzen Leib.

»Ich kann den Brief holen gehen, er ist in meinem Zimmer«, brachte er hervor.

»Er weiß, Er hat den Nachweis seiner Identität stets mit sich zu führen«, sagte der Mönch.

»Ich habe das Hemd gewechselt, der Brief ist in dem anderen.«

»Keine Einzelheiten.« Er winkte seine gerüsteten Begleiter zu sich. »Guardaespaldas!« Zwei Männer in Lederpanzern nahmen den Steiger in ihre Mitte.

»Aber ich habe doch den Brief. Bitte, lasst ihn mich holen, edler Herr.« Die Lippen des Steigers bebten. Der Mönch zeichnete mit der Hand eine scharfe Linie in die Luft. Die Guardaespaldas brachten den Bergmann aus dem Haus. Holger atmete tief ein, rannte hinterher. Der Mönch gab Zeichen an die restlichen Wachen, ihnen zu folgen. Die beiden Ordensbrüder setzten die Überprüfungen der Steiger fort. Es waren auch zwei Bäckergesellen anwesend, die ihre mehlverstaubten Briefe vorwiesen. Sancho kam an die Reihe.

»Sancho Panza«, sagte der Mönch. »Warum klingt das für mich so bekannt?«

»Keine Ahnung, Hochwürden. Das ist mein Name, Hochwürden.« Sancho, vollführte zwei kurze Verbeugungen.

»Bruder«, sagte der Mönch mit dem Pergament zum Kahlen. Dann sprach er in sein Ohr. Der Bruder mit der Schiefertafel baute sich vor Sancho auf.

»Er ist auf unserer Liste«, sagte er. »Er ist ein Ketzer.«

»Ich … aber …« Sancho hielt seinen Brief hin.

»Der Brief ist bedeutungslos, steht Er auf der Liste.«

»Ich bitte Euch, Hochwürden.« Sanchos Stimme zitterte.

Jetzt tauchte Nosé von unter dem Tisch auf, das leere Glas in der Hand.

»Sancho Panza, de' Ketze' is' dock bloß 'ne – hicks – Romanfijur«, lallte er, dann setzte er sich auf den Boden und grinste, streckte sein leeres Glas in Richtung der Magd. »Nock ein'n!«

»Wo kommt der Trunkenbold her?«, sagte der Mönch. »Eine Schande für seine Zunft, so Er einer angehört in seinem Narrenkostüm. Das werden wir noch sehen.« Er wandte sich wieder Sancho zu. »Erst dieser hier.«

»Der Narr hat Recht«, sagte Sancho. »Auf Eurer Liste steht ein Mann, der nicht wirklich existiert, eine Witzfigur.«

»Wie kommt es, dass Er seinen Namen trägt?«

»Bei uns in der Mancha heißen viele so. Es ist ein Allerweltsname.« Sancho grinste fast etwas zu breit. Der zweite Mönch flüsterte wieder etwas ins Ohr des Kahlen.

»Übereifrige Brüder, meinst du«, flüsterte der Letztere. »Eine Romanfigur – die gehen wirklich zu weit, werden sie sagen?« Er wandte sich wieder Sancho zu. »Zeige Er her.« Er nahm den Zunftbrief des Knappen.

»Also gut«, sagte er. In diesem Moment sprang die Tür auf. Eine Wache stammelte.

»Sie sind weg.«

»Wer ist weg?«, fragte der Mönch.

»Die Steiger. Der Riese hat uns geschlagen.«

»Ihr ward vier und bewaffnet.« Die Augen des Mönchs weiteten sich. Der Guardaespalda zuckte mit den Achseln. Wieder flüsterte der Bruder mit dem Pergament in das Ohr des Kahlen.

»Das kann schon sein«, sagte Letzterer. »Sieht nicht gut für uns aus, ja.« Mehr Geflüster des zweiten Mönchs – dann der Kahle: »Einfach so? Ich weiß nicht ... meinetwegen, ist gut.«

»Sollen wir die Verfolgung aufnehmen, Hochwürden?«, fragte die Wache.

»Das zahlt sich nicht aus«, erwiderte der Mönch. »Einer hat sich ausgewiesen, der andere ... äh, holt gerade seine Papiere. Wir haben aber keine Zeit, auf ihn zu warten.«

»Jawohl, Hochwürden.«

»Bindet die Pferde los. Wir brechen gleich auf.« Der Mönch zeigte eine fortweisende Geste, dann sah er in die Runde der Steiger, wies auf Nosé. »Diesen Schandfleck möchte ich beim nächsten Mal nicht mehr hier sehen. Er hat Glück, wir sind so ... äh, beschäftigt.« Die beiden Ordensbrüder folgten der Wache aus dem Haus. Donnerndes Hufgetrappel beendete den düsteren Auftritt.

Sancho wollte eine Runde ausgeben. Nosé erinnerte ihn, mit seinem Geld sorgsamer umzugehen, wenn er Holgers Schwester ausführen wollte. Jemand holte Holger und den Steiger, welcher der Inquisition entgangen war, zurück. Letzterer zahlte die Runde und weitere. Bald war Nosé tatsächlich in dem Zustand, den er der Inquisition vorgegaukelt hatte.

Am nächsten Tag lud Sancho Holger, dessen Schwester und Nosé in die Taberna. Holger und Nosé hatten Sancho zuvor das Geld für ihre Getränke zugesteckt, damit er in Wahrheit nur für die Angebetete zu zahlen brauchte. Der Knappe war dieses Mal deutlich gesprächiger und nicht so aufgedonnert. Er verzichtete nur auf seinen Hut, den er im Fluss davontreiben ließ. Er schloss mit einer Phase seines Lebens ab, voll der Erwartung gegenüber der nächsten. Die Dame seines Herzens bemerkte seine Avancen, schien nicht abgeneigt. Nosé spürte, damit würde auch in seinem Leben ein neues Kapitel geschrieben. Er blieb einen weiteren Monat, erhielt am Zahltag wie gewünscht einen neuen Zunftbrief, der ihm die Weiterreise ermöglichen sollte.

Am Tag seiner Abreise stand er mit Sancho, der sich auf das Zusammenleben mit Holgers Schwester vorbereitete, auf einer Anhöhe der Pyrenäen, blickte auf ein Tal hinab. Er würde noch einige Anstiege bewältigen müssen. Holger hatte ihm den Weg beschrieben, Nosé hatte eine grobe Zeichnung angefertigt.

»Du sollst das Pferd haben, ich brauche es nicht mehr«, sagte Sancho. »Ich habe meine Zuflucht gefunden.«

»Den Fehler, den du für Don Quijote begangen hast, wirst du nicht wiederholen.«

»Gewiss nicht. Ich wünsche dir alles Glück auf der Welt, aber ohne mich.« Die beiden umarmten einander.

»Leb wohl Knappe«, sagte Nosé.

»Leb du auch wohl, Narr«, entgegnete Sancho. »Ich möchte dir noch etwas mitgeben.« Nosé sah ihn verwundert an.

»Ich habe doch schon das Pferd«, sagte er.

»Ich habe versprochen, dir einige Dinge nicht zu erzählen.«

»Wem versprochen?«

»Hör zu: Ich bin dir nicht zufällig über den Weg gelaufen. Ich sollte dich aus dem Hundezwinger holen, dich in die Welt setzen. Du solltest … wie soll ich es sagen? … Dinge und Personen kennenlernen, die zu deinem Leben gehörten, selbst wenn du sie nie verstehen würdest. Ich darf dir nicht mehr sagen. Ich gebe dir nur ein paar Wörter mit, die dir vielleicht weiterhelfen.«

»Wörter, nicht Worte?«

»Ja, mein junger Freund. Die Dichtung ist das eine Wort, Dichtkunst in all ihren Spielarten. Der Krieg ist ein weiteres, Krieg, der Spanien von England trennt. Das Nächste kannst du mit einer Auskunft verbinden, die du dir bereits von mir erpresst hast. Die Jungfräuliche, und was ihr angehört, sei dir ein Anhalt.«

»Das ist alles? Ich weiß nichts damit anzufangen.«

»Noch nicht. Womöglich wirst du es nie können. Ich denke aber, du wirst noch lernen, wirst Hinweise sammeln.«

»Dichtung, Krieg, Jungfräuliche – ebenso gut hättest du Kutsche, Nase und Schlechtwetter sagen können.«

»Ich gebe dir auch den Schlüssel mit, der dir jetzt ebenso unsinnig erscheinen mag.«

»Ein Schlüssel?«

»Niemand, den du kennengelernt hast, ist, wer du denkst, er sei. Nichts ist, wie es aussah.«

»Ich bekomme Kopfschmerzen«, sagte Nosé. Er schwang sich auf sein Pferd, schlug seinem Freund noch ein letztes Mal auf die Schulter.

»Ein letztes Wort noch«, sagte Sancho. »Die Vorstellung mit dem Kratzen ist nicht sehr lustig.« Nosé lächelte.

»Ich lasse mir etwas anderes einfallen.«

Zwei Doppelsäcke hingen beiderseits vom Rücken des Pferds, ein Paar richtiger Schuhe baumelte daneben. Der Narr hielt auf Osten zu.

Bald machte er zum ersten Mal Halt, zog ein Stück Papier aus seiner Tasche, schrieb darauf die Wörter und den Schlüsselsatz seines Freunds – nur der Vollständigkeit halber.

II

Die Pyrenäen zeigten sich in ihrem schönsten Kleid. Während seines Ritts nach Andorra hatte Nosé das Schauspiel der Lichter über Hügeln, Felsen und Tälern nicht genug beachtet. Als er sich auf die Reise nach Frankreich machte, tröstete ihn zuerst diese Schönheit über seine Absonderung hinweg. Bald krampften Verlusts- und Trennungsschmerz sein Herz; er dachte über den Sinn seines Daseins nach. Ein Wetterumschwung tat ein Übriges. Ein Regenguss zwang ihn, sein Pferd an der Hand zu führen, es sank mit seinem Gewicht zu tief im Schlamm ein, wurde schnell müde. Der Narr trug auch einen Teil des Gepäcks auf seinen Schultern. Völlig durchnässt erreichte er einen Felsvorsprung, der weit genug auskragte, ihm und seinem Pferd Unterstand zu bieten. Nosé hustete, konnte nicht tief atmen, als weise seine Lunge die Luft zurück. Seine Eingeweide verwehrten ihm, sich den Proviant einzuverleiben, welchen nicht anzurühren, ihm zuvor so schwergefallen war. Er legte das Gepäck ab, holte die selbstgefertigte Striegelbürste hervor und pflegte das Fell seines treuen Reisegefährten. Jeder Bürstenstrich kostete ihn Kraft.

»Du hast noch keinen Namen«, sagte er zu dem Tier. »Ich werde dich ... warte ... Faquin nennen oder Costalero, nein, Faquin gefällt mir besser. Du bist ein guter Träger, genügsam. Ich kann dir nur wenig trockene Nahrung bieten. Frisches Gras allein ist keine gute Nahrung. Den letzten Apfel hattest du vor Tagen, ich weiß. Weideflächen gibt es reichlich hier – zumindest das.« Das Pferd schnaubte, als er dessen Bauch zu grob schrubbte. »Du bist das einzig lebende Wesen, mit dem ich sprechen kann – außer meinen Läusen vielleicht, die aber scheinen mir nicht zu intelligent. Doch wer weiß, womöglich injizieren sie die Gedanken in meinen Kopf; ohne sie wäre ich gewiss ein Idiot. Ja, ich weiß, das bin ich *mit* ihnen auch.« Das Pferd nickte heftig mit seinem gewaltigen Kopf. »Danke für das Kompliment«, sagte Nosé. »Warum hat nie jemand angezweifelt, unsere Gedanken kämen aus unserem Innern. Was, wenn Parasiten sie uns eingeben, oder sie sind ein Fäulnisprodukt unseres Hinsiechens seit der Geburt. Ist unser ›Wille‹ vielleicht Befehl einer anderen Wesenheit, oder ist er eine Krankheit? Womöglich sollte man uns von unseren Gedanken kurieren, eine Tinktur gegen Absicht, Wille und Wunsch verabreichen, einen Umschlag gegen das Planen anlegen, einen Hoffnungswickel. Was ist mit *eurem* Willen, dem der Pferde, der, wenn einmal gebrochen, lange nicht wiederkehrt? Was hat sich die Natur dabei gedacht? Hat das mit dem Verhalten in der Herde zu tun, damit ihr nicht ausbrecht, dem Leittier folgt. Habt ihr wirklich Leittiere, oder bilden sich das die Menschen nur ein, die ihre Art, die Welt zu sehen, auf alles andere übertragen, interpretieren nach ihren Werten und Unwerten. Geht es um Sicherheit? Ihr seid Beutetiere, wie fast alle in Herden Lebenden. Nur die Masse bietet Schutz gegen die Räuber. Der ausbricht, ist Opfer. Ist eure Treue nur Angst? Die Masse, folgt dem Führer, selbst wenn sie weiß, er will Schlechtes, hat nur seinen Vorteil im Sinn – zumindest beim Menschen ist es so.« Die Striegelbürste fiel aus seiner Hand, er bemerkte es nicht einmal, fuhr mit den Fingern fort, durch das Fell des Tieres zu fahren. »Immerhin hat man einen Schuldigen. Die wichtigste Funktion des Leiters eines großen Werks ist es, guter oder schlechter Geschäftszahlen schuldig zu sein. Manch einer nimmt diese Aufgabe gern an, zugunsten der Bequemlichkeit und der Schätze, die er in dieser Zeit anhäufen kann. Wird er danach wegen seines Versagens gekündigt, lebt er in Saus und Braus vom Gerafften. Die Verachtung der Masse lässt er an sich abprallen. Das macht ihn zum Führer. Was rede ich da?« Er wischte sich mit dem Handrücken Schweiß von seiner Stirn. »Doch über den Leittieren stehen die Raubtiere. Sie treten nicht so öffentlich in Erscheinung, schleichen sich an, die Zähne frisch geleckt ...« Faquin schnaubte. Nosé kratzte immer noch mit bloßen Fingern im Fell des Tieres herum. »... im Rudel jagen sie, stimmen sich ab, hetzen ihre von der Herde abgesonderte Beute von einer Seite zur anderen oder im Kreis, bis sie aus Erschöpfung zusammenbricht. Auch das Leittier ist nicht vor ihnen sicher; wird dieses erlegt, entsteht Chaos unter den Gejagten, was die Chancen auf eine reichliche Mahlzeit für die Räuber verbessert. Skrupel sind es, die dich zum Beutetier machen, sie sind es, Skrupel, die deinen Willen brechen. Und wieder ist es die Angst. Denn was sind Skrupel anderes als Angst, nicht zu gefallen, nicht geliebt zu werden, Verachtung ertragen zu müssen, zur Verantwortung gezogen zu werden. Verantwortung – das Zauberwort der Führer, ihre Manipulationen zu rechtfertigen, ihre Schätze. Tritt dann die Situation ein, in der sie verantworten müssten, reden sie sich auf die Untergebenen aus, die ihre Befehle schlecht umgesetzt hätten, die Arbeiter, die zu faul waren, selbst im Schlaf noch zu werken, um ihren Anführern zu gefallen. Ich kann nicht aufhören, zu reden, was ist mit mir?« Er bemerkte, er hatte die Bürste nicht mehr in Händen, bückte sich, sie aufzuheben; fast wäre er gefallen, sein Körper: ein Sandsack. »Gebrochener Wille, Feigheit und, ja, auch Selbstherrlichkeit eignen dem Beutetier, sich als Opfer darzustellen; nicht als Opfer der Führer, sondern derer, die noch mehr ausgebeutet werden als sie. Nach unten treten – die Richtung ist alternativlos!«

Faquin trat mit einem Huf nach Nosé. »Verstehst du, was ich sage?«, fragte Nosé. »Hör mir nicht zu gut zu, es ist alles Unsinn. Ich weiß nichts vom Leben, wuchs unter Hunden auf. Nur Flugblätter, bedrucktes Wickelpapier, gestohlene Bücher waren mir ein Fenster in die Welt. – Ich und meine Hunde!« Ihn schwindelte. Er wischte mit einem Ärmel des Kostüms über seine Augen. »Auch Hunde gehorchen nach gebrochenem Willen jener Person, die sie geknechtet hat, nicht automatisch jedem, der Autorität ausstrahlt. Sie sind die zweite Führungsebene im genannten Werk, den Kopf fest im Arsch des Führers integriert, treten sie gegen alle anderen, lassen sich gar von ihm gegen diese einsetzen. Nicht nur auf unterer, auch auf gleicher Ebene schlagen sie um sich, intrigieren, sabotieren. Das lieben die Führer. Mit einer Geste vermögen sie, einen Bürgerkrieg auszulösen in ihrem Werk. Die Hündischen, ja, sie funktionieren immer. Sie werden von allen Seiten verachtet, von oben, von unten, am meisten aber von sich selbst. Sie haben sich in eine Falle gesetzt, aus der sie nicht mehr entkommen können, und die Welt soll dafür büßen. Du wunderst dich, wie ich über meine Freunde, die Hunde, spreche? Ich wundere mich selbst. Mir ist nicht wohl.« Nosé verschwamm die Sicht, sein Kopf brummte. »Warum sagst du nicht, ich soll den Mund halten, mein Freund? Ein Wiehern und ich höre auf.« Faquin warf seine Mähne auf die andere Seite seines majestätischen Nackens. »Du meinst: Und wo gehörst du hin, Narr? – Wenn ich das wüsste! Ich bin unfertig wie ein Fetus, erwarte, vom Leben geformt zu werden. Wenn …«

Ein Rauschen in Nosés Rücken – er drehte sich schnell um, ihn schwindelte. An einer seiner Taschen machte sich ein kleiner Junge zu schaffen.

»He!«, rief Nosé. »Halt!« Er sprang hinzu, bekam den Knaben zu fassen. Der Junge ließ die Tasche des Narren fallen. »Was treibst du hier in der Einöde?«, fragte Nosé.

– Sie gehört mir, sagte der Junge.

»Was gehört dir?«

– Die Einöde.

»Ach, tatsächlich.«

– Ja, tatsächlich. Lass mich los, Narr.

»Du bist hier wohl was ganz Großes, der Herr der Pyrenäen, durchstreifst dein Herrschaftsgebiet.«

– Genau.

»Wo sind deine Eltern?«

– Der Fels ist mein Vater, die Wiese meine Mutter.

»Und meine Tasche ist wohl deine Cousine.«

– Was willst du von mir? Lass mich los!

Der Junge schlug um sich. Er riss Nosé die Narrenkappe vom Kopf. Der Narr ließ den Knaben los, schon rannte dieser davon, war im Moment verschwunden. Nosé fühlte sich zu schwach, ihn zu verfolgen, ihm schwindelte noch. Er sah im weiten Umkreis kein Versteck, das der Kleine genutzt haben mochte. War er nur eine Erscheinung gewesen, Trug? Der Narr traute seinen Sinnen nicht mehr. Er fühlte seine Haut sich blähen, aus seinem Innern wollte etwas Besitz von ihm ergreifen. Er beschloss, in der Deckung des Felsens sein Lager aufzuschlagen. Es würde ohnehin nicht mehr lang dauern, bis der Abend hereinbräche. Das ständige Hügelauf-und-Bergab hatte ihn ermüdet. Er legte sich schlafen.

Kurz vor Sonnenaufgang zog er wieder los, nur wenig erholt; einige Flammen züngelten in seinem Genick. Faquin führte er am Zügel. In dem steilen Gelände machte Reiten keinen Sinn. Er überquerte eine Hügelkuppe, sie gab den Blick auf eine weitere Anhöhe frei. Auf dieser thronte etwas, das er am ehesten als kleinen Tempel beschrieben hätte. Ein Portikus auf ionischen Säulen, dahinter ein Gebäude mit Kuppeldach. Alles schien geschrumpft. Erst war er sich nicht sicher, ob es nicht ein Effekt der Perspektive war, der Lichtbrechung. Als er sich näherte, bestätigte sich, es war ein Zwergenhaus. Wer es aufrecht betreten wollte, musste mindestens einen Kopf kleiner sein als Nosé, und der war schon nicht groß. Er lief um das seltsame Bauwerk herum, die Zügel in Händen. Als er wieder am Portikus anlangte, hörte er ein anschwellendes Geräusch gleich einer abgedämpften Glocke.

– Das ist ein Gong, sagte ein feines Stimmchen. Ein kleines Mädchen, vielleicht fünf, sechs Jahre alt, kam hinter einer Säule hervor. Es ist Zeit, sagte sie.

»Zeit wofür?«, fragte Nosé. Das Mädchen drehte sich zu den Bergen, sah in den Sonnenaufgang. Das Gesicht des Kinds, der Tempel hinter ihr, der Fels, sie wurden in goldenes Licht getaucht. Jetzt trat der Junge, der Nosé schon am Tag zuvor begegnet war, aus dem Portikus, auf den ausgestreckten Armen trug er eine Art Marder mit flauschigem Fell. Das Tier war tot, steif, Fliegen umsummten sein Maul. Die Tierleiche lag auf seinen Unterarmen, die Hände des Jungen waren frei. Er ging auf den Sonnenaufgang zu. Nosé meinte, einem Opferritual beizuwohnen. Plötzlich lachte der Junge, das Mädchen fiel mit ein. Er warf das Tier in die Luft, kickte das herabfallende Fellbündel mit dem Fuß in ihre Richtung, sie trat auch danach, verfehlte es, nahm es mit den Händen auf, schleuderte es gegen den Jungen, den es auf der Brust traf. Das Spiel dauerte eine Minute an, bevor Nosé dazwischenging.

»Habt ihr keinen Respekt vor dem Tod?«, fragte er.

– Der Nerz ist nicht mehr hier, nur sein Pelz, sagte das Mädchen.

»Aber es sind seine Überreste. Ihr wisst noch nicht, wie viel das bedeutet, was wir zurücklassen.«

– Weißt du es?, fragte der Junge. Nosé sah ihn an, wusste erst nichts zu sagen. Aufs Geratewohl und um seinem höheren Alter gerecht zu werden, sagte er:

»Jemand hat euch zurückgelassen, Teil seiner Anlagen.«

– Ich sagte dir bereits, wir sind aus Fels und Wiese entbunden, sagte der Junge. Auch eure Nachkommen werden nicht im Angesicht des Todes gezeugt.

»Eure?« Nosé wunderte sich. »Als was begreift ihr euch, seid ihr keine von uns?«

– Wir sind Teil von dir und doch nicht deiner Welt, sagte das Mädchen. Vergiss uns!

»Wie soll ich das, wenn ihr vor mir steht?«

– Lerne, das zu sehen, was zählt. Wir zählen nicht. Wo ist dein Herz?

»Was meinst du?«

– Wo ist dein Herz?

»Ich will ein Narr sein, wie Till Ulenspeygel.«

– Wo ist dein Herz?

»Ich liebe Hunde.«

– Lebende Hunde?

»Natürlich lebende Hunde.«

– Wir auch.

»Deshalb muss man doch das Tote nicht missachten.«

– Wir missachten den Pelz nicht, wir spielen mit ihm, sagte der Junge. Man spielt mit Freunden.

»Das ist aber sehr weit hergeholt. Ich kicke meine Freunde nicht herum.«

– Weil sie es nicht wollen. Sie leben. Der Nerz ist im Fels, bei unseren Eltern, seine Reste kümmern ihn nicht.

»Was wollt ihr von mir?«

– Was willst du von uns? Du hast uns gerufen.

»Wodurch?«

– Du seist ein Fetus, der erwartet, vom Leben geformt zu werden, sagtest du. Nicht wahr?

»Schon, aber …«

– Wir wurden eben aus Fels und Wiese geboren, Feten wie du. Wir stehen nicht blöde herum, warten darauf, vom Leben geformt zu werden. Du hast auch eine Bringschuld. Was trägst du zu deiner Formung bei?

»Ich … äh, reise.«

– Sancho hat dich auf Reisen geschickt. Was kommt aus dir? Wo ist dein Ziel? Du weißt nicht einmal, wer du bist. Du bist nicht Ulenspeygel.

»Das sagt mir jeder.«

– Weil es für jeden offensichtlich ist. Nur du verleugnest dich. Wo ist dein Herz?

»Schon wieder derselbe Wälzer!«

– Ja, derselbe. Wo ist dein Herz?

»Träume ich?«

– Du delirierst.

»Was ist mit mir?«

– Du bist krank. Finde Hilfe!

»Hier ist niemand. Ich bin ganz …« Die Wiese und der Fels verschmolzen vor Nosés Augen, schoben sich ineinander. Sie zeugten neue Feten. Frischlinge krochen aus den Wolken, verpufften, fielen in den Sonnenaufgang. Der hinterließ nur eine orange Linie am Horizont, sie fraß die Nachkommen des Festlands, spuckte stattdessen Strahlen aus, die im Himmel stocherten wie Nadeln. Eine scharlachrote Haut stülpte sich über Eden, den wunden Garten hinter Nosés Augen. Gewebe schienen zu platzen und implodierten zugleich, hingen in des Narren Leibeshöhle, zerfetzt, entzündet.

Was sagst du Narr? Noch nicht gelebt? Und schon hol' ich dich mir. Ich greife nach dir, gib Acht! Meine Schergen haben dich umzingelt, tanzen die Sarabande deines Endes. Ich hab' meinen Spaß mit dir wie die Klappe mit der Fliege. Mach die Tore weit, Tor, ich setze die Vergelter in Marsch, und selbst steh' ich am Ende der Parade, den Dreschflegel im Anschlag. Komm Freundchen, schenk dich uns!

Licht blinzelte, schnitt in die Hornhaut, ein Gesicht kam näher, ein Mund öffnete sich, eine Hand griff nach dem Narren.

»… nicht gut aus … ist mit dir? … tun wir mit ihm? … also los.«

Scharlach überzog alles, nur blutrote Schlieren unterbrachen die Öde. Dunkler und dunkler – nichts – etwas – nichts. Weiß jetzt wie Glut und Eis. Du bist nicht Ulenspeygel – wofür hältst du dich? Wofür halte ich mich, wo ist mein Herz?

Hier sind wir. Hast du uns vermisst? Ich sagte doch, ich setzte sie in Marsch. Eine Armee speziell für dich, das kriegt nicht jeder. Manch edler Krieger wurde von einem Niemand geholt, Routine; mancher Held musste selbst den Weg finden, keiner hatte Zeit für ihn. Doch mein Lieblingsnarr ist Chefsache. Da lass' ich mich nicht lumpen. Nenn mich Charon, komm auf meine Fähre! – Ein Schritt bloß vom Ufer auf das wankende Boot. So ist 's gut, süßes Menschenkind.

Kühle klatschte auf Nosés Stirn, rann über die Wangen ab. Im Augenhintergrund fauchte Dampf auf, nässte die trockenen Schleimhäute. Seine Gesichtsmuskeln stemmten die schweren Lider hoch. Einige Bilder huschten in sein Hirn, peinigten seinen Hinterkopf, verblassten.

Ein weiteres Mal kämpfte sich sein Bewusstsein an die Oberfläche, nahm Kontakt zu den Wahrnehmungsorganen auf. Die Lider öffneten sich ohne Widerstand, verklebt nur an den Rändern. Er lag in einem Raum aus morschen Holzpaneelen. An einer Stelle tropfte Wasser von der Decke. Außer dem Bett, auf dem er lag, war nur ein grobgezimmertes Regal vorhanden, ein Hocker noch. Er versuchte, sich aufzustemmen, konnte die Kraft dazu nicht aufbringen. Der Narr atmete tief durch – das funktionierte wieder, feuerte nur ein wenig im Hals. Er dachte an nichts, starrte nur aufs Holz. Die Maserungen dehnten sich, griffen aus, lösten sich auf.

Etwas krabbelte über seine Wange. Eine Spinne? Er schlug danach, bekam eine Hand zu fassen, zarte Finger. Nosé öffnete die Augen. Eine junge Frau hockte neben dem Bett, lächelte ihn an. Sie sprach französisch. Nosé hatte sich mit viel Mühe Grundkenntnisse in dieser Sprache beigebracht. Er verfügte über ein paar Blätter mit Gedichten von einem François Maynard, mit denen er erst nichts anfangen konnte, bis er dieselben Verse in einer spanischen Übersetzung fand. Ansonsten war ihm nur eine zweisprachige Sammlung Jean-Pierre Camus' religiöser Schriften bekannt, die er jedoch mit geringem Interesse las. Das Buch lag auf einem Müllplatz hinter dem Kloster El Escorial, vermutlich von einem der Chorknaben verschmäht. Mit Schrecken musste er, nachdem er ein Gespräch unter Höflingen verfolgt hatte, feststellen, die Aussprache der Worte ähnelte nicht annähernd dem, was er sich zurechtgelegt hatte. So musste er erneut beginnen. Verrückt – diese Tatsachen gingen ihm durch den Kopf, wie von einem Spielleiter einem Publikum bekannt gegeben. Für einen Moment sah er Shakespeare seinen Federhut durch die Luft schlängeln. Verlor er den Verstand?

Die junge Frau stellte sich als Jacqueline vor. Sie erzählte, ihre zwei Brüder hätten ihn gefunden, er habe verrücktes Zeug gesprochen, war im Fieberwahn. Sie packten ihn kurzerhand auf sein Pferd, führten ihn hierher. Seit neun Tagen liege er schon in diesem Bett. Sie musste ihm Wasser einflößen, wagte bisher nicht ihn zu füttern, aus Angst er könnte daran ersticken. Beinahe wäre er verhungert. Sie hielt eine Schüssel, gefüllt mit einem Brei hoch, wies ihn an, das zu essen, es gäbe ihm Kraft. Befriedigt stellte er fest, er konnte sich nun hochstemmen, seine Kräfte waren gering, doch zurückgekehrt. Der Brei schmeckte fett und salzig, er glitt seine Kehle hinab. Nosé schaffte es, fast ein halbes Schüsselchen voll zu essen, ehe sein Magen das Stoppsignal hochsandte. Jacqueline zeigte sich zufrieden. Sie meinte, mehr hätte sie nach neuntägigem Hunger nicht erwartet, sein Körper müsse erst wieder in eine Betriebsart wechseln, die größere Mengen Nahrung verarbeiten könne. So zumindest interpretierte Nosé ihre Worte, alles verstand er nicht.

Die Tür wurde geöffnet, zwei Männer traten ein.

»Jacqueline, es reicht«, sagte einer von ihnen. »Du musst dem Kranken nicht zu nahe kommen. Unser Quacksalber behauptet, Krankheiten könnten von einem Menschen auf den anderen springen. Das mag man glauben oder nicht, aber gerade du solltest nichts riskieren. Der Mann im Narrenkostüm wird uns, sobald er gänzlich wiederhergestellt ist, verlassen.« Er wandte sich zu Nosé. »Nicht wahr?« Nosé nickte. Der Narr hatte den Eindruck, die Brüder fürchteten, er wollte die junge Frau verführen. Er lächelte, als die drei den Raum verlassen hatten, zog die Decke über die Ohren, räkelte sich wohlig im warmen Bett. Momente später fuhr er hoch. Er hatte sich die Szene noch einmal durch den Kopf gehen lassen. Gerade du solltest nichts riskieren, hatte der Mann zu seiner Schwester gesagt. Jetzt fiel ihm auf, die junge Frau war schmächtig, sehr schmächtig, ihre Wangen eingefallen, ihre Kleider hingen an ihr herunter wie an einem Holzgestell. Es gab Frauen, die Probleme damit hatten, Speisen zu sich zu nehmen, das wusste er. Das mochte sie empfindsamer machen. Obwohl – die Idee, eine Krankheit könne von einem Menschen auf den anderen springen, war zu lächerlich. Eine Krankheit hatte doch keine Beine. Quacksalber, ha! Mit einem Mal schwindelte ihm wieder.

Nosé schreckte hoch, sein Gesicht war nass, nicht von Wasser, von Schweiß. Sein ganzer Körper war feucht, heiß, er schien zu kochen. Neben seinem Bett stand auf der Sitzfläche eines Holzstuhls ein Becher mit Wasser. Er versuchte, danach zu greifen, stieß ihn um. Nosés Mund war trocken. Er schaffte es, den Becher wieder aufzustellen. Er war restlos leer.

Nach einer gefühlten Ewigkeit kam Jacqueline ins Zimmer. Sie sagte etwas wie:

»Er hat getrunken, sehr gut.« Nosé schüttelte den Kopf. Sie sah ihn erst verständnislos an, dann entdeckte sie wohl die Wasserlache auf dem Boden.

»Ich fülle Ihm noch einen Becher«, sagte sie. Als sie sich nach vorne beugte, das Behältnis zu ergreifen, schnellte eine Halskette aus ihrem Dekolleté. An der Kette war ein Ring befestigt, in dem ein Pergamentröllchen steckte. Das Röllchen fiel zu Nosé aufs Bett. Jacqueline verließ den Raum. Der Narr nahm das Kleinod an sich, es seiner Besitzerin wieder auszuhändigen. Er wagte nicht, es zu entrollen.

Bald kehrte Jacqueline mit einem Becher Wasser zurück. Er hielt ihr die Pergamentrolle hin. Die junge Frau nahm sie entgegen, senkte den Kopf.

»Ein Wort von einem Liebsten?«, fragte Nosé.

»Ein Schwindewort«, entgegnete sie.

»Das kenne ich nicht«, sagte er. Sie reichte ihm die Rolle zurück. Er öffnete sie. Winzige Buchstaben waren hauchdünn auf das Pergament gekritzelt.

abracadabra	*abracadabra*
bracadabra	*abracadabr*
racadabra	*abracadab*
acadabra	*abracada*
cadabra	*abracad*
adabra	*abraca*
dabra	*abrac*
abra	*abra*
bra	*abr*
ra	*ab*
a	*a*

»Was soll das?«, wollte er wissen.

»Wie das Wort schwindet, soll es Leiden schwinden lassen. Es hat Kraft gleich einem Zauberspruch.«

»Welches Leiden soll es schwinden lassen?«

»Die Schwindsucht«, sagte sie, nahm das Röllchen wieder an sich, steckte es in den Ring an ihrer Kette zurück. Sie ging zur Tür hinaus. Nosé war sprachlos. Sie war kränker als er und doch pflegte sie ihn. Wenn du nur noch Zauberformeln hattest, dich zu retten, war dein Tod so gut wie unausweichlich. Die Hitze in seinem Körper schlug in Frost um. Er trank einen großen Schluck Wassers, wickelte sich enger in seine Decke, zitterte. Seine Zähne schlugen laut aufeinander, der Kopfschmerz kehrte zurück, Nosé stellte das Denken ein.

Ostwärts

Du bist mir entronnen. Deine Freundin entgeht mir nicht. Sie ist Mein. Ich nehme sie lustvoll, werde mich an ihr erfreuen. Sie ist ohne Gegenwehr, sie schwindet, alle Kraft verlässt sie, geht in mich über. Mir gehört sie wie ihre Schwestern. So viele holte ich mir schon, es sind niemals genug, alle will ich, meine Lust endet nicht.

12

Nach einigen Tagen fühlte Nosé sich besser. Er sprach mit Jacqueline, so viel er konnte, lernte die Aussprache der Wörter, erfuhr vieles über das erst kurze Leben seiner Gesprächspartnerin. Sie vertraute ihm gar an, Gefühle für einen jungen Mann aus der Nachbarschaft – hier hieß das einige Meilen entfernt – zu hegen. Er hatte ihre Blicke erwidert, als sie ihre Kindheit hinter sich ließen. Seit die Schwindsucht von ihr Besitz ergriffen hatte, beachtete er sie nicht mehr. Schönheit – das waren die Formen wohl genährter Frauen, die runden Gesichter und prallen Gewebe. Jacqueline würde das niemals erreichen können, war zur Hässlichkeit verdammt, meinte sie. Nosé empfand nicht so. Natürlich waren die Formen der Damen von Hof das Ideal, aber das schmale Gesicht Jacquelines rührte etwas in ihm

an, ihre Zerbrechlichkeit hieß ihn Windmühlen be-
kämpfen, seine Arme über sie breiten. Dergleichen war
natürlich nicht nötig, ihre Brüder waren weit besser darin als er, sie ließen schließlich auch zu, dass sie sich
ihm öffnete. Sie wollten ihr die Zeit, die ihr blieb, erträglich gestalten, selbst wenn das hieß, einem unbe-
darften Narren Zugang zu ihrem Herzen zu gewähren.
Vor seinen Augen schwand sie weiter noch, krakelige
Falten bildeten sich in den Mulden ihrer Wangen und
ausgehend von den Lippen. In gleichem Maß weiteten
sich ihre Augen. Wie ein erschrecktes Käuzchen blickte
sie in die Welt.

Sobald er das Bett verlassen konnte, begleitete er sie
auf ihren Spaziergängen über die Schafweiden. Die Familie besaß mehrere der Tiere, er wusste nicht, wie viele. Sie hielten sich in Gruppen an verschiedenen Orten
auf. Es gab keinen Schäferhund, Jacquelines Brüder
trieben die Schafe beizeiten zusammen, ohne sie zu hü-
ten. Während Nosés Anwesenheit geschahen keine
Zwischenfälle mit Raubtieren. Die junge Frau kam
trotz ihrer Schwäche auf dem hügeligen Gelände zurecht, sie hatte einen Trick entwickelt, Anstiege mithilfe
vieler Kehren gleich Serpentinen zu bewältigen. Ihr
brüchiges, dünnes Haar wehte bei jedem Schritt auch
an windstillen Tagen. Sie liebte das Steinadlerpaar, das
in einem nahen Felsen nistete, bedeutete es auch Gefahr für die Herde. Sie wurde nicht müde, ihn auf die
Majestät des Flügelschlags der Vögel hinzuweisen, die
Mühelosigkeit des Gleitens, das Zusammenballen für

den Sturzflug, sobald sie Beute ausgemachten. Jacqueline träumte von einem Haus, gefertigt aus dem Stein der Felsen, welche vereinzelt aus dem Weideland ragten. Sie erzählte von einer Quelle, deren Ursprung, weil schwer zugänglich, selbst von größeren Tieren verschont blieb, Insekten und kleine Kriechtiere wiederum mieden den druckvollen Strahl. Sie ging früher regelmäßig dorthin, wagte sich über die tiefe Schlucht, um die Quelle für den Menschen in Besitz zu nehmen. Ihre Eltern waren in jungen Jahren nach einer hartnäckigen Durchfallerkrankung gestorben. Erst übernahm Jacqueline die Mutterrolle für ihre älteren Brüder, bis jene ihre Flegeljahre überwunden hatten. Seit sie mit ihrer Krankheit kämpfte, drehten sich die Verhältnisse um, die Männer fühlten sich für sie verantwortlich, nervten sie mit ihrer Überfürsorglichkeit, bis Nosé auftauchte. Er brachte ihr ein Stück Freiheit zurück und auch ihren Brüdern. Sie kannte nur puren Überlebenskampf. Jacqueline wollte aus Nosés Vergangenheit hören. Erstmals artikulierte er seine Empfindungen bezüglich seiner Mutter, die ihn aussetzte, seine Familienbande mit den Hunden, den Schmerz, als er Cuatros kaltes Fleisch ertastete, seine Träume vom Narrendasein, die Verfolgung durch die Verschwörer, seine Freundschaft mit Sancho und Holger. Jacqueline interessierte sich vor allem für seine Herkunft.

»Über deinen Vater hast du dir noch nie Gedanken gemacht?«, fragte sie.

»Als Kind stellte ich mir manchmal vor, er sei ein großer Mann, sah ihn in glänzender Rüstung auf einem Schimmel reiten. Später wünschte ich mir, er sei ein einfacher Mann, der mich hergeben musste, weil er mich nicht ernähren konnte.«

»Gibt es Hinweise in die eine oder andere Richtung?«

»Nicht wirklich. Meine Mutter soll laut einer alten Schlampe eine feine Dame in edlen Kleidern gewesen sein. Wenn das aussagt, mein Vater stamme ebenfalls aus diesem Stand …«

»Kennst du diese alte Schlampe?«

»Sie ist meine Ziehmutter.«

»Du nennst deine Mutter alte Schlampe?«

»Alle nennen sie so.«

»Weil alle Idioten sind, musst auch du Idiot sein?«

»Irgendwie: ja. Du willst dazugehören, wurdest du verstoßen.«

»Gehöre zu den guten Menschen, wenn schon.«

»Wer ist gut?«

»Sancho war gut. Holger war gut. Vielleicht war auch diese Dulcinée gut, wenn nicht nur naiv. Nicht zuletzt deine Familie, die Hunde, sie beurteilen niemanden nach seinem Äußeren.«

»Du bist gut«, stellte Nosé fest. »Niemand ist so gut wie du.«

»Ach, Narr«, sagte Jacqueline. Sie nahm seine Hand, führte ihn einen neuen Weg entlang.

»Wo gehen wir hin?«, fragte Nosé.

»Zur Quelle.«

»Fordert dich das nicht zu sehr?«

»Ich habe dich an meiner Seite. Ich verlasse mich auf dich.«

»Und wenn ich versage?«

»Du versagst nicht. Komm!« Jacqueline führte Nosé in felsiges Gebiet. Es ging zuerst aufwärts – trotz ihrer Schwäche kletterte die junge Frau flinker als der ahnungslose Narr –, dann entlang eines Abhangs. Die ständige Schrägstellung der Füße belastete die Sprunggelenke. Nach einer weiteren Kletterpartie befanden sie sich im Gletschergebiet, kamen an eine Schlucht. Der Blick in den Abgrund löste Schwindel aus.

»Hier geht es nicht weiter«, sagte Nosé.

»Ich sagte dir, der Ursprung ist schwer zugänglich«, erwiderte sie. Sie führte ihn zu einer Stelle, wo ein Geflecht aus Kletterpflanzen über eine Engstelle der Schlucht hinwegrankte. Etwas Schnee lag auf den Blättern des dornigen Gewächses. Nosé hielt an.

»Das ist nicht dein Ernst«, sagte er.

»Ich habe nie jemanden hierhergeführt, nicht einmal meine Brüder. Hast du Angst vor Dornen?«

»Ja, besonders, wenn sie über einem Abgrund hängen.«

»Die Pflanze ist stark. Sie umklammert einen Felsen auf der anderen Seite.«

»Wie kommt sie überhaupt so weit nach oben in den Gletscher?«

»Es gibt immer die Wenigen, die sich hinwagen, wo ihre Artgenossen aufgeben. Das gilt für jegliches Leben.« Jacqueline lehnte sich gegen einen Felsen. Nosé sah sich das Geflecht genauer an, danach betrachtete er die junge Frau.

»Wie schaffe ich dich zur anderen Seite? Du bist zu schwach.«

»Ich komme nicht mit. Ich verfolge deine Eroberung von hier aus.« Nosé schluckte. Er ging langsam zum Abgrund, hockte sich neben die Pflanze, griff mit einer Hand nach ihren kräftigen, zum Teil verholzten, teils krautigen Armen. Als er die Hand zurückzog, stach er sich an einem Dorn, der wie ein der Schnabel eines Greifvogels geformt war. Er steckte den verletzten Finger in den Mund, das Blut abzusaugen. »Du siehst, die Pflanze ist wehrhaft und stark«, sagte Jacqueline. »Sei du es auch!«

»Ich fasse nicht, dass ich das tu«, sagte Nosé zu sich selbst, streckte sich, während er sich mit den Händen auf dem Lianenzopf vorantastete. Zuerst versuchte er, den Dornen auszuweichen, bald griff er in sie hinein, sich an den Schmerz zu gewöhnen. Er krabbelte auf dem Geflecht wie auf einem Netz. Wieder und wieder rutschte ein Bein oder Arm zwischen den Lianen hindurch, ließ sein Herz stillstehen. Er hatte schon fast die Hälfte der Strecke zurückgelegt, als er durch ein Loch im Geflecht fiel, sich im letzten Moment mit einer Hand festzuhalten vermochte. Sein Körper schwang hin und her, während sich die Dornen tiefer in sein

Fleisch bohrten. Er versuchte dreimal, mit der zweiten Hand nach oben zu greifen, versagte.

»Kämpfe!«, rief Jacqueline. Er schaukelte vor und zurück, warf sich während eines Schwunges nach oben, zog gleichzeitig mit der wunden rechten Hand seinen Körper an. Seine Linke bekam eine Liane zu fassen. Er löste die Rechte, weiter nach vorn zu greifen, dabei riss ein Dorn, der sich in sein Fleisch gebohrt hatte, eine tiefe Wunde. Es blieb nichts übrig, als dennoch weiterzumachen. Er hantelte sich mit kurzen Griffen voran. Auf der gegenüberliegenden Seite der Schlucht angekommen, fanden seine Füße Halt in einem Felsspalt. Er konnte sich nach oben stemmen, warf sich auf eine kleine Plattform. Für für einen Moment vergaß er, Jacqueline war auf der anderen Seite der Schlucht. »Ich wusste, du schaffst es«, rief sie. »Du musst nur noch um den Fels laufen, der wie ein abgesägtes Horn aussieht.« Nosé starrte auf seine blutenden Hände, sie zitterten. Er nahm sie nicht zu Hilfe, als er sich hochwand, stolperte um den Felsblock. Hinter dem Gebilde klaffte eine schneefreie Stelle inmitten einer Gletscherzunge. Hier schoss ein Wasserstrahl aus dem Fels. Im ersten Augenblick fragte Nosé sich, warum er für diesen Pinkelstrahl sein Leben riskiert, Schmerzen erduldet hatte. Er trat heran, hielt seine wunden Hände unter das eiskalte Wasser, verweilte an der Quelle, legte sich auf den Rücken in die Gletscherzunge, starrte in den Himmel. Eiskristalle tanzten, tanzen …

... vor seinen Augen. Aus ihrem Schleier treten Nonnen mit Hauben wie nach vorn gebreiteten Flügeln. Sie trippeln gesenkten Hauptes, schwarze Bücher in Händen, ins Licht. Eine von ihnen blickt auf, tritt aus der Reihe, sie zeigt Jacquelines Antlitz.

– Was willst du wissen?, fragt sie. Sieh mich nicht so traurig an, ich mache mich auf den Weg. Es ist das Ende des Anfangs. Du kannst nicht mitkommen, aber deine blutigen Hände tragen mich ein Stück weit, dein Schmerz ist ein gutes Wort für mich. Ich konnte nicht viele Menschen berühren in unserer Einsiedelei, Familie nur, leichte Beute, sie zählt nur halb. Die zweite Hälfte bist du allein, dein unsinniges Unterfangen, eine tiefe Schlucht zu queren, an einer dornigen Pflanze hängend, mir zu gefallen.

– Die Quelle. Welche Bedeutung hat sie?

– Sie hat keine Bedeutung, nur dein Weg zu ihr ist von Belang, unser Weg. Sieh!

Sie weist mit einer Hand hinunter ins Land. Über einem schmalen Weg vom Hof der Familie bis in die Hügel liegt ein Zauber, bunte Blumen schießen aus der Erde. Der Weg führt in die Berge, auf den Gletscher, zur Schlucht.

– Ist das der Weg, den du nehmen wirst?

– Er ist es. Komm nicht wieder. Der Boden ist bereitet. Du wirst den Weg für die Lebenden ungangbar machen. Such du dir deinen eigenen Weg zu dir.

Nosé schüttelt, schüttelte ...

... den Kopf.

»Geh nicht!«, sagte er, starrte ihn den Himmel. Er erhob sich, ging zurück an die Schlucht. Dort warf er sich auf das Netz aus Ranken. Die Pflanze riss vom Felsen ab. Nosé krallte sich an den Lianen fest, schlug auf der anderen Seite weit unterhalb des Wurzelbereichs gegen den Felsen. Er kletterte hoch. Die Dornen fühlte er kaum noch. Jacqueline half ihm auf die Plattform, wo sie sich auf einen Fels setzten.

Nosé blickte in Jacquelines Augen.

»Jetzt überquert kein Flügelloser mehr die Schlucht«, sagte er, dann zeigte er auf das Pergamentröllchen im Ring um ihren Hals. »Die erste Kolonne. Was bedeutet sie? Ich weiß mittlerweile von deinen Brüdern, das Schwindewort gegen Krankheit verkürzt sich vom Ende her, wie es in der zweiten Kolonne zu sehen ist, so stellt sich Schritt für Schritt der alte Zustand der Gesundheit wieder her. Sie wussten nicht, es gibt eine weitere Kolonne. Ich habe es ihnen auch nicht gesagt.«

»Das ist gut so.«

»Du willst mir nicht sagen, was die erste Kolonne bedeutet?«

»Was denkst du? Du hast doch darüber nachgedacht.«

»Es gibt nicht viel Sinn. Es müsste heißen, etwas soll nicht beginnen.«

»Es darf nicht beginnen.« Sie strich über seine Wange, schob ihn sanft von sich weg. Er gab ihre Augen frei.

»Lass uns heimgehen«, sagte er, hielt ihr seine blutende Hand hin. Sie ergriff sie nicht, stemmte sich selbst hoch.

In den nächsten Tagen verschlechterte sich der Zustand der jungen Frau im selben Maß, in dem sich Nosés Verfassung besserte. Bald war sie zu schwach, das Haus zu verlassen, das Bett schließlich. Nosé bemühte sich, für sie da zu sein, wie sie es für ihn gewesen war. Freilich verfügte er nicht über die Kenntnisse in der Krankenpflege, welche die Bewohner dieser rauen Gegend auszeichneten. Ihre Brüder waren ihr eine größere Hilfe als er, doch das ließ Jacqueline ihn nicht spüren.

Eines Morgens – Nosé kam eben vom Waschtrog, betrat guter Dinge ihr Zimmer – beobachtete er einen ihrer Brüder, wie er mit Zeige- und Mittelfinger seiner rechten Hand Jacquelines Augen schloss.

Nosé hob die Grube, in der ihr Leib versenkt werden sollte, neben den Gräbern ihrer Eltern aus, im Schatten eines der wenigen Laubbäume in dieser Höhenlage. Jeder der drei Männer versuchte, sich vor der Grablegung zu drücken, letztlich musste es aber geschehen. Gemeinsam erledigten sie die unliebsame Aufgabe. Der ältere Bruder hielt die Grabrede – einfach, berührend. Da sonst nicht mehr viel zu sagen war, besprachen sie die Höhe des Grabhügels, dem schwindenden Volumen gerecht zu werden. Alles beinah, was Jacqueline war, schwand. Irgendwann würde sie auch in ihren Herzen schwinden.

Nach ein paar Tagen setzten sich Jacquelines Brüder nach vollbrachtem Tagewerk zu ihm an den Esstisch.

»Es war gut, dass du bei uns warst in Jacquelines letzter Stunde, doch nun wird es Zeit an den Abschied zu denken«, sagte einer von ihnen. »Du packst fleißig mit an, doch es bedarf nicht Dreier, den Hof zu führen. Du und dein Pferd, ihr verringert unsere Vorräte.«

Nosé wollte ohnehin weiterziehen, wie ihm Jacqueline in seinem Traum aufgetragen hatte. Er erhielt Vorräte, darunter auch Äpfel für Faquin, der ansonsten nur Frischgras erhalten würde wie auf dem ersten Teil der Reise.

Nach einem langen Aufstieg blickte der Narr ins Tal hinab. Frankreich streckte sich unter ihm.

Nach den niederen Landen

Tell her to wash it in yonder dry well,
Parsley, sage, rosemary and thyme,
Which never sprung water nor rain ever fell,
And then she'll be a true love of mine.

Arden ritt nach viertägiger Reise in Dover ein. Er wollte sich nicht lange dort aufhalten, England bedeutete ihm nichts mehr. Es freute ihn, zu erfahren, schon nächsten Morgen legte ein Schiff Richtung Nordholland in den niederen Landen ab. Arden zahlte im Voraus für seinen Platz auf dem Handelsschiff, das außer ihm nur eine Hand voll Passagiere befördern würde. Auch lagerte nur wenig Handelsgut an Bord; der Hauptzweck der Fahrt war, Güter in Hoorn aufzunehmen und nach Portsmouth zurückzubringen. Sein Zimmer für eine Nacht bezog er sogleich, bat darum, geweckt zu werden, und fiel sofort in einen tiefen Schlaf.

Am nächsten Morgen stand Arden mit seinem Pferd am Hafen. Am Pier lag eine Fleute, wie er an ihrem runden Heck erkennen konnte. Diese Schiffe waren durch ihren geringen Tiefgang ideal für die Beladung in den niederen Landen mit ihren flachen Küsten und Dämmen. Die Besatzung, etwa fünfzehn bis zwanzig Mann, befand sich bereits an Deck. Man wartete auf irgendwelche Papiere, eh die Passagiere an Bord durften. Ein Ehepaar und zwei Männer harrten am Bootssteg aus, bis sich jemand von der Hafenleitung – derselbe, der zuvor die Papiere der Passagiere überprüft hatte – mit herrischem Schritt der Holzrampe näherte, den Kapitän persönlich zu sehen verlangte, diesem ein Schriftstück aushändigte und einige Anweisungen erteilte. Jetzt endlich durften die Fahrgäste sich einschiffen. Die wackeligen Bretter der Rampe kündigten an, fester Boden würde für einige Zeit nicht zur Verfügung stehen. Es wurde laut und geschäftig. Wie die Bienen wimmelten die Matrosen, machten sich an den drei Masten zu schaffen. Segeltuch wurde entrollt, aus dem dürren Geäst erwuchs eine Leinenwolke, löchrig zuerst, mit zunehmendem Abstand von der Küste ballte sie sich zusehends, schoss letztlich gänzlich unter Segeln dahin. So würde es nicht lange dauern, die niederen Lande zu erreichen, freute sich Arden. Sie nahmen Kurs Ostnordost. Er blickte zur Küste zurück, die Kreidefelsen von Dover entfernten sich. Hinter ihnen zogen schnell schwarze Wolken auf. Der Mann von der Hafenleitung hatte etwas von Sturmgefahr gesagt. Der Kapitän tat das als Panikmache ab, er hätte schon viele Fahrten unter vergleichbaren Umständen hinter sich, meinte er, und es sei doch nur eine kurze Fahrt bis Hoorn.

Sie waren noch nicht lange unterwegs, als Arden eine Unruhe an Bord bemerkte. Sollten die schwarzen Wolken doch die Aufmerksamkeit der Besatzung erregt haben? Er lief an Deck umher, weil er im Ladungsdeck, wo die Passagiere für die kurze Fahrt untergebracht wurden, erste Anzeichen von Seekrankheit an sich bemerkte, wozu er üblicherweise nicht neigte. Sobald er den Wellengang sehen konnte, gab sich die leichte Übelkeit schnell. Er sah am mittleren Mast hoch, entdeckte einen Matrosen im Mastkorb, der mit den Armen Zeichen nach unten gab. Eine Kiste wurde an Deck gebracht, aus welcher der Erste Offizier Waffen an die Besatzung verteilte. Nun näherte sich ein Schiff, das schlanker war als das Handelsschiff und geringeren Tiefgang aufwies. Aus der Schiffswand ragten Kanonen.

»Die Flamen!«, rief einer. Arden wusste, die spanischen Niederlande griffen – teils im Auftrag der spanischen und österreichischen Habsburger, teils aus geschäftlichem Interesse – im Ärmelkanal Schiffe der nördlichen Niederlande und Frankreichs an. Die Dünkirchner waren berüchtigte Freibeuter. Die Pina näherte sich rasch, drehte bei. Eine Kanone schoss vor den Bug der Fleute. Die Passagiere kamen nun alle an Deck, entgegen den Anweisungen des Ersten Offiziers. Einer hob die Faust.

»Sie haben uns verfehlt!«

»Es war nur eine Warnung«, sagte Arden. »Hoffentlich ist der Kapitän vernünftig genug, sie nicht herauszufordern.«

»Du Memme!«, gab der Angesprochene zurück. »Wir liefern ihnen einen Kampf, den sie nicht so schnell vergessen.« Eine weiße Fahne kroch an einem Seil hoch, die Waffen wurden wieder eingesammelt. »Schande«, sagte der Passagier. »Ich schäme mich für diese Besatzung.«

»Ihr könnt ja gern den Helden spielen«, entgegnete jetzt ein anderer. »Ich lebe lieber.« Arden nickte ihm zu. Während das Piratenschiff an die Fleute heranschaukelte, legte sich ein dunkler Schatten über das Schiff, ein starker Wind kam auf. Auf beiden Schiffen wurden die Kampfhandlungen eingestellt, die Matrosen wurden gebraucht, die Segel einzuholen. Die Freibeuter senkten ihre aufgepflanzten Enterbrücken, kletterten in die Takelage. Nun peitschte Regen aus den Böen, Meer und Himmel überschwemmten die Decks der Schiffe. Die Pina wurde stärker vom Wind erfasst als die Fleute. Die beiden Schiffe drifteten auseinander. Passagiere und Besatzung banden einander an den Masten fest. Der Kapitän des Frachtschiffes befahl, nicht alle Segel zu streichen. Er stellte sich zum Steuermann, der sich an seinem Ruder festgeknotet hatte, hielt sich an ihm fest, dirigierte ein Manöver, das sie im Nu deutlich vom Schiff der Angreifer entfernte, sodass sie im dichten Regen und der zunehmenden Dunkelheit nicht mehr auszumachen waren. Arden hatte Mühe zu atmen, ohne Wasser zu schlucken. Der Schiffskörper wurde hin- und hergeworfen, während er langsame Fahrt machte.

Endlich legte sich der Sturm, die See beruhigte sich, Sonnenstrahlen stocherten durch die Wolkendecke. Das Schiff der Freibeuter war nicht mehr zu sehen, dafür waren sie nahe ans Festland gelangt. Aus einer großen Hafeneinfahrt kamen zwei lange Ruderboote auf sie zu.

»Wo sind wir?«, rief der Erste Offizier.

»Ich bin nicht sicher«, gab der Kapitän zurück. »Ich musste uns zurück nach Westen steuern, um den Wind zu nutzen. Ich denke, wir wurden gleichzeitig nach Süden abgetrieben. Es könnte Frankreich sein.«

»Die mögen uns Engländer nicht besonders«, meinte der Steuermann.

»Hier mag keiner den anderen«, sagte der Kapitän. »Der Ärmelkanal ist eine Mausefalle der Staatsinteressen.«

»Dann hoffen wir, sie verjagen die Mäuse nur und töten sie nicht«, rief Arden dazwischen.

»Nicht so pessimistisch, junger Mann«, beruhigte der Maat.

»Mit den Männern auf den zwei Booten werden wir doch leicht fertig, wenn Ihr endlich die Waffen verteilt«, fuhr der Passagier dazwischen, der schon zuvor den Helden gespielt hatte. Der Kapitän sah ihn an, zog die Brauen tief ins Gesicht.

»Niemand verteilt hier Waffen«, sagte er. »Wir werden uns kooperativ zeigen. Auch Ihr werdet Euch beruhigen.« Der Mann stieß einen Laut der Empörung aus, blickte zur Seite. Mittlerweile band man alle Personen von den Masten los. Die Ruderboote legten an der Fleute an. Der Kapitän sprach nur wenig Französisch, Arden hatte bessere Kenntnisse, er vermittelte.

Ein Offizier, der nicht an Bord kam, beschlagnahmte das Schiff, wies den Kapitän an, es in den Hafen zu steuern. Dort störte es niemanden, dass keine Ladung vorhanden war, man wollte das Schiff selbst. Die Personen im Offiziers- und Unteroffiziersrang wurden abgeführt, Matrosen und Passagiere schickte man einfach fort. Sie erfuhren nur, sie befänden sich in Calais. Die Bitte, auf ein Schiff ins nahe England warten zu dürfen, wurde abgelehnt, sie mussten den Hafen verlassen. Arden fand sich also in Frankreich wieder, nicht in den Niederlanden. Das warf seine Pläne durcheinander. Er stand vor der Entscheidung, sein Ziel weiter zu verfolgen, so widrig die Umstände auch wären, oder sich vom Schicksal in eine andere Richtung treiben zu lassen. Andererseits musste nicht sofort die endgültige Entscheidung gefällt werden, er konnte auch kurzfristig vom Weg abweichen, sich später neu orientieren. Er folgte vorerst den anderen Passagieren und den Matrosen, die ihn zu ihrem Übersetzer erkoren. Sein Pferd hatte man ihm überraschenderweise gelassen. Überhaupt blieben die Passagiere unbehelligt. Er wurde nicht einmal nach Wertgegenständen durchsucht, der Geldbeutel verblieb in seinem Mantel, allerdings wusste er nicht, ob er mit englischem Geld in Frankreich etwas anzufangen vermochte. Die Antwort darauf erhielt er, als die Gruppe versuchte, sich in einer Gaststätte zu stärken.

»Wir nehmen keine Pfunde«, sagte der Wirt. »Versucht es woanders.« Der nächste Lokalbesitzer war sich des hohen Feingehalts des Pfunds Sterling bewusst, er wollte handeln. Ein Mittagessen hätte nach seiner Rechnung jedoch den Gegenwert einer halben Kutsche entsprochen. Die Gruppe drängte Arden, sein Pferd zu verkaufen, was er entschieden ablehnte; beweglich zu bleiben, war ihm das Wichtigste. So priesen sie auf der Straße Kleidungsstücke und diverse ihrer Reisemitbringsel an, boten ihre Arbeitskraft feil. Mit Letzterem hatte nur ein Matrose Erfolg, den sie danach nie wieder sahen. Arden konnte eine seiner Satteltaschen zu Geld machen, das für eine Mahlzeit reichte und ihm noch zwei bis drei weitere garantieren würde. Tatsächlich lud er das einzige Paar unter den Passagieren auf ein deftiges Mahl ein. Sie kamen aus Schottland, hatten bereits eine weite Strecke hinter sich gebracht. Ihr Sohn war an den Pocken gestorben, sie wollten nichts wie weg, wohin auch immer, nur fort von den schmerzenden Gedanken und Erinnerungen. Die Ehefrau verfügte über die eigene Schönheit der einfachen Frauen vom Land. Arden bewunderte dies schon sein Leben lang. Das Paar wollte Arbeit finden in Amsterdam, einer Stadt, von der ihre Freunde geschwärmt hatten. Die Änderung ihrer Pläne traf sie nicht.

»Dann eben woanders«, sagte der Ehemann, zuckte mit den Schultern. Das Großmaul vom Schiff erwies sich letztlich als durchaus verträglicher Mitmensch, auch er lud jemanden zum Essen ein, nachdem er ein seltsames Gebilde verhökert hatte, unter dem man kleine Dinge ganz groß sehen konnte. Es hatte mit besonders geschliffenem Glas zu tun. Der Juwelier, der es ihm abkaufte, zahlte eine ansehnliche Summe für das Wunder der Wissenschaft. Der streitbare Passagier, der auf der Rückreise von England nach seiner Heimat Holland war, experimentierte mit Lupen, die weit mehr konnten als jene, mit welchen auf Jahrmärkten geprahlt wurde. Nach und nach lernte Arden alle Mitglieder der unfreiwilligen Reisegemeinschaft kennen. Matrosen auf der Jagd nach dem Glück, andere, die im Suff angeheuert wurden, auf hoher See aufwachten, ein Flüchtling aus dem ewig gespaltenen Irland – wo Menschen zusammenkamen, reihten sich tragische Schicksale.

Aus Gesprächen mit Einheimischen erfuhr Arden, in Le Havre, einer erst im letzten Jahrhundert künstlich angelegten Hafenstadt, gäbe es einen hohen Anteil an Hugenotten, die von England gegen die Katholiken in

Frankreich unterstützt würden. Arden war Protestant, wie alle in der Gruppe, außer dem Iren. Sie überlegten, sich nach Le Havre aufzumachen. Ein Kellner meinte, die Strecke messe etwa fünfzig Lieues de poste. In Zusammenarbeit errechneten oder vielmehr schätzten sie, das müsste etwa hundertvierzig englischen Meilen entsprechen. Zu Pferde wären sie eine knappe Woche unterwegs, länger, wenn sie zwischenzeitlich für Nahrung arbeiten müssten; die Matrosen würden auf den Reittieren der Passagiere mitbefördert, zwei weitere Rösser angeschafft.

Letztlich nahm es zwei volle Wochen in Anspruch, die Hafenstadt zu erreichen. Sie hatten sich etwas Großes erwartet, eine stolze Stadt wie London. Außer den Hafenanlagen gab es nicht viel zu sehen – ein großer Platz mit einem öffentlichen Gebäude und ein paar Häusern drum herum, Hafenanlagen, das war es dann auch schon. Für die müden Reisenden fanden sich keine Zimmer, ein großer Pferdestall immerhin. In der Box neben jener von Ardens Pferd stand ein edles Tier mit einer goldbestickten Pferdedecke. Zwei weitere stolze Rösser fanden sich in den folgenden Boxen. Eine Pferdedecke zeigte das Wappen der spanischen Habsburger, der Sattel war aus kunstvoll gefertigtem Leder. Ausgerechnet in Frankreich hatte Arden das nicht erwartet. Aber in dieser wirren Zeit wusste niemand genau, wer gerade mit wem Krieg führte oder Hochzeitspläne schmiedete. Vermutlich wagte darum niemand, etwas zu unternehmen. Jeder fühlte, im Ameisenhaufen Europa musste jeden Moment das große Schlachten beginnen, bis die Eitelkeiten der Landesfürsten gestillt oder gebrochen wären. Wenn die Gier nach Macht alle Grenzen durchbrach, mussten viele unschuldige Menschen sterben, das war immer so und würde immer so sein. Kamen die Unersättlichen erst an der Spitze, nahmen sie dem Volk erst alles Gut, dann das Leben.

Die Gruppe verbrachte die ersten Nächte in einer Lagerhalle. Die Arbeitsmöglichkeiten erwiesen sich als gut, sie alle fanden eine Beschäftigung, meist als Lagerarbeiter. Einige Matrosen heuerten an Schiffen an, die Gruppe schrumpfte.

Ein Schiff machte wegen stürmischer See Zwischenhalt in Le Havre. An Bord waren der Mann von Pocahontas, John Rolfe, und ihr Sohn Thomas. Sie waren auf dem Weg nach Virginia in der Neuen Welt. Die Prinzessin aus dem fernen Land war schon zu Beginn der Heimreise verstorben, woran, wollte Rolfe nicht sagen. Er erkannte den Mann wieder, der sich in dem Lokal in London so seltsam verhalten hatte.

»Ich weiß noch immer nicht, welcher Zunft Er angehört«, sagte er.

»Ich habe bis heute nicht wirklich bewiesen, ein nützliches Glied der Gesellschaft zu sein«, entgegnete Arden.

»Das ist schade«, sagte Rolfe. »Wenn Er sich eines Tages dazu entschließen sollte, besuche Er uns doch in Virginia.«

Nach den niederen Landen

Arden dachte an die verstorbene junge Prinzessin mit der großen Aufgabe, den Hoffnungen ihres Landes auf ihren Schultern. Welch ein Kontrast zu seinem verantwortungslosen Lebenswandel!

Einige Tage später lief ein Schiff nach England aus. Zwei Passagiere und ein Matrose entschlossen sich, in die Heimat zurückzukehren. Nun waren neben Arden nur noch das Ehepaar, das Großmaul, der Ire und zwei Matrosen übrig. Letztere hatten in Dover nur angeheuert, um das Land wegen Problemen mit dem Gesetz zu verlassen, so wie Arden. Die sieben Neuankömmlinge richteten sich in der ihnen aufgezwungenen Lage ein. Das Ehepaar entschloss sich, mit dem Bau eines Hauses zu beginnen, alle anderen waren nicht überzeugt, ihr weiteres Leben hier verbringen zu wollen.

Eines Morgens, als Arden sein Pferd aus dem Stall holte, sah er wieder die drei Rösser aus dem Stammhaus des spanischen und österreichischen Herrschergeschlechts. Während er sein Pferd striegelte, hörte er Stimmen in seinem Rücken. Er wandte sich um, entdeckte eine junge Frau in einfacher, aber geschmackvoller Kleidung, neben ihr einen typischen Vertreter des Geldadels im Pfauenkostüm und zwei Höflinge mit aufwändigen Krägen, die es den beiden fast unmöglich machten, ihre Köpfe zu bewegen.

»Ich muss darauf bestehen, Aleja«, sagte einer der Höflinge, er sprach Englisch mit spanischem Akzent.

»Ich kann Eurem Freund nur Recht geben«, fügte der englische Geschäftsmann hinzu. »Dieses Spiel war

spannend und ertragreich, solange glaubhaft. Mit dem
Tode Shakespeares ist uns der Boden unter den Füßen
weggezogen worden.«

Wieder Shakespeares Tod! Das Thema verfolgte Arden überallhin. Gut, hier schien es sich bloß um eine
geschäftliche Besprechung zu handeln, womöglich Ver-
öffentlichungsrechte oder eine Theateraufführung. Die
junge Frau sprach ebenfalls mit spanischem Akzent.

»Bedeutet dies das Ende unserer Zusammenarbeit,
Mister Thorpe?«, sagte sie.

»Ich fürchte, so ist es«, erwiderte der Geschäftsmann. »Wir können trotzdem Kontakt halten.«

Die vier verschwanden bei den Pferdeboxen. Den
Namen Thorpe hatte Arden schon im Zusammenhang
mit dem Dichter gehört, ihm fiel nicht ein, bei welcher
Gelegenheit.

Er holte Sattel und Zaumzeug aus der Pferdebox.
Als er mit dem Aufzäumen fertig war, trat die junge
Frau allein aus dem Stall. Er überwand sich.

»Ihr interessiert Euch für Shakespeare?«, sagte er
auf Englisch.

»Er kennt ihn?«, entgegnete sie.

»Ich war bei seinem Tod anwesend.«

»Das soll ich Ihm glauben?«

»Wenn Ihr so freundlich wärt.«

»Wurde etwas bei dem Meister gefunden?«

»Was meint Ihr?«

»Ein Schriftstück.«

»Vielleicht.«

»Er narrt mich mit seinen nichtssagenden Antworten.« Die junge Dame wandte sich zum Gehen. Arden verschränkte die Arme, betrachtete seine Stiefelspitzen.

»Ein Stück um eine Figur aus Cervantes' Werk«, sagte er. Die junge Frau, die ihr Begleiter Aleja genannt hatte, wandte sich Arden wieder zu.

»Wie kam Er dazu? Hat Er es gelesen?«

»Das habe ich … bevor ich es verbrannte.« Arden blickte gleichgültig in die Ferne. Aleja starrte ihn an. Er zeigte eine wegwerfende Geste. »Der Meister selbst wollte es so. Es erreichte nicht seinen gewohnten Standard. Die Nachwelt sollte ihn nicht daran messen.«

»Ein Sterbender ist oft verwirrt. Wie konnte Er so achtlos handeln? Wer ist Er, zu entscheiden, was richtig ist?«

»Ich entschied es nicht allein, ein enger Vertrauter des Dichters war bei mir.«

»Es war ein wertvolles Werk.«

»Ihr kanntet es auch?«

»Ich … ach, verschwinde Er!«, sagte sie, entfernte sich forschen Schritts. Arden bestieg sein Pferd, sah der jungen Frau hinterher, riss die Zügel herum, ritt heimwärts. Das Bild des hübschen, wilden Gesichts blieb den ganzen Weg über in seinem Kopf.

Einen Monat später sah er den englischen Geschäftsmann, Mister Thorpe, wieder in Le Havre. Der Mann betrat den einzigen Buchladen der Stadt. Arden stellte sich vor den Laden, sah in der Auslage verschiedene ungebundene und gebundene Schriftwerke. Eines der Ersteren war ein Theaterstück, in dessen Impressum Thomas Thorpe als Verleger aufgeführt war. Jetzt wusste Arden wieder, woher er den Namen kannte. Der Tod des Dichters förderte vermutlich kurzzeitig das Geschäft des Verlegers, dann aber erschien nichts Neues mehr. Ein unveröffentlichtes Werk des Meisters wäre gewiss eine Goldgrube gewesen, damit hatte der Fuchs Lord Whitehead Recht gehabt. Arden wurde bewusst, welche Macht ihm gegeben war, als er das Werk in Händen gehalten hatte. Macht zur Zerstörung zu nutzen, schien ihr Missbrauch zu sein, andererseits entsprach es dem Willen des Schöpfers jenes Werks, den die Hofdame als Ardens Vater bezeichnete und es dann doch leugnete. – Nicht dieser! Seltsam. Er überlegte, ob er den Verlagsherrn ansprechen sollte, ließ es jedoch sein. Ein Geschäftsmann würde seine Handlungsweise niemals verstehen.

Arden arbeitete in einer Lagerhalle, stapelte Kisten, belud Schiffe, entlud andere. Sie kamen aus aller Herren Länder, wegen der überhandnehmenden Piraterie durch die Dünkirchner nahm die Dichte des Verkehrs aber ab. Die Freibeuter betrieben ein einträgliches Geschäft, gleichzeitig galten sie ihren Landsleuten als Helden. Der französische König spielte eine zweifelhafte Rolle, unterstützte er doch einerseits die Störung des spanischen und englischen Schiffverkehrs und Handels, andererseits nahm auch die französische Wirtschaft Schaden, da die Piraten jedes Handelsschiff überfielen, dessen sie habhaft werden konnten. Denn bald bemerkten sie, die Kapitäne behaupteten alle, Frankreich oder Belgien zu beliefern, um dem Raub zu entgehen. Frachtpapiere wurden gefälscht. Es gab dennoch keinen Mangel an Arbeit. Arden fragte sich, wie die Häfen ohne die Tätigkeit der Piraten funktionieren sollten. Man müsste Zwangsarbeiter oder Sklaven rekrutieren, die Aufträge abzuarbeiten. Die religiösen Spannungen in der Hugenottenstadt waren nicht akut, aber ständig unterschwellig zu spüren. Das Edikt von Nantes garantierte den Reformisten Religionsfreiheit, sie wurden als État dans l'État geduldet, nicht als gleichwertig angesehen. Der katholische Ire sah sich erstmals auf der Seite der von den Mächtigen gewollten Konfession, legte aber keinen großen Wert darauf. Er war geflüchtet, weil er von den Religionsstreitigkeiten in seiner Heimat die Nase voll hatte. Im Übrigen waren die Hugenotten großteils Calvinisten, die auch Arden zu freudlos schienen. Der Ire, Colin, war es schließlich auch, der nach einigen Monaten Aufenthalts mit ihm die Stadt verließ. Sie sattelten eines Morgens ihre Pferde und brachen auf. Paris hieß die Losung.

Gefangen

Nosé war in Toulouse untergetaucht. Als Spanier hatte er in Frankreich keine guten Karten. Der französische König fühlte sich von den Habsburgern eingekreist, im Südosten hatte Spanien Besitzungen in Oberitalien, im Nordosten die spanischen Niederlande. Es kam immer wieder zu lokalen Auseinandersetzungen an der spanisch-französischen Grenze. Zudem erfuhr Nosé, im fernen Böhmen seien Vertreter des Anwärters auf den deutschen Thron und frischgekrönten König Böhmens, Ferdinand von Steiermark, aus dem Fenster geworfen worden; ein Krieg stünde bevor, der die Habsburger schwächen könnte. Der französische König würde bestimmt irgendwie seinen Vorteil darin suchen. Es gab angeblich Kontakte mit Schweden, welches eine Auseinandersetzung mit dem Deutschen Reich suche. Man

fürchtete, zu den Waffen gerufen zu werden. Schon begann die von oben gesteuerte Hetze gegen den spanischen Nachbarn. Nosé versteckte seinen Zunftbrief unter Faquins Sattel. Da er kein perfektes Französisch
sprach, täuschte er einen schweizerischen Akzent vor
oder was er sich darunter vorstellte. Zumindest wurde
er nicht als Spanier erkannt. In Prag hatte es sich wieder um die Religion gedreht. Mit seinem Amtsantritt
begann der katholische König den Protestantismus zu
unterdrücken, was sich letztlich im Fenstersturz entlud. Frankreich hatte nach den Hugenottenkriegen eine
zeitweilige Religionsfreiheit erreicht, doch jeder wusste, das würde nicht von Dauer sein. Das Thema Konfession war noch nicht vom europäischen Tisch, es
würde bestimmt noch weiteres Blut kosten. Wäre er
nicht Spanier, interessierte Nosé das alles nicht. Von
Politik fühlte er sich im Allgemeinen nicht betroffen, er
und seine Hunde kamen jahrelang gut ohne sie aus.
Das war immer Sache der Bürger, auch die einfachen
Leute – obwohl religiös – versuchten nur, den nächsten
Tag zu überleben. Keiner von ihnen wollte Menschen
töten, weil sie ihre Messen ein wenig anders feierten.
Nosé fand Unterschlupf bei einem älteren Ehepaar und
deren Mutter. Die alte Frau saß den ganzen Tag vor
dem Haus in einem knarrenden Stuhl, zupfte an ihrem
Rock herum. Sie sah auch nicht auf, wenn Nosé das
Haus verließ oder betrat. Bestimmt wusste sie nicht
von seiner Existenz. Als Erstes galt es, eine Arbeit zu
finden. Er hatte nichts vorzuweisen, beteuerte, er sei

aus der Schweiz eingewandert, unterwegs habe man ihn überfallen und aller Papiere beraubt. Nach mehreren Fehlversuchen akzeptierte ein Gemüseverkäufer seine Behauptung. Das Wichtigste sei, Nosé würde seine Waren gehörig anpreisen, gegen Diebe verteidigen und die Tische mit den frischen Waren auffüllen, sagte der Händler. Der Narr machte sich ganz gut, seine Erscheinung allein erregte Aufsehen. Er präsentierte sich entsprechend lebendig und frech, erkannte aber dabei auch, närrische Einfälle zu entwickeln, war nicht so einfach. Manche Kunden beschwerten sich über seine Bemerkungen, doch insgesamt belebte er damit das Geschäft, und sein Herr schien zufrieden. Der Gemüsestand befand sich unmittelbar neben einem Laden für Schreibwaren und Lesestoff. Davor auf der Straße stand ein Zeitungsständer. Hier waren Papierfetzen befestigt, die teils gedruckte, teils handgeschriebene Nachrichten enthielten. Man konnte stets nur einen Teil der Nachrichten sehen, damit die Passanten Grund hätten, die Erzeugnisse käuflich zu erstehen. Nosé zupfte daran herum, einen Blick auf zumindest die eine oder andere der in einer Schleife aneinandergehängten Neuigkeiten zu erhaschen. Wiederholt wurde er vom Besitzer des Ladens verwarnt. Sobald er sein erstes Gehalt erhielt, kaufte er sich die Zeitungen. Auch die ungebundenen Geschichten, die im Gefolge von Cervantes Don Quijote erschienen, konnte er für geringes Geld erstehen. Wenn er nach getaner Arbeit nachhause kam, las er bei Kerzenlicht die Abenteuer der pikarischen

Helden. Zunehmend empfand er die Schelme als Personen, die er bewunderte, zählte sich selbst aber nicht zu ihnen. Sein Kostüm erschien ihm nicht mehr passend, sein Arbeitgeber bestand jedoch darauf, er hätte es weiterhin zu tragen. Nosés Französisch wurde immer besser, daneben hatte er auch ein deutsches Lehrbuch erstanden, einerseits, um den Schein aufrecht zu halten, er stamme aus der Schweiz, andererseits hoffte er, Till Ulenspeygel eines Tages in seiner Originalsprache lesen zu können. Die Freundschaft mit Holger hatte ihm einen ersten Zugang zur deutschen Sprache verschafft. Holger nannte den berühmten Narren Eulenspiegel, das war ungewohnt für Nosé, das »Eu« schwer zu sprechen. Sobald es ihm mit wenig Mühe gelang, nannte er sich selbst so. So musste er nicht ständig Fragen wegen der Namensgleichheit mit dem berühmten Ulenspeygel beantworten. Die Arbeit freute ihn, er liebte den Kontakt zu vielen Menschen. Seine freche offene Art machte ihn auch bald beliebt. Man fragte ihn, ob er nicht auch öffentlich mit einem Programm als Narr auftrete. Seit ihm Sancho erklärt hatte, sich nur zu kratzen, sei nicht sehr komisch, war er verunsichert. Natürlich wusste er schon zuvor, die Narren glänzten vor allem durch Worte, er dachte aber immer, das käme irgendwie von selbst, wenn man erst einmal ein Narrengewand besaß und lachende Menschen um sich hätte. Sein Kostüm brachte ihm Sympathien, doch ein Narr im Sinne eines Hofnarren oder ein Schelm wie Lazarillo de Tormes zu sein, strebte er immer weniger an.

Er richtete sich in seinem neuen Leben ein, hatte ein Auge auf eine junge Frau, die regelmäßig seinen Stand besuchte. Sie blinzelte ihn neckisch an, vollführte dabei mit verschränkten Armen Schaukelbewegungen, als wiege sie ein Kind in den Schlaf. Die Rothaarige kaufte nie mehr ein, als für eine Mahlzeit nötig. Er hatte den Verdacht, sie wollte möglichst oft wiederkehren. Tauchte sie auf, warf er sich mit besonderem Eifer in Pose. Nach einer Weile kam sie immer seltener. Er sorgte sich, sie mochte nicht über genug Geld verfügen, sich eine Mahlzeit zu bereiten. Nosé wollte sie nicht darauf ansprechen, bemerkte, sie schaukelte nicht mehr, wenn sie mit ihm sprach, sah ihn an, wie einen beliebigen Passanten. Dann fiel ihm eines Tages ihr Kleid in einer entfernten Menschenansammlung auf. Die Leute standen an einem anderen Gemüsestand, die junge Frau schaukelte ihr nicht vorhandenes Kind. Niemand hatte ihm beigebracht, rechtzeitig zuzugreifen, wenn sich eine Gelegenheit auftat. Er hatte zu lang gewartet. Nosé dachte an Jacqueline, die, von ihrem einstigen Verehrer wegen ihrer Krankheit abgelehnt, an ihren Gefühlen festhielt bis in den Tod. Das mochte mit der Einöde zu tun gehabt haben, in der sie lebte, doch auch ihn ließ sie nicht tief in ihr Herz, als sie Gewissheit hatte, es wäre ihre erste und letzte Gelegenheit, Zärtlichkeit zu erfahren. Dieses Erlebnis machte ihn ein wenig zynisch im Verhalten gegenüber seinen Kunden, seine Scherze gerieten bitterer; schon schwärzte ihn jemand bei den

Behörden an. Eines Morgens standen zwei Wachmänner an seinem Stand. Nosés Beteuerungen, man habe seine Papiere gestohlen, fanden kein Gehör. Die Wachen nahmen ihn in ihre Mitte und führten ihn ab. Sein Arbeitgeber zeigte dem Narren die Faust, als er sich selbst hinter die Gemüsekisten stellen musste.

Nosé wurde in ein lang gestrecktes Gebäude mit Gittern vor den Fenstern gebracht. In der Einfahrt musste er einer Kutsche ausweichen, die aus dem großen Innenhof fuhr. Nosé hatte von noblen Karossen gehört. Erstmals sah er mit eigenen Augen die goldenen Verzierungen an dem großen Kasten, der über Lederriemen frei beweglich am Fahrwerk befestigt war. Die selbsttragende Karosse war eine neue Entwicklung zur Bequemlichkeit der hochwürdigen Fahrgäste. Eine Person blickte über die Kutschentüren hinweg einen Moment lang in sein Gesicht, wandte sich dann schnell ab. Die Karosse fuhr ganz langsam, hinter ihr liefen zwei Gruppen von Männern, die jeweils zwei Stangen einer Sänfte trugen. Sie gaben sich sichtlich Mühe, das Transportmittel nicht zu erschüttern. Ein korpulenter, alter Mann thronte darin, seine Lippen missmutig verzogen.

Die Wachen an Nosés Seiten nahmen Haltung an, verbeugten sich, als die Sänfte vorbeiglitt. Der alte Mann trug eine weiße Perücke, die ihn fast erdrückte, sein Kopf erschien durch sie fast ebenso groß wie sein voluminöser Körper.

»Der Dicke kann nicht mehr selber laufen«, sagte Nosé, lachte. Die Züge der Wachen verfinsterten sich, sie zogen seine Arme im Rücken hoch, bis er vor Schmerz aufschrie, schleppten ihn so bis zu einem Seiteneingang. Sie betraten eine Schreibstube.

»Verdacht auf Spionage«, sagte einer der Wachen, während sie sich der Person am Schreibtisch näherten.

»Schon wieder!«, sagte dieser.

»Der Feind scheint sehr eifrig.«

»Oder die Nachbarn sind eifrig im Denunzieren ihrer Mitbürger.«

»Die Angst geht um.«

»Die Bosheit geht um. Wie auch immer. Bringt ihn in die Zelle. Es stehen viele Verhöre an.«

Die Wachen bugsierten Nosé in einen kleinen Raum mit vergitterten Fenstern ohne Glasscheiben. Mit ihm warteten vier weitere Männer auf ihre Vernehmung. Nichts wies darauf hin, sie seien Straßendiebe. Einer trug gar einen sehr anständigen Anzug mit einer Seidenschleife im Duttenkragen. Ein anderer starrte zum Fenster hinaus, klammerte sich an die Gitterstäbe. Nosé stellte sich an eine Wand, lehnte sich gegen sie – es war keine Sitzgelegenheit frei, die Holzpritsche war eben lang genug, einem Zwölfjährigen als Liegestatt zu dienen.

»Noch ein Spion?«, fragte ein struppiger junger Mann.

»Ja«, antwortete Nosé. »Doppelspion mit Neigung zum Verräter.«

»Dann passt Er ja perfekt in unsere illustre Runde.«

»Ich weiß nicht, wer mich denunziert hat«, sagte Nosé.

»Das weiß keiner hier«, sagte ein Mann, der aussah wie ein ehrbarer Handwerker. »Meist sind es wohl Leute, die an unser statt hier darben sollten.«

»Amen!«, sagte der Mann mit Duttenkragen, wandte sich dann an Nosé. »Was ist Er für ein lustiger Geselle? Ein Hofnarr des Königs?«

»Der König ist fern«, entgegnete Nosé. »In Paris.«

»Der ist eben von hier abgefahren«, sagte eine Stimme vom Fenster her. »Weiß der Teufel, was er hier verloren hatte.«

»Der Mann in der Sänfte?«, fragte Nosé.

»Nein, der König ist ein halbes Kind, das war der Justizminister oder irgendein oberster Richter – etwas in der Art.« Der Mann starrte ohne Ende aus dem Fenster, während er sprach. »Der König war in der Karosse.«

»Warum war der Dicke nicht in der Kutsche?«

»Das hat er mir seltsamerweise nicht gesagt.«

»Ich denke, das Schaukeln der Kutsche würde ihn töten«, sagte der Handwerker. »Er sah mir nach einem kranken Mann aus.«

»Der König reiste mit zwei edlen Frauen«, sagte der Mann am Fenster. »Eine schöner als die andere.«

»Hat sich etwas Besonderes ereignet in Toulouse, das die Anwesenheit eines Höchstrichters und des Königs erforderte?«, fragte Nosé. Mehrere Achseln wurden gezuckt. Der Mann mit dem Duttenkragen richtete sich wieder an Nosé.

»Er hat mir noch nicht gesagt, was es mit seinem Aufzug auf sich hat.«

»Nichts weiter. Ich wollte mich als Narr verdingen. Wie sich herausstellte, bin ich nicht komisch.« Die Zellengenossen lachten, einer schlug auf Nosés Schulter.

»Der war gut«, sagte er. Nosé wusste nicht, was er meinte. In diesem Moment drehte sich die Person am Fenster zum Raum. Nosé erkannte den Mann, der ihn und Sancho bestohlen hatte.

»Du hast dein verlaustes Kostüm also wiedergefunden«, sagte er mit breitem Grinsen. Er ging an die Zellentür, pochte mit der Faust dagegen.

»Ich habe etwas auszusagen«, rief er, pochte weiter. Ein kleines vergittertes Türchen in der oberen Hälfte der Zellentür wurde geöffnet.

»Was willst du?«, fragte eine Wache.

»Ich habe etwas, das deinen Vorgesetzten interessieren wird«, sagte der Dieb.

Eine Stunde später saß Nosé dem Mann gegenüber, der bei seiner Ankunft am Schreibtisch gearbeitet hatte. Sie befanden sich in einem Raum, noch kleiner als die Zelle, eben Platz genug für ein Tischchen und zwei Stühle.

»Schweizer ist Er also«, sagte der Verhörende. Nosé senkte den Kopf, zuckte mit den Schultern. »Man hat seinen Zunftbrief gestohlen, richtig?«, fuhr der Mann fort. Nosé nickte. Der Verhörende fuhr fort. »So ein

Pech aber auch. Und Er hat keinen Nachweis seiner Staatsangehörigkeit.« Wieder zuckte Nosé mit den Schultern. Der Mann betrachtete ihn von oben bis unten. »Wenn ich Ihm nun sagte, Er wurde als spanischer Spion identifiziert – was fiele Ihm dazu ein?« Nosé starrte auf die Tischplatte. »Nicht viel, nicht wahr?«, sagte der Mann.

»Er war der Dieb, der mir alles geraubt hat, mir und meinem Freund«, sagte Nosé.

»Er hat also seinen Zunftbrief?«

»Na ja«, sagte Nosé.

»Was heißt na ja?«

»Na ja: na ja.«

»Ihm scheint nicht klar zu sein, es geht hier um sein Leben.« Nosé erschreckte.

»Ich spioniere nicht, ich wollte doch nur aus Spanien raus.«

»Weshalb?«

»Die Inquisition und alles.«

»Und alles, so so.« Der Verhörende stierte in Nosés Augen. »Die Inquisition ist auch in Frankreich aktiv.«

»Aber nicht wie in meiner Heimat. Man darf nicht einmal in einen Bach pinkeln.«

»Und Er möchte gern in einen französischen Bach pinkeln.«

»Das wäre sehr zuvorkommend von Frankreich.«

»Rede Er. Woher, wohin und überhaupt …«

»Ich komme aus Madrid, lebte eine Zeit lang in Andorra, dann auf einem Hof auf französischer Seite. Ich
möchte durch Frankreich in die Schweiz gelangen.«

»Was will Er von der Schweiz.«

»Käse.«

»Die Wahrheit.«

»Eigentlich will ich weiter ins Land von Till Eulenspiegel.«

»Vom spanischen König zum deutschen Kaiser also.
Von Habsburger zu Habsburger. Und Er will uns erzählen, Er sei kein Spion. Ich soll das glauben?«

»Wenn Ihr so freundlich wärt.«

»Bin ich nicht. Wachen!«

Nosé wurde in eine andere Zelle geschafft. Hier hatte er nur einen Genossen, Ferdinand, einen Schmied
aus dem Ruhrgebiet. Er sah blass und gedrückt aus.
Auch er war wegen Spionage verhaftet worden. Der
Begriff Spion war erst kürzlich erfunden worden, seither wollte jeder Wachebeamte zeigen, er erlegte eines
dieser seltenen Tiere. Manche Gefängnisse waren so
mit Spionen überladen, man musste andere Rechtsbre-
cher laufen lassen, weil kein Platz mehr für sie war. Ja,
die Mode! Ferdinand war kein idealer Gesprächspart-
ner für den Narren, immerhin aber sprach er deutsch,
so vermochte Nosé zu lehren, überlegte dieser. Nosé
musste sein Narrenkostüm ablegen, man steckte ihn in
einen Bottich und schrubbte ihn, die Läuse und Flöhe
loszuwerden. Die kannten seine Gäste schlecht, so einfach würde das nicht funktionieren. Er musste in ein

kratziges Gewand schlüpfen. Dann wurde er zu Ferdinand zurückgebracht. Der sah noch schlechter aus als
davor. Er lag auf der Pritsche, atmete schwer.

»Was ist mit dir?«, fragte Nosé. »Bist du krank?«

»Du wirst es auch bald sein, nachdem du die
Streckbank kennengelernt hast«, sagte Ferdinand.

Paris endlich

Tell her to dry it on yonder thorn,
Parsley, sage, rosemary and thyme,
Which never bore blossom since Adam was born,
And then she'll be a true love of mine.

Arden und Colin, sein irischer Begleiter, trafen zu Pferde in Paris ein. Sie versorgten die Tiere und überließen sie einer öffentlichen Stallung am Stadtrand. Als sie sich dem Stadtzentrum näherten, erkannten sie bereits, es handelte sich um eine wirklich große Stadt, fast wie London und deutlich schöner – stellenweise. Baustellen zerklüfteten das Stadtbild, hier musste man seine Fantasie bemühen, künftige Schönheit vorauszuahnen. Maria dé Medici ließ einen Palast errichten, Palais de

Luxembourg sollte er heißen, er war fast fertiggestellt. Der von Königin Anna von Österreich beauftragte Bau des Konvents Val-de-Grâce hingegen bestand erst aus einem Ziegelhaufen, der darauf wartete, verbaut zu werden. Auch eine königliche Druckerei war errichtet. Prachtvolle Bauten, wunderbare Gärten hießen sie willkommen. Unter Ludwig III. schien Paris die Hauptstadt der Welt werden zu wollen.

Auf einem großen Platz nahe dem Louvre hatte sich eine Menschenmenge versammelt, es wurde geflucht und gespuckt. Viel Bewegung war in dem Gewühl. Näher gekommen, sahen die beiden Männer, wie ein Körper an einem Strick die Straße entlanggeschleift wurde. Es war eine Leiche. Mit Gejohle und Hurra hievten ihn die Menschen kopfüber an einem Galgen hoch. Hier baumelte der Körper, den sie nun mit Stichwaffen durchbohrten und schlitzten. Es rann kein Blut mehr, der Mann musste schon längere Zeit tot sein.

Arden und Colin wandten sich ab. Jemand pöbelte sie an, warf ihnen vor, sie nähmen nicht an der Rache des Volkes teil. Volksverräter nannte er sie. Arden erklärte, er sei eben aus Le Havre eingetroffen und wisse nicht, um wen es hier ging. Er erfuhr, es handle sich um die Leiche Concinis, des Vertrauten von Maria dé Medici. Ludwig XIII. hatte genug von der Machtpolitik des korrupten heimlichen Regenten und ließ ihn ermorden. Das Volk exhumierte die Leiche und schändete sie. Arden erklärte Colin, sie müssten an dem gräulichen Geschehen teilhaben, oder sie wären die nächsten, die am Galgen baumelten. So mengten sie sich denn unter den Mob, brüllten und wüteten wie dieser. Mit Dauer des Geschehens fanden sie zunehmend Geschmack am blutlosen Blutrausch. Colin bewarf den toten Machtpolitiker mit Steinen, zielte in die Wunden, Arden sprang einige Male auf den Leichnam, trat in das aufgequollene Gesicht. Dann schlugen an einem anderen Ende des Platzes Flammen hoch. Die Leiche wurde über den Köpfen der Menschen von Hand zu Hand weitergereicht, bis sie am Scheiterhaufen anlangte, wo man sie dem Feuer übergab. Flaschen mit Wein und anderen Getränken gingen um, die Stimmung stieg wie ein befreiter Aufschrei. Concini war arrogant, er war korrupt, er war ungerecht: Fort war er!

Arden und Colin zogen mit einer Gruppe grölender Trunkenbolde in die nächste Spelunke. Sie setzten sich zum Mob an den Tisch, trunken von Gemeingefühl und Wein. Einer der Leichenschänder war Arden schon einmal begegnet. Bald fiel ihm auch ein, wo er auf ihn getroffen war.

»Ist Aleja auch hier?«, fragte er rundheraus. Der Mann sah ihn lange an.

»Du kennst Aleja, Bruder?«, sagte er.

»Ich habe euch zusammen in Le Havre gesehen«, entgegnete Arden.

»Ich kann mich nicht an dich erinnern.«

»Ich war auch nur im Hintergrund. Was verschlägt dich hierher, du bist doch kein Franzose.«

»Du klingst auch nicht so. Ich bin überall, wo sich das Volk erhebt.«

»Concini ist ja nun weg.«

»Der Nächste steht schon in den Startlöchern. Das endet nie.«

»Ist dein Kampf dann nicht sinnlos?«

»Letztlich werden wir siegen.«

»Sieh dir Colin hier an«, sagte Arden. »In seiner irischen Heimat schlagen sie sich schon seit der Steinzeit die Köpfe ein, weil der Gott einer Gruppe den längeren Bart haben möchte, als der Gott der anderen.« Colin grunzte dazu. Der Fremde zeigte eine feierliche Geste.

»Nicht für Gott kämpfen wir, sondern für den Menschen, für die Freiheit.«

»Freiheit, sieh an. Frei wovon?«

»Das kannst du selbst wählen, das ist der Kern der Sache. Keine Unterdrückung mehr, kein sinnloses Sich-abschlachten-Lassen für die Machtfantasien eines verzärtelten Königssohnes.«

»Diese Philosophie könnte dich dein Leben kosten, wenn du sie so herumschreist.«

»Und wenn! Ich will nicht mit eingezogenem Schwanz sterben.«

»Große Worte.«

»Ja. Groß. Aleja ist übrigens irgendwo im nächsten Gastzimmer. Sie ist eine von denen und eine von uns.«

»Was heißt das?«

»Ihr Heim ist beim Adel, ihr Herz ist bei uns.«

Arden wollte sogleich ins andere Gastzimmer wechseln, doch Colin stieß ihn mit dem Ellbogen in die Seite.

»Wir gehören nicht zu ihnen«, sagte er. »Wenn du sie wiedersehen willst, tu es anderswo. Wir sollten uns zurückziehen, solange wir eine Chance dazu haben.«

Arden gab ihm Recht. Die beiden drängten durch die Menschenmenge nach draußen.

Sie setzten sich ans Ufer der Seine, warfen Steine ins Wasser.

»Diese Aleja scheint dir zu gefallen«, sagte Colin.

»Sie weiß etwas, das mich interessiert«, entgegnete Arden. »Das ist alles.«

»Ja ja, klar.«

»Ja.«

»Aleja. Aus welcher Kultur kommt das?«

»Offenbar Spanisch. Ist wohl ein Kosename.«

»Sie soll aus dem Adel stammen, wenn der Rebell vorhin nicht gelogen hat.«

»Möglich.«

»Verbrenn dir mal nicht die Finger, Kumpel.«

»Ich spiele nicht mit dem Feuer, ich will nur erfahren, was sie mit Shakespeare zu tun hatte.«

»Was geht dich der Kerl an?«

»Er ist vielleicht mein Vater, vielleicht auch nicht.«

»Dasselbe könnte ich über den Papst sagen.«

»Es gibt Hinweise. Eine glaubhafte Persönlichkeit behauptet es und leugnet es zugleich.«

»Mensch, hör dir mal selbst zu! Ich bin vielleicht die Königin, möglicherweise bin ich es auch nicht; mein Hühnerauge behauptet es, aber eigentlich leugnet es alles.«

»Ich gebe zu, es klingt nicht sehr überzeugend.«

»Ein Märchen klingt nicht sehr überzeugend, das hier ist Pferdedung. Gib schon zu, du bist hinter der Kleinen her.«

»Wenn dich das glücklich macht …«

»Um *mein* Glück geht es hier nicht.«

»Sie ist bestimmt mehr als zehn Jahre jünger als ich.«

»Ein Grund mehr, deine Finger bei dir zu behalten. Sie bedeutet Ärger.«

»Ich weiß«, sagte Arden, richtete seinen Blick auf den Place du Louvre. »Wenn man vom Teufel spricht …«

»Ist sie das?«, fragte Colin. Arden ging auf die junge Frau zu.

»Ich muss mit ihr sprechen«, sagte er. Colin lehnte sich gegen eine Hausmauer, winkte mit einer Hand ab.

Aleja blieb auf dem Platz stehen, sie schien Arden erkannt zu haben. Er blieb vor ihr stehen.

»Die Grande Nation ist nicht groß genug für Ihn«, sagte sie. »Allerorts stolpert man über seine Füße.«

»Ich …«

»Schon gut. Ich habe mit Ihm zu reden.«

»Ihr lauft mir nicht zufällig über den Weg?«

»Der Zufall ist die Außenstelle unseres Willens. Er kennt Lady Mary Sidney, richtig?.«

»Nicht, dass ich wüsste.«

»Eine ehemalige Hofdame Elisabeths. Er traf sie in London mit der Prinzessin aus Übersee.«

»Ich erinnere mich.«

»Natürlich tut er das. Lady Sidney ist eine Persönlichkeit, die man nicht vergisst. Sie hat den Wilton Circle ... egal, sie sorgt sich. Man erwartete, Er finge mehr mit seinem Leben an, als ziellos umherzuziehen.«

»Was ist mehr? Warum kümmert das jemanden?«

»Lady Sidney deutete ihm an, er trete ein großes Erbe an.«

»Das tat sie nicht. Sie sprach von Shakespeare, der dann doch nicht Shakespeare sei, und alles sei anders.«

»Das führt zu weit. Ihm wurde mitgeteilt, seine Eltern seien außergewöhnliche Persönlichkeiten. Das sollte ihm Verpflichtung genug sein, etwas aus seinem Leben zu machen.«

»Soll ich Stücke schreiben?«

»Zum Beispiel. Auch ein höfisches Epos käme infrage, schlimmstenfalls dieses neue formlose Zeug, Roman nennt man es wohl.«

»Ich bin dazu nicht begabt.«

»So lerne er es. Wenn es gar nicht geht, kann er auch einen anderen ehrenvollen Beruf erlernen, bloß nicht Herumtreiber oder gar Dieb.« Arden zuckte zusammen.

»Dieb? Jemand hat mich verraten.«

»Er weiß von Lord Whiteheads Beziehungen zum englischen Hof, insbesondere zu Lady Sidney.«

»Sie erwähnte etwas in der Art.«

»Lady Sidney ist Dichterin und Übersetzerin, wie es auch die Königin selbst bis zu gewissem Grade war.«

»Lauter Schreiberlinge rund um mich.«

»Das sollte ihm etwas sagen.«

»Nicht wirklich. Wenn Ihr mir nicht sagt, warum Shakespeare nicht Shakespeare war, weigere ich mich, das Herumtreiben aufzugeben.«

»Shakespeare war Shakespeare, bloß war er nicht der Dichter Shakespeare.«

»Das verstehe ich nicht.«

»So schwierig ist das doch gar nicht. Ich lasse ihn mit seinen Gedanken dazu allein. Er wird schon noch verstehen.« Sie lief über den Platz auf den Louvre zu.

Arden kehrte zu Colin zurück. Er reagierte vorerst nicht auf dessen Fragen. Sie besuchten eine Taverne nahe der Prachtstraße, soffen sich die Schädel wirr.

Die Trunkenbolde verbrachten die Nacht in einem Nebengebäude des Hauses eines Saufkumpans. Arden sprang am Morgen aus dem Heu, rannte vors Tor, erbrach sich ausgiebig in die Fressrinne der Säue. Zwei der Tiere kamen gelaufen, kosteten vom Gebotenen. Colin stand alsbald hinter Arden, kratzte seinen Hinterkopf, gähnte, dann lachte er.

»Du hast so viel, dass du es verschenken kannst«, stellte er fest. Arden keuchte, prustete.

»Mein Kopf steckt in einem Schraubstock. Dafür bin ich nüchtern.« Er spuckte aus.

»Ich nicht«, sagte Colin. »Was ist jetzt mit deiner Shakespearegeschichte?«

»Ach, vergiss es«, sagte Arden. Er dachte eine Weile über die Frage nach, lief rund um den Sautrog, wandte sich dann an seinen Gefährten. »Was machst du aus der Aussage: Shakespeare ist Shakespeare, aber nicht der Dichter?«

»Hat er einen Bruder?«

»Weiß ich nicht. Du meinst, es handelt sich um einen Verwandten?«

»Eigentlich nicht.«

»Sondern?«

»Der gute Mann hat womöglich seine Stücke nicht selbst geschrieben, ist bloß Schausteller.«

»Sie sagen aber, ich solle das Erbgut eines Dichters besitzen, ja, sogar selbst zu schreiben beginnen. Um meine Mutter machen sie auch viel Wind.«

»Vielleicht hat sie die Stücke geschrieben«, sagte Colin, grinste, kehrte in das Gebäude zurück, kam mit ihrer beider Jacken und Taschen wieder. »Lass uns gehen!«

16

Nosé bibberte. Ein Blitz fuhr durch seine Wirbelsäule, einer durch sein Genick. Er wagte sich nicht zu bewegen. Jedes Gelenk, jeder Nerv in seinem Körper schien zerrissen. Er lag auf dem Rücken, starrte die Decke an. Ferdinand saß auf der Pritsche, die Schultern fielen nach vorn, sein Kopf hing dazwischen, er stöhnte.

»Werde ich auch wieder sitzen können?«, fragte Nosé mit trockener Kehle.

»Ja, aber du wirst es nicht wollen.« Ferdinand drehte seinen Kopf in Nosés Richtung. »Du wirst nichts mehr wollen.«

Nosé hatte zwei Wochen lang beobachtet, wie Ferdinand bewegungslos auf dem Boden lag. Er versorgte ihn mit Wasser, das er aus der gefüllten Hand auf die rauen Lippen des Zitternden tropfte. Nun war es an ihm, sich pflegen zu lassen. Ferdinand erfüllte die Aufgabe trotz seiner Schmerzen, ohne sich zu beklagen.

»Ich weiß doch nichts«, sagte Nosé. »Warum hört er nicht auf, zu drehen?« Eine Träne lief in sein Haar. »Sie glauben mir nicht.«

»Sie wollen dir nicht glauben. Jeder hier weiß, die Denunziationen sind nicht ernst zu nehmen. Dennoch ziehen sie die Kurbel immer weiter an. Es ist die Freude am Schmerz des anderen, die Macht über ein Leben.«

»Sie sind doch Menschen.«

»Das ist das Problem: Sie sind Menschen.«

»Einer sagte: Das sollst du büßen, du undankbarer Junge! Mich verlässt du nicht ungestraft!«

»Sein Sohn hat ihn im Stich gelassen, als sein Geschäft gerade anlief, allein schaffte er es nicht, er versagte.«

»Ich bin doch nicht sein Sohn. Ich bin nicht fortgelaufen.«

»Auch sein Sohn ist nicht fortgelaufen, er ist an einer Lungenentzündung gestorben.«

»Dafür hasst er ihn?«

»Mancher kann nur mit Hass trauern. Und er trauert mehr um sich selbst als um seinen Jungen.«

»So also sehen Folterknechte aus.«

»So oder ganz anders. Jeder Mensch kann zum Folterknecht werden. Sein Kollege geht zur Arbeit wie jeder anständige Bürger. Er küsst seine Frau, nimmt ein Stück Brot und etwas Wurst entgegen, geht an seine

Arbeitsstelle, sortiert sein Werkzeug und macht sich ans Werk. Er hegt gewiss seinen eigenen Berufsstolz. Er hat Erfahrung, weiß um die Kniffe, die ihn erfolgreicher machen als andere. Er hat fast alle zum Reden gebracht, ob sie nun etwas wussten oder nicht. Die, welche nicht redeten, starben in der Folterkammer.«

»Warum redest du nicht, wenn du das weißt?«

»Du hast doch selbst erlebt, es ist nicht so einfach. Er fragt gezielt, du kannst nicht irgendein Märchen erzählen. Du weißt zu wenig über die Vorwürfe, um etwas eingestehen zu können. Außerdem stirbst du auch, wenn du gestehst.«

»Ist Sterben nicht besser?«

»Du wirst noch sehen, wie lange man am Leben hängt wie eine Klette. Da ist immer die Hoffnung, jemand stürmte in den Raum und riefe: Lasst ihn frei, er ist unschuldig.«

»Wir sind unschuldig.«

»Niemand ist unschuldig. Ich denke an jeden Fehler, den ich begangen, jedes Leid, das ich anderen verursacht habe, wenn ich auf der Streckbank liege. Ich brauche Sinn, sonst verlöre ich den Verstand.«

Der Schmerz wandelte sich. Keine Blitze zuckten mehr durch Nosés Körper, Brennen löste sie ab und tausend Stiche. Letztlich überwog ein Zugschmerz, doch blieben auch Reste der übrigen Schmerzen vorhanden. Darum wirkte Ferdinand stets wie eine eingestürzte Wand: Du versuchst, so viele Muskeln wie möglich zu entspannen, den Zug aller Bänder zu lockern, sackst in dich ein. Ferdinand erzählte ihm von seiner Familie in Deutschland, dem Land, das er nicht schnell genug verlassen konnte, nach dem er sich nun sehnte. Seine Mutter war eine Glucke, die ihn nicht zum Erwachsenen reifen lassen wollte. Sie wusste um die bevorstehenden Auseinandersetzungen. Er sollte ihr nicht auf dem Schlachtfeld genommen werden. Sein Vater war Torfstecher, er kam erst bei Dunkelheit nachhause, klagte ständig über Kreuzschmerzen, ging bald zu Bett. Er wusste nicht viel über ihn, nur dass er alles für seine Familie gab. Nosé spürte Neid in sich aufsteigen.

Eines Morgens wurde Ferdinand von zwei Männern in Livree geholt und kam nicht mehr zurück. Nosé fragte einen Wärter, was geschehen sei.

»Jetzt weht hier ein anderer Wind«, sagte dieser. »Der Neue fackelt nicht lange.«

»Welcher Neue?«

»Der Herzog von Luynes hat nun das Sagen im Land. Schluss mit den Streicheleinheiten!«

Nosé blieb allein zurück. Ferdinand fehlte ihm – keiner hier, mit dem du den Schmerz teilen könntest, niemand erzählte dir eine Geschichte, wenn das Ziehen in deinen Gelenken unerträglich würde. Nosé wurde lange Zeit nicht geholt, doch der Schmerz erreichte in regelmäßigen Abständen plötzliche Höhepunkte, die Folter hatte sich in seinem Körper verselbstständigt, bedurfte keines Folterknechts mehr. Jedes Klimpern eines

Schlüssels trieb seinen Puls hoch. Niemand holte ihn mehr, er wurde nur mit Nahrung versorgt. Bald hoffte er, man hätte keinen Bedarf mehr an seinen Aussagen. Doch eines Abends hörte er Schritte im Gang vor seiner Zelle, ein Schlüssel wurde im Schloss umgedreht. Der Abendwächter trat ein. Ihm folgten zwei livrierte Personen.

»Du bist dran«, sagte der Wächter. Nosé leistete keinen Widerstand. Die Livrierten hievten ihn hoch, nahmen ihn zwischen sich, legten seine Arme über ihre Nacken und bugsierten ihn aus der Zelle. Sie schleppten ihn durch mehrere Gänge. Schon kamen sie an die verhasste Tür zur Folterkammer. Nosé schloss die Augen. Das letzte Mal, dachte er bei sich, hoffte, es ginge schnell. Die paar Schritte durch die Tür schienen ihm endlos, unter den weichen Knien fühlten seine Füße nichts mehr, dann sank er in einen Schlaf.

Er erwachte auf einer ledernen Bank, sein Körper wurde durchgeschüttelt, die wunden Gelenke feuerten.

»Er kann beruhigt sein«, sagte eine weibliche Stimme über ihm. »Er ist in Sicherheit.« Er wandte seinen Kopf in die Richtung, aus der die Stimme kam. Dort saß eine Dame, die noch viel aufwändiger gekleidet war als Dulcinée, auch sie benutzte diese seltsame Lippenfarbe, die ihren Mund wie eine klaffende Wunde erscheinen ließ. Wie sie mit dem ausladenden Reifrock zu sitzen vermochte, war Nosé ein Rätsel. »Er wird schnell genesen müssen«, fuhr sie fort. »Er wird gebraucht. Ein Hofnarr muss beweglich sein.« Nosé blickte an sich hinab. Er trug sein Narrenkostüm, in seinem Schoß lag die doppelzipfelige Narrenkappe. Er lag auf der Sitzbank einer Kutsche, neben ihm saß die feine Dame, auf der Bank gegenüber ein Mann im Kleid eines Geistlichen. Die Dame wandte sich an diesen.

»Mein Sohn holte Euch aus Avignon zurück, um sich mit mir auszusöhnen, ich erwarte Gegenleistungen von Euch, Richelieu, um ihm einen Erfolg melden zu dürfen.«

»Was darf ich für Ihre Hoheit tun?«, fragte der Geistliche.

»Ihr wisst, Anna von Österreich, die kleine Schlampe, ist mir ein Dorn im Auge, ihr Einfluss auf meinen Sohn gefällt mir so wenig wie der Charles de Luynes.«

»Das kann ich mir denken.«

»Der junge Mann hier ist ein Hofnarr aus der Schweiz. Er spricht die Sprache der Habsburger, kann unbeachtet zugegen sein, wenn sie ihre Geheimnisse mit Vertrauten in ihrer Muttersprache bespricht.«

»Ich soll ihn protegieren?«

»Ich weiß, Ihr verfügt über ein Beziehungsgeflecht zu Hofe. Ich selbst habe Euch auf Rat des armen geschändeten Concini dort eingeführt.«

»Ich habe bereits einige Zuträger im Umfeld der Königin, Hoheit.«

»Nichts für ungut, Richelieu, aber ich verlasse mich lieber auf meine eigenen Spitzel. Eure Agenda ist nicht immer die meine.«

»Aber Hoheit …«

»Schon gut, es stört mich nicht. Besser, man kann darauf zählen, mit einem Intriganten zu tun zu haben, als nicht zu wissen, wer vor einem steht.«

»Ich muss doch bitten.«

»Beruhigt Euch, Bischof. Ich habe noch viel mit Euch vor. Es gilt, Charles de Luynes aus dem Weg zu schaffen. Er ist mächtig geworden – vom Falkner des Königs zum De-facto-Herrscher.«

»Sorgt Euch nicht, Majestät.« Der Bischof winkte ab. Die Adelige setzte sich gerade.

»Ich habe bei Papst Gregor meinen Wunsch hinterlegt, er möge Euch zum Kardinal ernennen.«

»So viel Güte verdiene ich doch gar nicht.« Der Bischof beugte sich vor, küsste beide Hände der edlen Dame.

»Natürlich verdient Ihr das nicht«, sagte sie. »Aber Ihr werdet es Euch verdienen, werdet es abdienen.« Der Geistliche räusperte sich, setzte sich auf seine Bank zurück.

Nosé lag die ganze Zeit über ruhig da, sah zu den beiden hoch, nahm wahr, was sie sagten, zu müde, den Sinn des Gehörten zu erfassen. Schon schwanden seine Sinne wieder.

Als er die Augen auftat, lag er immer noch in einer Kutsche, doch das Leder war anders gefärbt, das Fahrwerk härter im Vergleich zur selbsttragenden Karosse der edlen Dame.

»Endlich ist Er wach«, sagte die Stimme des Bischofs. »Er stinkt! Die Königinmutter mag das nicht stören, ich halte meine Kutsche frei von Ungeziefer. Er hat eine mächtige Fürsprecherin. Am liebsten würfe ich Ihn in der nächsten Kurve auf die Straße.« Nosé grinste.

»Das würde ich mir überlegen«, sagte er. »Ich stehe zwischen Euch und dem Kardinalsamt.«

»Bilde Er sich nicht zu viel ein«, sagte der Geistliche. »Er ist jederzeit ersetzbar.« Dann lächelte er. »Aber seine Frechheit gefällt mir. Er erinnert mich an mich selbst als Jüngling.«

»Ihr nanntet die Dame Königinmutter. War das wirklich Maria dé Medici?«

»Natürlich. Alle Welt kennt sie.«

»Ich bin nicht von dieser Welt.«

»Da spricht Er die Wahrheit. Aber jetzt still! Ich habe einige Dinge zu bedenken.«

Die Kutsche schaukelte voran. Nosé hatte eine Haltung gefunden, welche seine Schmerzen erträglicher machte. Dennoch schien es ihm eine Ewigkeit, bis das Gefährt erstmals haltmachte.

»Aussteigen, Faultier«, sagte Richelieu. Nosé kroch aus der Kutsche. Jetzt sah er erst, sie wurde von zwei Chevaulegers begleitet. Auf dem Kutschbock saß neben dem Kutscher ein Musketier.

»Seinen gesegneten Schlaf wünschte ich mir auf solchen Reisen«, sagte der Musketier, als sie in einer kleinen Taverne einkehrten. »Zweimal drei Tage durchzuschlafen, ist eine Gabe.«

»Wo sind wir?«, fragte Nosé.

»In irgendeinem Nest – was weiß ich – zwei Tagesreisen von St. Étienne.«

»Aber … wo geht denn die Reise hin?«

»Paris natürlich. Er wird den König unterhalten müssen, nehme ich an, wenn ich seine Kleidung betrachte.«

»Ach ja, natürlich. Paris ist bestimmt nicht weit von St. Étienne.«

»Dies ist die Grande Nation. Wir sind einige Wochen unterwegs.«

»Oh.«

»Jetzt esse Er erst etwas, er hatte seit Toulouse keinen Bissen.«

»Mein Pferd! Faquin! Er ist noch in Toulouse.«

»Sein Gaul läuft angebunden hinter der Kutsche her. Er hält uns auf. Ich verstehe gar nicht, warum wir ihn mitnehmen.«

Bald setzte man die Reise fort. In Lyon besuchte Richelieu seinen Bruder, den Erzbischof von Lyon, das brachte Nosé einen Tag, um auszuruhen. Trotz der anstrengenden Reise fühlte Nosé sich zunehmend besser, sein Appetit steigerte sich langsam. Sobald er reiten konnte, verbannte Richelieu ihn auf den Rücken Faquins. Das Pferd hatte Mühe, der von sechs Rössern gezogenen Kutsche zu folgen. Einmal band Nosé das

Pferd los, versuchte, sich zurückfallen zu lassen, wollte mit Faquin türmen. Er wusste, er war auf dem Weg von Lyon nach Dijon nahe der Grenze zur Schweiz. Die Gefolgsleute des Bischofs hatten sich in der Taverne darüber unterhalten. Momente später kamen die Chevaulegers herangaloppiert, nahmen ihn in ihre Mitte.

Nun sollte er also tatsächlich Narr werden, gerade als er sich entschlossen hatte, diesen Traum aufzugeben.

Während einer Etappenpause setzte sich einmal Richelieu, der ihn sonst ignorierte, zu ihm.

»Er weiß, was Er als Zuträger zu tun hat?«, fragte ihn der Geistliche.

»Wenn ein Zuträger das Gleiche ist, wie ein Spion, gebe ich einfach weiter, was ich erfahren kann.«

»Es ist nicht exakt dasselbe. Er muss wissen, was Er weitergeben kann, was nicht. Wichtig ist auch, wem Er es weitergibt. Er könnte als ziemlich dumm dastehen, erzählte Er der Königinmutter nur unwichtigen Unsinn und verabsäumte, das Wichtige zu sagen oder gar wahrzunehmen. Seine Augen und Ohren müssen trainiert werden.«

»Wie entscheide ich, was wichtig ist?«, fragte Nosé.

»Siehst du, Junge, genau dabei plane ich, dir zu helfen. Ich mag dich irgendwie.«

»Ihr duzt mich, das ist eine große Ehre, Hochwürden.«

»Wir sollten in engem Kontakt bleiben. Du berichtest mir, was du weißt, und ich helfe dir dabei, die Goldkörner aus dem Schotter zu sieben.«

Nosé konnte sein Glück kaum begreifen, einen so einflussreichen Gönner gefunden zu haben.

17

Nach Dijon, wo sie einen Tag Pause einlegten, um den Pferden und ihren eigenen Gelenken Entspannung zu gönnen, nahmen der Bischof und sein Gefolge einen Umweg über Orleans, wo Richelieu politische Geschäfte zu erledigen hatte. Nosé und die anderen Begleiter des edlen Herrn setzten sich wie immer in eine Taverne. Schon stolperte ein Kellner daher, ihre Bestellungen aufzunehmen. Nosé beachtete den Mann zuerst nicht weiter. Als er schließlich an der Reihe war, seine Wünsche zu äußern, sah er zum Bediensteten hoch. Der Mann kritzelte mit einem Kreidestift auf eine kleine Schiefertafel – senkrechte Striche für die Biere, waagrechte für den Wein. Er bemerkte nicht, Nosé beobachtete ihn. Dieser erkannte ungläubig seinen Zellengenossen Ferdinand. Er sagte nichts zu ihm, wartete, bis der Kellner alle Bestellungen aufgenommen hatte, gab vor, sich erleichtern zu müssen, folgte ihm aus dem Gastraum.

»Du lebst, Mensch«, sagte Nosé und klopfte dem Freund vorsichtig auf den misshandelten Rücken. »Wie kommt das?« Ferdinand fuhr herum, erkannte Nosé.

»Hat dich auch de Luynes herausgeholt?«, fragte er.

»Natürlich nicht«, entgegnete Nosé. »Ich war sicher, er hätte dich zu Tode foltern lassen.«

»De Luynes ist der einzig Normale da oben. Ihn kümmert auch deine Religion nicht. Er hat den Ulmer Frieden zwischen katholischer Liga und protestantischer Union vermittelt, damit den böhmisch-pfälzischen Krieg eingedämmt, vorerst zumindest. Er will, dass sich alle verstehen.«

»Dann sollte er sich tief ducken, auf solche Menschen wird am liebsten geschossen. Mit Politik kenne ich mich nicht so gut aus. Mich hat die Königinmutter gerettet.«

»Das macht keinen Sinn. Sie ist eine skrupellose Machtpolitikerin.«

»Ich muss wohl für sie spionieren.«

»Dann hast du auch ihren verrückten Pfaffen kennengelernt.«

»Richelieu? Allerdings.«

»Er baut sich angeblich ein Spionagenetz auf, will alle Fäden in Händen halten.«

»Ich habe keine Wahl. Sie besitzen mich. Ich soll Hofnarr bei König Ludwig werden.«

»Ich hatte mehr Glück. De Luynes hat mir die Stelle hier besorgt. Niemand foltert mich, und der Wirt nimmt meine körperlichen Einschränkungen hin. Es gibt eine sehr hübsche Magd hier.«

»Oh, ich verstehe. Das Leben entschädigt dich für alles, was es dir bisher angetan hat. Das freut mich für dich.«

»Ich beklage mich bestimmt nicht.«

»Hast du dich nie gefragt, warum de Luynes das tut?«

»Zuerst schon, aber ich habe beschlossen, einfach zu vertrauen. Entschuldige, ich muss jetzt meine Arbeit erledigen, bevor deine Freunde sich beschweren.« Ferdinand verschwand in einem Raum neben der Küche.

Als Richelieu von seinem Treffen zurückkehrte, brach die ganze Gesellschaft auf. Ferdinand stand vor der Taverne, grinste und winkte Nosé zu. Der erwiderte die Geste und kletterte auf Faquins Rücken. Es ging nun direkt nach Paris.

Der Zustand der Verkehrswege besserte sich geringfügig, als sie in die Stadt einritten. Eine Straße, die besonders breit war, schien den Stolz der Stadt widerzuspiegeln. Die Kutsche fuhr bis an den Königspalast. Richelieu schickte Nosé mit einem Hofdiener in die Stadt. Er sollte, eh er einer der Hoheiten gegenübertreten könnte, sein Äußeres in Ordnung bringen und seinen Gestank mit einem Duftmittel übertünchen. Nosé fragte, ob er baden solle, wie er es bei Dulcinée gelernt hatte.

Richelieu unterrichtete ihn, der König halte die Berührung mit Wasser für gefährlich; aus diesem Element kämen die Krankheiten und Seuchen, wie ihm sein Médecin versicherte. Nosé beeindruckte die Weisheit der Franzosen tief. Hier würde er vieles zu lernen vermögen.

Der Hofdiener geleitete ihn in einen Laden, wo man ihn aufforderte, sich seiner Kleider zu entledigen. Er wickelte sich in ein Laken, während sein Narrenkostüm gesäubert wurde. Dann reichte man ihm einen weißen, haarigen Bausch, den sie in ein Pulver tauchten, das sie Puder nannten. Er sollte den Bausch an seinem Körper ausschlagen. Bald verschwand er in einer weißen Wolke, hustete und prustete, bis sich die Luft wieder klärte. Nun duftete er wie gewisse Damen in Madrid. – Andere Länder, andere Sitten. Der Hofdiener ging zum Schloss zurück, während Nosé auf sein Kostüm wartete. Man überreichte es ihm Stunden später, gesäubert und noch etwas feucht.

Er trat aus dem Laden, stieß mit zwei Passanten zusammen.

»Was willst du, duftender Höfling?«, sagte ein Mann, zog seinen Degen. »Wehr dich!« Nosé sah ihn verständnislos an. Der Mann stank, als habe er sich eben übergeben. Er war sichtlich nicht nüchtern.

»Lass ihn, Arden«, sagte sein Begleiter. »Die Königlichen verstehen nicht einmal, was du sagst, die schweben auf ihrer Puderwolke.«

»Wir haben gestern die Leiche eines von ihnen ge-schändet«, entgegnete der Stinkende. »Das können wir auch heute tun.« Er fuchtelte mit seinem Degen vor Nosés Brust herum. Der Vernünftigere der beiden nahm seinen Kumpan am Ellbogen, zog ihn fort.

»Komm, ich lade dich auf ein Glas Wein ein«, sagte er, danach wandte er sich an Nosé. »Paris ist ihm zu Kopf gestiegen. Nehmt Euch in Acht, es könnte Euch ähnlich ergehen. Diese Stadt verdreht die Köpfe.«

Sein Kumpel, Arden hieß er wohl, ließ den Degen am Boden entlangschleifen. Er drehte sich noch einmal um.

»Puderquaste!«, rief er Nosé zu und stolperte wei-ter. Der Narr schüttelte den Kopf. Die Franzosen waren sichtlich nicht besser als die Spanier, immer kampfbe-reit.

Er hatte sich den Weg zum Schloss eingeprägt, fand sich schnell dort ein. Wie immer wollten ihn die Wa-chen nicht durchlassen. Er bestand darauf, den Hofdie-ner zu sprechen, kannte jedoch nur seinen Vornamen. Die Wachen lachten nur und wiesen ihn fort. Er berief sich auf Richelieu, was nur noch mehr Gelächter her-vorrief.

»Verschwinde, oder wir bringen dir einen Richelieu bei!«, sagte einer der Wächter. Nosé wusste sich nicht zu helfen, er holte Faquin, entfernte sich vom Schloss, ritt in die Stadt.

Der Narr band Faquin am Seineufer an einem Ge-länder fest, spazierte ein Stück am Wasser entlang. Er fand einen alten Mann, der hockte auf dem Boden. Vor ihm stand ein kleiner Apparat aus Metall – im Prinzip ein Rohr, in das er starrte. Nosé beobachtete den seltsamen Alten. Er fragte sich, was sich wohl im Rohr befände, das den Fremden so faszinierte. Jetzt tauchte der Mann seinen Finger in die Seine, patzte Wasser auf eine Glasfläche unter dem Rohr, schraubte an einem Rädchen herum, drehte am Rohr, starrte dabei die ganze Zeit in das seltsame Ding. Er brummte nachdenklich, starrte wieder in das Rohr, dann griff er nach einem Silberstift, trug Zahlen auf einem Stück Pergament ein. Danach brummte er erneut, starrte abermals in das Rohr. Er entnahm die Glasscherbe, auf welcher er das Wasser aufgebracht hatte, aus dem Apparat, legte eine weitere Scherbe auf sie, deponierte das Ganze wieder unter dem Rohr, drehte und schraubte herum, brummte.

»Hmm!«, sagte er nun leise. »Das ist interessant.« Nosé der mittlerweile nahe bei ihm stand, konnte das hören.

»Was ist interessant?«, fragte er. Der Alte sah kurz auf, starrte dann wieder in sein Rohr.

»Such dir ein anderes Opfer für deine Scherze, Narr«, sagte er.

»Ich scherze doch gar nicht«, entgegnete Nosé.

»Ich kenne deinesgleichen. Ihr versucht, mich bloßzustellen, um den Applaus der Passanten zu ernten.«

»Wir sind ganz allein hier. Ich wundere mich nur, warum Ihr in diesen Apparat starrt.«

»Alle wissen, warum ich das tue«, sagte der alte Mann. »Und jetzt geh!« Nosé rührte sich nicht.

»Ich weiß nicht, was alle wissen. Ich bin eben erst in Paris angelangt.«

»Dann geh zurück, wo du hergekommen bist. Es ist besser für dich. Hier herrscht die Dekadenz.«

»Das Wort kenne ich nicht.«

»Gut für dich. Geh jetzt!«

»Ihr starrt Wasser durch ein Rohr an. Ihr müsst zugeben, das ist verwunderlich.«

»Ich muss gar nichts zugeben. Verschwinde!«

»Ihr sagt, alle wüssten, Ihr starrt Wasser durch ein Rohr an, und beklagt doch, man scherze über Euch.«

»Ich treibe Studien, und du störst mich dabei.«

»Was kann man an Wasser studieren? Es ist nass – Studie beendet.«

»Was weißt du Narr schon.«

»Wer von uns ist der Narr? Ich trage nur sein Kostüm, Ihr wiederum …«

»Im Wasser der Seine schwimmt allerlei, das im Trinkwasserkanal nicht zu finden ist. Ich müsste eine bessere Vergrößerung haben, um Näheres sagen zu können.«

»Na klar schwimmt da mehr. Ich würde mich auch sehr bedanken, wenn sich im Trinkwasser Fische tummelten.«

»Es gibt Wesen, die viel kleiner sind, als du es dir vorstellen kannst.«

»Ha! Wo hätten die den einen Magen und ein Herz?«

»Wer weiß, ob sie das überhaupt brauchen, und wenn: Die Natur löst das Problem, da bin ich sicher.«

»Und warum beschäftigt Euch das überhaupt?«

»Mein Gegner behauptet, das Wasser aus dem Kanal sei schuld an den Seuchen.«

»Davon habe ich gehört. Der König denkt dasselbe.«

»Der König ist ein Narr. Er hört auf die falschen Berater. Sich zu waschen, schützt vor den Seuchen, nicht umgekehrt. Ist Wasser gut genug zum Trinken, ist es auch gut genug zum Waschen.«

»Und das seht Ihr in dem Rohr?«

»Ich sehe nichts, was ich im Speichel von Opfern der Krankheiten finde und in deren Blut. Das bestätigt meine Annahme, ist aber auch das Problem. Die Krankmacher sind vielleicht nur zu klein.«

»Könnte ich nicht mit der gleichen Berechtigung sagen, die Hungrigmacher sind nur zu klein, sie zu sehen? Auf die Größe könnt Ihr alles schieben.«

»Die Wissenschaft wird voranschreiten. Du wirst sehen.«

Ein Mann in einer alten Uniform, die keinem Amt mehr zugeordnet war, humpelte vorbei.

»Die Juden vergiften die Brunnen«, sagte er, fuchtelte mit den Armen. »Und irgendwann kommen sie des Nachts und schneiden uns allen die Kehlen durch. Merkt euch meine Worte!«

»Unsinn«, sagte der alte Mann. »Niemand kommt, nur deine Traumgestalten.« Eine Frau lief in ein paar Pasos Entfernung vorbei, sie trug einen Bauchladen.

»Er hat recht«, rief sie. »Die Juden und die Hugenotten – die bringen auch das ganze Ungeziefer, uns zu ärgern.«

Der alte Mann packte seinen Apparat und seine Aufzeichnungen in einen Sack und machte sich davon. Auch der Uniformträger und die Frau mit dem Bauchladen gingen weiter, beide musterten Nosé zuvor von unten bis oben. Der Narr blieb allein zurück und überdachte all die Behauptungen der drei Personen. Er hatte keine Ahnung, was Hugenotten waren, Juden wurden auch in Spanien beargwöhnt, dennoch glaubte er nicht an die Verdächtigungen der beiden Passanten. Am verrücktesten erschien ihm jedoch der alte Mann mit seinem Apparat. Kleine Lebewesen, die krank machten – Ha! Und ausgerechnet Waschen mit Wasser sollte sie vertreiben! Da glaubte er schon lieber dem König. Waschen war schlecht, Punktum. Es liefen schon närrische Menschen durch die Straßen von Paris.

Ein Ruderboot glitt auf der Seine nahe dem Ufer dahin. Eine Frau saß am Ruder in der Mitte des Boots, nahe dem Bug hockte ein Mann, der mit einem Kohlestift über einem Blatt modernen Papiers fuchtelte, es war viel heller als normales Pergament. Nosé wunderte sich über die Geschwindigkeit der Striche des Malers. Andererseits hatte der Mann freilich nicht viel Zeit, seine Eindrücke während der Bootsfahrt festzuhalten. Nosé wusste, Künstler pflegten in Ateliers zu arbeiten, wo sie gleichbleibende Lichtverhältnisse herstellen konnten. Der Maler war entweder ein völliger Laie oder nur ein weiterer Spion, welcher die Lage eines Beobachtungsobjekts skizzierte. Das Boot legte unmittelbar vor ihm an. Die Frau sprang ans Ufer, wickelte die Bugleine um einen Pfosten, die Heckleine um einen anderen, dann erst half sie dem Künstler aus dem Boot. Der Mann war in seinen besten Jahren, Nosé fragte sich, warum sich dieser von einer Frau helfen ließ und nicht umgekehrt ihr half. Jetzt standen zwei Höflinge am Ufer.

»Monsieur Rubens«, sagte einer, verbeugte sich tief. »Welche Ehre, Euch bei uns begrüßen zu dürfen. Maria dé Medici erwartet Euch bereits sehnsüchtig.« Der Künstler betrachtete im Vorübergehen Nosé von oben bis unten, sah auf seine Skizze. Nosé konnte eine schnell hingeworfene, aber akkurate Studie eines Narren auf dem Blatt erkennen, das der Mann der Frau reichte, die es in eine Mappe legte. Der Höfling verneigte sich ein weiteres Mal. »Ihre Arbeiten für den Ostflügel werden den Glanz des Palais Luxembourg vermehren«, sagte er. »Ihr werdet aber im Louvre erwartet.« Rubens ließ sich von den beiden Abgesandten des Hofs zu einem Zweispänner geleiten, während die Frau noch einmal die Qualität ihrer Schiffsknoten überprüfte. Dann lief sie hinterher, sprang zu den anderen in die Kutsche. Der Name Rubens war auf dem ganzen Kontinent und den Inseln bekannt, sogar Nosé hatte

ihn schon gehört. Der Meister hatte ihn als Sujet ausge-
wählt, sei es auch nur für eine grobe Skizze: Für einen
Moment fühlte der Narr sich als bedeutende Persönlichkeit. Paris war nicht nur irgendeine Stadt, das wurde ihm bald klar.

Jetzt fiel ihm ein, wie er ins Schloss kommen konnte. Er lief zu Faquin, galoppierte zum Schloss, wo er
gleichzeitig mit der Kutsche des Künstlers ankam. Als
er hinter Rubens das Tor passieren wollte und die Wache die Hellebarden vor ihm senkte, wies er auf die
Skizze, die der Künstler vor ihm gerade begutachtete.

»Ich bin das Modell des Meisters«, sagte er. Die Hellebarde hob sich.

18

Nosé wurde schließlich erkannt. Man führte ihn in einen Flügel, wo allerhand ungewöhnliche Menschen auf dem Boden kugelten, von einem Mann angeleitet, der wie ein Zirkusdompteur mit großen Ringen arbeitete, durch welche die Buntgekleideten sprangen. Auch Stangen, Seile und andere Requisiten lagen bereit. Es reichte nicht mehr aus, kleinwüchsig oder lahm zu sein; die hohe Gesellschaft erwartete, man gäbe Kunststückchen und ein durchchoreografiertes Programm zum Besten. Talentsucher durchkämmten das Land nach geeigneten Kindern, die man zu Narren ausbildete. Nosé wurde angewiesen, auf einer Bank Platz zu nehmen und zu warten, bis der »Dompteur« Zeit für ihn hätte. Alle nannten den Mann Gérôme, seinen Nachnamen hörte Nosé nur einmal, merkte ihn sich nicht. Es mutete Nosé eigenartig an, Menschen wie Hunde abgerichtet zu sehen. Doch durch eine offene Tür sah er im Nebenraum Personen wie ihn in Narrenkostümen, ohne körperliche Besonderheiten oder ungewöhnliches Verhalten. Sie schienen Texte zu lernen, die auf langen Pergamentbahnen an der Wand aufgeschrieben waren. Ihre Kostüme leuchteten noch intensiver als seines, die Nähte, kaum zu sehen, waren fachkundig gefertigt. Eine Stimme ließ ihn aus seinen Beobachtungen hochfahren.

»Du bist der Neue, was?«, sagte Gérôme. Er hielt einen Wimpel mit dem Banner des Königs in der Hand.

»Ich … äh, ja«, sagte Nosé. Der Ausbildner spukte auf dem Boden.

»Protektion von ganz oben, hört man. Du musst ja was ganz Besonderes sein. Noch so ein Möchtegern, der unserer Königinmutter den Kopf verdreht, um hier große Karriere zu machen.« Nosé schluckte. »Hast du ihn ihr reingesteckt?«, fuhr Gérôme fort. »Die alte Dame ist ja kein Kind von Traurigkeit, wie man weiß.«

»Ich habe sie nur einmal gesehen. In einer Kutsche.«

»In der Kutsche also. Sehr praktisch, bei dem Geschaukel geht es fast von selbst.«

»Was geht von selbst?«

»Oh, wir haben hier einen Schau-in-meine-unschuldigen-Augen-Aufsteiger. Die habe ich schon gefressen. Hör gut zu: Du bist nicht der Erste hier, der sich durch die Hintertür einschleicht. Bei mir wird keiner bevorzugt behandelt. Du wirst durch den Ring springen wie alle andern.«

»Ich erwarte keine Bevorzugung«, sagte Nosé.

»Das wird sich zeigen.« Gérôme wandte sich ab, zog einen Jungen mit riesigem Kopf an den Ohren aus dem Saal.

Nosé wagte sich in den Nebenraum, wo die Pergamentbahnen an den Wänden hingen. Nur einer der Narren drehte sich zu ihm um. Nosé ging zu ihm.

»Salut, ich bin Nosé«, sagte er.

»Bist du nicht«, gab der Narr zurück. »Wer du bist, entscheidet Gérôme. Du bekommst einen Namen verpasst.«

»Auch gut«, entgegnete Nosé. »Mein Name ist ohnehin nur ein Platzhalter.«

»Ist das nicht jeder Name?«

»Wie man es nimmt.«

»Deinen Namen musst du dir immer erst erarbeiten oder ihn erleiden.«

»Welchen Namen erleidet man?«

»Memme zum Beispiel, Idiot oder Langweiler.«

»Verstehe.«

»Ich muss meinen Text lernen, du entschuldigst«, sagte der Narr. »Ich heiße übrigens Baleno.« Er wandte sich wieder seinem Pergament zu. Baleno war kein Name für einen richtigen Menschen, fand Nosé, das klang nach einem italienischen Toiletteartikel: Reich mir mal den Baleno rüber, den mit den Borsten.

»Baleno heißt Blitz«, sagte jetzt die Stimme einer Frau, die sich von ihrem Pergament umdrehte. Sie hatte seine Gedanken gelesen. »Nicht, dass das eine Rolle spielte. Der Name soll klingen wie der eines Schelms, das ist alles.«

»Und wie heißt du?«, fragte Nosé.

»Ich bin Mathurine de Vallois.«

»Das klingt nicht nach Schelm.«

»Ich habe einen Sonderstatus, das wirst du noch bemerken. Gewöhn dich besser dran, für mich zu arbeiten. Hier geschieht, was ich verlange.« Mathurine warf den Kopf in den Nacken, nahm einen Schild und ein hölzernes Schwert auf, welche an der Wand lehnten, stolzierte aus dem Raum.

Baleno drehte sich zu Nosé um und grinste.

»Sie scherzt nicht«, sagte er. »Selbst der König wagt ihr nicht zu widersprechen. Sie hat schon seinen Vorgänger unterhalten.«

»Wozu Schild und Schwert?«, fragte Nosé. Baleno zuckte mit den Schultern.

»Sie nennt sich Amazone. Hat wohl etwas damit zu tun, dass sie als einzige Frau am Hofe reden darf, wie ihr der Schnabel gewachsen ist. Davon kann auch die Königin nur träumen.«

»Alle anderen haben Clownnamen?«

»Die Alteingesessenen, wie Maître Guillaume oder Angoulevent sind Respektspersonen zu Hofe. Wir werden auch nicht mehr in Käfigen gehalten wie unsere Vorgänger im Mittelalter.«

»Ich hatte ganz andere Vorstellungen vom Narrenleben. Wo ist der Spaß?«

»Du sollst Spaß *machen*, nicht *haben*.«

»Aber Till Eulenspiegel …«

»Das war kein Narr, er hat nur Menschen auf der Straße angepöbelt, ein Grobian, ein Kerl. Ein Schelm ist noch lange kein Narr. Wir haben Berufsstolz, wir wurden ausgebildet, mussten uns beweisen.«

»Ich will nichts beweisen«, sagte Nosé. Baleno legte einen Zeigefinger an seine Lippen.

»Sag das ja nicht laut, Narr. Gérôme lässt dich auspeitschen, wenn er das hört.« Baleno blickte um sich, als würden sie beobachtet. Nosé flüsterte fortan.

»Muss Mathurine durch den Ring springen?«, fragte er.

»Eher muss Gérôme durch den Ring springen, gemeinsam mit dem König.«

Nosé überlegte: Seine Herrschaften waren Maria dé Medici, Bischof Richelieu, der, wie man hörte, über Vermittlung der Königinmutter bald Kardinal wäre, Gérôme sowie Mathurine. Alle wollten über ihn bestimmen. Das würde fast unvermeidlich zu Loyalitätskonflikten führen – Beruf: Prügelknabe. Nosé war gezwungen, sich zu entscheiden, wem seine Treue gehören sollte, oder – und dazu neigte er zurzeit am stärksten – die Beine in die Hand zu nehmen. Noch vor Stunden wäre das einfach gewesen, nun saß er im Schloss fest. Wieder waren es nur die alten Narren, die jederzeit hinaus durften. Viel Glück bei einer Flucht im Narrenkostüm! So oder so war akribische Planung erforderlich. Er musste vorerst auf Zeit spielen.

Mathurine war tatsächlich eine Legende unter den Hofnarren und -närrinen – Plaisantes nannte man Letztere. Als eine edle Dame einst sagte, sie wolle keine Närrin zu ihrer Rechten, setzte Mathurine sich auf deren linke Seite und sagte: »Mich stört das nicht.« Jeder kannte die Geschichte, manch einer versuchte, sie zu kopieren. Natürlich funktionierte das nur einmal. Nur die Amazone und Maître Guillaume waren für geistreiche Bemerkungen gut, die anderen turnten herum oder führten eingelernte Szenen auf, welche sich Gérôme einfallen ließ. Der Ausbildner sah die Narren sichtlich nicht als vollwertige Menschen. Seltsamerweise hatte Nosé nicht den Eindruck, dahinter stünde ein übler Charakter – es war einfach so. Womöglich konnte Gérôme nur so seine Profession erfüllen. Niemand hasste ihn für die Peitschenschläge, für die Erniedrigungen; er schaffte es, als guter Onkel durchzugehen.

Katholizismus war Pflicht unter den Hofnarren, nicht aus ideologischen oder theologischen Gründen, ihre Existenz hing davon ab. Es galt als gesichert, die Protestanten würden den Stand des Hofnarren abschaffen, sähen ihn als dekadente Ausgeburt eines Herrschaftssystems, das jedes Verständnis für die Natur seiner Untertanen verloren habe. Besonders Maître Guillaume trat dadurch in Erscheinung, leidenschaftliche Streitschriften gegen Hugenotten zu verbreiten. Mathurine, die ihn gemeinsam mit Angoulevent unterstützte, hatte sich 1594 unter dem Hugenotten Heinrich IV. dadurch ausgezeichnet, einen Attentäter, der ins Schloss eingedrungen war und den König verwunden konnte, eigenhändig festzusetzen, indem sie seinen Fluchtweg versperrte. Sie wurde verdächtigt, eine Komplizin des jungen Täters zu sein, weil ihre katholischen Verbindungen bekannt waren, konnte aber ihre Unschuld beweisen.

Gérôme beschloss, Nosé nicht mit neuem Namen zu versehen, nachdem dieser ihm erzählte, wie seine Namensgebung zu Stande kam. Der Ausbilder befand, »Ich weiß nicht« sei die ideale Benennung für den neuen Narren. Der Eleve sprang durch Reifen gleich einem französischen Pudel, rollte auf dem Boden, strampelte und gab Babygeplärr von sich, hüpfte als Frosch, jetzt wie ein Affe, einher, selbst sein Kratzen durfte er zeigen, wie schon in Madrid. Er lernte dumme Texte, spielte Rollen, auch weibliche, in entsprechender Verkleidung. Gérôme ließ ihn oft mit dem Zwerg Piccolo üben. Die beiden sollten in den meisten Aufführungen ein Duo bilden. Piccolo spielte leidlich auf einer dünnen langen Flöte. Er trug gern eine Melodie von Thomas Tallis vor, die Nosé lieben lernte. Gérôme drückte Nosé eine Schellentrommel in die Hand, die völlig ungeeignet war, die getragene, traurige Weise zu begleiten. Er nutze das Instrument dazu, ein ständiges leises Schellengeklimper zu erzeugen, das wie ein Vorhang aus Regentropfen das Musikstück umspielen sollte. Gérôme beschwerte sich über die Einfallslosigkeit, gestand nach vielen Versuchen jedoch, jedes rhythmische Schlagen zerstörte die Stimmung des Flötenspiels. Musikalische Unterhaltung gehörte nicht zu den üblichen Aufgaben der Narren, dafür gab es begabtere Virtuosen am Hofe, doch manch märchenhafte Inszenierung profitierte von der Untermalung. Die meiste Zeit jedoch schlugen die Narren Purzelbäume, stellten sich ungeschickt an, stolperten über Hindernisse auf dem Boden, fielen gekonnt auf die Nase. Sie bewarfen einander auch mit mancherlei Gegenständen, spritzten mit Wasser um sich und täuschten Verletzungen vor. Betrat Maître Guillaume den Raum, wichen die einfachen Narren zur Seite und bestaunten gemeinsam mit dem Publikum den Einfallsreichtum des Meisters.

Piccolo brachte Nosé mehr über das Narrentum bei als irgendjemand sonst. Der erfahrene Narr nahm den jungen Mann, dem er gerade bis zur Hüfte reichte, nicht für voll, winkte bei jedweder Bemerkung Nosés lächelnd ab. Seine Funktion unter den Narren widersprach den Idealen, die er predigte. Die vornehmste Aufgabe des Narren sei das Memento mori, sagte er, die Erinnerung des Mächtigen an seine Grenzen. Zu leicht meinte ein absoluter Herrscher, er sei nicht mehr ans Menschsein gebunden, Gottesgnadentum bedeute Gottgleichheit. Niemand wagte in Gegenwart des Mächtigen, Kritik zu äußern, die Stimme des Bürgers, gar Bauern laut werden zu lassen, keiner artikulierte die Probleme des Volkes, entstanden aus einer fatalen

Entscheidung des Herrschers. Nur der Narr durfte und musste die unangenehmen Dinge aussprechen, mochte ihn das gelegentlich auch den Kopf kosten. Der Soldat riskierte sein Leben auf dem Schlachtfeld, der Narr bei Hofe. Der kleine Mann badete in der Vorstellung, ein Held zu sein wie die großen Feldherren. Mathurine verglich sich gern mit Jeanne d'Arc, das lehnte Piccolo ab. Keine Frau könne Heldin sein, das sei ihr nicht angeboren, jeder vermöchte, das zu sehen. Auf Nosés Frage, ob Jeanne d'Arc dann auch keine Heldin gewesen sei, meinte Piccolo, Jeanne d'Arc sei in Wahrheit Jean d'Arc gewesen. Man habe ihm nur im Volksmund das weibliche Geschlecht angedichtet, um damit zu bekunden, selbst eine Frau hätte die Engländer besiegen können. Jeanne d'Arc sei ein Lästername, das Inselvolk zu demütigen. Nosé war beeindruckt von der Weisheit des erfahrenen Narren. Der junge Mann hatte noch viel zu lernen. – Obwohl, während Maître Guillaume, Angoulevent und Mathurine durchaus Kritik an Entscheidungen Ludwigs übten, kam niemals ein Wort der Rüge über Piccolos Lippen, wenn sie vor dem König turnten. Doch stand es Nosé nicht zu, Piccolos Verhalten zu hinterfragen, seine Motive waren gewiss heldenhafter Natur.

»Nur der Klügste kann ein wahrer Narr sein«, sagte der kleine Mann einmal. »Und der Klügste weiß, wann er sprechen muss und wann es besser ist, zu schweigen.«

»Ist Maître Guillaume dumm?«, fragte Nosé.

»Was fällt dir ein!«, erwiderte Piccolo. »Du sprichst von einem großen Narren.«

»Warum spricht er dann immer, wenn Ihr schweigt?«, wollte Nosé wissen. Der kleine Mann atmete tief ein, setzte an, etwas zu sagen, presste die Luft wieder aus seinen Lungen, stand auf und trippelte aus dem Raum.

19

Ask her to do me this courtesy,
Parsley, sage, rosemary and thyme,
And ask for a like favour from me,
And then she'll be a true love of mine.

Colin hatte Arden in einer Nische zwischen zwei Häusern abgelegt und seinen Restrausch ausschlafen lassen. Als Arden erwachte, wusste er nicht, wo er sich befand. Er kroch zwischen den Backsteinwänden hervor, blinzelte ins Tageslicht. Auf der Straße herrschte reges Treiben. Ein Bär wurde an einer Leine durch die Straße gezerrt. Das kam Arden bekannt vor. Jetzt sah er eine Schleife, die von zwei Männern an Stangen hochgehalten wurde. »Bearbaiting« stand darauf. Eine lange

Reihe von Männern in ärmellosen Hemden folgte dem Tier, dahinter kamen Hundeführer mit ihren Tieren, zwei Pferde und ein Bulle in einem engen Karren. Ein bunt bekleideter Affe kletterte auf den Schultern einer spärlich bekleideten Frau herum. Seine Landsleute schienen auch auf dem Kontinent für fragwürdige Unterhaltung zu sorgen. Er schämte sich für sie, freute sich gleichzeitig darauf, einmal mit jemand anderem als Colin, der über einen deftigen irischen Akzent verfügte, Englisch sprechen zu dürfen. Der Zug kam an ihm vorbei. An seiner Seite ritten bewaffnete Männer, die vorgaben, eine Uniform zu tragen. Soweit Arden wusste, trug nur die königliche Leibwache Englands Uniformen; es gab nicht einmal ein stehendes Heer. Die Fantasieuniformen waren prunkvoller ausgestattet, als jedwede Armee sich leisten könnte. Arden verfolgte das Spektakel. Kleine Kinder hüpften, kreischten vor Freude, junge Männer spannten ihre Muskeln in Erwartung ihres Einsatzes, Mädchen kicherten. Eine kleine Kapelle – ein Trommler, drei Bläser – marschierte vor den Hundeführern. Lautstärke schien hier wichtiger als Harmonie und Notentreue. Arden lachte, danach zog ein Schmerz durch seinen Kopf. »Nie wieder Alkohol«, flüsterte er bei sich, glaubte kein Wort davon. Jetzt bäumte sich das Pferd eines der falschen Offiziere, drehte sich herum. Der Mann zog ein leichtes Schwert, dirigierte das Pferd geradewegs auf Arden zu. Arden meinte, es könne sich nur um einen Teil der Vorstellung handeln, ließ es geschehen. Der Reiter holte aus, schlug nach ihm, verfehlte ihn um einen Zoll. Ein Kunstfechter, dachte Arden, der Meister konnte wahrscheinlich ein Blatt Papier der Breite nach spalten. Noch einmal hob der Mann seine Waffe. Eh sie erneut auf Arden niederfahren konnte, hieb das Schwert eines anderen auf das des Uniformierten. Einer hellen Glocke gleich erklang Metall auf Metall. Ein Reiter, der durch die Zuschauermenge gesprengt war, warf den bunt Uniformierten vom Ross. Schon griffen die übrigen Begleiter des Zuges ein. Noch ein Reiter durchbrach die Menge, er fasste unter Ardens Achsel, zog ihn zu sich. Arden sprang auf den Rücken des Rappen. Die beiden Fremden gaben ihren Tieren die Sporen, sprengten durch Seitengassen, bis sie ihre Verfolger abhängen konnten. Hinter einer Scheune stiegen sie von den Pferden. Arden begriff noch nicht, was geschehen war. Einer der beiden Reiter untersuchte seine Arme und Schultern auf Verletzungen.

»Das ging noch einmal gut«, sagte er. »Hat man Euch nicht angewiesen, vorsichtig zu sein?«

»Ich …«, stammelte Arden.

»Ihr dürft Euch nicht exponieren. Man trachtet Euch nach dem Leben. Insbesondere jedem bewaffneten Engländer müsst Ihr misstrauen.«

»Wer hätte denn etwas von meinem Tod?«

»Darüber kann und darf ich nicht sprechen«, sagte der Fremde. Sein Begleiter ging dazwischen.

»Die Gefahr kommt von ganz oben«, sagte er.

»Emilio!«, rief der andere streng.

»Wir können ihn doch nicht blind in jede Klinge laufen lassen. Er muss sich seiner Bedeutung im Klaren sein.«

»Welche Bedeutung könnte ich haben?«, fragte Arden. »Ich bin bloß irgendein Trunkenbold.«

»Es mag sein, dass Ihr in keine wichtige Position kommen werdet – das ist sogar wahrscheinlich –, aber Eure bloße Existenz bedroht mächtige Menschen. Ihr könnt nicht in Paris bleiben.«

»Ihr seid Spanier. Was habt ihr mit alldem zu tun«, wollte Arden wissen.

»Dazu ist jetzt keine Zeit«, sagte Emilio. »Macht Euch fort aus Paris, zieht weiter nach Osten.« Er kletterte auf sein Pferd. »Komm, Miguel«, sagte er zu seinem Begleiter. Die beiden stieben nach Norden davon.

Arden wagte sich nicht wieder dorthin, wo ihn Colin zurückgelassen hatte. Er lief zum Pont Neuf, suchte Deckung in der Menschenmenge. Bald hatte er sich vom Schrecken erholt, fühlte sich wieder sicher.

Auf einem kleinen Platz ein paar Blocks vor dem Louvre verteilte eine Frau mit Zöpfen in Kampfkleidung Zettel. Er nahm einen von diesen, gab ihr das geforderte Kleingeld dafür. Arden wollte nur Ablenkung, eigentlich fand er wenig Gefallen an lokalem Klatsch. Der das Flugblatt druckte, wollte viel Information auf geringem Raum unterbringen, verwendete kleine Schrift und geringen Zeilenabstand. Das erste Wort jeder Einheit war fett gedruckt. Es handelte sich um Berichte vom Hof. Das bekam man nicht oft zu lesen, deshalb, vermutlich, rissen die Passanten der Frau die Zettel geradezu aus der Hand. Arden kümmerte das meiste wenig. Er überflog den gesellschaftlichen Klatsch, lächelte über die kleinen Skandale, fand einen Abschnitt, der sich mit kulturellen Neuigkeiten befasste. Unter anderem las er hier, Lady Mary Sidney, »The Swan of Avon«, eine bekannte englische Kunstförderin, Dichterin und Übersetzerin, Patronin des »Wilton Circle«, sei im Alter von sechzig Jahren gestorben. Arden erinnerte sich an die ehemalige Hofdame der Königin Elisabeth, die ihm erstmals andeutete, er sei nicht, wer er vermeinte zu sein. Sie konnte er nicht mehr fragen, was genau das hieß. Die Geheimniskrämerei verstand er nicht. Er erhielt widersprüchliche Botschaften: »Du bist wichtig. Du bist nicht wichtig genug, eingeweiht zu werden. Eigentlich bist du unwichtig«. Er würde erst mit Colin absprechen, ob er tatsächlich nach Osten gehen wollte. Viel Lust hatte er dazu nicht. Und warum nach Osten, wenn seine Retter aus Spanien kamen? Ein Schlag auf den Rücken riss ihn aus seinen Gedanken. Colin hatte ihn entdeckt.

»Hier treibst du dich also herum«, sagte der Ire. »Ich suchte schon überall nach dir.«

»Es ist einiges geschehen, seit du mich abgelegt hast«, sagte Arden. Er erzählte Colin, was sich ereignet hatte.

»Bist du sicher, du hast das nicht geträumt?«, fragte sein Freund. »Du hast vermutlich deliriert nach all dem Alkohol.«

»Erinnere mich nicht daran. Obwohl – mein Kopf ist jetzt klar.«

»Also gut. Was fängst du mit den neuen Hinweisen an?«

»Ich hatte gehofft, du würdest mir etwas raten können.«

»Lass uns überlegen. Die Eckpunkte: Du wurdest ans Sterbebett Shakespeares gerufen; es heißt, du seist sein Sohn, aber dann doch nicht. Jemand versucht, dich zu töten, jemand von ganz oben in England. Seine Schergen sind in Paris. Ein paar Spanier retten dich im Auftrag von … wem?«

»Keine Ahnung.«

»Welcher Spanier kann seine Leute nach Paris schicken, dich zu beschützen? Die beiden Länder sind nicht eben die dicksten Freunde.«

»Ich weiß, das klingt alles verrückt. Aber so sehen nun mal die Tatsachen aus.«

»Die Hofdame der ehemaligen Königin von England weist auch auf allerhöchste Kreise hin. Jetzt weiß ich es: Du bist der Messias!«

»Ja, sehr witzig, wirklich!«

»Du musst die positive Seite sehen. Wenn man um mich so viel Tamtam machte, trüge ich meine Nase nur noch im Himmel.«

»Ich wollte meinem Leben mehr Bedeutung geben, aber doch nicht so. Ich fühle mich wie eine Wildente zur Jagdzeit. Du bist ebenso gefährdet, solange du dich in meiner Nähe aufhältst.«

»Ich bin Ire. Wir sind ein Volk von Wildenten, und es ist immer Jagdzeit. Mir machst du keine Angst.«

»Du ziehst ziellos umher wie ich, hast keine Heimat, aber auch keinen Hafen, in den du einlaufen könntest. Bist du nicht mit einem Traum aufgebrochen, als du dein Vaterland zurückgelassen hast?«

»Ich hatte keinen konkreten Traum, ich wusste nur, es sollte ganz anders sein, als es war. Frieden vielleicht.«

»Das Gegenteil hat begonnen. Das Flugblatt erzählt von Truppenmobilisierungen auf dem ganzen Kontinent. Du hättest besser auf deiner Insel bleiben sollen. Die Ereignisse in Böhmen waren folgenreicher als gedacht. Glaubenskämpfe greifen wie ein Lauffeuer um sich, dienen teils auch als Maske für ganz andere Motive. Letztlich geht es immer um den Größenwahn Einzelner.«

»Man hört so einiges.«

»Vom Mittelmeerraum bis Schweden werden Kriege erklärt. Neben Königshäusern mischen auch Großhändler mit, schlagen Profit aus dem Kriegsbedarf. Fragwürdige Motive auf der einen Seite wie auf der anderen.«

»Frankreich ist noch nicht direkt verwickelt, soweit ich weiß«, sagte Colin. »Es versucht jedoch, auf diplomatischem Weg von der gegenseitigen Schwächung der Nachbarn zu profitieren. Aber das Hugenottenproblem ist im Land wieder aufgebrochen, angestachelt durch die Glaubenskriege rundum.« Arden zeigte eine wegwerfende Handbewegung.

»Und an der spanischen Grenze gab es nie echten Frieden – Übergriffe von beiden Seiten.«

»Der Zettel ist offenbar doch mehr als ein Klatschblatt.«

»Das weiß ich nicht von diesem Flugblatt. Man hält seine Ohren offen.«

»Ja. Nach Osten zu gehen, wie deine Spanier es dir geraten haben, ist auch keine Lösung. Die Deutschen sind die Schlimmsten.«

»Ich weiß auch nicht, warum sie das wollten. Womöglich meinten sie nicht, ich solle in ein anderes Land gehen, sondern östlich von Paris.«

»Wohin? Reims, Nancy? Wenn dein Gegner so mächtig ist, wie sie sagen, spürt er dich auch dort auf.«

»Du hast Recht.«

»Wir werden Wildenten bleiben.«

»Wir?«

»Wir.«

20

Nosé lebte sich bei Hof ein. Er erhielt ein neues Kostüm, besser genäht, sauber und kunterbunt. Bislang verlangte niemand Unmögliches von ihm, er lieferte Informationen und Hofklatsch an Richelieu, der ihm dabei half, das Passende für die Königinmutter herauszufiltern. Sie zeigten wenig Begeisterung über seine Dienste. Er brächte nichts wirklich Verwertbares, meinten beide. Bald rief Richelieu ihn zu sich.

»Seine Berichte über den Hofklatsch sind zwar nicht wertlos«, sagte der frischgebackene Kardinal. »Doch bräuchte ich dafür nur selbst durch die Gänge des Schlosses laufen. Er muss näher an die interessanten Personen herankommen. Das heißt, eigentlich befindet Er sich im Umfeld von Mathurine und Maître Guillaume. Er muss doch über deren Machenschaften informiert sein.« Nosé begriff, wenn Richelieu ihn mit »Er« ansprach, war er mit ihm unzufrieden.

»Machenschaften?«, wunderte er sich.

»Es ist ein offenes Geheimnis, dass die beiden öffentlich agitieren.«

»Was ist ›agitieren‹?«, wollte Nosé wissen.

»Die beiden haben eine politische Agenda. Schon unter Heinrich IV. veröffentlichten sie Streitschriften gegen die Hugenotten, gegen ihren eigenen Herrn gerichtet.«

»Der gegenwärtige König ist kein Hugenotte und Ihr seid katholischer Geistlicher. Wieso stört Euch die religiöse Gesinnung der beiden?«

»Es ist nicht ihre religiöse Gesinnung, es ist die Tendenz, sich gegen ihre Herren zu wenden, ihren Status als Hofnarren zu missbrauchen, Kritik nicht nur direkt am Herrscher zu üben, sondern sie auch in der Öffentlichkeit zu propagieren.«

»Ich verstehe viele Eurer Worte nicht, aber ich weiß, was Ihr meint.«

»Gut. Ich möchte, dass du so viel wie möglich über sie herausfindest.« Das vermisste »Du« war zurück, Nosé atmete auf.

»Ich versuche mein Möglichstes«, sagte er.

»Versuche mehr als das«, entgegnete der Kardinal. »Und sieh zu, dem König oder der Königin näher zu kommen, sei es auch nur bei euren Hopsereien: Hüpfe um den König herum, lausche den Anweisungen an seine Vertrauten.«

Am nächsten Tag kam Mathurine zu Nosé in den Turnsaal.

»Laut Order sollst du mich heute in die Stadt begleiten«, sagte sie, zog ihre Unterlippe bis übers Kinn. »Was soll das? Hast du dich beschwert, du kriegtest nicht genug frische Luft?«

»Nein.«

»Du pflegst Beziehungen zur Alten, sagt man. Du hast dir einen Vorteil verschafft. Wozu?«

»Ich weiß nicht, was du meinst.«

»Stell dich nur dumm. Ich krieg schon raus, was du im Schilde führst.«

»Nur du führst hier einen Schild«, entgegnete Nosé.

»Des anderen eigene Worte gegen ihn einzusetzen, überlasse denen, die damit umgehen können. Du schlag deine Purzelbäume, Narr.« Sie betrachtete seine Füße, seinen Kragen, sagte dann: »Glaub aber nicht, ich schleppe dich die ganze Zeit mit mir herum! Ich gehe meine Wege, du gehst deine.« Nosé nickte. Mathurine wedelte mit den Händen. »Na, dann mal los! Wir brechen auf.«

Mathurine führte eine große Tasche mit sich, steckte das Holzschwert in ihren Gürtel, den Schild ließ sie im Schloss zurück. Sie reichte Nosé einen Zettel, holte aus ihrer Tasche einen Sack, den sie ihm ebenfalls hinhielt.

»Auf dem Zettel steht, was du besorgen sollst«, sagte sie. »Es ist nicht viel, der Sack wird dafür reichen.« Nosé studierte den Zettel.

»Da muss ich zu vielen verschiedenen Läden und Buden«, sagte er. »Es wird etwas dauern.«

»Lass dir Zeit, ich benötige auch Zeit. Wir treffen uns, wenn die Zeiger der Kirchenuhr auf zehn zeigen.« Nosé rechnete nach.

»Also zehn vor zehn«, sagte er.

»Ich sagte dir schon einmal, du sollst die Wortklaubereien lassen«, fauchte Mathurine. »Um zehn Uhr!«

Nosé hatte jede Menge Zeit, es war erst acht Uhr. Die Besorgungen würden weniger als eine Stunde benötigen. Er dachte daran, wie sehr er zu Beginn seiner Tätigkeit gewünscht hatte, entfliehen zu können. Jetzt hätte er eine Möglichkeit dazu, wenn auch keine sehr gute. Im Narrenkostüm würde er von den Schergen des Kardinals schnell aufgegriffen. Das spielte keine Rolle, er hatte seinen Platz gefunden, eine Familie gewissermaßen. Er wollte bleiben. Er entschied, es machte nicht viel Sinn, zuerst seine Besorgungen zu machen, um dann das Zeug eine Stunde lang mit sich tragen zu müssen. So spazierte er in die Stadt, behielt Mathurine, die vorweggelaufen war, in Sichtweite. Drehte sie sich um, betrachtete er die Straßenbuden und Hausfassaden, bis sie sich wieder abwandte. Bald versteckte er sich an verschiedenen Stellen entlang des Wegs. Endlich blieb Mathurine am Pont Neuf stehen, der von vielen Passanten frequentiert wurde. Sie stellte die große Tasche auf den Boden, holte einen Stoß Zettel hervor. Den Stoß über den linken Arm gelegt, bot sie mit der rechten Hand den Passanten einzelne Zettel zum Kauf an. Manche Geldmünzen wechselten die Hände. Die Zettel erregten sichtlich die Aufmerksamkeit der Menschen. Nosé hockte hinter einem Fuhrwerk ohne Gespann. Er sah Mathurines Amazonenzöpfe fliegen, so sehr hatte sie damit zu tun, die Gier der Passanten nach ihren Zetteln zu bedienen. Sie schaffte sich derart bestimmt ein gutes Nebeneinkommen. Würden die Menschen tatsächlich so bereitwillig ihr hart erarbeitetes Geld für religiöse Streitschriften opfern? Seine Überlegungen wurden durch ein Schnalzen unterbrochen. Nosé drehte sich schnell um. Dort stand wieder dieser Rabauke, der ihn vor dem Wäscheladen angepöbelt hatte, daneben sein rothaariger Freund.

»Der Puderfritze betet das Fuhrwerk an«, sagte er. »Sieh, wie andächtig er davor kniet.«

»Lass ihn doch in Ruhe, Arden«, gab sein Begleiter zurück. Arden ließ sich nicht beeindrucken.

»Machen dich die Räder an oder eher die Deichsel?«, sagte er zu Nosé. »Na ja, jeder hat so seine geheimen Lüste. Enchanté.«

»Seine Freundin ist etwas hölzern«, fiel jetzt auch der Rothaarige ein. »Ob sie wohl auf ihn abfährt?«

»Sie hat kein Gespann, dafür einen Spanner«, sagte Arden. Die beiden lachten schallend. Nosé wurde so zornig, dass seine Augen tränten. Mit hochrotem Gesicht ergriff er seinen Sack, lief davon. Er schlüpfte in eine Einfahrt, setzte sich in den Kies. Schlagfertigkeit sei die wichtigste Eigenschaft eines Narren, hatte Gérôme gesagt. Nosé hatte versagt. Wenn er überrascht wurde, wusste er nichts zu sagen. Er hätte sich in die Erde vergraben, wären seine Hände Schaufeln gewesen.

Jemand kam in die Einfahrt. Nosé blickte auf. Der Rothaarige stand vor ihm, diesmal ohne den Rabauken.

»He«, sagte er. »Nimm dir das nicht zu Herzen. Wir haben bloß unseren Spaß mit dir. Du bist so leicht zu ärgern.« Nosé starrte zur Seite. Der Mann streckte seine Hand zu ihm hinunter.

»Ich bin Colin«, sagte er. »Komm!« Nosé sah sich im Innenhof um, als schwärmte er für Hauswände. »Sei kein Frosch!«, sagte Colin. Der Narr sah zu ihm auf, legte seine Hand in Colins, ließ sich hochziehen. »Was wolltest du auf Knien vor dem Fuhrwerk?«, fragte der Ire.

»Ich … ich wollte einen der Zettel, die dort verteilt werden«, sagte Nosé.

»Warum gehst du dann nicht einfach hin?«

»Sie darf mich nicht sehen.«

»Wer?«

»Die Amazone mit den Zetteln.«

»Ah, heimliche Liebe, was?« Colin lächelte. Nosé entgegnete nichts. Er war nicht stolz darauf, ein Spion zu sein.

»Arden hat ein Exemplar«, sagte Colin. »Für uns steht da nicht viel Wissenswertes drin. Du kannst es haben. Komm!« Nosé zögerte. Er wollte Arden nicht begegnen, andererseits gehörte es zu seinen Aufgaben, den Zettel sicherzustellen. Er folgte schließlich Colin aus dem Innenhof auf die Straße. Dort stand Arden, er grinste breit, stemmte beide Hände in die Hüften.

»Wen bringst du denn da?«, fragte er Colin.

»Das ist …« Colin wandte sich an Nosé. »Wie heißt du eigentlich?«

»Nosé«, sagte der Narr.

»Wie noch?«

»Eulenspiegel«, sagte er leise. Die beiden Fremden lachten.

»So siehst du auch aus«, sagte Arden. »Was bist du? Hofnarr?«

»Ja. Das heißt, ich werde dazu ausgebildet.«

»Du musst noch viel lernen. Du sollst andere provozieren, nicht sie dich.«

»Ich weiß«, sagte Nosé, errötete.

»Dem bringen wir schon noch was bei«, richtete sich Colin an Arden. »Übrigens, er hätte gern das Flugblatt. Wir brauchen es doch nicht mehr, oder?« Arden reichte ihm den Zettel, Colin gab ihn an Nosé weiter. »Viel Spaß mit dem Klatsch«, sagte er. Die zwei Männer setzten ihren Weg fort. Nosé warf einen Blick auf das Flugblatt. Es war auf beiden Seiten mit winzigen Schriftzeichen bedruckt. Wer über kein gutes Sehvermögen verfügte und sich keine Brille leisten konnte, musste sich das Schriftstück vorlesen lassen. Er suchte sich einen ruhigen Ort auf der Île de la Cité, setzte sich ins Gras und studierte das Schriftstück.

Königliche Truppen belagerten die Stadt Saint-Jean-d'Angély, ein erster Schritt, in Folge die Festung La Rochelle – ein Stützpunkt der Hugenotten – einzunehmen. Ob das möglich sein würde, stand noch in den Sternen, sie war gut befestigt. Schließlich sollte Montauban angegriffen werden, die Hochburg der Calvinisten. Nosé verspürte stets ein unangenehmes Gefühl in seinem Bauch, wenn »Helden« aufbrachen, um Ungläubige gewaltsam zu bekehren oder Schätze der Nachbarn zu erobern, die diese nicht verdienten, weil sie einem minderwertigen Volk angehörten. Seine Heimat Spanien nahm den Krieg gegen die Niederlande wieder auf. Der Waffenstillstand hatte zwölf Jahre angehalten. Nosé stellte sich vor, wie Velásquez sein Schwert gegen Rubens erhob – verrückt! Im Osten nahmen Truppen des deutschen Kaisers Pressburg ein. Bald hatte Nosé genug von den politischen Nachrichten, er suchte nach weniger bedrückenden Neuigkeiten. Da! Die Mayflower – man hatte viel von dem Schiff voller potenzieller Siedler für den neuen Kontinent gehört – machte sich auf, von der neuen Kolonie Plymouth nach England heimzukehren. Straßburg erhielt eine Universität – na gut, das war Nosé einerlei. Viel Spaß beim Lernen! Papst Gregor XV. schaffte die Papstwahl durch Akklamation ab. Er selbst hatte noch davon profitiert – so waren sie, die Mächtigen. Zur selben Zeit löste sich wegen Uneinigkeiten die protestantische Union auf. Nosé fand nichts Kompromittierendes gegen Mathurine in diesen Nachrichten. Er wunderte sich, so viel Wissenswertes zu entdecken, hatte er doch nur Hofklatsch erwartet. Doch auch dazu fand sich ein Abschnitt. Zum Großteil wurde über Beförderungen innerhalb des Gefolges des Königs berichtet. Modefragen wurden ausgiebig besprochen, sie machten mehr als die Hälfte des Blatts aus. Das war wohl der Hauptgrund, weshalb solche Flugblätter gekauft wurden. In einem humoristischen Kapitel machte sich Mathurine über die Degeneration unter den Habsburgern infolge inzestuöser Heiraten lustig, wobei sie den Blick auf Spanien und Österreich beschränkte, als ob Frankreich davon unberührt wäre. Natürlich wusste die Närrin, alle dachten sogleich an die Königin aus habsburgischem Haus. Sie wagte viel, doch als Hofnärrin mochte sie damit durchkommen. So manchen Fehltritt, die eine oder andere Streitigkeit, viel Spekulatives präsentierte Mathurine dem Volk. Darunter fand sich auch ein Seitenhieb auf die Königin selbst. Das war Gewebe vom Stoff, den seine Auftraggeber schätzten. Ohne es offen auszusprechen, deutete Mathurine an, es gäbe gewisse Heimlichkeiten zwischen Anna von Österreich und dem englischen Herzog von Buckingham. Derlei konnte fatale Folgen nach sich ziehen. Nach Nosés Urteil war das reine Fantasie, diente wohl nur dazu, das Blatt besser zu verkaufen. Schon über den Herzog von Montmorency hatte es solche Gerüchte gegeben, vielleicht auch von Mathurine gestreut. Nosé würde es aber der Königinmutter mitteilen müssen, die nur darauf wartete, ihrer Schwiegertochter einen Fehltritt nachweisen zu können, so ihren Sohn zu treffen. Nosé, der nie eine Mutter hatte, tat sich schwer damit, die

Versuche Maria dé Medicis, ihrem Sohn zu schaden, nachzuvollziehen. Er hatte stets geglaubt, zwischen einer Mutter und ihren Kindern bestünde ein Band der Liebe. Wie auch immer, er musste zuerst Kontakt zu Richelieu aufnehmen, der ihm am besten raten konnte, was er mit den Entdeckungen anfangen sollte. Da fiel ihm ein, Maria dé Medici und Richelieu hatten sich, nachdem sie ihm zu Kardinalstitel und höchstem Staatsamt verhalf, zerstritten. Nosés primäre Loyalität sollte der Königinmutter gehören, welche ihn aus der Folterkammer befreit hatte. Er wusste nicht, wem er mit den Nachrichten mehr schaden würde, Anna von Österreich oder Mathurine, die selbst zu denen gehörte, die Macht über ihn ausübten, durch ihre Nähe gar am unmittelbarsten von allen. Der Gedanke an Mathurine erinnerte ihn an seine Aufgabe, diverse Besorgungen zu erledigen. Er steckte das Flugblatt in die Tasche und holte den Einkaufszettel hervor.

2I

Have you been to Scarborough Fair?
Parsley, sage, rosemary and thyme,
Remember me from one who lives there,
For he once was a true love of mine.

Arden und Colin hatten die befestigten Wege verlassen, schlichen am Seineufer entlang bis ins Quartier Latin. Dort sahen sie an einem Pflock angebunden zwei Pferde, deren Satteldecken wiesen das Banner der Stadt Madrid auf. Die beiden Engländer kamen überein, es konnte sich nur um Ardens Retter handeln. In der Hektik der Geschehnisse hatte dieser sich nicht bei ihnen bedankt, das wollte er nun nachholen. Das Bauwerk, vor dem sich der Pflock befand, glich einem Wirtschaftsgebäude mehr als einem Wohnhaus. Arden und Colin blickten durch die schmutzigen Fenster ins Innere. Da die Sonne durch Fenster auf einer anderen Seite des Gebäudes einfiel, wurde der Innenraum gut beleuchtet. Arden erkannte die beiden Spanier und den Rücken einer Frau, die zu ihnen sprach.

»Wir stören nur«, sagte Colin. »Wir wollen ihnen nicht das Gefühl vermitteln, wir seien ihnen gefolgt.«

»Ich bin aber neugierig«, sagte Arden. »Du nicht?«

»Es geht also doch nicht ums Bedanken.«

»Zwei Spanier, die in Frankreich das Leben eines Engländers retten. Hallo!«

»Du konzentrierst dich zu stark auf Nationalitäten.«

»Möglich. Sie sagen, meine bloße Existenz bedroht mächtige Menschen. Wie findest du das?«

»Schon bemerkenswerter. Wenn sie dir aber bisher nicht mehr darüber sagen wollten, werden sie es auch weiterhin nicht tun.«

»Sie könnten sich ungewollt durch ein Wort verraten, oder wir entdecken etwas.«

»Gut, dann gehen wir rein und treten ihnen offen entgegen. Ich mag die Heimlichkeiten nicht.«

»Na gut«, sagte Arden, trat an das Tor des Gebäudes, klopfte. Zuerst regte sich nichts, erst nach vier Versuchen öffnete sich das Tor. Einer der beiden Spanier, Emilio hatte ihn sein Freund genannt, spähte durch den Türspalt.

»Ihr seid es–«, sagte er. »Was wollt Ihr?«

»Ich wollte mich bedanken.«

»Bitte. Gern geschehen. Adieu.« Emilio schloss das Tor. Arden klopfte noch einmal. Emilio trat aus dem Haus. »Wir haben Euch nichts zu sagen«, erklärte der Spanier. Jetzt stellte sich Colin vor Arden.

»Er hat ein Recht, zu erfahren, warum man ihm nach dem Leben trachtet und wer ihn beschützt«, sagte er.

»Na großartig!« Emilio klatsche in die Hände. Er rief in den Raum hinein. »Er hat es schon weitererzählt. Bald pfeifen es die Spatzen von den Dächern.«

Der zweite Spanier, Miguel hieß er, erinnerte sich Arden, trat aus der Tür, ihm folgte eine junge Frau, Aleja. Arden schluckte. Er hatte viel an sie gedacht, seit ihrer ersten Begegnung. Sie erschrak, als sie ihn sah.

»Ihr seid das also«, sagte sie.

»Du kennst ihn?«, fragte Emilio.

»Wir haben einander in Le Havre kennengelernt«, sagte Aleja.

»Na, dann ist ja die ganze Familie versammelt«, meinte Colin.

»*Er* gehört sicher nicht zur Familie«, entgegnete Miguel. »Wer ist Er?«

»Colin Conolly«, antwortete der Angesprochene.

»Ein Freund«, sagte Arden. »Ich vertraue ihm.«

»Das ist ja niedlich!« Miguel zog eine Grimasse. »Nur dumm, dass mein Leben davon abhängt.« Aleja winkte ab.

»Das bringt jetzt nichts mehr«, sagte sie zu ihrem Freund, richtete sich dann an Arden. »Ihr dürft nicht vertrauensselig sein. Ihr müsst jetzt endlich begreifen, Ihr seid in Gefahr.«

»Warum beschäftigt Euch das?«, wollte Arden wissen.

»Für unsere Sache ist Eure Existenz von entscheidender Bedeutung.«

»Eure Sache? Was ist das?«

»Ihr werdet verstehen, dass wir darüber nicht mit jemandem sprechen können, der dazu neigt, Geheimnisse weiterzugeben.«

»Nein, das verstehe ich nicht. Außerdem hat niemand gesagt, es handle sich um Geheimnisse.«

»Das verstand sich wohl von selbst.«

»Das Ganze machte eher den Eindruck eines dummen Scherzes.«

»Für Scherze versucht niemand, Euch zu töten.«

»Ab dem Moment war mir das auch klar, davor nicht. Was dächtet Ihr über Menschen, die Euch sagten, Shakespeare sei Euer Vater, aber er sei nicht Shakespeare; oder: Ihr seid wichtig, aber auch ganz unbedeutend.«

»Ich gebe zu, das klingt eigen, doch beides ist richtig.«

»Shakespeare ist kein Mitglied einer Adelsfamilie, soweit ich weiß. Also warum kümmert es Mächtige, wer ich bin?«

Aleja sah Emilio in die Augen, dann Miguel. Emilio zuckte mit den Schultern. Aleja wandte sich wieder Arden zu.

»Also gut. Einen Teil des Rätsels werde ich Euch verraten, der andere hat auch mit mir zu tun, dazu sage ich nichts.«

»Gut!«, sagte Arden. Miguel trat vor.

»Sie müssen erst aufgenommen werden«, sagte er.

»Sie?«, fragte Aleja.

»Der Ire steckt schon bis zum Hals mit drinnen. Wir haben keine Wahl.«

»Du hast Recht«, sagte sie. »Seid ihr bereit, einem geheimen Bund beizutreten?«, fragte sie Arden und Colin.

»Das klingt recht verschwörerisch«, sagte Colin, lächelte.

»Es *ist* verschwörerisch«, sagte sie.

»Eine Verschwörung gegen wen?«

»Das können wir euch beiden erst sagen, nachdem ihr Verschwiegenheit geschworen habt.«

»Und wenn mir nicht gefällt, wogegen ihr euch wendet?«

»Dann müsst ihr nicht mitmachen, dürft aber nicht reden.«

»Ich dachte, derlei gäbe es nur unter kleinen Jungs. Na gut. Ich bin dabei.«

»Und Ihr?«, fragte Aleja Arden.

»Wenn es für Colin in Ordnung ist, dann erst recht für mich«, sagte er. »Müssen wir jetzt auf die Bibel schwören?«

»Die Bibel ist für uns von geringer Bedeutung«, sagte Emilio. »Euer Ehrenwort reicht uns.«

»Das habt ihr«, entgegnete Colin. Arden pflichtete ihm bei.

Die Gruppe trat in das Haus, das auch von innen wie ein Wirtschaftsgebäude aussah.

»Die erste Regel: Wir duzen einander«, sagte Emilio. »Vertrauter Umgang schafft Vertrauen.«

»Klingt logisch«, sagte Colin.

»Also«, begann Miguel. »Wer sind wir? Wir sind eine Gruppe mit ideologischen Prinzipien ...«

»Ideologische Gruppierungen bestehen meist nicht aus drei Personen«, fiel Arden ein.

»Das ist richtig. Wir sind nur eine Einheit innerhalb einer nicht allzu großen, aber doch größeren Bewegung.«

»Sprechen wir von Tausendschaften?«

»Eher Hundertschaften, das heißt einer halben Hundertschaft – beinahe.«

»Oh!«

»Jede Frucht beginnt mit einem Kern. Unsere Überzeugungen sind fortgeschritten. Nicht jeder vermag, unseren Visionen zu folgen. Sie unterscheiden sich stark von der Wirklichkeit der Menschen, wie sie diese erleben.«

»Herrscher, die sich auf Kosten des niederen Volkes ein luxuriöses Leben leisten und nach Tageslaune über Leben und Tod entscheiden, sind unsere Sache nicht«, setzte Emilio fort.

»Ihr wollt die Herrschaft der Aristokratie«, sagte Arden. »Von solchen Bemühungen habe ich schon gehört.«

»Das ist es nicht, was wir wollen«, sagte Aleja. »Wir, nun ja, wollen eine Herrschaft des Volkes.« Stille trat ein. Arden und Colin sahen einander an. Ihre Blicke zeigten Übereinstimmung, man sei in einen Haufen Verrückter geraten.

»Des Volkes«, wiederholte Colin. »Du meinst, die Bürger sollen die Herrschaft übernehmen?«

»Nicht bloß die Bürger, das ganze Volk«, erwiderte sie. »Bauern, jetzt Leibeigene, Männer und Frauen.« Colin und Arden konnten nicht länger an sich halten, lachten lauthals, schlugen sich auf die Schenkel.

Die drei Spanier schienen wenig überrascht über die Reaktion. Sie warteten in aller Ruhe ab, bis sich ihre neuen Freunde beruhigten.

»Uns ist klar, unser Ziel liegt in ferner Zukunft, wird vielleicht nie erreicht«, sagte Emilio. »Aber wir glauben fest daran und sind bereit, dafür zu kämpfen.«

»Was stellt ihr euch vor, wie ein Leibeigener ein Land regieren soll?«, fragte Arden. »Er weiß nichts darüber.«

»Ein König weiß auch nichts darüber«, entgegnete Emilio. »Jene, welche sich auf die Probleme des Volkes verstehen, sollen in einen Wettstreit treten, das Vertrauen der Menschen zu erlangen. Das Volk gibt ihnen das Mandat, für eine gewisse Zeit an der Verwirklichung ihrer Pläne zu arbeiten. Tun sie das zur Zufriedenheit der Mehrheit, bekommen sie die Chance auf eine weitere Periode.«

»Wer hat sich den diesen … das ausgedacht?«

»Die alten Griechen, sagt unser Anführer. Es soll Schriftrollen geben, in die nur wenige Einblick haben.«

»Und ihr seid sicher, es sind keine humoristischen Texte?«

»Ganz sicher. Es macht Sinn, wenn man darüber nachdenkt.«

»Wie soll denn diese Beauftragung ablaufen?«, fragte Colin.

»Eine Abstimmung«, sagte Miguel. »Die Kandidaten stellen ihre Pläne vor, man schreibt ihre Namen auf Zettel, die man verteilt, und jeder macht ein Kreuz neben dem, der ihm am besten geeignet erscheint.«

»Und die Stimme des Leibeigenen zählt so viel wie die des Experten?«

»Ja.«

»Ihr seid verrückt«, sagte Arden. »Das kann niemals funktionieren.«

»Überschlaft es«, sagte Aleja. »Wir waren auch nicht sofort begeistert, es klingt so utopisch. Aber wer nicht träumt, verändert nichts.«

»Noch ein Spruch eures Anführers, nehme ich an.«

»Ihr kanntet ihn nicht. Er war einnehmend.«

»War?«

»Er ist nicht mehr unter uns. Wir träumen seinen Traum weiter.«

»Na gut, ich schlafe darüber; ob ich dabei euren Traum träume, kann ich nicht versprechen«, sagte Arden. Alle nickten einander zu. »Jetzt erklärt mir aber, was all das mit mir zu tun hat. Ich verstehe weniger als zuvor.« Aleja atmete durch.

»Hör zu«, sagte sie.

Das tat Arden. Er unterbrach sie nicht ein einziges Mal, während sie ihre Geschichte erzählte.

Als Arden und Colin auf die Straße traten, war die Welt eine andere. Arden hatte anfangs nur mühsam den Worten Alejas folgen können, zu sehr achtete er auf das Spiel ihrer Lippen, die Anmut der Bewegungen ihres Kopfes über dem schlanken Hals. Ihre Eröffnungen übertrafen seine Erwartungen, die er schon für hochgeschraubt gehalten hatte.

»Was meinst du?«, fragte er Colin auf ihrem Weg rund um die Île de la Cité.

»Ich weiß nicht, was ich denken soll, Eure Hoheit«, sagte der Angesprochene.

»Hör bloß auf damit! Mir ist nicht nach Scherzen.«

»Was soll ich sagen? Ich habe wie du das Gefühl von einer sechsspännigen Kutsche überrollt worden zu sein.«

»Was jetzt?«

»Wir müssen gut auf dich aufpassen. Jeder der Engländer, die mit der Bearbaiting-Gesellschaft angereist sind, ist ein potenzieller Attentäter, jeder Passant, der uns entgegenkommt, ebenfalls.«

»Wir haben noch nicht einmal eine Bleibe.«

»Die Spanier haben den Schlüssel zu dem Wirt-schaftsgebäude hinter dem Schmuckrahmen der Zarge versteckt. Zur Not können wir hier unterkommen. Am besten lasse ich dich gleich hier zurück.«

»Vergiss es! Ich werde nicht zum Gefangenen. Ich habe kein Verbrechen begangen … zumindest nicht hier.« Arden schritt entschlossen aus.

22

Anna von Österreich galt als die schönste Frau Frankreichs. Weh dem, der etwas anderes behauptete! Besonders ihre Hände wurden gepriesen. Nosé hegte dazu seine eigenen Gedanken, die er als erst angehender Hofnarr nicht offen zu äußern wagte. Wenn sich die Bewunderung so auf die Hände konzentrierte, war wohl sonst nicht so viel zu bewundern vorhanden. Hübsch war sie schon irgendwie. Gérôme hatte eine Inszenierung geschrieben, die Piccolo, Nosé und Baleno vor der Königin und ihren Hofdamen zum Besten geben sollten. Nosé brauchte nur zwei Sätze zu sagen, man hielt ihn für zu dumm, mehr zu lernen. Er war damit zufrieden, so konnte er sich auf seine akrobatischen Einlagen konzentrieren, gelangte durch diese oft nahe an die edlen Damen. Anna folgte dem Spektakel gelangweilt, sprach meist hinter vorgehaltener Hand zu einer der Damen neben ihr. Nosé improvisierte einen lautlosen Sprung hinter die Runde, streckte seinen Kopf nach vorne. Er hörte die Königin flüstern:

»Ich habe ihm zwölf Diamantspangen als Andenken geschenkt.«

»Oh, er muss ein vortrefflicher Liebhaber gewesen sein«, entgegnete die Hofdame zu ihrer Linken.

»Villiers' Braguette scheint prall gefüllt«, bemerkte die Dame zur Rechten der Königin. Sie kicherten. Nosé wiederholte für sich den Namen Villiers immer wieder bis zum Ende der Aufführung. Nach dem Abgang der Narrentruppe schrieb er den Namen auf ein Stück Pergament, versorgte es in seiner Tasche. Er war stolz auf sich.

Beim nächsten Besuch des Kardinals im Flügel der königlichen Räumlichkeiten enthüllte Nosé ihm seine Entdeckungen.

»Ich muss sagen, du machst dich, Narr«, sagte Richelieu. »Du erweist dich doch noch als nützlich.«

»Danke, Eure Eminenz«, sagte Nosé.

»Das kann mir noch sehr zustattenkommen«, sagte der Kardinal mehr zu sich selbst als zu Nosé. Er blickte aus dem Fenster, murmelte. »Lady de Winter wird damit etwas anzufangen wissen.«

»Wer ist Lady de Winter«, fragte Nosé.

»Schweig, Narr! Das geht dich nichts an. Du vergisst den Namen. Hörst du?«

»Gewiss. Welcher Name?«

»Gut. Ich werde die Wache instruieren, dir freien Zugang zu meinen Räumlichkeiten und unbeschränkten Ausgang zu gewähren; so kannst du mir dringende Informationen jederzeit überbringen. Merke dir die Parole: Geheimnisse sind Macht. Sie wird dir Tore öffnen. Unter keinen Umständen gib sie weiter.«

»Niemals, Eminenz.«

Piccolo wusste, Villiers war der Name des Herzogs von Buckingham. Das passte zu den Verdächtigungen Mathurines, hinterlegte sie mit konkreteren Hinweisen. Nosé hätte gern damit geprahlt, genoss aber auch den Gedanken, im Geheimen mehr zu wissen als seine Vorgesetzten und Kollegen. Was Richelieu mit diesen Neuigkeiten anfing, erfuhr er nicht. Er bemerkte nur, in den nächsten Wochen agierte Anna von Österreich fahrig, hinterließ einen unsicheren Eindruck. Nosé vernahm hektischen Austausch von Nachrichten, Flüstern, Gesten der Betroffenheit zwischen der Königin und ihrem Kammermädchen, Constance. Das Problem schien sich von selbst zu lösen – vorerst. Richelieu sprach in Folge Nosé wieder mit »Er« an. Der Narr wusste nicht, was er sich zu Schulden kommen hatte lassen. Immerhin entzog ihm der Kardinal nicht seine Privilegien bezüglich des Ausgangs. Diese nutzte Nosé extensiv für Spaziergänge an der Seine, Atempausen vom geschäftigen Hofleben.

Neben Piccolo wurde Nosé oft mit Baleno zusammen eingesetzt. Der spitzbärtige Narr mit dem Kindergesicht – er war in Wahrheit schon Ende dreißig – gab sich wenig mit seinen Kollegen ab. Es war offensichtlich, er mochte Maître Guillaume, Angoulevent und Mathurine nicht. Nosé gegenüber war er gleichgültig. Wie alle anderen hielt er ihn augenscheinlich für dumm oder zu oberflächlich. Nosé bemerkte, Baleno drehte jedes Mal die Augen über, wenn die drei Alteingesessenen von ihren katholischen Überzeugungen sprachen. Piccolos Kniefälle vor den Mächtigen regten ihn am meisten auf. Seine Tadel der Königsfamilie fielen nicht humoristisch aus, sondern leidenschaftlich, voller Verachtung. Er bewegte sich an der Grenze des Erlaubten. Nosé wunderte manchmal, der Narr wurde nach blanken Beleidigungen des Königs nicht exekutiert. Da seine Kritik auch stets wenig konstruktiv war, wurde sie nicht geschätzt, die Adeligen ertrugen sie, um nicht als zu unduldsam zu gelten. Es hatte mit der Hofetikette gegenüber den Narren zu tun. Nach einer Vorstellung ging Baleno vor Nosé ab, schimpfte vor sich hin.

»Adelspack, dreckiges!«, sagte er. »Euch kriegen wir noch, wartet nur!« Nosé horchte auf.

»Wer kriegt sie?«, fragte er.

»Wir, das Volk«, entgegnete Baleno.

»Was wollt ihr denn tun?«

»Wir knüpfen sie auf und setzen ein Volkstribunal ein.«

»Was ist das?«

»Ach vergiss es. Mach du nur deine Purzelbäume.«

Nosé erinnerte sich an die Attentäter in Madrid. Sie wollten nur die Macht der Kirchenführer auf den König beenden. Dieser hier wollte deutlich mehr, er kam von unten, wollte ganz nach oben, forderte die Köpfe der Mächtigen. Für Nosé war das unvorstellbar. Er respektierte den König. Durch seine Blutlinie stand dem Monarchen die Macht zu, das war ganz klar. Wie konnte man daran zweifeln? Gab es da draußen eine Welt, die ihm verschlossen war? Baleno ließ ihn nachdenklich zurück.

In Folge setzte Gérôme Baleno nur noch in einigem Abstand von den edlen Herrschaften ein. Er wurde zum Possenreißen abkommandiert, zum Herumhüpfen und Grimassieren. Nosé hingegen stieg im Ansehen seines Ausbildners. Auch der König und seine Entourage fanden sichtlich Gefallen an dem jungen Mann. Zur Königinmutter, seiner Gönnerin, hatte er keine Verbindung mehr. Sie residierte im Palais Luxembourg, war sowohl mit dem König als auch mit Richelieu zerstritten, so hatte sie keinen Zugriff mehr auf den Narren. Nosé versuchte auf einem seiner Ausgänge, ins Palais zu gelangen, doch die Parole Richelieus hatte hier keine Wirkung. Bald bemerkten die anderen Narren den rasanten Aufstieg Nosés. Neidisch sahen sie ihn das Schloss verlassen, wann immer er wollte. Selbst Mathurine musste zwar nicht um Genehmigung ansuchen, doch sich Abmelden, um auf die Straße gelassen zu werden. Die Szenen aus Gérômes Feder rankten sich immer häufiger um Nosé als zentrale Figur. Gelegent-

lich durfte er sogar frei improvisieren wie die Alteingesessenen. Die alten Narren beobachteten ihn mit Arg-
wohn. Nosé begann, sich unwohl zu fühlen wie das
Lieblingskind in einer Familie, das um diesen Vorzug
nicht gebeten hat. Selbst Piccolo zog sich zurück. Diese
Außenseiterrolle machte ihn zum natürlichen Verbün-
deten Balenos. Sie saßen oft zwischen Auftritten abseits
der anderen auf derselben Bank, schwiegen sich erst
an. Nosé hielt das aber nicht lange durch, er war kein
Einzelgänger wie Baleno. Er sprach mit dem Narren,
ohne Antwort zu erhalten, erzählte ihm mancherlei.
Natürlich erwähnte er seine Rolle als Spion nicht, noch
die Entdeckungen, die er als solcher aufzuweisen hatte.
Doch er prahlte damit, jederzeit das Schloss verlassen
zu dürfen. Baleno behauptete, das sei verdächtig. Nosé
sei neu, er habe sich keine Meriten als Narr erworben,
dennoch besäße er die meisten Rechte unter allen. Nosé
gab vor, nicht zu ahnen, woran das liegen mochte. Baleno lächelte nur verächtlich.

»Ich glaube dir kein Wort, Nosé«, sagte er. »Aber es
ist mir einerlei. Ich würde dir die gleichen Rechte geben wie dem König. Jeder sollte diese Rechte haben.
Der Zufall der Geburt macht niemanden zu etwas Besserem.« Nosé dachte nach.

»Wie kann das sein? Du siehst doch, es macht einen
Unterschied. Es ist gottgegeben. Wir werden dorthin
gestellt, wo unser Platz ist. Hätten wir mehr verdient,
wären wir aus einem edleren Schoss geboren worden.«

»Junge, die haben dich genau so zurechtgebogen, wie es ihnen beliebte.«

»Ich bin allein unter Hunden aufgewachsen. Niemand hat mich irgendwohin gebogen.«

»Umso schlimmer. Du bist erst seit Kurzem in Kontakt mit ihrer Welt und hast sofort ihre Regeln akzeptiert. Du tust mir leid.«

»Ich tu mir nicht leid. *Du* wirst doch von allen gemieden.«

»Ich habe keine Freunde, aber das moralische Recht auf meiner Seite. Das ist ebenso wichtig, wenn nicht wichtiger. Ich habe einen Traum, einen, der nicht nur mich betrifft, sondern alle umfasst.«

»Die wollen aber gar nicht umfasst werden.«

»Weil sie nicht so weit denken. Weil sie sich eine bessere Welt nicht vorstellen können. Ich kann!«

»Du wirst einsam sterben.«

»Ich werde mit einem Traum sterben. Es wird ein Schlaf sein, kein Tod. Meine Ideale leben weiter.«

»Du kannst nichts festhalten, wenn du stirbst. Geist ist etwas Flüchtiges. Sei es Weingeist, Holzgeist oder der menschliche Geist: Es entweicht.«

»Du sprichst wie eine alte Hexe vor ihrem Kessel – Holzgeist und Krötenhaxe, Simsalabim. Eine Idee gehört dir schon zu Lebzeiten nicht allein, du hast nur Anteil daran, sie nährt sich an dir. Dein Geist ist ihr Brot. Ohne dein Leben bliebe die Idee hohl, du hast sie erfüllt. Wie kannst du das etwas Flüchtiges nennen?«

»Das ist doch nicht auf deinem Mist gewachsen«, sagte Nosé. »Jemand prägt dir seine Regeln ebenso auf, wie du behauptest, man täte das mit mir.«

»Unsinn! Ich bin doch nicht wie du. Lass mich jetzt in Ruhe, Narr.«

Baleno wich Nosé danach aus. Nosé nahm an, der Rebell hatte mehr gesagt, als er offenbaren wollte. Ein Verdacht wuchs in ihm. Er nervte seinen Kollegen, setzte auf dessen Leidenschaft, um ihn zu weiteren Ausrutschern zu provozieren. Schließlich fiel das Wort, auf das Nosé so lang gewartet hatte: wir. Baleno war nicht allein, er gehörte einer Gruppe an. Als er realisierte, er hatte sich gegenüber Nosé verraten, relativierte das sein überlegenes Verhalten; er bat um Verschwiegenheit, beschwor den jüngeren Schausteller – so nannten sie sich intern gern –, ihn nicht zu verraten. Nosé überlegte. Richelieu wäre bestimmt dankbar für die Auslieferung eines Staatsverräters, würde den Narren wieder mit »Du« ansprechen. Sein Mitleid mit Baleno hielt sich in engen Grenzen, doch etwas an dessen »Idee« hatte sich in Nosés Hirn eingenistet. Sollte er ihr Nahrung entziehen, sie aushungern? Dass Baleno Mitverschwörer besaß, faszinierte Nosé zusätzlich. Es zeigte, die Idee war nicht nur die Ausgeburt eines einzelnen Kopfes, welche an niemanden sonst rührte; weitere Hirne und vor allem Herzen waren daran beteiligt, fieberten, glaubten.

Nach einer schlaflosen Nacht sprach Nosé Baleno an.

»Ich habe beschlossen, dich nicht zu verraten«, sagte er. Baleno atmete auf. »Ich will aber eine Gegenleistung«, fügte Nosé hinzu.

»Sag schon!«, drängte Baleno.

»Ich will deine Freunde kennenlernen«, sagte Nosé.

»Niemals«, rief Baleno aus, hielt rasch eine Hand vor den Mund, keine Aufmerksamkeit zu erregen. »Wie stellst du dir das vor? Ich kann doch nicht mit irgendeinem Narren daherkommen, der sich mal ansehen möchte, wie Verschwörer aussehen.«

»Stimmt, das kannst du nicht, wenn du im Kerker sitzt und auf das Rad wartest.«

»Du würdest zulassen, dass sie deinen Kumpel rädern?«

»Du bist nicht mein Kumpel, du siehst nur auf mich herab. Und ja, das würde ich.«

»Du willst alle verraten, nicht nur mich. Ich wusste doch, du bist ein Spion. Wenn du deinen Herren alle Verschwörer lieferst, erhältst du die doppelte Summe.«

»Mag sein. Das ist dein Risiko. Vielleicht verrätst du deine Freunde und sie sterben mit dir, vielleicht auch nicht. Die Alternative ist dein sicherer Tod. Entscheide.«

»Ich habe dir einen Tag Zeit gegeben«, sagte Baleno. »Ich will auch einen Tag Bedenkzeit.« Nosé willigte ein.

Da Nosé in diesen Tagen nicht von seinem Recht Gebrauch gemacht hatte, Richelieu jederzeit überall aufzusuchen, ließ ihn dieser zu sich bringen. Nosé erzählte ihm nichts über Baleno und seine Freunde, er verfügte auch über vernichtende Informationen, die einen der königlichen Berater betrafen, behielt auch diese für sich. Der Kardinal musste sich mit Hofklatsch zufriedengeben. Nosé war sich seiner nicht mehr sicher. Wollte er weiterhin ein Verräter sein? Da gab es Menschen, bereit, ihr Leben für das Wohl anderer zu riskieren. Egal, ob ihre Ideale die richtigen waren oder nicht, ob ihr Wirken etwas verändern konnte oder nicht – sie nötigten Nosé Respekt ab. Konnte er ein wertvollerer Mensch sein, als er es bisher war?

Als er von Richelieu zurückkam, erwartete ihn Baleno im Übungssaal.

»Ich nehme dich mit«, sagte er. »Ich kann aber die Reaktion meiner Freunde nicht voraussagen. Sie könnten dich töten. Sie könnten mich töten. Ich würde verstehen, wenn sie beides täten.«

»Ich nicht«, sagte Nosé. »Aber ich riskiere es.«

23

Ask him to find me an acre of land,
Parsley, sage, rosemary and thyme,
Between the salt water and the sea strand,
For then he'll be a true love of mine.

Colin weckte Arden unsanft.

»Da schleichen Leute ums Haus«, sagte er. Arden kleidete sich an, blickte durch eine ungetrübte Stelle des ansonsten blinden Fensters. Eine Gruppe von fünf Männern stand vor dem Haus, schon kam ein Sechster hinzu, dann ein Siebter.

»Sie sammeln sich«, sagte Arden. »Wir sind entdeckt.«

»Kämpfen oder aufgeben?«, fragte Colin.

»Wir warten ab, was weiter geschieht.« Arden holte sich einen Stuhl zum Fenster.

»Das gefällt mir nicht«, sagte Colin. »Erstarrung ist bereits Aufgabe.«

»Nur noch einen Moment«, entgegnete Arden. Er stellte sich in flacherem Winkel zur Fensterscheibe. »Dort kommt eine Gruppe mit einer Frau. Es ist Aleja.«

»Sie sind in Gefahr«, rief Colin aus. »Wir müssen eingreifen.«

»Warte!«

»Worauf, verflucht!«

»Sie kennen einander«, sagte Arden. Jemand rüttelte an der Tür, versuchte, sie zu öffnen. Auf ein Zeichen Ardens drehte Colin den Schlüssel im Schloss. Die Person vor dem Tor zog ihre Muskete, als Colin die Tür aufriss. Eine weibliche Stimme erklang im Hintergrund.

»Steck die Waffe weg! Er ist ein Freund.«

Elf Personen traten ein. Aleja war die einzige Frau. Sichtlich hatte sie das Sagen, sie wies den Männern Plätze zu.

»Ist das die ganze Revolution?«, fragte Arden. Emilio trat vor.

»Das Meer begann mit einem Tropfen«, sagte er.

»Warst du dabei?«, versetzte Colin. »Vergleiche sollten sich auf Bekanntes beziehen.«

»Du musst der Ire sein«, sagte einer der Neuhinzugekommenen. »Ihr müsst jede geistreiche Bemerkung in den Staub drücken. Wo liegt euer Problem?«

»Man hat uns mit zu vielen ›geistreichen‹ Bemerkungen‹ abgespeist, um uns dann auf unsere Brüder loszulassen. Ich hoffe, ihr habt mehr zu bieten als das.«

»Wir bieten nichts«, sagte Miguel. »Zu uns stößt man nicht, zu erhalten, sondern zu geben.«

»Die Retter der Welt, was?«

»Du findest das vielleicht anmaßend. Wir versuchen zumindest unser Bestes, die Welt ein wenig menschlicher zu machen.«

»Was heißt ›menschlicher‹ für euch?«, fiel Arden ein. Miguel wandte sich ihm zu.

»Ich muss dir nicht beschreiben, unter welchen Umständen die niederen Stände in unserem, eurem und jedem anderen Land vegetieren müssen – Arbeit bis zum Umfallen und doch nicht ausreichend Lohn, sich und ihre Familien zu ernähren. In derselben Welt herrscht Luxus und Verschwendung unter anderen, die noch nie einen Finger rührten. Wir akzeptieren das nicht länger.«

»Ihr stammt doch, soweit ich das sehen kann, selbst aus letzterer Gruppe. Habt ihr nicht eine nostalgische Vorstellung vom Arbeiter und Bauern? Habt ihr je selbst einem von ihnen gegenübergestanden?«

»Selbstverständlich. Ich gebe zu, die Begegnungen verliefen nicht zu meiner Zufriedenheit, doch das ändert nichts an meiner Überzeugung.« Miguel reckte die Brust. Aleja trat zwischen die beiden Männer.

»Lasst uns erst alle Mitglieder auf den letzten Stand bringen«, sagte sie. »Arden …« Sie wies mit einer Kopfbewegung auf den Genannten. »… hat gestern durch mich erfahren, seine Mutter ist Elisabeth I. von England.« Ein Raunen ging durch den Raum. »Ihr wisst, was das heißt. Damit geht sein Stammbaum in direkter Linie auf Heinrich VIII. zurück. Vor euch steht der rechtmäßige Thronfolger des englischen Reichs inklusive aller seiner Kolonien.« Für einige Augenblicke herrschte Stille. Dann trat ein junger Mann vor.

»Warum sitzt er dann nicht auf dem Thron?«, sagte er. »Sehr königlich sieht er nicht aus, er stinkt wie ein Herumtreiber.«

»Ich *bin* ein Herumtreiber«, antwortete Arden selbst. Aleja stellte sich vor ihn.

»Elisabeth wollte ihre Herrschaft nicht abgeben, sie liebte die Macht. Ein Sohn hätte sie schon früh derselben beraubt. Sie brachte ihn im Geheimen zur Welt, gab ihn zu Zieheltern, verleugnete ihn.«

»Was hilft er uns dann?«, fragte der junge Mann. »Er kann seinen Anspruch nicht geltendmachen. Keiner würde ihm glauben.«

»Es scheint Beweise zu geben. Man versucht, ihn zu töten, man fürchtet ihn. Allein das schon gereicht uns zum Vorteil. Ich hatte Kontakt zu einer Hofdame der Königin, die eingeweiht war. Ich weiß, es existiert auch eine Tochter.«

»Eine Tochter?« Arden fuhr auf. »Ich habe eine Schwester? Was weißt du von ihr?« Aleja zeigte eine Geste der Abwehr.

»Das gehört zu dem Teil, über den ich nicht spreche.«

»Aber …«

»Du hast die Regeln akzeptiert«, sagte Aleja bestimmt. Arden stöhnte.

»Na gut.«

»Was geschieht nun?«, wollte einer der jungen Männer wissen.

»Ich wüsste auch gern, wie meine Rolle in der Geschichte aussieht«, sagte Arden.

»Das gilt es erst zu besprechen«, sagte Aleja. »Wir müssen in Erfahrung bringen, wer dir ans Leben will, was er weiß, was er fürchtet …«

Die Türangeln quietschten. Zwei Personen mit langen Umhängen traten in den Raum. Sie warfen die Kleidungsstücke ab, standen nun in Narrenkostümen vor der Gesellschaft.

»Wen bringst du uns da, Baleno?«, fragte Emilio.

»Sein Name ist Nosé, er ist Narr wie ich«, entgegnete der Angesprochene.

»Das sieht man. Was will er hier?«

»Ich bin …«, setzte Nosé an.

»Du hältst den Mund«, sagte Emilio. »Ich spreche mit Baleno.« Er wandte sich wieder diesem zu. »Bist du verrückt geworden, einen beliebigen Fremden zu uns zu führen?« Er drehte sich zu Miguel. »Sieh nach, ob ihnen jemand gefolgt ist.« Miguel trat ans Fenster, blickte durch die durchsichtige Stelle.

»Ich sehe keinen«, sagte er.

»Wir waren vorsichtig«, beruhigte Baleno. Nosé erkannte die drei jungen Menschen wieder, die er in Madrid am Manzanares und später bei Dulcinée getroffen hatte. Er hob die Schultern.

»Ich werde wieder gehen.«

»Du gehst nirgendwohin«, fuhr ihn Emilio an. Er richtete sich an Baleno. »Was hat der Narr verlangt? Du hast dich verraten durch deinen Hochmut. Angeber sind gefährlich.«

»Ich bin kein Angeber«, sagte Baleno. »Er hat mir eine Falle gestellt.«

»Was will er?«

»Er verlangte, ich solle ihn hierher mitbringen.«

»Warum?«

»Ich weiß es nicht. Frag ihn doch!«

»Das werde ich nicht tun«, sagte Emilio. »Er existiert nicht für mich oder irgendjemanden hier. Er ist dein Problem. Du zwingst uns, nach einem neuen Treffpunkt zu suchen. Dich will ich dort jedenfalls nicht wieder sehen.«

»Ich hätte ihn nicht mitgebracht, wäre er nur irgendjemand«, sagte Baleno.

»Was sollte uns an ihm interessieren?«, mischte sich jetzt Miguel ein.

»Er hat unbeschränkten Zugang zum Kardinal.«

»Richelieu?«

»Ja«, sagte Baleno. Miguel sah Emilio an, jener wiederum Aleja.

»Unbeschränkten Zugang?«, fragte Letztere. »Wie das?« Sie richtete sich jetzt unmittelbar an Nosé.

»Das will ich nicht verraten«, sagte dieser.

»Das kann nur eines heißen«, meinte Miguel. »Er ist sein Spitzel.«

»Ich sehe das ebenso«, sagte Emilio zu seinem Freund. »Sieh noch einmal nach, ob jemand draußen ist.« Miguel blickte aus dem Fenster.

»Keiner zu sehen«, sagte er.

»Erkläre uns das.« Aleja bohrte ihren Blick in Nosés Augen. Der Narr duckte sich, blickte um sich, dann zu Boden.

»Gut«, sagte er. »Ja, ich sollte als Zuträger für Maria dé Medici tätig sein, Richelieu überzeugte mich, ihm zuerst zu berichten, damit sie nicht die falschen Dinge erführe …«

»Auf den Mist bist du reingefallen?«, unterbrach ihn Miguel. »Narr und Idiot!«

»Die alte Medici wäre um nichts besser als der Kardinal«, sagte Emilio, wandte sich wieder Nosé zu. »Rede weiter!«

»Ich habe auch dem Kardinal nicht alles erzählt«, fuhr Nosé fort. »Eigentlich gab ich fast nur Hofklatsch weiter. Es schien mir nicht recht.«

»Na sieh einer an: ein Engel«, sagte Miguel, lachte verächtlich.

»Habt Ihr das Rad erlebt, die Streckbank?«, fragte Nosé. »Heldentum ist einfach, wenn man nicht gefordert wird.«

Arden hielt sich bisher im Hintergrund, jetzt trat er vor.

»Wenn ihr einem Menschen die Fähigkeit absprecht, sich zu läutern, führt ihr alles ad absurdum, wofür ihr zu stehen vorgebt. Dann ist niemand wert, gerettet zu werden.« Aleja sah ihn an, drehte sich dann zu den anderen.

»Verdammt, er spricht die Wahrheit«, sagte sie. Sie wandte sich wieder an Nosé.

»Du willst also ein wertvolles Mitglied einer besseren Gesellschaft werden.«

»Das verstehe ich nicht. Ich will das Richtige tun.«

»Heißt das, du willst zu unserer Bewegung stoßen?«

»So ihr mich akzeptiert.«

»Schon das Risiko, dich ziehen zu lassen, während wir darüber beraten, ob wir dir eine Chance geben, erfordert viel Vertrauen.«

»Du lässt ihn gehen?«, fragte Emilio.

»Wir wollen letztlich das ganze Volk teilhaben lassen. Irgendwo müssen wir beginnen, uns zu öffnen. Unser heutiges Treffen werden wir ohne ihn abwickeln. Wir lassen ihn über Baleno wissen, wie wir entschieden haben.« Sie richtete sich an Baleno. »Wenn wir uns gegen ihn entscheiden sollten, müssen wir uns auch von dir verabschieden. Du bist ein Risiko. In diesem Fall wechseln wir den Ort für unsere Treffen, ohne ihn dir mitzuteilen.« Baleno senkte den Kopf, nickte dann.

»Mir gefällt das nicht«, sagte Miguel. »Richelieus Spitzel unter uns – das ist, wie den Fuchs in den Hühnerstall zu bitten.« Letztlich stimmte er zu.

Nosé warf sich den Umhang über die Schultern, verließ die Gesellschaft. Baleno blieb vorerst zurück. Nach einer Standpauke über dessen Verhalten verabredete man ein Treffen zwischen ihm und Emilio, in dem ihm die allfällige weitere Vorgehensweise mitgeteilt würde. Auch er verließ die Gesellschaft.

Einer der jungen Revolutionäre stöhnte hörbar.

»Was?«, fragte Aleja.

»Zwei neue Mitglieder, einer davon ein möglicher König, dann ein weiterer Kandidat, ein Spitzel des Kardinals – ich fühle mich überfordert.« Der junge Mann ließ seine Schultern fallen.

»In welchen Kreisen bewegen wir uns hier?«, fragte ein anderer.

»Es sind unsere Feinde«, sagte ein Dritter. »Ihre Namen stehen auf den Schäften unserer Degen.«

»Ich verstehe eure Einwände«, sagte Aleja. »Ich brauche auch Zeit, all das zu verdauen. Ich schlage vor, in den nächsten Tagen lassen wir die Neuigkeiten sich setzen. – Bis auf Weiteres: keine Treffen.«

»Was wird mit uns?«, fragte Colin, wies auf sich und Arden.

»Wenn ihr riskieren wollt, dem Narren zu trauen, könnt ihr hierbleiben, sonst müsstet ihr euch leider um eine andere Bleibe umsehen. Wir haben euch nichts anzubieten. Wir sind selbst nur Gäste in fremden Häusern. Wir suchen Kontakt zu euch, wenn sich etwas Neues ergeben sollte.« Die Revolutionäre zogen ab.

Arden und Colin schwiegen eine Weile. Ersterer brach das Schweigen.

»Sie will mir nichts über meinen Vater sagen, nichts über meine Schwester. Nur sie kann die Verwirrung klären, Lady Sidney ist tot. Ich kenne keinen anderen, der etwas darüber sagen kann.«

»Womöglich weiß sie weniger, als sie vorgibt.«

»Das dachte ich mir auch schon. Was, wenn nichts von allem stimmt?«

»Sie könnten den Anschlag auf dich genutzt haben, eine Intrige zu starten, aus welchen Motiven auch immer.«

»Ich bekomme Kopfschmerzen«, sagte Arden. »Bleiben wir?«

»Nein«, gab Colin zurück. »Ich traue unserem neuen Freund nicht. Wir lernten den Narren zufällig in der Stadt kennen, und schon taucht er ungeladen in einem Geheimtreffen auf.«

»Ja. Gehen wir!«

24

Nosé kehrte ins Schloss zurück. Dort wartete Gérôme bereits auf ihn.

»Schnell, schnell!«, sagte er. »Die Königin will unterhalten werden. Sie wirkt bedrückt.«

»Was spielen wir?«, fragte Nosé.

»Ich habe nur dich, Nino und Gianni – ihr habt nie zusammen gespielt. Ihr werdet improvisieren müssen.«

»Was heißt ›improvisieren‹?«

»Jeder tut … irgendwas.«

»Das verdient einen lateinischen Namen?«

»Sei nicht frech. Mach zu!«

Nosé schnappte sich Piccolos Flöte, lief hinter den beiden Narren her in den blauen Salon. Königin Anna saß flankiert von ihren Hofdamen auf einem Sofa. Sie schien tatsächlich gedrückter Stimmung zu sein. Eine der Damen fächelte ihr Luft zu, eine andere redete auf sie ein.

Die drei Narren gaben ihr Bestes, die edle Dame zum Lachen zu bringen, sie stolperten, tanzten, fielen aufeinander ... Die Königin sah zu, doch mit erstarrtem Gesichtsausdruck. Nosé sprang um das Sofa herum. Er hörte sie mit ihrer Lieblingsdame sprechen.

»Ich habe nur zehn der zwölf Spangen zurückerhalten«, sagte Anna. »Der König wird es bemerken«. Die Hofdame klang auch betrübt.

»Der Herzog rückt sie nicht heraus?«

»Sie sind verschwunden. Bestimmt hat Richelieu seine Finger im Spiel.« Nosé durfte nicht länger verweilen, das wäre aufgefallen. Er trieb wieder Unsinn mit seinen Kollegen. Die Königin war nicht beeindruckt. Nosé blieb in der Mitte des Raumes stehen, setzte sich auf den Boden, zog die Flöte hervor. Er spielte beliebige Töne, die jedoch voller Schwermut und trauriger Schönheit waren. Egal, was er tat, es wurde zur Elegie. Die Königin beobachtete ihn. Er las in ihren Zügen, sie fühlte sich verstanden, dabei verstand er gar nichts. Als die letzten Töne verklangen, rief sie ihn zu sich.

»Sei Er morgen bereit!«, sagte sie. »Er begleitet mich nach Florenz. Hat Er ein zweites Kostüm?« Nosé verneinte. »Er wird zwei weitere Narrenkleider erhalten. Wasche Er sich! Ich weiß, dem König missfällt das, aber ich mag Gestank nicht.« Damit erhob sie sich, stolzierte, umflattert von ihren Damen, aus dem Salon.

Nosé war klar, er musste Piccolos Flöte mit nach Florenz nehmen. Dieser weigerte sich, sie ihm zu überlassen, war empört, Nosé hatte es gewagt, sie unerlaubt zu benützen. Gérôme nahm es auf sich, die Königin danach zu fragen. Als er zurückkam, riss er Piccolo die Flöte aus der Hand.

»Es ist die Flöte der Königin«, sagte er, »Sie allein bestimmt, wer sie spielt.« Damit war der Streit entschieden. Wie versprochen, erhielt Nosé zwei weitere Narrenkostüme und eine große Tasche, in welcher er diese, die Flöte und einige andere Artikel unterbrachte. Eines der Kostüme glich dem Balenos.

Am nächsten Morgen stand er vor einer der königlichen Kutschen, bereit zur Fahrt nach Florenz. Er hatte von der Stadt gehört, alle schwärmten von den Kunstwerken, die dort zu bewundern seien. Venedig wäre die logischere Wahl gewesen, es hatte mit Frankreich in der Auseinandersetzung gegen Spanien und Österreich um Graubünden eine Koalition geschlossen. Doch die Königin wusste gewiss, was sie tat. Nosé vergaß nicht, Baleno Bescheid zu sagen, er sei einige Wochen außer Landes und könne keinen Kontakt zur Gruppe aufnehmen. Die Atempause kam ihm recht. Er mochte die Königin. Anna fuhr in der mittleren der drei Kutschen, der prachtvollen. Er wollte sich in die hintere setzen, doch man sagte ihm, er hätte auf dem Gestänge an der Rückseite der ersten Platz zu nehmen. So sehr liebte ihn die Königin nun wieder nicht. Egal. Hauptsache, fort für eine Weile – komme, was wolle. Wenige Meilen vor Florenz brach die Achse der ersten Kutsche. Sie schafften das Gepäck der Königin auf die dritte, teilweise auch auf die mittlere Karosse. Die Damen, die in der vorderen Kutsche gesessen hatten, verteilten sich auf die beiden verbliebenen. Das havarierte Gefährt ließ man zur Reparatur zurück. Nosés Platz wurde für die Befestigung des Gepäcks benötigt, so durfte er auf den Kutschbock klettern.

Der Kutscher trug eine glänzende Livree, er beäugte Nosé misstrauisch.

»Mach Er mir hier nichts schmutzig und greif Er mir bloß nicht in die Zügel«, sagte er, dann schnalzte er mit der Zunge. Die Pferde verstanden sofort, er brauchte seine Zügel nicht zu beanspruchen. Auf der ganzen Fahrt griff er nur ein paarmal ein, als die Pferde nicht dem vorderen Wagen folgen wollten, ihren eigenen Weg einzuschlagen suchten. Das könnte er auch, dachte Nosé bei sich. Die königliche Kutsche zu lenken, wäre eine ehrenvolle Aufgabe.

»Was macht Ihr, wenn die Kutsche nicht benötigt wird?«, fragte er den Kutscher.

»Ich versorge die Pferde, putze die Karosse«, antwortete dieser.

»Kommt es nicht vor, dass längere Zeit niemand eine Fahrt benötigt?«

»Doch, das ist meist so.«

»Was tut Ihr dann? Ihr putzt die ganze Zeit?«

»Dann beschäftige ich mich mit den Sternen.«

»Mit den Sternen? Ihr guckt den ganzen Tag in den Himmel.«

»Ich studiere die Sterne. Ich lese über sie, über den Mond, die Sonne – es ist spannend.«

»Aha.«

»Er versteht das nicht, Er sieht nur eine große Leuchte bei Tag, einen hellen Ball nachts.«

»Was sonst?«

»Das kann ich Ihm nicht auf einer Kutschfahrt erklären. Es benötigt lange Zeit der Beschäftigung …«

»Von wem lernt man das?«

»Wo wir hinfahren, lebt Galileo Galilei, ein Forscher, der in wissenschaftlichen Kreisen für viel Aufruhr sorgt, wie Kepler vor ihm.«

»Ich habe von beiden nie gehört.«

»Selbstverständlich«, sagte der Kutscher, blickte auf Nosé herab. »In den Kreisen, in denen Er sich aufhält, kennt man nur den Namen des Hofhunds.«

»Ich hatte fünf Hunde, aber einer ist gestorben.«

»Davon ging ich aus.«

»Werden wir ihn sehen, diesen Galidingsda?«

»Galilei. Nein, die Königin hat andere Interessen. Es wird mehr um Kunst gehen.«

»Schade.«

»Er würde den Worten des Gelehrten doch nicht folgen können, Er versteht die italienische Sprache nicht, erst recht nicht jene der Wissenschaft.« Nosé verlor das

Interesse daran, mit dem Mann zu sprechen. Er fühlte sich ständig kleingemacht in dessen Gegenwart.

Nach der anstrengenden Reise wollte Ihre Majestät zunächst ruhen. Sie schlief vom Mittag bis zum nächsten Morgen. Ihre Mädchen eilten für die Morgentoilette der edlen Dame in ihr und aus ihrem Zimmer. Schließlich setzte sich die schöne Monarchin zum Tee. Sie verlangte, mit Flötentönen unterhalten zu werden, während ihr Hüte für den Ausgang vorgeführt wurden. Sie entschied sich letztlich dafür, nur eine einfache Haarspange zu tragen, wofür sie einige erstaunte Blicke erntete, namentlich vom Hofzeremonienmeister, welcher sie ebenfalls begleitete. Nosé bereitete sich vor, sie bei ihren Besuchen zu begleiten, doch er war in der noblen Gesellschaft nicht erwünscht.

Nach dem Tod ihres kränklichen Gatten teilte sich Maria Magdalena von Österreich die Macht in Florenz mit ihrer Schwiegermutter Christine von Lothringen. Anna stammte trotz ihres Namenszusatzes nicht aus Österreich, sondern Valladolid in Spanien, doch immerhin war sie Habsburgerin, als solche erwartete sie, sie würde sich gut mit ihrer Landsmännin verstehen. Diese Erwartung schien sich zu bestätigen, als eine prächtige Karosse mit vergoldeten Ornamenten vor Annas Unterkunft hielt, sie zu den mächtigen Frauen zu bringen. Der Kutscher der Königin freute sich, seine Tiere konnten sich nach der langen Reise erholen. Er selbst wollte eine Lesung Galileis in der Accademia della Crusca besuchen. Nosé bettelte, mitgenommen zu werden, doch der Kutscher wollte sich nicht in Begleitung eines Narren blamieren. Nosé legte eines der neuen Kostüme an, verzichtete darauf, die Narrenkappe aufzusetzen, steckte sie in seine Tasche – für den Fall des Falles. Dann folgte er heimlich dem Kutscher in die Innenstadt. Die Accademia wirkte schlichter, als er es erwartet hatte. Er wäre daran vorbeigelaufen, hätte ihm nicht der Hofkutscher den Weg gewiesen. Die Blicke der Herren, die sich im Vorlesungssaal versammelten, zeigten Nosé, man wollte ihn hier nicht sehen. Er entdeckte an der Rückwand hinter den Sitzreihen ein Fenster, durch das ein einfach gekleideter Mann, offenbar ein Assistent des Meisters, das Treiben beobachtete. Der Narr ging zurück ins Treppenhaus. Als die Lesung begann, kam der Assistent durch eine Tapetentür mit einem Arm voll großer Pergamentrollen, ging in den Vorlesungssaal. Nosé schlich sich in die Kammer des Assistenten, blickte durch das Fenster in den Saal hinunter. Der Vortragende betrat den Raum, die Zuhörer klopften auf ihre Pulte – seltsam. Der Mann sah aus wie die meisten Männer seines Alters: schütteres Haar, wuchtiger Bart, stattlicher Bauchumfang. Er begann, italienisch zu sprechen, während sein Assistent die Bilder entrollte und an Stangen die Stirnwand hochzog. Nosé verstand kein Wort, das gesprochen wurde, doch die Bilder beeindruckten ihn. Darstellungen von Himmelskörpern in Kreisen aufgespießt, die Sonne in der Mitte. Der Kutscher hatte ihn nicht belogen, es gab tat-

sächlich Menschen, welche an solchen Unsinn glaubten. Die Kreise entpuppten sich als die Umlaufbahnen
der Planeten um die Sonne. Die Zwischenräume enthielten jede Menge Zahlen, Winkelsymbole, Formeln.
Es musste einem schon das Gefühl geben, sehr wichtig
zu sein, wenn man sich solche Zusammenhänge einfallen ließ. Galilei stocherte mit einem langen Zeigestock
auf den Bildern herum, erklärte dies und jenes. Mit der
Zeit vermochte sich Nosé einigermaßen auszumalen,
wovon der Mann sprach. Am Ende klopften wieder alle auf ihre Pulte, dann stellten die Anwesenden Fragen.
Dieser Teil dauerte am längsten, Nosé konnte kaum etwas damit anfangen. So schlich er sich wieder nach
draußen, ging ins Untergeschoss, sah sich diverse
Wandtafeln an. Verschiedene Wissenschaften waren
hier vertreten. Am beeindruckendsten erwiesen sich
die Naturwissenschaften, weil sie Bilder zeigen konnten. Andere wiesen nur Tabellen und Textkästen auf,
auf den theologischen Schaubildern erschien ab und an
ein weißer Rauschebart, umgeben von Wölkchen.

Ein Mann mit welligen langen Haaren stand vor einer Tür, schien auf etwas zu warten. Nosé hörte wieder
das Klopfen auf die Pulte. Die Tür ging auf, Galilei trat
heraus. Natürlich musste der Zugang zur Vortragsebe-
ne des Hörsaals im Untergeschoss sein, erkannte der
Narr. Der Mann mit den langen Haaren sprach Galilei
an. Er stellte sich mit dem Namen René Descartes vor,
gab sich als Bewunderer des Genies zu erkennen. Er erzählte davon, in Regensburg die Arbeitsstätte Johannes

Keplers besucht zu haben, womit er sogleich die Aufmerksamkeit Galileis gewann. Der Meister antwortete in perfektem Französisch, das aber alsbald ins rein Lateinische abglitt. Descartes stellte sich darauf ein und sprach von da an lateinisch. Nosé vermochte, einiges zu verstehen, da, abgesehen von seinen löchrigen Deutschkenntnissen, alle Sprachen, die er beherrschte, auf Latein basierten. Inhaltlich, allerdings, musste er sich geschlagen geben. Die beiden großen Geister warfen mit Begriffen um sich, von denen Nosé maximal gehört hatte, sie aber nie wirklich verstand. An einer Stelle bemerkte Galilei den jungen Narren, richtete sich in französischer Sprache an ihn.

»Und was will Er? Gehört Er zu Monsieur Descartes?«

»Nein«, sagte Nosé. »Ich sehe mir nur die Bilder an. Ich kenne einen Mann in Paris, der ein ähnliches Instrument benutzt wie ihr, nur viel kleiner. Er betrachtet damit nicht den Himmel, sondern Wassertropfen. Er sagt, darin befänden sich kleinste Wesen.«

»Lächerlich«, sagte Galilei. »Spielereien für Jahrmärkte. Die Zukunft, mein Sohn, liegt in den Sternen. Richte deinen Blick nach oben.«

»Mit Verlaub«, fiel Descartes ein. »Unendlichkeit sollte nach beiden Richtungen Gültigkeit haben.« Galilei wandte sich ab.

»Ihr enttäuscht mich, Monsieur. Um ein Haar hätte ich Euch für einen Gelehrten gehalten.« Descartes hatte gewagt, Galilei in seinen Ausführungen zu korrigieren, schon brandete ein Streit auf. Der Franzose versuchte einzulenken, ohne seine Überzeugung aufzugeben; zumindest als Denkmodell wollte er eine Alternative einbringen dürfen. Doch Galilei ließ nicht den geringsten Widerspruch gelten. Der Italiener war von seiner Genialität so überzeugt, er ließ niemanden neben sich bestehen. Er bezeichnete seinen jüngeren Kollegen als ignoranten Wichtigtuer, stieg die Treppe ins Erdgeschoss hoch, stieß das schwere Tor auf, stolperte die Außentreppe hinab. Descartes atmete schwer. Nosé meinte, etwas sagen zu müssen.

»Der Alte ist empfindlich«, brachte er schließlich hervor. Descartes nahm Haltung an.

»Er ist einer der größten Geister unter den Menschen«, sagte er.

»Aber auch ein Arschloch«, entgegnete der Narr. Descartes lächelte.

»Allerdings«, sagte er. »Wer ist Er?«

»Ich bin niemand«, erwiderte Nosé.

»Jeder ist jemand.«

»Ich bin ein Narr aus Frankreich.«

»Ich auch«, sagte Descartes. »Ich auch.« Dann stieg er langsam die Treppe hinan. Nosé zuckte mit den Schultern, sah sich noch einige der Schaubilder an, eh er sich auf den Heimweg machte.

Die Königin benötigte an diesem Tag viel von seiner Flötenkunst. Das Treffen mit der anderen Habsburgerin war offenbar nicht so positiv ausgefallen, wie sie es sich erhofft hatte.

Am nächsten Tag entschied die Königin, die Dienerschaft und Nosé dürften sie in den Palazzo Vecchio begleiten. Sie sollten auch einmal in den Genuss der kulturellen Errungenschaften ihrer Zeit kommen. Nosé konnte förmlich den Rauch aus den Ohren des Hofzeremonienmeisters strömen sehen. Der Mann kochte. Das war gegen jede Etikette, man würde es ihm negativ anrechnen. Als die Königin meinte, ihn brauche sie dabei nicht, stampfte er mit dem Fuß auf und lief aus dem Raum.

Im Palazzo Vecchio befand sich das Stanzino del Prizipe, eine Kunstsammlung, die noch Francesco dé Medici eingerichtet hatte. Die Tribuna war im Obergeschoss der Uffizien eingerichtet, weitere Kunstwerke konnte man in der Galleria im Bogengang des oberen Stockwerks bewundern. Zu Beginn faszinierten Nosé die ausgestellten Stücke, bald ermüdete seine Begeisterung. Er ließ die Führung über sich ergehen, hörte den Ausführungen in gebrochenem Französisch kaum noch zu. Der Narr stellte sich an den äußersten Rand der Gruppe. Nach einer Weile schlich er sich davon, sah sich andere Werke an, ohne mit Einzelheiten über die Geschichte des Exponats gelangweilt zu werden. Bald hatte er den Blickkontakt mit seiner Führung verloren, wusste schon nicht mehr, in welchem Trakt er sich aufhielt. Er geriet in einen Raum voller Bilder, die im Helldunkel des Barock gemalt waren, sichtlich vom selben Künstler gefertigt. Ein Gemälde stach heraus. Es war auf ein Holzschild gemalt. Vor dem Bild stand ein Mann, der es eingehend betrachtete. Nosé stellte sich zu ihm.

»Es ist angsteinflößend«, sagte er. Der Mann drehte sich kurz zu ihm um.

»Es ist genial«, sagte er. »Es hat mich auf eine Idee gebracht.« Nosé beugte sich vor, einen zweiten Blick auf das Gesicht des Mannes werfen zu können.

»Diego«, rief er aus.

»Er kennt mich?«, fragte der Mann, sah Nosé noch einmal an. »Du bist doch der Schelm aus Madrid«, sagte er.

»Und du bist der Maler aus Sevilla.«

»Was verschlägt dich nach Florenz?«

»Ich begleite die Königin von Frankreich.«

»Du hast Karriere gemacht, Narr.«

»Du aber auch. Ich höre viel von dir. In Paris hat mir jemand ein Gemälde von dir gezeigt, es ist wertvoll.«

»Ich sagte dir ja, mein Meister versteht, mich zu verkaufen. Die Leute kannten mich schon, eh sie meine Bilder sahen.«

»Was ist so genial an diesem Bild hier?«, wollte Nosé wissen.

»Caravaggio hat die Medusa in dem Moment gemalt, als Perseus ihr den Kopf abschlug. Kennst du die Geschichte?«

»Nein.«

»Die Meduse konnte mit ihrem Blick Menschen versteinern. Perseus benutzte einen verspiegelten Schild, gegen sie zu kämpfen, so konnte er sie sehen, ohne ihr direkt in die Augen zu sehen.«

»Schlaues Kerlchen«.

»Caravaggio nutzt die runde Holzplatte als Unterlage, den Schild darzustellen, in dem sie sich spiegelt. Dazu kommt, der Künstler hat selbst vor einem Spiegel Modell gestanden für das Gesicht der Medusa. Es ist sowohl ein dreifach optischer Trick als auch ein doppelt erzählerischer und ein sinnbildlicher.«

»Die drei optischen Ebenen habe ich verstanden«, sagte Nosé.

»Er erzählt außerdem die Geschichte der Meduse und seine eigene Geschichte. Wenn du mehr über sein Leben wissen willst, findest du dort einen Schuber mit Zetteln, die es beschreiben.«

»Und die sinnbildliche Seite?«

»Hier geht es um die Meduse in dir, das Schreckensbild, das dich zum Versteinern bring, dem du dich nicht zu stellen wagst. Der Spiegel ist die Lösung, ehrlich gegen dich selbst zu sein, nach deinen tatsächlichen Absichten zu suchen, ohne dich zu betrügen, dir bessere Motive vorzugaukeln als jene, die dich tatsächlich treiben.«

»Das Gleiche hat im Prinzip Cerv… mein Vater zu mir gesagt und eine junge Frau, die mir viel bedeutete.«

»Du hast Glück, so weise Menschen um dich zu haben.«

»Ich habe sie nicht um mich, beide sind vor meinen Augen gestorben.«

»Wie du siehst, umgeben sie dich dennoch«, sagte Velásquez. Nosé überlegte einen Augenblick.

»Ich wünschte, sie lebten nicht nur in meinem Herzen«, sagte er, räusperte sich. »Du sagtest, das Bild brachte dich auf eine Idee.«

»Ach, bloß ein kompositorischer Einfall. Spiegel ermöglichen dem Künstler, sich selbst unauffällig in ein Werk einzubringen. Dazu die Unendlichkeit: Der Maler malt den Maler, der den Maler malt, der ... Irgendwann werde ich das verwenden. Entschuldige mich, ich sehe mir noch Tizians Werke an.« Er verschwand in einem langen Korridor. Von der Gegenseite kam die Gruppe der Königin in den Gang. Er stellte sich leise zu ihnen. Offenbar war er niemandem abgegangen. Die Führung verfolgte er von nun an geduldig, doch mit wenig Interesse. Seine Gedanken gehörten Jacqueline, die Diego ihm ins Gedächtnis gerufen hatte. Sie war so schwach gewesen und doch so stark.

25

Zurückgekehrt aus Italien, wurde Nosé von Gérôme vermehrt für Vorstellungen eingeteilt. Er begründete das mit Nosés »Urlaub« in Italien, während die anderen Narren arbeiten mussten. Nosés Einwand, er habe in Italien die Königin allein unterhalten, ließ Gérôme nicht gelten, meinte im Gegenteil, das beweise, die Monarchin lege großen Wert auf seine Teilnahme. Mathurine war anwesend, sie grinste. Nachdem Gérôme gegangen war, stieß sie Nosé mit dem Ellbogen in die Seite.

»Mamas Liebling ist wohl müde«, sagte sie. »Du denkst, du kannst dich an uns vorbeischummeln. Du hältst dich für die ganz große Nummer. Da habe ich auch noch etwas mitzureden, Jungchen. Die Zitzen der Königin gehören mir, Maître Guillaume und Angoulevent. Ihr Nachzügler seid bestenfalls geduldet. Hast du das verstanden!«

»Mich kümmert das nicht«, sagte Nosé. »Ich will gar nichts. Die Königin hatte bestimmt, ich sollte sie nach Florenz begleiten, mich strengte es nur an.«

»Natürlich. Unser Unschuldslamm. Was dir nicht alles angetan wird. Erspare mir das Gesülze! Ich behalte dich im Auge.«

Während des Trainings kam Baleno auf Nosé zu.

»Du hast Glück«, sagte er. »Sie wollen dich sehen.«

»Die Rebellen?«

»Wer sonst. Morgen um neun bringe ich dich zum Treffpunkt.«

»Ich weiß nicht, wie ich wegkommen soll. Du siehst doch, Gérôme lässt mir keine freie Minute.«

»Das ist dein Problem«, sagte Baleno und zog sich zurück. Eigentlich wollte Nosé nur schlafen nach der anstrengenden Reise.

Gérôme rief Nosé, Piccolo und zwei andere Narren, Anna von Österreich zu unterhalten. Nosé staunte, die Königin guter Laune zu sehen. Sie lachte herzlich über die Darbietung der Narren, tuschelte mit ihren Hofdamen. Er nutzte eine inszenierte Verfolgungsjagd, den Damen nahezukommen, die sich in Gegenwart der Narren sicher fühlten, Vertrauliches zu besprechen.

»Ihr seid heute richtig übermütig«, sagte die favorisierte Hofdame der Königin. »Haben sich Eure Sorgen aufgelöst?«

»Der Liebste meines Mädchens, Constance, hat mithilfe der Musketiere des Königs die restlichen Diamantspangen zurückgebracht«, antwortete die Monarchin. »Ich werde sie auf dem Ball tragen, wie der König es gewünscht hat.«

»Der Kardinal wird kochen vor Wut«, entgegnete die Hofdame. Sie lachten erst laut, erschraken, versuchten, an sich zu halten, kicherten hinter vorgehaltenen Händen.

Nosé freute sich, sein Verrat hatte nicht die befürchteten Folgen für seine Herrin. Er erhielt noch eine letzte Chance, das Richtige zu tun. Doch was war das Richtige? Schloss er sich den Rebellen an, wandte er sich damit ebenso gegen die Königin, den König, alle edlen Herren und Damen. Hielt er zu den Aristokraten, stellte er sich damit gegen das Volk, die Unterdrückten. Weder die Lehren Descartes' noch jene Galileis konnten ihm in dieser Zwangslage helfen. Sancho Panza hätte wohl zu den Herren gehalten, er war ein treuer Diener. Doch war er real? Hatte sich Nosé den Reisegefährten nur erdacht, nicht allein den weiten Weg nach Frankreich bewältigen zu müssen? War er Teil seiner Krankheit gewesen? War die Wirklichkeit eine Betrügerin? Eine lange Nacht stand ihm bevor, meinte er, doch kaum in seiner Schlafstatt angelangt, fiel, fällt …

… er in einen Abgrund, Felswände zu beiden Seiten, eine Klamm ins Nichts zwängt ihn ein, sein Fall beschleunigt sich, der Luftstrom pfeift um seine Ohren, stiehlt ihm den Atem; ›Nosé‹, ruft eine zarte Stimme,

›breite die Arme aus‹; er greift in die Leere, streckt sich, mit einem dumpfen Schlag landet er auf einem Netz aus Wurzeln und Ranken einer bekannten Pflanze, Jacqueline liegt in einer Felsspalte auf ihrem Sterbebett; ›weiche der Entscheidung nicht aus‹, stöhnt sie im Todeskampf, ›stelle dich der Situation und entscheide dann‹; er will ihr zurufen, dann sei es bereits zu spät, die Wachen würden ihn festnehmen, doch das Rankengeflecht unter ihm bricht auf, er stürzt tiefer in die Schlucht, Jacquelines Stimme prallt an den Felswänden abwärts; ›wenn du fällst, so gib dich hin, Narr‹; wieder wird ihm der Atem geraubt von der Macht des Falls, Flammen züngeln um seine Fesseln und Handgelenke, die Leere unter ihm gibt sich zu erkennen.

Da bist du ja! Wir warten auf dich. Ich hab' mein bestes Feuer im Kamin entzündet, die weißen Lohen. Es knistert gemütlich. Du kannst deine Beine ausstrecken und dich wärmen. Deine Freundin hab' ich mir geholt. Gutes Material, glaub' es mir! Du hast sie nicht genommen, jetzt vernasche ich sie – und welch süße Nascherei, mmh! Vielleicht geb' ich dir ein Stück von ihr ab, wenn du schön Bittebitte machst. Es liegt bei dir. Triff deine Entscheidung. Ha!

Nosé hatte Gérôme nicht gefragt, ob er am kommenden Morgen von seinen Verpflichtungen erlöst würde. Der Meister hätte es niemals erlaubt. Baleno vermochte das Schloss nicht unbehelligt zu verlassen wie Nosé, doch er kannte einen Schleichweg, der zu den Stallungen führte. Sie versteckten sich unter der Plane eines Fuhrwerks, das Backwaren aus der Stadt geliefert hatte. Bald setzte es sich in Bewegung. Nosé trug das gleiche Narrenkostüm wie Baleno. In der Innenstadt sprangen sie an einer Kreuzung aus dem Gefährt. Baleno führte Nosé durch Seitengassen und über Werksgelände, sichtlich bemüht, diesen zu verwirren, wie auch Verfolger zu täuschen. Hinter einem stattlichen Haus schlichen sie in eine Gartenlaube. Sie war dicht bewachsen, sodass man von außen nicht gesehen werden konnte. Hier warteten bereits Arden und Colin.

»Unser Narr hat sich entschieden?«, fragte Arden. Nosé lächelte nur. »Es ist schon merkwürdig, dass wir uns ständig über den Weg laufen«, setzte Arden hinzu. Colin trug wie Arden einen Degen am Gürtel, er musterte den Narren. Baleno war ebenfalls bewaffnet, aus seinem Stiefel ragte der Griff eines Dolchs. Nosé fühlte sich wie die einzige Nacktschnecke unter solchen mit schützenden Gehäusen. Jetzt erschienen einige der jungen Rebellen, bald folgte ihnen Miguel, schließlich Emilio.

»Aleja stößt später zu uns, sie hat überraschend Besuch erhalten«, sagte Letzterer. »Wir hatten alle Zeit, uns mit den neuen Bedingungen anzufreunden oder sie abzulehnen. Ich habe Verständnis für jeden, der den Standpunkt vertritt, ein potenzieller Hochadeliger habe nichts in unserer Verbindung verloren. Wir drei, also Aleja, Miguel und ich, haben uns entschieden, das Risiko einzugehen. Es bestünde die Möglichkeit, die Bewegung in zwei Gruppen aufzugliedern. So bliebe im schlimmsten Fall ein Restbündnis aufrecht. Ein engerer Kontakt wäre nicht sinnvoll, Verrat müsste ausgeschlossen werden.« Einer der jungen Männer trat vor.

»Ich habe keine Probleme mit Arden, er scheint mir aufrichtig. Dennoch finde ich die Idee einer Zweiteilung vernünftig, auch unabhängig von den Neuzugängen. Eine Gruppe, die sich stärker öffnet, so die Bewegung vergrößert, daneben eine Kernverbindung, die sicherstellt, unsere Idee geht nicht verloren, wenn uns kalte Winde ins Gesicht schlagen.« Man kam schnell überein, eine Abstimmung dazu durchzuführen. Sie fiel so klar aus, dass Alejas Stimme nichts daran geändert hätte. Der Vorschlag wurde angenommen. Vier der anwesenden dreizehn Personen erklärten sich bereit, die Kerngruppe zu bilden. Miguel und Emilio entschieden, sie stünden sich zu nahe, um getrennten Gruppen beizutreten, die nahezu keinen Kontakt hätten. Für Aleja gälte bestimmt dasselbe, somit blieben die vier Personen übrig. Jetzt erst bemerkte Nosé, einer der jungen »Männer« war in Wahrheit eine Frau in Männerkleidern. Sie verblieb in der offenen Gruppe. Zuletzt sollte über den Verbleib des Narren in der Bewegung entschieden werden. Als sich Miguel ihm zuwandte, raschelte es im Blattwerk der Laube. Aleja erschien, führte eine Frau an ihrer Hand. Nosé erkannte sofort Dulcinée.

»Du bringst noch eine Adelige in die Runde?«, sagte Emilio zu ihr. Er war sichtlich verwirrt. Aleja hielt einen Finger an ihre Lippen.

»Meine Freundin bestand darauf, jemanden aus der Runde zu begrüßen«, sagte sie dann. »Wir sind eine Gesellschaft von Kunstfreunden, nicht wahr?«

»Oh!« Emilio verstand. »Natürlich. Willkommen in unserem Freundeskreis, Mylady.«

»Diesen hier kenne ich doch auch«, rief Dulcinée aus, zeigte auf Nosé. »Geht es meinem Pferd gut bei Ihm?«

»Es steht in den königlichen Stallungen«, erwiderte Nosé. Dulcinée achtete gar nicht auf seine Antwort, sie war aufgeregt, wandte sich an Aleja.

»Welcher ist es?«, fragte sie. Aleja wies mit dem Kinn auf Arden, flüsterte ihr etwas zu. »Na gut«, sagte Dulcinée leise. »Aber ich will ihn aus der Nähe sehen.« Die beiden streunten zwischen den jungen Menschen hindurch, Dulcinée grüßte einzelne Personen, wechselte belanglose Worte mit dem einen und anderen. Als sie Arden näher kam, begann sie mit Colin ein Gespräch. Dieser antwortete artig, doch Dulcinées Blick haftete an Arden.

»Und Er?«, sagte sie schließlich zu ihm. »Wie gefällt Ihm Paris?« Arden zuckte mit den Schultern.

»Ich kenne es noch nicht allzu gut«, sagte er. »Ich verbrachte viel Zeit in Scheunen und Hinterhöfen.« Aleja warf ihm einen ernsten Blick zu. Nosé verstand nicht, worum es ging, spürte jedoch eine gewisse Span-

nung in der Luft. Dulcinée schien überrascht, sie wandte sich wortlos Aleja zu.

»Er hat noch keine adäquate Bleibe gefunden«, sagte diese, flüsterte ihr dann zu. »Vergiss nicht, er wusste
bis gestern nicht, wer er ist.« Nosé konnte es hören, er
stand hinter Dulcinée, die mit den Händen fuchtelte.

»Ich weiß nicht, ob ich es aushalte«, sagte sie. Aleja
nahm ihre Hand.

»Komm, bevor du etwas Unüberlegtes tust.« Sie
führte die feine Dame aus der Laube, kehrte für einen
Augenblick zurück. »Ich komme heute nicht mehr vorbei«, sagte sie zu Emilio. »Ihr wisst schon, was zu entscheiden ist. Ich verlasse mich auf euch.«

Aleja ging fort. Alle starrten Arden an. Nur das
Rauschen der Blätter war zu hören. Miguel fasste sich
als Erster.

»Ein überraschender Besuch«, sagte er. »Die Monar-
chisten sind hier bald in der Mehrheit.« Emilio drehte
sich zu Arden.

»Wenn es kein anderer wagt, sage ich es: Wach auf,
Prinz!«

»Was meinst du?«, sagte dieser.

»Das war doch keine zufällige Passantin.«

»Ich kenne sie nicht.«

»Jeder kann es sehen.«

»Was?«

»Die Ähnlichkeit«, sagte nun Miguel. »Du bist ihr
doch wie aus dem Gesicht gerissen.« Arden sah Colin
an, dann rannte er los.

Nosé beobachtete Colin. Der schien nicht entscheiden zu können, ob er hinterherlaufen oder bleiben solle. Emilio hielt ihn am Ärmel zurück.

»Wir haben noch einen Punkt der Tagesordnung abzuarbeiten«, sagte er. »Der betrifft auch dich.«

Colin atmete aus, brummte etwas Unverständliches. Miguel ergriff wieder das Wort.

»Wir haben zwei Anwärter auf eine Mitgliedschaft: dich und diesen Narren hier.« Er zeigte auf Nosé. »Die Voraussetzungen sind denkbar unterschiedlich. Du bist nirgendwo negativ aufgefallen. Deine Freundschaft mit jemandem, der das Vertrauen Alejas genießt, spricht auch für dich. Im Gegensatz dazu haben wir hier einen Narren, welcher im Verdacht steht, in Madrid einen unserer Brüder verraten zu haben. Er tauchte in Dulcinées Haus mit seinem zerlumpten Gefährten auf, entkam uns. Jetzt erscheint er hier unter dem Vorwand, einer von uns werden zu wollen, gibt dabei zu, ein Spitzel Richelieus zu sein. Er wird uns einen sehr starken Beweis seiner Loyalität liefern müssen.«

»Uns ist er auch kein Unbekannter«, sagte Colin. Miguel senkte seine Stimme.

»Du, allerdings, wirst auch nicht ohne Weiteres aufgenommen werden.«

»Was habe ich zu tun?«, fragte Colin.

»Zuerst dazu, was der Narr tun kann.« Miguel sah Nosé in die Augen. »Wir verlangen nicht mehr und nicht weniger als Richelieus Kopf von dir«, sagte er zu dem Narren. Nosé schreckte hoch.

»Kopf? Ich verstehe nicht.«

»Du wirst den Kardinal töten«, sagte Emilio. Nosé brachte kein Wort über seine Lippen.

»Und du«, sagte Miguel zu Colin. »Wirst ihn dabei unterstützen.«

»Inwiefern?«, fragte der Angesprochene.

»Das obliegt deiner Einschätzung der Situation. Das Unternehmen muss gelingen.«

»Baleno wird überwachen, ob alles mit rechten Dingen zugeht«, sagte Emilio. Baleno grinste.

»Muss Arden auch einen Beweis liefern?«, fragte Colin. Miguel kratzte seinen Spitzbart, sah Emilio an. Dieser zuckte mit den Schultern.

»Aleja wird das entscheiden.«

26

Ask him to plough it with a sheep's horn,
Parsley, sage, rosemary and thyme,
And sow it all over with one peppercorn,
For then he'll be a true love of mine.

Arden hastete auf die Straße hinaus. Er hörte einen Peitschenknall, Klirren von Pferdegeschirr, danach Hufgetrappel und das Knirschen zermalenen Kieses. Er konnte die Kutsche nicht mehr einholen. Seine Tasche fiel zu Boden, er trat auf sie ein, als sei sie ein tollwütiger Dachs. Als sich der Quarzstaub legte, wurde er in seinem Augenwinkel der Silhouette einer weiblichen Person gewahr. Aleja hielt ihr Pferd am Zaumzeug, betrachtete Arden mit zur Seite geneigtem Kopf.

»Sie ist nicht aus der Welt«, sagte sie. »Du wirst sie wiedersehen.«

»Sie ist meine Schwester, nicht wahr?«

»Deine Halbschwester, gleichzeitig … egal. Ihr habt dieselbe Mutter.«

»Die ehemalige Königin von England.«

»Ja. Bilde dir bloß nichts ein. Sie ist dir in jeder Hinsicht überlegen.«

»Mag sein, aber als männlicher Nachkomme von Heinrich VIII. bin ich der legitime Thronfolger.« Er hob seine Tasche auf, wischte Staub von ihr. »Ich verstehe, dass meine machtversessene Mutter mich loswerden wollte. Warum aber ist Dulcinée nicht auf dem englischen Hof?«

»Eure Väter sind das Problem. Deiner: ein Feind Englands. Ihrer: ein verheirateter Emporkömmling, ein Stallmeister, eh sie ihn protegierte, weiter nichts.«

»Sie war kein Kind von Traurigkeit, scheint es. Man nannte sie die Jungfräuliche, der Staat Virginia wurde nach ihr benannt. Welch ein Hohn!«

»Sprich nicht so über deine Mutter.«

»Sie hat mich ausgesetzt, wildfremden Menschen überlassen.«

»Sie hat dich nicht getötet.«

»Oh, mein Dankeschön dafür.«

»Du ahnst nicht, wie vielen Königskindern es anders erging.«

»Nun kannst du mir auch den Rest erzählen. Wer ist mein Vater? Inwiefern war er ein Feind Englands?«

»Ich habe dir mehrfach gesagt, darüber würde ich nicht sprechen. Für deine Blutlinie ist er nicht weiter von Bedeutung. Er ist aus dieser Sicht ein Niemand.«

»Und Dulcinées Vater: Wer war der Stallbursche?«

»Stallmeister. Robert Dudley.«

»Also doch. Ich dachte es mir. Man munkelte stets darüber bei Hof wie auf dem Land. Wie konnte sie uns gebären, ohne es jemanden merken zu lassen?«

»Die Mode kam ihr entgegen. Unter all den Röcken und Tüchern ließ sich die plötzliche Abnahme gut verbergen. Ein Kissen war schnell eingebracht.«

»Seit wann weiß Dulcinée von mir?«

»Von dir weiß sie schon lange, sie weiß aber nicht, wer eure Mutter ist, und das darf sie auch nicht erfahren.«

»Das verstehe ich.«

»Tust du nicht. Es geht nicht nur darum, sie zu schützen. Dulcinée ist … wie soll ich es sagen? Sie – nun ja – hat eine eigene Sicht der Welt, eine sehr eigene.«

»Sie wirkte sehr normal und einnehmend.«

»Sie ist der wundervollste Mensch, den ich kenne, aber sie hat den Bezug zur Wirklichkeit verloren. Sie hat den Narren, den du bei uns kennen gelernt hast, wie einen edlen Gast behandelt, als er stinkend mit seinem Kumpan bei ihr auftauchte und ihren Wintergarten verwüstete. Sie steckte ihn in ein Bad und schenkte ihm ein Pferd.«

»Oh! Den Narren kenne ich übrigens schon länger. Er läuft mir ständig über den Weg.«

»Sei vorsichtig, er ist Richelieus Spitzel.«

»Ich weiß. Du kennst meine Meinung dazu.«

»Ich habe dir zugestimmt, bin aber nicht sicher, damit das Richtige zu tun.«

»Das ist man doch nie.«

»Wir wissen schon bald mehr.«

»Was heißt das?«

»Während wir hier stehen, erhält Nosé den Auftrag, Richelieu zu beseitigen.«

»Du willst ihn zum Mörder machen?«

»Richelieu zu töten, ist kein Mord, es ist eine Wohltat.«

»Ihr seid radikal.«

»Er ist es auch.«

»Wollt ihr nicht besser sein als er?«

»Nein! Nochmal: Nein! Was hast du dir vorgestellt, dass wir tun – Süßigkeiten verteilen?«

»Aufklärungsarbeit leisten. Menschen zum Widerstand animieren. Die Aristokraten auf eure Seite bringen. Die Bauern und Leibeigenen mit Stolz versehen, ihnen klarmachen, sie haben Macht, wenn sie zusammenhalten … etwas in der Art.«

»Diese naive Phase haben wir hinter uns gebracht. Die Tyrannen müssen entfernt werden.«

»Neue kommen nach.«

»Bis sie merken, auf diesem Platz lebt man nicht lange.« Aleja kniff ihre Augen zusammen, als blendeten sie ihre eigenen Worte. Arden wich einen Schritt zurück.

»Mir gefällt das nicht«, sagte er.

»Dann geh doch zu deinen Verwandten«, fuhr sie ihn an. »Setz dich auf den englischen Thron, sauge das Volk aus. Ich hatte meine Hoffnungen in dich gesetzt. Du bist eine Enttäuschung. Es wird auch ohne dich gehen.«

»Ich denke darüber nach.«

»Spar dir das. Wenn du erst überlegen musst, ob du dich zu deinem Volk herablässt oder über ihm schwebst, schwebe! Ich bin fertig mit dir.« Sie schwang sich auf den Rücken ihres Pferdes, stob davon. Wie schön dieses wilde Geschöpf war! Arden sah ihr lange hinterher.

Aus der Gegenrichtung sprengte ein Reiter auf ihn zu. Arden versuchte, auszuweichen, starrte ungläubig auf den Fremden.

»Du?«

Ein harter Schlag traf seinen Kopf.

***

Das Messer, mit dem sie ihn ausgestattet hatten, trug Nosé in einer Lederhülle, die mit einem Stirnband unter seiner Narrenmütze festgezurrt war. Er spürte das Metall auf sein Schädeldach drücken, es war von außen aber nicht sichtbar. Schweigend ging er neben Colin und Baleno zum Schloss. Colins Dolch steckte in einer ähnlichen Konstruktion unter seinem Federhut, Baleno brauchte keine Waffe.

Richelieu war derzeit meist in Paris, der Staatsgeschäfte wegen, nur selten nahm er seine kirchlichen Verpflichtungen in den ihm unterstellten Abteien selbst wahr. Er hielt sich dort auf, wo er seine Macht am besten zu festigen vermochte. Der Schlossflügel, in welchem sein Arbeitszimmer untergebracht war, wurde stärker bewacht als jener des Königs. Der Kardinal hatte die Führung der Staatsgeschäfte gänzlich an sich gerissen. Maria dé Medici, eben noch seine Förderin, war mittlerweile seine größte Feindin. Sie hatte erkannt, der Geistliche wollte die absolute Macht wie sie selbst. Beide arbeiteten daran, ihren Sohn so fern wie möglich vom Thron zu halten. Wie in anderen Königshäusern trieb auch hier die Gier nach Macht die Mutter gegen den eigenen Sohn; manches Attentat trug ihre Handschrift. Als die drei Personen an die erste Wachstation kamen, zeigte Nosé seinen Freibrief vor. Der Wächter verlangte, auch die Briefe der beiden anderen zu sehen.

»Sie erhalten die Papiere, sobald ich sie zu seiner Eminenz gebracht habe«, sagte Nosé.

»So geht das nicht«, entgegnete der Hellebardenträger. »Jeder, der hier passieren will, muss seine Papiere vorweisen.«

»Er will den Kardinal bemühen, seine Geschäfte ruhen zu lassen, mit Feder und Pergament herunterzukommen und die Ausweise zu erstellen?«, fragte Nosé.

Die Blicke des Wächters wanderten zwischen den Dreien im Kreis. Er schien zu überlegen.

»Geht!«, sagte er schließlich, wies mit einer Hand auf den Eingang zum Schlossflügel. »Sollen sich die Kollegen herumärgern.«

Nach wenigen Schritten standen sie vor dem nächsten Wachposten. Die Wächter dieser Station waren mit Musketen und Degen bewaffnet. Nosé zeigte wieder seinen Passierschein vor. Danach wollte der Redeführer der Wächter die Ausweise Colins und Balenos sehen. Nosé erklärte erneut, die beiden müssten dringend dem Kardinal zugeführt werden.

»Ohne Ausweise? Niemals!«, bestimmte der Wächter.

»Ich habe die näheren Umstände schon seinen Kollegen der ersten Wache erläutert«, meinte Nosé. »Denkt Er, sie hätten uns durchgelassen, wäre nicht alles in Recht und Ordnung?« Der Wächter zwirbelte seinen Schnurrbart.

»Aber die Regeln besagen …«, fing er an.

»Er stellt die Geduld des Kardinals auf die Probe«, sagte Nosé eindringlich. »Seine Eminenz erwartet uns umgehend.« Der Wächter zuckte mit den Achseln.

»Verschwindet«, sagte er, wies ins Innere des Gebäudes. Der letzte Wachposten kannte Nosé bereits, gab sich von vornherein mit einem Passierschein zufrieden, öffnete die Tür zu den Räumen des Kardinals. Sie betraten einen langen Korridor. Baleno blieb bald zurück.

»Der Rest ist Eure Sache«, sagte er. »Ich bin bloß Beobachter.« Colin und Nosé sahen einander an.

»Gibt es keinen Plan?«, fragte Colin Baleno.

»Der Plan heißt: zustechen und rennen«, antwortete jener.

»Na toll.« Colin schob Nosé an der Schulter weiter den Korridor entlang.

»Du gelangst zu ihm, ohne Verdacht zu erregen«, sagte er. »Ich weiß nicht, was meine Aufgabe ist.«

»Wenn es fehlgeht, töte mich«, sagte Nosé. »Was sie mir als Attentäter antun würden, wäre viel schrecklicher. Und du kannst als sein Retter davonkommen, weiter für die gute Sache kämpfen.« Colin streckte seinen Arm zurück in die Tiefe des Korridors.

»Bist du sicher, du willst das tun? Noch kannst du umkehren. Es ist ein Menschenleben.« Nosé drehte sich weg, näherte sich wortlos der ihm bekannten Pforte zu Richelieus Schreibzimmer. Colin stellte sich zur Wand. Der Narr klopfte an die Tür.

»Was ist denn schon wieder!«, rief die Stimme des Kardinals. Nosé schob die Tür ein Stück in den Raum, zwängte sich durch den Spalt. »Ach du bist es«, sagte Richelieu, legte seine Schreibfeder aus der Hand. »Hast du Neuigkeiten für mich?« Nosé schloss die Tür, schritt zwei Pasos in den Raum, blieb stehen. »So red' schon, Narr!«, drängte der Geistliche. Nosé trat noch ein paar Schritte näher. Er starrte auf die Brust seines Gegenübers, vermochte nicht, in dessen Gesicht zu blicken. »Ich warte«, sagte Richelieu. Nosé hob seinen Blick.

»Ich habe nichts zu berichten, Eure Eminenz«, sagte er.

»Was soll das? Du bist hier, also hast du mir etwas zu erzählen.«

»Ich …«

»Du was?«

»Ich habe nichts zu erzählen.«

»Dann mach, dass du fortkommst.« Richelieu bewegte seinen Handrücken wiederholt in Richtung Tür. Nosé reagierte nicht. Der Kardinal legte den Kopf zur Seite, studierte Nosés Gesicht.

»Nein«, sagte Nosé, weiter nichts. Richelieu ging im Zimmer auf und ab, während er sprach.

»Du bist gekommen, mich zu töten. Habe ich Recht?« Nosé nickte. »Ich sehe gar keine Waffe«, fuhr der Kardinal fort. »Hast du vor, mich zu erwürgen?« Nosé zog langsam die Narrenkappe von seinem Kopf. Die lederne Scheide auf seinem Schädeldach kam zum Vorschein. Der Narr ergriff den Schaft des Messers, entnahm die Waffe, streckte sie dem Kardinal entgegen. Dessen Augen weiteten sich zuerst, dann kehrte er zur Ruhe zurück. »Das ist doch nicht auf deinem Mist gewachsen«, stellte er fest. »Man hat dich dazu ausgestattet wie einen Freier zur Brautwerbung. Deine Lederkrone ist lächerlich.« Nosé hörte die Stimme Richelieus wie durch einen Wattebausch. »Ein einziges Mal habe ich meine Vorsicht gegen Vertrauen getauscht, schon wendet sich meine Nachlässigkeit gegen mich.« Nosés Hand begann zu zittern. Der Kardinal nahm Notiz davon. »So stich schon zu, Narr.« Nosé begann zu schwitzen. »Du warst fast wie ein Sohn für mich. Du hattest doch nie einen Vater, nicht wahr?« Nosé schluckte. »Ich hatte heute Besuch«, fuhr Richelieu fort. »Ich denke, was mir die Dame erzählt hat, dürfte dich ansprechen.« Nosé schüttelte den Kopf. »Doch, es macht dich neugierig. Erzähl mir doch nichts.«

»Ich erzähle doch gar nichts«, widersprach Nosé. Richelieu, der um Nosé herumgegangen war, wandte sich schnell zu ihm.

»Es kann sprechen!«, sagte er. »Ob es auch zustechen kann? Oder ist es wissbegierig?«

»Ich bin ein Mensch.«

»Das hat es noch nicht bewiesen. Es trägt ein Narrenkostüm, ja, doch steckt auch ein Narr darin?«

»Ich töte Euch.«

»Du tötest den Einzigen, der weiß, wer deine Mutter ist?« Nosé horchte auf, Schweißperlen hingen in seinen Brauen, tropften in seine Augen. Das Salzwasser brannte, er wischte es sich mit der freien Hand weg.

»Ihr wisst gar nichts, versucht bloß, Euer Leben zu retten.«

»Kann man mir das verdenken? Mein Leben ist alles, was ich habe. Du hingegen hast eine Mutter, die du nie kennengelernt hast. Ich würde wissen wollen, wer die Dame ist.«

»Ihr versucht, Zeit zu gewinnen, bis Eure Wachen erscheinen.«

»Vielleicht. Vielleicht auch nicht. Sind sie erst erschienen, kannst du immer noch zustechen. Festnehmen werden sie dich so oder so.«

»Ihr lasst mich erschießen.«

»Ich lasse dich in heißes Öl werfen. Es wird riechen wie Schweinebraten. Das Volk wird hungrig werden, womöglich verzehren sie dich.«

»Wer ist sie?«

»Oh, ich habe deine Neugier geweckt! Sieh an. Ich könnte dich hinhalten, nichts sagen.« Er lehnte sich gegen die Schreibtischkante. »Weißt du was? Ich werde das nicht tun. Du sollst es wissen. Ich erhielt heute Besuch von einer Frau, die ich vor langer Zeit kannte. Sie will in drei Tagen wiederkommen. Offenbar steht sie in Kontakt mit der Königin, was mich beunruhigt, danach besucht sie mich. Sie war sehr jung, als man mich damals um Hilfe bat. Und sie war … sagen wir: eigen.«

»Was heißt eigen?«

»Du weißt, was das heißt. Aber sie stammte aus gutem englischem Hause, aus sehr gutem Hause. Man hatte sie in Paris versteckt, doch jemand fasste Verdacht. Sie musste fortgeschafft werden. Es sollte ohne jedes Aufsehen vonstattengehen. Ich stand damals noch einer relativ kleinen Gemeinde vor, mein Vater war einflussreich, von ihm forderte man Beistand. Er übertrug die Aufgabe mir – eine Art Bewährungsprobe.«

»Was war mit der Dame? Warum brauchte sie Beistand?«

»Sie war guter Hoffnung. Ein Spanier, ein Niemand soll sie geschwängert haben. Stell dir vor, ein spanischer Bauernlümmel schwängerte eine Engländerin aus allerbestem Haus. Aus geringeren Gründen wurden Kriege geführt.«

»Was geschah?«

»Ich brachte sie über Andorra nach Spanien. Ich hatte gute Beziehungen zum Bischof von Urgell. Dort residiert sie bis heute in einem versteckten Herrenhaus.«

»Was wurde aus dem Kind?«

»Hier wird es für dich interessant, Narr. Wie gesagt, sie war aus vorzüglichen Verhältnissen. Ihr Kind hätte Rechte für sich monieren können, die … wie auch immer, der Sohn wurde ihr genommen. Sie konnte davon überzeugt werden, nie eine Geburt gehabt zu haben.«

»Wie war das möglich?«

»Wie gesagt: Sie ist eigen.«

»Ist ihr Sohn auch eigen?«

»Das ist eine sehr gute Frage. Ich hätte sie dir gar nicht zugetraut. Ich bin mir nicht sicher. Er ist bestimmt kein Genie. Vielmehr ist er ein Narr.«

»Ich bin ihr Sohn. Nicht wahr?«

»Auf diese Erkenntnis brauchst du dir nichts einzubilden, jeder andere hätte es schon zu Beginn verstanden.«

»Wer hat mich in Madrid in die Einfahrt gelegt?«

»Eine englische Hofdame. Sie ist kürzlich gestorben, hört man.«

»Ihr seid gut unterrichtet.«

»Das ist mein Erfolgsgeheimnis. Du bist der Geringste unter meinen Zuträgern. Willst du dein Messer nicht wegstecken, es wird doch immer schwerer in der Hand.« Der Kardinal zeigte sein väterlichstes Lächeln. Nosé gewahrte, sein Arm hatte sich stets weiter gesenkt, war schon nahe seiner Hüfte angelangt. Er hob die rechte Hand, legte das Messer in die linke, schüttelte die Erstere, bis wieder vermehrt Blut in sie floss, dann legte er die Waffe in seine Rechte zurück.

»Wer ist meine Mutter?«, fragte er.

»Sie ist meine Lebensversicherung, würde ich sagen. Warum also sollte ich dir ihren Namen verraten?«

»Weil ich Euch sonst töte.«

»Das tust du doch ohnehin, nicht wahr?«

»Ich … äh, Ihr müsst es mir sagen.«

»Ich werde mich jetzt in aller Ruhe an meinen Schreibtisch setzen, und du läufst besser um dein Leben.« Schwere Schritte näherten sich im Korridor. – Die Wachen auf ihrem Routinegang. Nosé lief zur Tür, öffnete sie. Draußen wartete Colin, lief sogleich mit ihm zurück, an den Wachen vorbei, die sie fast über den Haufen rannten.

»Fasst den Narren!«, schrie Richelieu. Nosé ließ das Messer fallen. Er und Colin stellten sich in eine Nische. Baleno tauchte auf, bückte sich nach dem Messer, lief in Richtung des Schreibzimmers.

»Er wird deine Arbeit zu Ende bringen«, flüsterte Colin.

»Ich bin kein Mörder«, erwiderte Nosé.

»Gut«, sagte Colin. »Ich habe gehofft, du entscheidest dich fürs Leben.« Die innere Wache lief vorbei, folgte Baleno, so kamen sie an deren verlassenen Posten unbehelligt vorbei. Die beiden äußeren Stationen waren noch nicht unterrichtet. Die Flüchtigen mussten sich nur unverdächtig verhalten, in Ruhe voranschreiten. Als sie die letzte Wache passierten, wurde es hinter ihnen laut. Sie stürmten los. Nach einer kurzen Weile drehten sie sich um, stellten fest, niemand folgte ihnen.

»Hat Richelieu sie zurückgepfiffen?«, fragte sich Nosé laut.

»Sie haben den Täter gefangen«, sagte Colin. »Sie haben nicht uns verfolgt, sondern Baleno.«

»Denkst du, er hat den Kardinal getötet?«

»Wer weiß.«

»Richelieu wird sie bald aufklären.«

»Wenn er noch lebt«, sagte Colin. »Aber selbst dann bezweifle ich, dass er das tut.«

»Warum?«

»Baleno trägt das gleiche Kostüm wie du. Wenn Richelieu erfährt, seine Leute haben den Narren gefangen, überprüft er es gewiss nicht näher. Selbst wenn er es aus einiger Entfernung mitverfolgt, kann er euch nicht auseinanderhalten. Er wird es frühestens bei Balenos Hinrichtung bemerken. Ist er dort nicht anwesend, erfährt er es nie.« Sie spazierten langsam in die Stadt, nahmen ihre ledernen Stirnbänder mit den Messerscheiden ab, befestigten Letztere an ihren Gürteln, warfen die Riemen auf den Müll.

»Armer Baleno«, sagte Nosé.

»Dummer Baleno«, entgegnete Colin.

27

Ask him to reap it with a sickle of leather,
Parsley, sage, rosemary and thyme,
And gather it up with a rope made of heather,
For then he'll be a true love of mine.

Arden fasste sich an den Hinterkopf. Er erfühlte eine Beule. Die trübe Sicht klärte sich, als sein Bewusstsein wiederkehrte. Er fand sich im Gras sitzend an einen Baum gelehnt. Zehn Fuß von ihm entfernt lag ein Sattel in der Wiese, auf ihm hockte ein Mann, der ihm den Rücken zukehrte. Ardens Erinnerung kehrte zurück.

»Du hast mich bewusstlos geschlagen«, sagte er.
Der Mann bewegte sich nicht.

»Das habe ich«, sagte er ungerührt. »Es musste sein.«

»Wir waren Freunde«, entgegnete Arden.

»Das sind wir noch«, sagte der Mann.

»Dann sieh mir in die Augen, kehre mir nicht den Rücken.« Arden streckte sich. Der Mann stand auf, kam auf Arden zu, setzte sich vor ihm ins Gras.

»Was tust du in Paris, James?«, fragte Arden.

»Du musst dauernd umsorgt werden wie ein Säugling«, antwortete James.

»Wer schickt dich?«

»Warum denkst du, ich handelte nicht aus eigenen Stücken?«

»Jemand sagte mir, du hattest damals den Auftrag, mich nach London zu bringen.«

»Lady Sidney hat geplaudert.«

»Ja.«

»Sie hatte den Auftrag der Königin, dich zu beschützen; sie gab ihn an mich weiter. Sie ist tot.«

»Ich weiß. Und dein Schutz besteht in einem Schlag auf meinen Kopf.«

»Das hast du schön umrissen. So ist es.«

»Darf ich auch erfahren warum?«

»Ich beschütze dich vor dir selbst.«

»Heißt?«

»Aleja. Sie ist brandgefährlich. Ich musste dich von dort wegbringen.«

»Hättest du nicht höflich fragen können, ob ich dir folgen möchte?«

»Nein.«

»Eine etwas detailliertere Antwort, bitte.«

»Du wärst mir nicht gefolgt. Du hast dich in sie verguckt. Du wolltest ihr deine Augen hinterherwerfen, als sie fortritt, und dein Herz gleich dazu.«

»Na und?«

»Aleja hat in ihren jungen Jahren bereits so viele Männer ans Schafott geliefert wie Lady de Winter. Sie verbrennen an ihr wie Motten im Kerzenlicht.«

»Sie hat hohe Ideale, das kann Opfer fordern.«

»Du kennst sie nicht.«

»Woher kennst du sie?«

»Sie hat die Pakete aus Spanien in unser Haus geliefert, nachdem du ausgefallen warst. Allerdings wartete sie nicht in Dover auf die Übergabe, sie kam selbst aus Spanien, reiste durch England.«

»Das ist fast unmöglich.«

»Ihr ist vieles möglich.«

»Sie hatte eine Verbindung zu diesem Thorpe, dem Verleger. Ich sah sie mit ihm in Le Havre. Was hat sie mit Shakespeare zu tun?«

»Es gibt keinen Shakespeare.«

»Fang du nicht auch noch an.«

»Gewöhne dich an den Gedanken.«

»Kläre mich endlich auf.«

»Ich kann dir nur so viel sagen, wie ich selbst weiß. Shakespeare erhielt seine Manuskripte aus Spanien, er ist Theaterleiter, Schauspieler, kein Dichter.«

»Warum tritt der Spanier nicht selbst in Szene? Hatte er Angst, im Feindesland nicht gelesen zu werden?«

»Nein. Er veröffentlichte ganz bewusst im Feindesland, um nicht erkannt zu werden. Mir scheint, es war jemand, der nicht stolz auf seine Arbeit war.«

»Warum?«

»Da fragst du mich zu viel. Die ganze Sache ist ziemlich kompliziert. Er schrieb natürlich in Spanisch. Mehrere Personen arbeiteten an der Übertragung ins Englische. Lady Sidney war die wichtigste davon.«

»Ich hörte, sie leitete einen Literaturkreis oder etwas dergleichen.«

»Der Wilton Circle war nicht unbedeutend in England. Mich wundert, dass du nicht davon gehört hast. Sie übersetzte auch zahlreiche Schriften. Spanisch war nicht unbedingt die Sprache, die ihr am meisten entsprach, darum beschäftigte sie unter anderen Aleja, ihr einiges näherzubringen. Wenn du so willst, ist Aleja ein Stück Shakespeare wie auch die Tochter des originalen Dichters und … Elisabeth selbst.«

»Meine Mutter?«

»Sie war bekannt für ihre Übersetzungen. Sie begann damit, weihte Mary Sidney ein, so kam eines zum anderen.«

»Das heißt, Shakespeare war eine Autorengemeinschaft.«

»Die Stücke und Sonette schrieb nur eine Person. Ihm oder ihr steht die Ehre der Autorenschaft zu.«

»Wer ist es?«

»Das ist auch mir unbekannt. So großes Vertrauen genoss ich nicht. Doch genug davon. Lass mich nach deinem Kopf sehen.« Er griff nach der Beule seines Opfers. »Ich war mit zu viel Begeisterung bei der Sache, scheint es.«

»Du hattest noch eine Rechnung mit mir offen.«

»Ich betrachte die Gleichung hiermit als gelöst. Euklid ist Genüge getan.«

»Bist du mit den Bärenkämpfern nach Frankreich gekommen?«

»Ich gehöre zur Schaustellertruppe, die sie begleitet. Wir spielen Shakespeare. Du solltest einmal vorbeikommen.«

»Du gibst gewiss die Julia«, sagte Arden. James fasste an die Beule des Freundes. Arden zuckte zusammen.

»Ich gebe den Hamlet, Idiot«, sagte James. Sie lachten wie in alten Zeiten.

***

»Was jetzt?«, fragte Nosé Colin. Sie liefen die Seine entlang an der Ile de la Cité vorbei.

»Ich will Kontakt zu Arden aufnehmen«, sagte Colin.

»Er könnte uns verachten für unseren Verrat.«

»Das könnte er. Ich riskiere es, er ist mein Freund.«

»Gut. Ich bin dabei. Die Frage ist, wie finden wir ihn?«

»Ich kenne die Orte, an denen er sich aufhält.«

Sie statteten verschiedenen möglichen Plätzen Besuche ab. Nosé fragte Colin über Arden und ihn aus, über die Gesprächsfetzen vor allem, die er bei seinen ersten beiden Besuchen wahrgenommen hatte, als über Ardens Herkunft gesprochen wurde. Colin warf seine Skrupel gegenüber dem Narren über Bord, erteilte ihm bereitwillig Auskunft. Er glaube an das Gute im Menschen, sagte er, und wolle nicht ständig Misstrauen zeigen. Sie sprachen über Gott und die Welt und die Unterwelt.

»Halt!«, sagte Colin plötzlich. Er drängte Nosé hinter ein Fuhrwerk, das am Straßenrand stand.

»Was ist los?«, fragte der Narr.

»Aleja!«, sagte Colin.

»Und?«

»Und die Königinmutter. Ihre Wächter stehen weitab.«

»Maria dé Medici? Das ist unmöglich.«

»Wenn ich es dir doch sage. Sie unterhalten sich angeregt. Jetzt streicht der Alten über ihren Arm. Sie lachen.«

»Ich verstehe nichts mehr. Sie sind doch Erzfeindinnen.«

»Sollte man meinen. Mir ist diese junge Frau nicht ganz geheuer – schon seit Längerem. Sie verlangt so viele Risiken von anderen, sich selbst sichert sie nach allen Seiten ab.«

»Was hätte sie davon, einen Rebellenhaufen anzuführen, wenn sie insgeheim eine Monarchistin wäre?«

»Das weiß ich auch nicht. Ich habe das Gefühl, sie ist das eine so wenig wie das andere. Womöglich geht es gar nicht um Politik. Bleib unten, sie sieht her!« Er drückte Nosé am Genick unter die Ladefläche des Fuhrwerks.

»Worum könnte es gehen, wenn nicht um Politik?«, wollte Nosé wissen. Colin zuckte nur mit den Schultern.

»Lass uns durch den Hof dort hinten in die nächste Parallelgasse wechseln«, sagte er. »Ich will Arden finden.« Nosé warf noch einen Blick auf Aleja und Maria dé Medici, die sich eben voneinander verabschiedeten, dann folgte er Colin.

Eine Stunde später hatten sie Ardens übliche Plätze abgeklappert und ihn nicht gefunden. Colin sorgte sich. Nosé mutmaßte, der Engländer habe seine Landsmännin noch erreicht, nachdem er die Gesellschaft eilig verließ, und unterhalte sich nun irgendwo mit ihr. Das klinge vernünftig, meinte Colin und entspannte sich. Drei Stunden später war Arden noch immer nicht aufgetaucht. Jetzt sorgten sich beide. Die englische Kämpfer- und Schaustellertruppe schien mit potenziellen Attentätern durchsetzt, Arden verhielt sich nicht eben vorsichtig. Sie kamen überein, Colin würde weiter nach Arden suchen, Nosé mittlerweile zum Schloss zurückkehren, seine Habe und sein Pferd zu holen. Colin hielt das zuerst für keine gute Idee. Wenn Richelieu doch festgestellt hätte, man habe den falschen Narren festgenommen, wäre womöglich Gérôme informiert worden. Nosé beschloss, das Risiko einzugehen, Faquin würde er keinesfalls zurücklassen.

Die Wachen am Haupttor zumindest wussten nichts von Nosés Verfehlungen, sie winkten den vertrauten Narren durch. Nosé schlich sich in den Übungssaal, wo seine Sachen in einem verschließbaren Fach untergebracht waren. Den Schlüssel dazu bewahrte Gérôme. Nosé hatte keinen Zugang zu dessen Räumlichkeiten, doch er wusste, Gérôme hielt sich nie lange außerhalb des Saales auf. Er brauchte bloß zu warten. Nach einigen Minuten betrat Mathurine den Raum. Sie legte Schild und Holzschwert beiseite, grunzte einen Gruß in Nosés Richtung, dann begann sie, sich zu entkleiden. Der Narr saß auf einem ledernen Hocker, beobachtete die füllige Frau, die keine Scham vor ihm zeigte. Bei Hof galt es als erotisch, das Handgelenk einer Frau zu sehen, so dick verpackt waren die Damen. Mathurine schlüpfte aus all ihren Röcken. Sie trug kein Mieder, im Nu war das Unterkleid geöffnet, sie warf es auf den Boden. Schwere Brüste schaukelten vor Nosé Augen. Er hatte noch nie eine Frau nackt gesehen. Sie grinste, öffnete den Knoten des Tuches, das zwischen ihren Beinen hindurch und über ihre Hüften geschlungen war. Das

Tuch schwebte anmutig zu Boden, gab einen von dichtem krausem Haar bedeckten Unterleib frei.

»Na?«, sagte Mathurine. »Genug gesehen?« Sie nahm ein leichtes Kleid aus ihrem Schließfach, warf es sich ganz ohne Unterkleider über. Es reichte bis zum Boden, so konnte man nicht sehen, sie war darunter nackt. »Das war für den Versuch, den alten Pfaffen loszuwerden«, sagte sie. »Wärst du erfolgreich gewesen, hättest du sie auch mal anfassen dürfen.« Sie versperrte ihr Fach, lief kichernd aus dem Saal. Mathurine war also unterrichtet, das hieß nicht unbedingt, auch Gérôme wüsste Bescheid. Sie war die bestinformierte Person bei Hofe. Dennoch breitete sich ein unangenehmes Gefühl in des Narren Bauch aus, knapp darunter war ein sehr angenehmes entstanden, das seine Braguette ausbeulte.

Bald erschien Gérôme. Er hielt einen Stapel Zettel in Händen, lief an Nosé vorbei, bemerkte ihn nicht.

»Meister!«, rief der Narr ihm nach. Gérôme blieb stehen, drehte sich um.

»Du wagst viel«, sagte er. »Ich weiß nicht, ob ich das bewundern oder darüber lachen soll.«

»Ich finde Bewundern besser«, sagte Nosé.

»Dies ist vielleicht der falsche Moment, den Narren zu geben.«

»Ich brauche den Schlüssel zu meinem Fach.«

»Du hast mir Baleno genommen. Nun willst du selbst gehen. Man wird mich verantwortlich machen. Womöglich richtet man mich, weil ich ein Verbrechernest bebrütet habe. Mathurine wird es so darzustellen wissen.«

»Das wird sie gewiss. Ich könnte ohnehin nicht bleiben. Sie würden mich töten.«

»Das werden sie in beiden Fällen. Du könntest auf der Bühne sterben, eine Art Heldentod.«

»Ich sterbe lieber den eines Feiglings, dafür etwas später.«

»Baleno hat sich für dich geopfert.«

»Er hat sich für den Ruf eines Rebellen geopfert.«

»Er wusste, er konnte Richelieu nicht töten, nachdem dieser gewarnt war«, sagte Gérôme. »Er hat dir und deinem Mithelfer die Flucht ermöglicht. Es mag eine Todessehnsucht mitgespielt haben, die ihm eigen war.« Gérôme reichte ihm den Schlüssel. Nosé entsperrte sein Fach, entnahm seine Tasche und die drei Narrenkostüme. Letztere stopfte er zu seinem anderen Zeug in die Tasche, danach gab er Gérôme den Schlüssel zurück. Er erzählte dem Meister alles, was er über Mathurine wusste.

»Das sollte reichen, um ihre Erpressungsversuche abzuwehren«, sagte er, schlich sich aus dem Saal.

Faquin wieherte, als Nosé seine Koppel betrat. Der Narr führte das Tier an der Hand aus den Stallungen.

28

When he has done and finished his work,
Parsley, sage, rosemary and thyme,
Ask him to come for his cambric shirt,
For then he'll be a true love of mine.

»Now cracks a noble heart. – Good night, sweet prince, and flights of angels sing thee to thy rest! – Why does the drum come hither?«

Horatio, vielmehr sein Darsteller, verbeugte sich vor dem Publikum. Hamlet, gespielt von James, erhob sich aus seiner Todespose, stellte sich dem stürmischen Applaus der kleinen Zuseherschar. Einer von jenen war Arden. James hatte gemeint, am besten verstecke sich Arden dort, wo seine Jäger weilten. Er hatte ihm einen

Hut besorgt, dessen weite biegsame Krempe von beiden Seiten die Hälfte Ardens Antlitzes verbarg. Unter den Schaustellern, deren Ausstattung oft überzeichnete, fiel er damit nicht auf.

Nach der Vorstellung besuchten die beiden eine Taverne. Arden gratulierte James zum Erfolg. Etwas verwunderte ihn jedoch.

»Du hast eine Karriere am Globe Theatre begonnen, sprachst schon davon, den Laden zu übernehmen. Jetzt sehe ich dich mit einer Laientruppe im Gefolge eines Jahrmarkts umherziehen. Was hat sich ereignet?«

»Du hast dich ereignet. Ich habe meine Stelle nicht aufgegeben, bloß kurzzeitig pausiert. Du siehst, zum Schausteller bin ich nicht geboren.«

»Es war doch immerhin …«

»Bemühe dich nicht. Ich weiß, ich war schlecht. Das ist auch nicht mein Fach. Ich liebe die Intendanz mehr als das Spiel selbst.«

»Du kommst nach Paris, nur um mich vor einer Dummheit zu bewahren?«

»Ganz so ist es nicht. Ich habe Lady Sidney versprochen, mich um dich zu kümmern, und ich habe erfahren, man sandte Attentäter aus, dich zu beseitigen. Das konnte ich nicht zulassen.«

»Du kannst nicht die ganze Zeit meinen Aufpasser spielen.«

»Ich bringe dich fort von hier.«

»Wohin?«

»Ich werde dich in ein Schiff nach Übersee setzen.«

»Ihr wollt mich lossein.«

»Das wollen wir. Du verursachst zu viele Umstände.«

»Und wenn ich das Land nicht verlassen will?«

»Dann wirst du irgendwann einen weiteren Schlag auf den Kopf erhalten und dich auf hoher See wiederfinden. Du hast dich doch für Pocahontas interessiert.«

»Sie ist tot.«

»Aber ihr Land nicht. Du kennst ihren Ehemann, du hast einen Fürsprecher.«

»Die Möglichkeit, König von England zu werden, sprecht ihr mir völlig ab.«

»Das tun wir.«

»Warum?«

»Junge, sieh dich doch an. Aus dir einen König zu machen, dauerte länger, als dein Pferd das Fliegen zu lehren.«

»Danke auch.«

»Du weißt nicht, wer deine Gegner sind. Die Stuarts würden dich lebendig braten. Ein echter Tudor ist eine zu große Bedrohung. Jacob hat bereits großen Einfluss.«

»Er ist bloß Urenkel von Margaret Tudor, Sohn Maria Stuarts. Ich stehe in der Blutlinie über ihm.«

»Nicht mehr, wenn sich die Vögel von deiner Haut nähren. Der Hof ist umgefärbt, das Gefolge der Tudors vertrieben oder zur Treue gezwungen. Eure Zeit ist vorüber. Komm!«

»Wo willst du hin?«

»Du wirst schon sehen. Wir haben eine Verabredung.«

Arden nahm seinen großen Hut, der ihn teilweise orientierungslos machte, so wenig ließ er ihn sehen, und folgte James aus der Taverne ins Tageslicht.

Auf der Straße sahen sie vor sich zwei Personen, die ihre Pferde an Händen führten, einer davon im Narrenkostüm.

»Wartet ihr darauf, dass die Pferde auf euch reiten?«, rief Arden. Colin und Nosé drehten sich um. Arden stellte die drei Männer einander vor, erzählte, was sich ereignet hatte.

»Ich habe den Auftrag, dich bei jemandem abzuliefern«, sagte James nach einiger Zeit zu Arden. »Wir können danach wieder zusammentreffen.«

»Colin darf alles wissen, was ich weiß«, erwiderte dieser.

»Mein Auftraggeber wird entscheiden, wie privat seine Informationen sind«, sagte James. »Wir können alle hingehen und ihm die Auswahl der Mitwisser überlassen.«

Sie betraten einen Laden, der allerhand Epigonenkunst feilbot: Interieurs im Stil niederländischer Maler, biblische Szenen im Helldunkel Caravaggios, sogar Rafaels Malerei wurde noch zitiert. Arden kannte derlei gut aus alten Tagen, er musste sich damals vor den »unechten« Werken in Acht nehmen, sonst hätte ihn Lord Whitehead …

»Lord Whitehead!«, sagte Arden, staunte angesichts des Mannes, der die beiden in Empfang nahm.

»Da bist du ja, Junge«, sagte der Lord. »Der Kreis schließt sich.«

»Was meint Ihr damit?«

»Nichts. Ich wollte die Phrase bloß einmal verwenden. Wer sind die beiden Herren?«

»Freunde«, sagte Arden.

»Dann sollen sie nähertreten.«

»Ich habe Euch um den letzten Shakespeare gebracht.«

»Hast du nicht. Es gab guten Grund, ihn zu vernichten. James und ich haben dich auf die Probe gestellt. Die Frage war, ob du das für dich Rentablere tun würdest, oder das moralisch Richtige.«

»Wer kann sagen, was moralisch richtig ist?«

»Den Wunsch eines Sterbenden zu respektieren, kann nicht falsch sein. Es ist das Letzte, was er zurücklässt. Es verbindet das Reich des Lebens mit jenem des Todes.«

»Gerade von Euch hätte ich diese Aussage nicht erwartet. Es war doch übrigens nicht sein Werk.«

»Ich sehe, du weißt schon ein wenig.«

»Zu wenig.«

»Richtig. Er sprach zumindest im Namen des Autors. Die beiden verband vieles, selbst der Tod.«

»Das verstehe ich nicht.«

»Ich wüsste auch gern mehr darüber«, sagte James. Lord Whitehead zeigte eine einladende Geste.

»Tretet erst einmal näher. Ich habe etwas Schönes für euch.« Er öffnete einen Vorhang im hinteren Teil des Ladens. Hier standen einige Bilder gegen die Wand gelehnt, nur ihre Rückseiten waren zu sehen. Whitehead drehte eines davon herum.

»Kennst du den?«, fragte er Arden. Der Angesprochene sah sich das Bild genau an. Es wies einen ganz eigenen Stil auf, wirklichkeitsnah, mit reduzierter Palette in sicheren Pinselstrichen gesetzt, die aus der Nähe betrachtet wie hingeworfen aussahen, aus größerer Entfernung betrachtet genau dort saßen, wo sie hingehörten und aufwändige flächige Malerei ersetzten, ohne etwas dabei zu verlieren.

»Ich kenne ihn nicht. Wer ist der Künstler.«

»Er ist der neue Hofmaler des spanischen Königs. Diego Velasquez ist sein Name.«

»Ich habe nie von ihm gehört.«

»Ich kenne ihn«, sagte Nosé. Der Lord lächelte.

»Er muss nicht vorgeben, etwas von Kunst zu verstehen«, sagte er. »Es ist keine Schande, das nicht zu tun.«

»Von Kunst verstehe ich nichts, aber ich kenne Diego, er stellte sich gerade bei Hof vor, als ich ihn traf. Er ist in meinem Alter.«

»Das könnte stimmen, er ist ein ganz junger Künstler, ein Genie. Wir müssen uns beizeiten über ihn unterhalten, junger Mann.«

»Warum zeigt Ihr uns das?«, wollte James wissen.

»Sagen wir als Einstimmung«, sagte Whitehead. »Wir unternehmen eine geistige Reise nach Spanien. Ein Schreiberling, erfolglos, hungrig, setzt sich gegen die höfischen Autoren nicht durch, sie lassen ihn nicht aufkommen. Er sucht nach einem Umweg zum Erfolg, entdeckt, das Volk liebt die Geschichten von Schelmen und Narren. Eine solche brächte ihm nur Verachtung bei seinen höfischen Kollegen ein, deren Anerkennung er eigentlich sucht, doch der Bauch trifft letztlich die Entscheidung. Er schreibt ein Werk, das ihm ein Vermögen schafft, verspottet die Heldenepen und Ritterromantik, wird zum Symbol für deren Ablehnung. In seinem Herzen aber brennt noch eine Flamme, die Sehnsucht nach großen Werken über die tragischen Schicksale von Königen und Fürsten. Er entscheidet sich für die Form des Dramas, zögert jedoch, die Manuskripte zur Veröffentlichung zu bringen, nachdem er derlei Literatur der Lächerlichkeit preisgegeben hat. Er löst das Problem, indem er unter fremdem Namen publiziert, außerdem, um eine Ausforschung zu vermeiden, die spanische Herkunft rundweg verleugnet.«

»Ihr sprecht vom spanischen Shakespeare«, warf Arden ein.

»Natürlich tut er das«, sagte James, winkte ungeduldig ab. »Wie kam die Verbindung mit England zustande?« Lord Whitehead setzte sich auf einen Hocker, schlug die Beine übereinander.

»Die englische Königin erwies sich als heimliche Bewunderin seiner volksnahen kritischen Werke. Sie wollte ihn kennenlernen. Es kam zu einem Treffen in Andorra. Er gestand ihr seine heimliche Vorliebe für das höfische Drama, dessen Heldenverehrung er jedoch weiterhin anprangerte. Er wolle sie durch den realen Kampf gegen die Schläge des Schicksals ersetzen, vermittelte er ihr. Sie schlug vor, selbst an Übertragungen in ihre Sprache arbeiten zu wollen, zusammen mit fähigen Freunden. Shakespeare war ein Schausteller mit Ambitionen zum Theaterdirektor, er sollte seinen Namen zur Verfügung stellen, den Autor zu einer Person aus Fleisch und Blut machen, um gar nicht erst eine Suche nach dem Urheber aufkommen zu lassen.«

»Welcher von beiden ist mein Vater?«, fragte Arden. »Der Schausteller oder der Dichter?« Whitehead lächelte.

»Andorra war ein Spalt in der Zeit – keine Verpflichtungen, kein Standesdünkel, nur ein dunkles Zimmer und vier zärtliche Hände.«

»Der Spanier also«, sagte Arden. Nosé streckte sich, reckte die Brust, sein Landsmann hatte die englische Königin verführt.

»Wer ist er nun?«, drängte James.

»Das ist doch klar«, mischte Nosé sich ein. »Es kann nur Cervantes gewesen sein, der alte Schwerenöter.«

»Das macht Sinn«, sagte Colin. »Alles spricht für den Volksdichter.«

»Ich weiß auch, was Ihr damit meintet, dass der Tod Shakespeare und Cervantes verband«, sagte Nosé zu

Whitehead. »Zumindest auf dem Papier starben sie einen Tag nacheinander. Sancho hat es mir erklärt.«

»Welcher Sancho?«, wollte Colin wissen.

»Sancho Panza«, sagte Nosé. Alle Anwesenden lachten.

»Jetzt hast du dich verraten«, sagte James. »Sancho Panza kanntest du wohl in derselben Weise wie Velasquez. Vermutlich hast du auch noch Cervantes selbst die Hand geschüttelt.« Das Lachen wurde lauter.

»Die Hand habe ich nicht geschüttelt, aber ich saß an seinem Sterbebett«, sagte Nosé trotzig.

»Im Übrigen warst du noch bei der Geburt da Vincis anwesend, vermute ich«, sagte Colin.

»Lacht nur«, schimpfte Nosé. »Ich weiß, wo ich war.«

»Sancho ist eine Romanfigur, Narr«, sagte James. Nosé wusste darauf nichts zu erwidern.

»Mit einem hat er Recht«, sagte Whitehead, nachdem er sich beruhigt hatte. »Auf dem Papier starben die Dichter an aufeinanderfolgenden Tagen.«

»Warum auf dem Papier?«, wollte Arden wissen.

»Die unterschiedlichen Zeitrechnungen des julianischen und des gregorianischen Kalenders spielen uns diese Scharade.«

»Ich bin der Sohn Cervantes' und der Königin von England, und beide haben nie Kontakt zu mir gesucht. Man erwartet wohl von mir, erfreut zu sein. Ich fühle mich schrecklich. Welchen Grund hatte *er*? Ich hätte ihm kein Königreich genommen.«

»Den einfachen Grund, dass er nicht von deiner Existenz wusste. Sonst hätte er vielleicht nicht …« Whitehead hielt inne.

»Sonst hätte er nicht was?«, fragte Arden. Whitehead reagierte nicht. »Ich habe genug davon, jedes Wort aus einer anderen Nase ziehen zu müssen. Ihr wisst mehr. Ich bestehe darauf, unterrichtet zu werden.«

»Also gut. Es wird dir wahrscheinlich nicht gefallen, aber des stimmt, ich schulde dir die Wahrheit. Cervantes hatte keine Ahnung von den Folgen der Nacht in Andorra, und es vergingen ein paar Jahre. Elisabeth war noch mit ihm in Kontakt, wenn sie auch nicht mehr die Zeit hatte, selbst seine Werke zu übersetzen. In jener Nacht hatte sie ihm anvertraut, sie habe eine Tochter geboren, die sich in seiner Heimat befände. Er versprach ihr, gelegentlich nach ihr zu sehen.«

»Ich ahne, worauf das hinausläuft«, sagte Arden.

»Cervantes war ein Lebemann«, setzte Whitehead fort. »Dulcinée dagegen eine hübsche junge Frau, naiv, seinem Charme hilflos ausgeliefert.«

»Er hat mit seiner … was war sie? Stieftochter …«

»Sie teilte das Schicksal ihrer Mutter.«

»Er schwängerte sie?«

»Das Kind wurde ihr genommen. Ihrem – sagen wir eingeschränkten – Geist war zu danken, sie konnte davon überzeugt werden, sie habe sich die Geburt nur eingebildet.«

»Diese Geschichte kenne ich!«, rief Nosé aus. »Richelieu hat sie mir erzählt.«

»In welcher Beziehung steht Er zum Kardinal?«, fragte Whitehead.

»Ich habe für ihn gearbeitet.«

»Der Mann ist hochgefährlich. Er hat sich ein Spitzelnetz eingerichtet, das sich über das halbe Land erstreckt.«

»Er hat sich sein Leben mit dieser Geschichte erkauft. Er habe eine Frau aus allerbestem Haus nach Spanien gebracht, sagte er, wo sie unter denselben Voraussetzungen geboren habe.«

»Das hat er tatsächlich«, sagte Whitehead. »Dulcinée verdankt ihm ihr Leben. Warum konnte er damit sein Leben erkaufen?« Nosé sah erst Whitehead an, dann Arden.

»Ich konnte nicht den Retter meiner Mutter töten«, sagte er, registrierte danach erst, was das bedeutete. »Dulcinée ist meine Mutter«, sagte er zu sich selbst, blickte dann starr zu Boden. »In drei Tagen.«

»Was ist in drei Tagen?«, fragte Arden. Nosé hob seinen Blick.

»Richelieu erwartet meine Mutter in drei Tagen.«

»Vielleicht war das eine Finte, um Zeit zu schinden«, schlug James vor.

»Das Risiko können wir nicht eingehen«, sagte Arden. »Wir müssen etwas unternehmen.« Er wandte sich Whitehead zu. »Habt Ihr Kontakt zu Dulcinée?«

»Ich sah sie kurz, weiß aber nicht, wie sie zu erreichen ist«, erwiderte dieser. Colin kratzte seine Bartstoppeln.

»Aleja weiß es bestimmt. Doch wer von uns kann sich noch in ihre Nähe wagen?«

»Wir müssen zusammenbleiben«, schloss James. »Ich besorge uns Waffen. Die Degen bringe ich aus dem Fundus des Theaters. Wir brauchen nur die Sicherungen von deren Spitzen zu entfernen. Aleja und ihre beiden spanischen Begleiter werden nicht ihr Leben in einem Kampf gegen uns riskieren. So wäre ihre Sache am Ende.«

»Ich muss mich ausnehmen«, sagte Whitehead. »Ich bin ein alter Geschäftsmann, kein junger Krieger. Aber Musketen habe ich zu Genüge in meiner Sammlung. Sie sind zwar zu wertvoll für den Kampf, doch in diesem Fall …«

»Das gibt uns einen Vorteil«, sagte Colin. »Die Rebellen scheinen sich auf ihre Stichwaffen zu verlassen. Nur Miguel trug eine Muskete.«

»Ich hoffe, ein Kampf wird nicht nötig werden«, sagte Arden. »Wir haben sie enttäuscht, deshalb sind wir nicht ihre Feinde.«

»Gerade du bist es womöglich doch, Königssohn«, sagte Colin.

29

»Colin hat sie ausgekundschaftet«, berichtete Arden Nosé und James am nächsten Morgen. »Die drei Rebellenführer haben in einem Lager hinter der Schmiede an der Seine Stellung bezogen.«

»Lasst uns sie aufsuchen«, sagte James. Nosé fühlte sich nicht gut mit Degen und Muskete. Seine misslungene Messerattacke nagte noch am Selbstbewusstsein.

Die Schmiede war in vollem Betrieb, als sie dort ankamen. Sie konnten nicht einfach durch den Hof zu den Lagerräumen gelangen. Die Umrundung des Grundstücks offenbarte eine Lücke im Holzzaun, vermutlich von den Rebellen geschlagen. Die vier schlüpften hindurch, liefen über einen schmalen Grasstreifen zur Hinterseite des Lagerhauses. Sie schlichen zur Westseite, wo ein einfaches Riegeltor den Zutritt blockierte. Der Außenriegel war nicht zugeschoben, vermutlich hielt sich jemand in dem Gebäude auf.

Eine Minute später standen sie in der Lagerhalle, James richtete seine Muskete auf Emilios Gesicht, Colin bedrohte Aleja. Arden und Miguel standen einander mit den Musketen im Anschlag gegenüber. Hinter Miguel hatte sich Nosé positioniert, jetzt drückte er ihm seine Muskete in den Nacken. Miguel und Arden starrten einander in die Augen.

»Gib auf«, rief James Miguel zu. »Wir können euch alle auf einmal erledigen, du nur einen von uns.«

»Ich töte den Thronfolger«, entgegnete Miguel, ohne seinen Blick von Ardens Augen zu nehmen. Nosés Muskete in seinem Genick bereitete ihm sichtlich Probleme, Schweißperlen standen auf seiner Stirn.

»Ich blase der jungen Dame hier das Hirn aus dem Schädel«, drohte Colin. Aleja begriff, er meinte es ernst.

»Nimm die Waffe runter, Miguel«, sagte sie in strengem Tonfall. Miguels Augen bewegten sich mit hoher Frequenz von einer Seite zur anderen, er schluckte. »Hörst du nicht!«, herrschte Aleja ihn an.

»Aber … wir sind doch unbeugsam.« Es klang fast wie ein Wimmern. Miguels Welt schien einzustürzen. Sein Arm senkte sich, schnellte sofort wieder hoch, er spuckte in Ardens Gesicht, grimassierte, atmete hektisch.

»Du wirst gleich kollabieren«, sagte James. »Leg die Waffe beiseite, eh du unabsichtlich abdrückst.« Miguel riss die Brauen hoch, er stammelte: »Er ist der Feind des Volkes. Er muss sterben. Er muss …«

»Sei nicht so naiv«, sagte Aleja verächtlich. »Halte dich an die Spielregeln.« Miguel richtete die Muskete von Ardens Kopf auf dessen Herz, lachte kurz, dann warf er sie auf den Boden.

»Es ist nur ein Spiel für dich«, sagte er zu Aleja. »Ein verdammtes Spiel.«

Nosé hob Miguels Waffe vom Boden auf. Arden wischte Miguels Speichel aus seinem Gesicht.

»Wir wollen nichts von euch«, sagte James. »Euer Kampf mag gerecht sein oder nicht. Eine einfache Auskunft ist alles, was wir begehren.« Emilio verschränkte die Arme.

»Ihr verlangt Verrat von uns.«

»Kein Verrat – eine Auskunft. Dulcinée ist in Gefahr. Wir müssen sie davon abhalten, zu Richelieu zu gehen. Wir wissen aber nicht, wo sie sich aufhält.«

»Wozu dann die Waffen?«

»Euer Auftrag wurde von den beiden nicht erfüllt.« James wies auf Nosé und Colin. »Und Arden wurde von Aleja verstoßen. Wir konnten nicht wissen, wie ihr reagiert.«

»So sag ihnen doch, wo sich Dulcinée aufhält«, sagte Emilio zu Aleja.

»Ich denke nicht daran«, entgegnete sie.

»Sie ist deine Freundin.«

»Ich habe keine Freunde.«

»Was heißt das? Wir sind deine Freunde.«

»Ihr seid meine Erfüllungsgehilfen«, sagte Aleja. »Dulcinée ist ein Trumpf, den ich nach meinem Belieben ausspielen werde.«

»Wenn Richelieu sie tötet, hast du keinen Trumpf mehr«, sagte Arden. Aleja lachte.

»Richelieu tötet sie nicht. Er ist von meiner Sorte, er wird sie zu seinem Vorteil nutzen.« Nosé konnte nicht mehr an sich halten.

»Wenn meiner Mutter etwas geschieht, weiß ich nicht, was ich tu«, sagte er, atmete schwer. Aleja wandte sich ihm zu.

»Oh! Das ist eine faszinierende Wendung«, sagte sie. Nosé begriff, er hatte einen Fehler begangen. Er sah Arden Hilfe suchend an.

»Ich verstehe nichts mehr«, sagte Miguel. Emilio legte die Hand auf seine Schulter.

»Wir sind wie dumme Jungs einer Betrügerin auf den Leim gegangen«, sagte er.

»Aber – die Sache …«

»Die Sache ist gut, aber wir haben sie vermasselt. Das Volk selbst muss entscheiden, ob es aufstehen will. Es wird einen hohen Blutzoll zahlen müssen. Womöglich ist es das nicht wert. Ich weiß nicht …«

»Darüber könnt ihr ein andermal beraten«, ging Colin dazwischen. »Diese Dinge treiben die Menschen in meiner Heimat schon lange um. Heute geht es um Dulcinée. Nur um sie.«

»Ich werde jetzt gehen«, sagte Aleja. »Oder möchte mir jemand mit einer Muskete drohen?« Sie lächelte, verließ das Gebäude. Die sechs Männer blieben ratlos zurück. Nur Aleja wusste, wo Dulcinée zu finden war. Diese Tür blieb ihnen verschlossen. Eine andere Idee musste her. Sie ließen Emilio und Miguel in deren Enttäuschung zurück.

»Alejas Geschichte, dich zu brauchen, um das Volk zu überzeugen, machte nie viel Sinn für mich«, sagte Colin. Arden stierte vor sich hin.

»Sie hätte mich als Geisel verwendet«, sagte er. Colin klopfte auf seine Schulter. Sie liefen noch lange in der Stadt umher.

Ihre Versuche, Dulcinée am zweiten Tag auf andere Weise ausfindig zu machen, fruchteten nicht. Sie einigten sich auf einen Streich, den Nosé sich ausdachte, so wenig Erfolg versprechend und peinlich die Finte auch war. Es war alles, was sie tun konnten.

Am dritten Tag liefen vier Narren durch Paris. Alle Kostüme Nosés kamen zum Einsatz. Sie steuerten auf den Königshof zu. Die frischgebackenen Schelme griffen sich selbst oft ins Gesicht, besonders, wenn sie hübschen Frauen begegneten. Sie hätten einen unterirdischen Weg bevorzugt – oder den Tod, nebenbei. Nosé führte sie zum Eingang, den die Hofnarren wie die meisten Bediensteten gewöhnlich nahmen. Man kannte ihn dort, auch war hier die Chance am größten, Richelieus Passierschein weiterhin benutzen zu können. Nosé wurde gleich erkannt, mit dem Attentat brachte man ihn nicht in Verbindung. Man ließ ihn ein. Die Übrigen mussten draußen warten. Nosé suchte Gérôme auf, erklärte ihm, er bringe aus schlechtem Gewissen, weil er dem Meister zwei Narren gekostet habe, drei neue erfahrene Hofnarren, seine Inszenierungen zu besetzen.

»Ich brauche nicht mehr als zwei«, sagte Gérôme.

»So wählt aus den Dreien jene, die euch geeignet erscheinen«, sagte Nosé. Gérôme überlegte.

»Na gut«, sagte er schließlich. »Ich komme mit dir und sage der Wache bescheid, sie sollen die Kandidaten einlassen.«

Eine der größten Schwächen Nosés Plans war die Bewaffnung. Wie von den Rebellen gelernt, befestigten sie Messer unter ihren Narrenkappen, freilich nicht mit der raffinierten Lederkonstruktion – die Riemen hatten sie weggeworfen –, sondern mit Stoffabfällen provisorisch festgezurrt. Gérômes Anwesenheit und Fürsprache brachte wie erhofft die Narren ohne genaue Untersuchung durch die Wachen ins Schloss. Im Übungssaal setzte sich Nosé auf eine Bank, lud seine Freunde ein, ebenfalls Platz zu nehmen. Doch Gérôme hatte andere Pläne. Er winkte die Schelme zu sich.

»Folgt mir!«, sagte er. Der Meister der Narren führte sie in seine Räumlichkeiten. »Also. Was wollt ihr wirklich hier?«, sagte er. »Die Wahrheit, bitte!« Die drei neuen Narren sahen Nosé an. Er blickte zu Boden, stöhnte.

»Wir wollen eine Freundin retten, die in eine Falle Richelieus laufen wird«, sagte er.

»Eine Freundin?«

»Meine Mutter.«

»Du hast keine Mutter.«

»Wie sich herausgestellt hat, habe ich wohl doch eine. Sie ist seine Schwester.« Nosé zeigte auf Arden.

»Er ist dein Onkel?«

»Nicht nur das, er ist auch mein Halbbruder.«

»Wie geht das?«

»Das ist alles sehr kompliziert.«

»Das sehe ich. Du warst mir vom ersten Augenblick an suspekt. Aber ich mag dich auch, sonst hätte ich dich längst abführen lassen und deine Freunde gleich dazu. Was hat all das mit den Narren zu tun?«

»Wir müssen uns im Schloss frei bewegen können, dazu ist es vorteilhaft, Narrenfreiheit zu besitzen.«

»Ich verstehe. Ihr denkt, ich lasse euch durchs Schloss laufen und einen Anschlag auf den Kardinal verüben?«

»Nein. Wir planen keinen Anschlag. Wir wollen nur vor der Königin spielen.«

»Ihr seid völlig von Sinnen! Ihr könnt doch nicht ohne Vorbereitung Anna von Österreich zugemutet werden. Ich verlöre meinen Ruf, vielleicht meinen Kopf.«

»Wenn ich mit Piccolos Flöte spiele, achtet die Königin gar nicht auf die anderen, sie brauchten nur herumzustolpern oder zu tanzen.«

»Ich tanze nicht!«, sagte Colin bestimmt.

»Da hat Er Recht«, sagte Gérôme. »Er tanzt nicht. Niemand tanzt. Das kommt überhaupt nicht infrage.«

»Gebt ihnen Schlaginstrumente, mit denen sie mein Spiel begleiten. Ein einfacher Rhythmus wird reichen.«

Gérôme kratze sein Kinn.

»Ich weiß nicht. Ich weiß nicht. Ich sehe sicherheitshalber nach, ob ich etwas Passendes hier habe.« Er ging ihnen voraus in den Saal hinaus. Dort kramte er in Kisten herum.

»Was soll das mit der Königin?«, flüsterte Arden.

»Lass mich nur machen«, entgegnete Nosé. Mathurine und Piccolo traten in den Saal. Sie beobachteten Gérôme, entdeckten dann die drei Neuen und Nosé. Mathurine sah Letzteren mit zusammengekniffenen Augen an.

»Kommt her, ihr drei«, sagte Gérôme. »Ich zeige euch ein paar Dinge.« Arden, James und Colin gingen zu ihm. Mathurine näherte sich Nosé.

»Du bist immer noch hier?«, sagte sie. »Mein Abschiedsgeschenk war wohl nicht gut genug.«

»Ich trete heute zum letzten Mal hier auf«, sagte er. »Dein Geschenk war wundervoll.« Erstmals zeigte Mathurine ein Lächeln, das nicht zynisch wirkte. Ihre Hand streifte die seine, als sie sich umwandte und zur Wand ging, wo ihr Schild und Holzschwert lehnten.

James, Arden und Colin kehrten mit verschiedenen Perkussionsinstrumenten zurück. Gérôme hatte ihnen eine Einführung in deren Verwendung gegeben – im

Prinzip ein ganzer Schlag im Viervierteltakt, nur Colin durfte gelegentlich zwei Halbschläge spielen, was er mehrfach stolz erwähnte.

Piccolo weigerte sich, mit Laien zu arbeiten. Niemand protestierte; er hätte ohnehin nur im Weg gestanden. Gérôme inspizierte die Narrentruppe.

»Und ihr habt bestimmt keine Übeltaten vor?«, sagte er. »Ich liebe meine Herrschaften.«

»Ich liebe die Königin auch«, sagte Nosé. Gérôme drängte.

»Geht schon in den Salon, Ihre Majestät wird gleich erscheinen. Piccolo ist raus, Mathurine scheint es auch nicht zu stören.«

»Ich weiß mich zu beschäftigen«, sagte die Närrin, fuchtelte mit ihrem Schwert herum.

Die vier Narren warteten im blauen Salon auf ihr Publikum. Am Stirnende des Raums standen eine Chaiselongue und mehrere Stühle. Es dauerte nicht lange, bis die ersten Hofdamen erschienen. Zuletzt betrat die Königin in Begleitung ihrer favorisierten Hofdame und Dulcinées den Salon. Die Narren zogen ihre Schelmenkappen tief ins Gesicht, stellten die Krägen auf. Dulcinée könnte alles verderben, wenn sie die Verkleideten in ihrer Freude identifizierte. Colin führte die Perkussionstruppe an, sie wanderten im Kreis, schlugen ihre Instrumente. Nosé löste sich aus dem Kreis. Er hielt seinen Kopf gesenkt, nahm die Flöte zur Hand, begann mit einigen kurzen Einwürfen, eh er das melodiöse Spiel begann. Er beherrschte mittlerweile ansatz-

weise das Thema von Thomas Tallis. Das Instrument
tat wieder seinen Zauber, die Damen horchten andächtig den Klängen. Jetzt wurden die Narren mutiger,
tanzten, schlugen entgegen Gérômes Anweisungen andere Klangmuster, ohne jedoch den Rhythmus zu verlassen. Die Laiengruppe erzeugte tatsächlich schöne
Musik. Nosé wurde immer sicherer in seinem Spiel. Er
warf Arden einen Blick zu, lenkte ihn damit in Richtung Dulcinée. Der trommelnde Narr lief im Kreis weiter nach außen, vergrößerte damit seinen Radius. Die
anderen folgten ihm. Schließlich lief er hinter der Chaiselongue vorbei, streckte seinen Kopf zwischen Anna
von Österreich und Dulcinée. Seine Lippen bewegten
sich, dann tanzte er weiter. Die Königin und Dulcinée
sahen einander an. Letztere studierte jetzt die tanzen-
den Narren näher. Sichtlich erkannte sie jeden von ihnen. Sie sagte nichts. Die Königin flüsterte ihr etwas zu.
Sie nickte dazu. Anna winkte eines ihrer Mädchen herbei, gab ihr Anweisungen. Das Mädchen eilte davon.
Arden tanzte an Nosé vorbei. Dieser setzte kurz seine
Flöte ab.

»Was hast du gesagt?«

»Geh nicht zu Richelieu, Schwesterchen.«

»Gut.«

Sie spielten weiter, als sei nichts geschehen. Jetzt betraten Wachen mit langen Piken den Salon. Ihnen folgten Musketiere. Die Narren beendeten ihr Spiel, sie bereiteten sich auf einen aussichtslosen Kampf vor. Doch
die Wachen nahmen Dulcinée in ihre Mitte, geleiteten

sie aus dem Salon. Die Königin und ihre Hofdamen folgten ihnen.

»Sie haben verstanden«, sagte Arden. »Dulcinée ist in Sicherheit.«

»Jetzt sollten wir Schutz suchen«, sagte Colin. Sie liefen zurück in den Übungssaal. Dort stand Piccolo, grinste die Narren an. Im nächsten Moment hatte er eine Muskete in der Hand. Eine zweite Schusswaffe steckte in seinem Gürtel.

»Was willst du?«, fragte Nosé.

»Denkst du, Richelieu hat sich nur auf dich verlassen? Ich habe dich die ganze Zeit über beobachtet. Dass du entkommen bist, habe ich allerdings nicht gewusst. Er sagte, du würdest heute hingerichtet.«

»Du kannst uns nicht alle erschießen«, sagte James.

»Ich habe es auch nur auf zwei von euch abgesehen«, entgegnete Piccolo, zeigte mit dem Lauf seiner Waffe nacheinander auf Arden und Nosé. Jetzt zog er die zweite Muskete aus seinem Gürtel, richtete beide Waffen auf ihre Ziele. Eine Sekunde später verzerrte sich sein Gesicht. Er schrie auf, fiel vornüber. In seinem Rektum steckte ein Holzschwert. Colin und James warfen sich auf ihn, nahmen ihm seine Waffen ab. Mathurine stand in ihrer Amazonenkluft hinter dem winselnden Narren, zwinkerte Nosé zu, nahm ihr Schild auf, zog das Schwert aus Piccolos Rektum, stolzierte aus dem Saal.

Die vier Narren rannten durch die Gänge. Sie hörten Schritte, die von vorne näherkamen. Am Ende des

Ganges tauchten Männer in Rüstungen auf. Nosé erkannte die Wachen Richelieus.

»Folgt mir«, rief er seinen Freunden zu. Er bog in einen Seitengang, lief, gefolgt von drei Narren, durchs Gewirr der Korridore, bis sie vor einem Schrank standen. Er öffnete ihn, griff hinein, drückte gegen die Rückwand. Sie klappte nach hinten.

»Los, hier durch!«, sagte er. Die Narren kletterten in die Finsternis, Nosé folgte ihnen, zog die beiden Türen hinter sich zu. Er hantierte im Dunkeln herum. Bald brannte eine Fackel.

»Baleno hat mir diesen Weg gezeigt«, sagte er. Sie folgten einem Gang bis zu einer Tür an der Rückseite des Schlosses. Sie öffnete hinter einem Strauch, war mit Efeu bewachsen. Die Schelme liefen zu den Stallungen. Hier banden sie Faquin und noch ein Pferd los, setzten sich jeweils zu zweit auf die Tiere, ritten rund ums Schloss zum Haupttor. Dort hielten die Wachen des Königs sie auf. Nosé wies seinen Passierschein vor. Er sagte, sie müssten dringend Musikinstrumente besorgen, die Königin zu unterhalten, ein Verrückter habe Trommelhäute aufgeschlitzt, Lautenhälse gebrochen. Es sei ein Notfall, die Herrin brauche eilig Aufheiterung, sie fühle sich nicht gut. Die mitfühlenden Wachen ließen die Narren ziehen.

30

Sie ritten zum Schuppen, wo die erste Zusammenkunft der Rebellen stattgefunden hatte. Dort standen ihre Pferde. Nun hatte auch Colin einen Braunen und ein weiterer stand in Reserve. Auch die beiden Rappen der Spanier waren noch an der langen Stange angebunden. Emilio und Miguel hatten die Tiere gut versorgt. Nosé verteilte ein wenig des Heus zu den königlichen Tieren, dann folgte er den anderen Narren in den Schuppen.

Emilio und Miguel saßen an einem provisorischen Tisch auf ebensolchen Bänken. Sie hatten einen Zettel vor sich liegen, schienen zu beraten.

»Plant ihr einen Anschlag?«, fragte Arden.

»Wir wollen versuchen, Baleno vor der Vierteilung zu bewahren«, sagte Miguel. »Wir sind mitschuldig an seiner Lage.«

»Das sind wir alle«, sagte Nosé. »Vierteilung? Woher wisst ihr das?«

»Hier«, sagte Emilio und hielt den Zettel hoch. »Sie kündigen es als großes Volksfest an. Für das Volk hat er es zu tun versucht, jetzt belustigen sie sich daran, wie er von Pferden in Stücke gerissen wird. Sie beschreiben detailliert, was mit ihm alles geschehen wird. Er wird lange leiden müssen, eh er sterben darf.«

»Der Kardinal will das Spektakel der Hinrichtung François Ravaillacs, des Mörders Heinrich IV., übertrumpfen«, sagte Miguel. »Er will zeigen, er ist wichtiger als ein König.« Nosé sah sich den Zettel an.

»Das wird Ludwig nicht gefallen.«

»Es gefällt *uns* nicht«, sagte Emilio.

»Wo findet es statt?«, fragte James.

»Auf der Place de Grève natürlich, wie jede große Volksbelustigung. Davor wird er auf der Armesünderkarre vor das Tor von Notre Dame geführt, um Buße zu tun.«

»Dort muss unser Angriffspunkt sein«, sagte Nosé. »Danach kommen wir nicht mehr an ihn heran.«

»Ihr wollt mitmachen?«

»Selbstverständlich«, sagte Nosé, sah sich um, las in allen Gesichtern Zustimmung. »Wann genau findet das statt?«

Eine Stunde später fuhr am Platz vor Notre Dame die Armesünderkarre vor. Auf ihr stand ein junger Mann im Büßerhemd. Nosé erkannte Baleno ohne sein Narrenkostüm kaum wieder. Er war gewiss schon im Gefängnis gefoltert worden. Blut verschmierte die Strähnen seiner langen Haare. Er trug eine Kerze in einer Hand, in der anderen Nosés Messer, mit dem er das Attentat verüben wollte. Zwei Stricke banden ihn an der Karre fest, hielten den Geschundenen auch aufrecht. Nur wenige Schaulustige waren hierhergekommen. Die meisten harrten auf der Place de Grève des Spektakels.

Vier Narren auf ihren Pferden näherten sich der Karre. Sie waren gekommen, den Todgeweihten zu verhöhnen. Zuseher und Aufseher freuten sich gleichermaßen über das Auftauchen der Spötter.

»Hier trägt er die Kerze, die ihm heimleuchten wird«, rief James.

»Er wird etwas dazulernen«, schrie Colin, lachte. »Er konnte nie bis drei zählen, die Vierteilung wird ihm eine neue Zahl beibringen.« Das kärgliche Publikum brüllte vor Lachen, die Aufseher machten Platz für die Schelme. Diese ritten rund um den Wagen, ihre Messer trugen sie offen am Gürtel.

»Eine Kardinalsünde gegen den Kardinal zu begehen, war wohl nicht die beste Idee«, stellte lautstark Nosé fest. Der apathische Baleno reagierte erstmals auf Nosés Stimme. Sein Genick versteifte sich. Der Wagen blieb vor dem Haupttor der Kathedrale stehen.

»Spiel ihm das Lied vom Tod«, rief Arden. Nosé holte Piccolos Flöte hervor, die neben seinem Messer im Gürtel steckte. Er lenkte sein Pferd vor die Armesünderkarre, spielte seine traurigste Melodie. Colin und James ritten links und rechts an der Karre vorbei, schnitten die Seile durch. Arden ritt heran, packte Baleno unter den Armen, zog ihn mit Colins Hilfe auf sein Pferd, legte ihn wie einen Sack auf dessen Rücken. Nosé drehte sein Pferd im Kreis, während die drei losritten, dann folgte er diesen. Der Staub drang in Augen und Lungen der Bewacher. Jetzt stürmten zwei Rösser aus einem Hof gegenüber der Kathedrale. Quer über beider Schultern lag der lange Balken, an dem die Tiere für gewöhnlich angebunden wurden. Die Wächter wollten die Verfolgung der Narren aufnehmen. Emilio und Miguel hielten auf sie zu. Die Ersten stürzten durch die Wucht des Balkens, hinter ihnen scheuten die Pferde der Nachkommenden. Die beiden Spanier nutzten die allgemeine Verwirrung, warfen den Balken von den Pferdeschultern in den Staub, stoben davon.

Glücklicherweise war die Scheune groß genug, neben sechs Personen auch sieben Pferde zu beherbergen. Das Risiko, die Tiere im Hinterhof des Gebäudes zu lassen, wäre zu hoch gewesen. Die Garde des Kardinals würde gewiss jede größere Ansammlung von Reittieren in der Stadt untersuchen. Baleno zeigte sich in schlechtem Zustand. Nosé hatte Erfahrung im Umgang mit Gefolterten, Ferdinand blieb ihm mehr als ein Mal in einem vergleichbaren Zustand zu betreuen. Allerdings benötigte er Material, die Wunden zu versorgen. James, der am wenigsten Bekannte, stellte sich zum Erledigen der

Besorgungen zur Verfügung. Emilio überließ ihm seine Kleidung. Ein Narrenkostüm wäre die verräterischste Ausstattung gewesen. Mittlerweile arbeitete Nosé vorwiegend mit Tüchern und Wasser. Baleno lag auf dem provisorischen Tisch, Arden kühlte seine Stirn, Nosé untersuchte seine Wunden.

»Du hast tatsächlich dem Tod unseres Vaters beigewohnt«, sagte Arden. »Oder war es bloß Angabe?«

»Es war die Wahrheit. Und so unglaublich es klingen mag, Sancho Panza war auch dabei.«

Arden stöhnte.

»Um ein Haar hätte ich dir geglaubt. Romanfiguren laufen nicht in der Gegend herum.«

»Ich habe auch an meinem Verstand gezweifelt, ihn für eine Wahnvorstellung meiner Krankheit gehalten. Inzwischen traue ich mir wieder.«

»Traue dir lieber nicht, Brüderchen.« Sie schwiegen eine Weile, dann meldete sich Arden wieder zu Wort. »Er war ein Schwerenöter, nicht wahr?«

»Offensichtlich. Er wusste aber nicht, Dulcinée war Elisabeths Tochter.«

»Zumindest war er nicht ihr Vater, Gottlob.«

»Er war schon etwas verwirrt. Er wusst nicht, er hatte einen zweiten Teil des Don Quijote geschrieben. Sancho sagte ein paar seltsame Dinge.«

»Welche?«

»An einer Stelle deutete er an, Cervantes selbst sei Don Quijote gewesen, an einer anderen leugnete er es.«

»Kannst du dir vorstellen, er sei tatsächlich Shakespeare gewesen?«

»Das scheint mir weniger glaubhaft, als Sanchos Existenz.«

»Es ist aber die einzig vernünftige Erklärung.«

»Was ihr Engländer unter Vernunft versteht! Ich lernte in Florenz einen Mann namens Descartes kennen, der könnte dir einiges zu diesem Thema erzählen. Ich wünschte, er wäre hier.«

»Nur du musst nach Italien fahren, um einen Franzosen kennenzulernen.«

»Er reiste nach den Niederlanden.«

»Dort hilft er uns nicht.« Arden tauchte das Tuch in frisches Wasser. »Vater gab nicht bekannt, er sei Shakespeare. Wir sollten es auch für uns behalten. Er wollte als der Dichter des Volkes in Erinnerung bleiben.«

»Es würde uns ohnehin niemand glauben«, sagte Nosé. Baleno stöhnte auf. Nosé wandte sich ihm zu. »Ein wenig musst du dich noch gedulden.«

Bald wurde die Tür aufgestoßen. James trat ein mit einer gefüllten Tasche über der Schulter. Ihm folgte eine Frau. Dulcinée trippelte in den Raum.

»Wo ist der Patient?«, fragte sie, sah Baleno auf dem Tisch liegen, trat zu ihm. Alle andern sahen James an. Der zuckte mit den Schultern.

»Sie war beim Drogisten, sie hat mich wiedererkannt.«

Dulcinée schwirrte wie ein Kolibri um den Verletzten herum. Arden wäre beinahe laut geworden, doch

Nosé überzeugte ihn mit einem Blick, diesen Moment zwischen Mutter und Sohn dürfe er nicht zerstören. Der Narr reichte ihr die Materialien zur Wundversorgung und protestierte nicht gegen den dicken Packen Salbe unter dem schlechtgewickelten Verband. Sie konnte nichts falschmachen. Nosé kämpfte mit sich, der Sorgsamen nicht zu gestehen, er sei ihr Sohn. Nun hatte er Vater und Mutter gefunden, doch Ersterer war tot, und Letztere nicht in der Lage, eine Nachricht dieser Tragweite zu ertragen. Ihre Anwesenheit war Freude und Schmerz in einem.

»Ihn kenne ich doch auch«, stellte sie plötzlich fest. »Wenn ich nur wüsste …«

»Ich war bei Euch in dem Herrenhaus nahe Madrid. Ihr habt mir Euer Pferd geschenkt.«

»Richtig. Er duftete nach meinen Blumen. Aleja hat mir wenig Gutes über Ihn berichtet. Ich habe allerdings alles vergessen. Ohne Calida habe ich kein Gehirn.«

»Aleja ist vielleicht nicht die beste Quelle«, mischte James sich ein.

»Sie schrieb so schöne Sonette. Ich habe sie für die Gute übersetzt.«

»Sie brachte Euch Sonette?«

»Ich muss sie einmal danach fragen, was daraus wurde. Calida muss mich daran erinnern.«

»Das waren Cervantes Shakespearesonette.«

»Cervantes? Das ist doch der Mann, der meinen Namen missbraucht hat. Das kann nicht sein. Sie hat sie geschrieben.«

»Er hat Euren Namen nicht missbraucht, er hat Euch ein Denkmal gesetzt.«

»War seine Dulcinea nicht eine Dirne?«

»Aber nein, sie war seine Königin. Er hat sie verehrt.«

»Das ist doch auch das Mindeste. Eines schließt jedoch das andere nicht aus.«

»An mehr erinnert Euch der Name Cervantes nicht?«, fragte nun Nosé. Dulcinée hob die Brauen.

»Sollte er?«

»Ich weiß nicht. Nein, wohl eher nicht.« Nosé war unsicher, wie er mit ihr sprechen sollte. Er zog vor, zu schweigen. Dulcinée unterhielt sich in Folge eingehend mit Arden. An ihn erinnerte sie sich gut, obwohl sie ihn erst zweimal zuvor sah. Die politische Bedeutung ihrer beider Abstammung von Elisabeth verstand sie nicht. Sie freute sich, so spät noch einen Bruder gefunden zu haben. Man hatte ihr auch nicht erzählt, Lord Buckingham war ihr Vater. Ob ihr das Prinzip von Vater und Mutter völlig klar war, konnte Nosé nicht sagen. Eine Mutter schien ihr zur Fortpflanzung zu reichen. Wenn er genauer darüber nachdachte, war das womöglich gar nicht so falsch. Unsinn! Aus ihm sprach sicherlich nur Müdigkeit. Wieder gewahrte der Narr, er mochte etwas von ihrer Einfalt geerbt haben, wie man eine Hakennase erbt. Sancho, Jacqueline, die von Bergen geborenen Kinder: Nur Ausgeburten einer kranken Fantasie? Ob er tatsächlich bei Cervantes Tod anwesend war, oder seine väterlichen Anlagen dem Gehirn einen

Streich gespielt hatten – er konnte es nicht sagen. Etwas in ihm wusste womöglich die ganze Zeit über, wer seine Eltern waren. Er lehnte sich gegen die Wand, sah Dulcinée und Arden sprechen, hörte sie nicht mehr.

Eine Hand an Nosés Schulter – jemand rüttelte ihn. Colin grinste ihm ins Gesicht.

»Ich würde dich ja schlafen lassen, aber wir gehen jetzt.«

»Wer, was, wie?«, fragte Nosé.

»Baleno wird zum Medikus gebracht. Dulcinée hat ihre Beziehungen spielen lassen.«

»Oh, gut.« Er stemmte sich mit den Armen hoch. »Und wohin gehen wir?«

»Die Lady hat eine Villenetage gemietet. Sie meint, sie könne uns vier unterbringen. Emilio und Miguel haben ihre eigene Bleibe.«

»Ich bleibe hier«, sagte Nosé.

»Bist du verrückt? Bei ihr sind wir sicher. Niemand vermutet uns in einer Villa.«

»Ich bleibe trotzdem.« Er verschränkte die Arme wie ein trotziges Kind.

»Wie du willst«, sagte Colin. »Wir sind …«

»Sag mir nicht, wo ihr seid. Was ich nicht weiß, kann ich nicht verraten.«

»James wird morgen nach Calais reisen, ein Schiff nach England besteigen, das Land verlassen. Du wirst ihn nicht mehr sehen.«

»Ich kenne ihn nicht so gut. Sag ihm, ich wünsche ihm eine gute Reise.«

Colin schüttelte den Kopf, ging zu den anderen. Sie unterhielten sich kurz, dann kam Arden auf Nosé zu.

»Willst du mir nicht verraten, warum du hierbleibst?«

»Ich brauche Zeit, in Ruhe nachzudenken«, sagte der Narr.

»Na gut«, schloss Arden, kehrte zu den anderen zurück, die danach mit ihm aufbrachen. James winkte Nosé noch zu, eh er den anderen folgte.

Der Kreis der Übersetzerinnen, die für Cervantes gearbeitet hatten, Shakespeare zu erschaffen, wuchs. Die Schriften gingen durch viele Hände, eh sie bei Mister Thorpe anlangten. Ob Nosés Vater je bereute, seine Dramen und Sonette nicht einfach im spanischen Original veröffentlicht zu haben? Er hatte selbst das Identitätsproblem, das er Nosé vorwarf. Darum war ihm wohl die Gefahr desselben bewusst. In seiner Todesstunde gestand er seinen Fehler, ließ ihn wie den Rat an einen anderen aussehen. Er konnte nicht gewusst haben, er sprach zu seinem eigenen Sohn. Sancho Panza, so er existierte, könnte unterrichtet gewesen sein. Er hatte sich als die mysteriöseste Figur entpuppt, so erdverbunden und schlicht er erschien. Nosés Kopf wurde schwer, er fiel, fällt …

… fast vom Pferd, schreckt hoch.

– Was lässt du mich einschlafen, Sancho!

– Rosinante lässt Euch nicht fallen, Herr.

– Wo sind wir?

– Wir erkunden Eure Ländereien.

– Haben wir Drachen gesichtet?

– Noch nicht, Herr.

– Das ist ärgerlich. Man lässt den Helden nicht Held sein. Hast du etwas anderes gesehen?

– Ich sah eine schöne Maid.

– War sie in Gefahr?

– Ich fürchte, sie war es nicht.

– Vergiss sie! Gott, was bleibt einem edlen Ritter zu tun?

– Ihr könntet zur Laute singen.

– Wir besitzen eine Laute?

– Nein.

– Du vergeudest meine Zeit.

– Verzeiht, Herr.

– Sancho.

– Ja, Herr?

– Was sagt Dulcinea über mich?

– Was meint Ihr, Edler.

– Na, du weißt schon – meine Liebeskünste. Wie spricht sie darüber`?

– Oh, ich bin überzeugt, sie hat nur Gutes zu berichten.

– Selbstverständlich bist du davon überzeugt. Das war nicht die Frage.

– Sie sprach nicht zu mir.

– Stell dich nicht dumm. Du hörst doch von anderen, die von wieder anderen hörten, was andere sagten. Man spricht doch über mich.

– Nein, das tut man nicht.

– Wie kannst du! Ich bin Don Quijote, der Edelste im Lande.

– Natürlich seid Ihr das. Verzeiht Herr. Man sagt, Euer Nachwu… Eure Manneskraft sei ohne Beispiel, künftige Generationen würden sie besingen.

– Das klingt schon viel glaubhafter, Bursche.

– Ich bin Knappe.

– Noch bist du das. Führe mich nicht ein weiteres Mal in die Irre, sonst …

– Ja, Herr.

– Wir könnten Dulcinea aufsuchen.

– Die junge Dame ist gewiss zurzeit nicht abkömmlich.

– Was könnte wichtiger für sie sein als meine Gegenwart?

– Das, was Eure Gegenwart hinterließ, Herr.

– Sprich nicht in Rätseln, Knappe.

– Seht, Herr, eine Krähe sticht durch den Sonnenaufgang!

– Ein Drache, meinst du. Lass uns in den Kampf ziehen.

Don Quijote zieht sein Schwert, schlägt, schlug …

… nach einer Fliege, die Nosés Nase umkreiste. Durch das halb blinde Fenster sah er einen verschwommenen Sonnenaufgang. Ein Schatten zog durch das grelle Rot. Der Drache floh. Der Narr meinte zu verstehen, Cervantes war Don Quijote und auch nicht, so wie er Shakespeare war und auch nicht. Drei Identitäten eines Zerrissenen, genial, doch unfähig, Verantwortung zu tragen. Ohne Helfer, Vermittler oder Alter Egos wagte er nicht, sein pralles Bündel unterschiedlicher Begabungen zu öffnen. Nosé sollte nicht denselben Fehler begehen, das war das Vermächtnis seines Vaters. Sein Name war nicht Eulenspiegel. Er war Nosé Cervantes, hatte sein Vater ihn auch nie anerkannt, wusste nicht einmal von seiner Existenz. Er wollte diesen Namen tragen, das Narrenkostüm ablegen.

Er schlich sich aus der Scheune, deponierte den Schlüssel an der bekannten Stelle. Bald fand er sich im Trubel der Stadt wieder. Die Händler boten lautstark ihre Waren feil. Nosé sah sich um, prüfte Stoffe, hielt sich Kleidungsstücke an den Leib, die Größe zu vergleichen. Ein einfacher, schwarzer Anzug mit bescheidenem Kragen gefiel ihm, er erinnerte ihn an Diego Velásquez. Er wünschte, Dos wäre hier, den Händler abzulenken. Schließlich fiel ihm ein, er besaß Geld, seit er als Narr arbeitete, hatte bloß nie etwas ausgegeben. Drei Beutel mit Münzen beschwerten seine Umhängetasche. Er wurde mit dem Mann hinter dem Warentisch schnell handelseins. In einer Hofeinfahrt schlüpfte er aus dem Narrenkostüm, legte die neuen Kleider an. Er stopfte das Erstere in die Tasche und stolzierte – barfuß zwar – aus der Einfahrt auf die Straße. Auf der Suche nach einem Paar Schuhe, die nicht elegant zu sein brauchten, doch von guter Qualität, bemerkte er einen Mann in einer weiten Kutte. Er hatte die Kapuze tief in sein Gesicht gezogen, obgleich die Sonne nicht blendete, ging in der Mitte der Straße, das Haupt gesenkt, an ihm vorbei. Nosé sah ihm hinterher. Der Mann hob kurz den Kopf, blickte schnell um sich, senkte ihn wieder. Nosé konnte kaum glauben, was er gesehen hatte. Der Kardinal lief ohne Wachen durch die Stadt, verborgen unter einer schweren Kutte. Der junge Mann vergaß die Schuhe, nahm die Verfolgung des Geistlichen auf – er witterte ein Geheimnis.

Der Vermummte bog in eine Seitengasse, lief eine mit Bruchsteinen gepflasterte Rampe hinab. Eine weite Öffnung führte in den Keller unter einer Taverne. Der Mann verschwand dort. Nosé konnte ihm nicht direkt folgen. Er lief um das Gebäude, suchte nach einer Öffnung. Auf zwei gegenüberliegenden Seiten fand er Lichthöfe, die in die Tiefe führten. Die schmalen Kellerfenster waren nicht blind, er konnte durch eines einen Weinkeller ausmachen, beleuchtet durch das andere Fenster. Der Raum schien leer. Jetzt öffnete sich eine Tür, Richelieu trat ein. Aus der Nische hinter einem Weinregal löste sich ein Schatten, eine Frau näherte sich dem Kardinal. Nosé konnte sie nur von hinten sehen. Sie schlang ihre Arme um Richelieus Hals, er fasste sie um die Hüften. Nosé lächelte. Dieses Geheimnis war für ihn nicht von Belang, die beiden mochten es behalten. Der Kardinal war nicht der erste Geistliche, der eine heimliche Geliebte verbarg. Der junge Mann ging denselben Weg um das Haus, den er gekommen war. Am Ende stand er vor der Eingangsseite des Gebäudes. Jemand, der einen Bierkasten in Händen trug, trat aus der Taverne, ging hinunter in den Keller. Nosé erwartete, man würde Richelieu und die Frau herausscheuchen, doch der Mann kam mit ihnen aus der Einfahrt, verabschiedete sie. Jetzt konnte Nosé die Frau erkennen. Sie? Verwirrt schlich er sich davon, mischte sich wieder unters Volk. Was aus dieser Beobachtung machen? Es ergab keinen Sinn. Oder doch? Darüber nachzudenken, überforderte seine Nerven, er setzte stattdessen seine Suche nach passenden Schuhen fort. Letztlich kaufte er ein Paar aus schwerem Leder, das den Eindruck erweckte, erhöhter Belastung standzuhalten.

31

Die Zitadelle vor dem Hafen von Calais lag im Nebel. Bloß einen sehr kräftigen Steinwurf entfernt war die Festung eben noch zu erkennen – ein Aquarell aus in reichlich Wasser getränkten erdigen Farben. James stand auf den Kopfsteinen vor der Hafenmauer neben einem mächtigen Poller. Das gusseiserne Gebilde schien wie ein Pilz aus dem Boden geschossen. Salz in der Luft, winzige Tropfen auf der Haut – das Meer rief nach dem stummen Menschenkind. England wartete, Portsmouth oder Dover, das entschied der Kapitän je nach den Umständen – nicht zuletzt durch die Umtriebe der Piraten vorgegeben. Eine Möwe stürzte sich ins Meer, tauchte ohne Beute wieder auf, flog auf die Hafenmauer, schüttelte Wasser aus dem Gefieder. Sie schien James mit einem Auge zu begutachten, erhob sich in den Nebel, bald unsichtbar für den Wartenden. Fünfzig Fuß von ihm entfernt stand ein Stapel großer Kisten bereit, eingeladen zu werden. Niemand schickte dieser Tage allzu wertvolle Ladung los, es sei denn, gut bewaffnete Kriegsschiffe begleiteten den Frachter. Dies würde hier nicht der Fall sein.

James stellte sich an den Rand, schwindelte ein wenig, trat einen Schritt zurück. Ohne im Nebel etwas erkennen zu können, erfühlte er das sich nähernde Schiff wie einen Menschen, der in der Dunkelheit auf ihn zukäme. Der Rücken, ein Stich – alle Luft drängte mit einem Schlag aus seinen Lungen, kalter Stahl bohrte sich in sein Fleisch, zwei Hände stießen ihn, er fiel, stürzte wie die Möwe ins Meer.

32

If you say that you can't, then I shall reply,
Parsley, sage, rosemary and thyme,
Oh, let me know that at least you will try,
Or you'll never be a true love of mine.

»Du bist so undurchsichtig.« Arden streifte Alejas Hand mit der seinen. »Nichts von allem, was du tust, macht Sinn.«

»Zerbrich dir nicht den Kopf«, sagte sie. »Komm her!« Sie zog ihn vom Stuhl hoch, umarmte ihn. »Überlass das Denken mir. Du sollst mich nur lieben. Schaffst du das?« Arden drückte sie.

»Ich versuche es.«

»Du hast mehr Erfahrung im Kunstdiebstahl als irgendjemand sonst. Für dich müsste das ein Spaziergang sein.«

»Das Palais Luxembourg ist ein anderes Kaliber. Die Medici hat bestimmt an jedem Tor acht Mann stehen und Nachtwächter, die das Gebäude außen umrunden und innen absichern.«

»Natürlich hat sie das. Wo ist das Problem?«

»Du machst mir Spaß.«

»Ich habe gute Beziehungen zu der alten Ziege.«

»Nosé und Colin haben dich mit ihr gesehen. Sie scheint dich zu mögen.«

»Na siehst du.«

»Das hat uns zu denken gegeben. Man sieht dich mit verschiedenen Menschen aus allen gesellschaftlichen Schichten. Du selbst trittst einmal in höfischer Kleidung auf, einmal in einfacher Garderobe. Nosé will dich sogar in Lumpen gesehen haben. Wir wissen nicht, wo du stehst.«

»Ist nicht wichtiger, wo ich liege?«, sagte sie, spielte mit seiner Gürtelschnalle. »Die Bilder sichern uns eine beschwerdefreie Zukunft.«

»Inwiefern helfen mir deine guten Beziehungen? Sie wird die Wachen nicht für dich abziehen.«

»Aber sie wird mir nicht verwehren, dem rechtmäßigen Anwärter auf Englands Thron die Gemälde Rubens zu zeigen.«

»Sie wird dir nicht glauben.«

»Das wird sie. Du unterschätzt meine Überzeugungskräfte.« Aleja rieb ihre Wange an seiner Schulter. Er überlegte.

»Selbst wenn das gelingen sollte, bliebe immer noch …« Sie legte einen Finger auf seine Lippen.

»Rede nicht so viel, küss mich!«

***

Wochen waren vergangen, Nosé hatte Colin einige Male gesehen, Arden nicht. Laut Colin machte Arden sich rar, traf sich offenbar mit jemandem. Tatsächlich sah Nosé Miguel und Emilio am öftesten. Sie waren nicht wie befürchtet in Starre verfallen, sondern überdachten ihre Vorgangsweise. Ihre Ideale blieben dieselben, die Radikalität, von Aleja in die Gruppe eingebracht, stellten sie mittlerweile infrage. Noch stand offen, wofür sie sich entscheiden würden. Nosé fand konsequentes Handeln durchaus anstrebenswert, hatte aber Probleme damit, über Leben und Tod anderer zu entscheiden. Was Arden betraf, war Nosé überzeugt, dieser träfe sich mit seiner Halbschwester. Nosé kam nicht umhin, Eifersucht zu empfinden. Dulcinée war seine Mutter, und er musste an sich halten, die zarten Fäden, an welchen ihr Verstand aufgehängt war, nicht zu durchtrennen. Gut, Arden hatte seine Mutter und seinen Vater nie kennengelernt, Nosé war beides vergönnt gewesen, das versöhnte ihn ein wenig, doch fand er seine Hand meist zur Faust geballt, wenn die Rede auf Arden kam.

Nosés neues Äußeres wurde zwar allgemein positiv aufgenommen, erforderte von seinen Freunden aber Gewöhnung. Sprach man bisher von ihm als »der Narr«, schien das jetzt nicht mehr zu passen, entsprach es auch seiner Ausbildung. Er hatte aus dem Nichts einen Nachnamen erhalten, wie ein Apfel plötzlich Apfelbutzen hieß. Der Vergleich hinkte, wurde ihm klar; der Apfel machte eine bedeutende Veränderung durch, ehe er sich Butzen nennen durfte. Nosé änderte nur die Verkleidung. Egal. Der Vorteil seiner veränderten Erscheinung war, er wurde von niemandem wiedererkannt, konnte sich im Gegensatz zu den vier anderen frei in der Stadt bewegen. Nosé lebte bei einem Gerber zur Untermiete. Der Nachteil dieser Unterkunft war, es roch dort ständig, als habe sich jemand angepinkelt. Nach kurzem Aufenthalt bei Dulcinée hatten Colin und Arden einen Dachboden bezogen, der außer Schutz vor Regen nichts zu bieten vermochte. Miguel und Emilio legten mittlerweile Wert auf mehr Unabhängigkeit voneinander. Miguel hauste bei einem Paar, das verschiedene Handarbeiten für seinen Lebensunterhalt fertigte, Emilio half einer alten Frau mit ihren täglichen Erledigungen im Tausch für Kost und Logis. Nur die Einkäufe überließen alle Nosé, der sich alsbald als eine Art Versorgungsoffizier verstand.

Er war wieder einmal in der Innenstadt eingetroffen, stieg von Faquins Rücken. Auf Nosés Schultern hing jeweils eine Tasche. Er machte das Pferd an einer Stange fest, bummelte über den Quai du Louvre zum Pont Neuf. In seinem Anzug wurde er mit mehr Höflichkeit behandelt, als er die Buden und Tische passierte. Er betrat sogar das eine oder andere Geschäft, stöberte im Warenangebot. Wenn er den Laden verließ, schrie ihm niemand »haltet den Dieb« hinterher. Bevor er die Pont Neuf erreichte, bog er kurz in Richtung Norden, wo sich sein liebster Fleischer versteckte. Er kam an dem kleinen Laden vorbei, in welchem Lord Whitehead ihm und seinen Freunden den Velásquez gezeigt hatte. Im Schaufenster, das in das verwitterte Gebäude gepfropft schien, waren neben einigen Gemälden auch aufwändig gebundene sowie ungebundene Schriften ausgestellt. Auf einem der Skripte las Nosé den Namen Thomas Thorpe. Er hatte diesen Namen zuvor in Gesprächen zwischen James und Arden gehört. Arden sagte, er habe Aleja mit dem Verleger in Le Havre gesehen. Zwischen den Gemälden hindurch konnte Nosé in den Laden sehen. Dort sah er den Lord mit einem zweiten Mann sprechen. Der Letztere zeigte in einem bunten Anzug mit Puffärmeln und ausgeprägter Braguette neuester Mode wenig Unterschied zu einem Narren in seinem Kostüm. Die beiden Männer bewegten sich auf den Ausgang zu. Nosé gab vor, sich mit einem Skript in der Auslage zu beschäftigen. Die Tür wurde geöffnet.

»Wir hören voneinander, Mister Thorpe«, sagte Whitehead.

»Das tun wir«, antwortete der Mann, schritt auf die Straße hinaus. Whitehead sah Nosé an, als schien ihm das Gesicht bekannt, er könne es aber nicht zuordnen. Er zuckte mit den Schultern, schloss die Tür. Nosé überlegte, dann folgte er Whitehead in den Laden.

»Ihr wünscht?«, fragte ein junger Mann, der aus einem hinteren Raum trat.

»Ich möchte mit Lord Whitehead sprechen«, sagte Nosé. Whitehead, der den Raum eben verlassen wollte, drehte sich um.

»Was kann ich für Ihn tun, junger Mann?«

»Ihr erkennt mich nicht wieder, weil ich kein Narrenkostüm trage«, begann Nosé. »Ich bin ein Freund von Arden Callon. Wir sprachen unlängst miteinander. Meine Mutter ist Dulcinée … ich kenne ihren Familiennamen nicht, bemerke ich gerade.«

»Den kennt niemand«, entgegnete Whitehead. »Nicht einmal sie selbst. Ich erinnere mich wieder an Ihn. Ich höre, ihr wart erfolgreich mit eurem Befreiungsversuch. Was führt Ihn zu mir?«

»Eigentlich kam ich nur zufällig vorbei. Ich sah Mister Thorpe Euren Laden verlassen.«

»Wir sind in geschäftlicher Verbindung. Ich habe etwas für ihn begutachtet.«

»Ihr seid beide Engländer. Warum trefft ihr euch in Paris?«

»Ich hatte gewisse Schwierigkeiten in London … ich weile derzeit hier.«

»Was kann so dringend sein, dass er so weit reist, Euch zu sehen?«

»Eine Begutachtung. Ich habe einen gewissen Ruf in meinen Kreisen. Man spielte ihm ein angebliches Original von Shakespeare zu. Es war ganz offensichtlich gefälscht. Der Autor war nicht unbegabt, aber kein Shakespeare. Warum erzähle ich Ihm das überhaupt. Ich brauche mich doch nicht zu rechtfertigen.«

»Mister Thorpe konnte das nicht selbst beurteilen?«

»Als Shakespeares Verleger hat er eine Agenda, man würde seinem Urteil vielleicht nicht trauen, denken, er wolle nur seine Rechte schützen. Genug. Das berührt Ihn doch gar nicht.«

»Das stimmt. Ich habe keine Ahnung von Literatur. Ich interessiere mich nur für den Herrn, weil Arden mir von ihm erzählt hat. Er soll in Verbindung mit einer jungen Frau stehen, die …«

»Ich verstehe«, sagte Whitehead, lächelte.

»Nichts in dieser Art«, sagte Nosé. »Ich halte sie für gefährlich.«

»Apropos«, bemerkte Whitehead. »Das Skript hat ihm auch eine junge Frau übergeben, sie wollte nicht verraten, woher sie es habe. Alena oder so ähnlich hieß sie.«

»Aleja?«

»Ja, dieses spanische ›ch‹ kam vor. Ihr schreibt das mit einem ›j‹, nicht wahr? Die junge Dame behauptet übrigens auch, mehrere echte Rubens' zu besitzen. Na, das schaue ich mir an.« Whitehead lachte. Nosé lächelte höflich, kratzte sich am Hinterkopf.

»Ich halte Euch nicht länger auf«, sagte er. »Vielen Dank.« Er verabschiedete sich mit einer Geste, verließ den Laden.

***

Arden hatte wenig Lust, in seine Diebesrolle zurückzufallen. Mit dem Auftrag, einen Rubens zu stehlen, hatte seine fragwürdige Karriere ihr vorläufiges Ende gefunden, nun schien er dort nahtlos wieder anzusetzen. Was fanden alle an diesem Rubens? Er selbst zog die Italiener vor. Egal. Er hätte alles getan, Aleja zu gefallen. Sie hatte nach ihrem letzten Zusammentreffen mit den Rebellen Kontakt mit ihm gesucht. Sie erklärte ihm, sie mache sich Vorwürfe, weil sie Emilio und Miguel so enttäuschen musste, aber sie sei nie wirklich so überzeugt von deren Ideologie gewesen wie die beiden. Das wunderte Arden, Emilio hatte ihm erzählt, erst als sie zu ihnen gestoßen sei, hätten sie sich radikalisiert. Ihm war sie ebenso leidenschaftlicher in ihrer Geisteshaltung erschienen. Doch er wollte ihr glauben. Es war ohnehin belanglos, er war schon zuvor verrückt nach ihr. Seiner Frage, ob sie aus einfachen Verhältnissen oder adeligem Haus stamme, wich sie aus, begann, an ihm herumzufingern. Er hatte sich keine Chancen bei ihr ausgemalt. Sofort fing er Feuer. Diese schöne junge Frau sollte ihm gehören – er konnte sein Glück kaum fassen. Selbst seine Zweifel an ihrem Charakter vermochten nicht, die Flammen in seinem Herzen zu löschen.

Aleja hatte den Plan geändert, sie sprach doch nicht mit der alten Medici. So hätte man sie mit ihm in Verbindung gebracht. Sie nahm Arden bei seinem Stolz, verlangte, er solle ihr zeigen, was er könne. Schon stand er mit dem Rücken an den Stamm eines Baumes auf einer Seite des Palais Luxembourg gelehnt – kein Plan, keine Ausrüstung, außer einem Seil mit Dreikrallenwiderhaken. Schmetterlinge flatterten wild in seinem Bauch, im Herzen und im verdammten Kopf.

Die Nachtwache marschierte vorbei, bog um die Ecke. Arden eilte zur Fassade des Palais'. Wie Aleja angekündigt hatte, stand ein Fenster im Obergeschoss offen. Er ließ genug Seil aus seiner Hand zu Boden fallen, zielte, warf den Haken hoch. Das Wurfgeschoss verfehlte knapp sein Ziel, fiel neben Arden in den Kies. Ein zweiter Versuch war erfolgreicher, der Widerhaken flog durch das anvisierte Fenster, verkrallte sich an der Brüstung. Arden kletterte an der Fassade hoch, sprang durch das Fenster in den Raum. Er konnte sich zuerst nicht orientieren, nach einigen Sekunden gewöhnten sich seine Augen an die Dunkelheit, er schritt tiefer in den breiten Gang vor ihm. Eine Tür öffnete sich, eine zweite. Personen mit Öllampen kamen heraus, mit ihnen Hellebardenträger. Maria dé Medici trat aus dem

Schatten, eine junge Frau in ihrer Begleitung konnte er nicht deutlich sehen.

»Wo hat er die gestohlenen Gemälde versteckt?«, fragte Maria dé Medici. Arden sah sie verständnislos an. »Abführen«, sagte die Königinmutter. Die Hellebardiere hoben ihre Waffen, nahmen ihn in ihre Mitte, die Männer mit den Öllampen zogen ihre Degen, bedrohten ihn damit von hinten. Im Vorbeigehen blickte Arden ins unverhohlen grinsende Gesicht Alejas.

33

»So hört, ihr Leute, was der Hof euch wissen lässt zum zweiten Mai im Jahre des Herrn sechzehnhundertundsechsundzwanzig!«, verlautete der Ausrufer im Stadtzentrum vor einer Menge Passanten. Colin und Nosé befanden sich unter diesen. Colin trug ein Narrenkostüm aus demselben Grund, aus dem Nosé keines trug. Niemand nahm Notiz von ihnen. »Die ehrwürdigste Königliche Hoheit, Ihre Exzellenz Maria dé Medici, stellte letzte Nacht eigenhändig einen Einbrecher im Palais de Luxembourg«, fuhr der Ausrufer fort. Laute des Staunens krochen durchs Publikum. »Überwältigt von der Strahlkraft Ihrer hochwürdigsten Exzellenz ergab sich der Bursche umgehend und wird seiner Strafe zugeführt werden. Kein Franzose würde dieses Verbrechen begehen, ein Engländer erfrechte sich, die Werke

Rubens' aus dem Palais zu entwenden. Die Suche nach den Kunstwerken ist noch nicht abgeschlossen. Weiters sei verlautet: Vor einer Woche besiegte der deutsche Generalissimus Herzog Wallenstein den protestantischen Heerführer Graf Mansfeld in der Schlacht bei Dessau … «

Colin zog Nosé am Ärmel. Sie verfolgten die weiteren Nachrichten nicht, drängten aus der Menge hinaus in die nächste Seitengasse.

»Arden ist in Schwierigkeiten«, sagte Colin. Nosé sah ihn mit weiten Augen an.

»Du denkst, der Dieb ist Arden? Unsinn!«

»Ich fürchte, das hat seine Richtigkeit«, sagte Colin. »Du weißt nicht alles über ihn. Er hat eine Vergangenheit als Kunsträuber.« Nosé staunte, kratzte seine Wange.

»Er ist in Gewahrsam. Wir können ihn nicht befreien wie Baleno«, sagte er.

»Lass uns darüber nachdenken«, entgegnete Colin. »Komm!« Sie machten sich auf den Weg zu Colins Dachwohnung.

Zwei Stunden später saßen die beiden mit Miguel zusammen. Das Narrenkostüm tauschte Colin gegen normale Kleidung. Emilio ließ sich entschuldigen, er habe etwas Wichtiges zu erledigen. Man würde ihn über das weitere Vorgehen unterrichten.

»Wir stehen vor einem womöglich unlösbaren Problem«, sagte Colin. »Was immer geschehen ist, Arden ist jetzt im Arrest. Man wird ihn dazu zwingen, die Bilder herauszugeben. Das könnte Folter bedeuten.«

»Er wäre verrückt, nicht zu reden«, meinte Miguel. »Mit den Bildern kann er nichts mehr anfangen.« Nosé stand auf, ging durch den Raum.

»Wenn er sie hat«, sagte er.

»Was soll das nun wieder heißen?«, fragte Miguel.

»Ich war gestern bei Whitehead. Er sagte, Aleja behauptete, sie sei im Besitz einiger Werke von Rubens.«

»Sie wurden doch erst heute Nacht gestohlen, das können nicht dieselben sein.«

»Wenn sie die Werke aber noch gar nicht wirklich besessen hätte, als sie es sagte, sondern davon ausging, weil sie wusste, was Arden vorhat …«

»Du denkst, Arden hat mit ihr gemeinsame Sache gemacht?«, mischte sich Colin ein.

»Es ist nur eine Überlegung«, sagte Nosé. Miguel rieb sein Kinn.

»Aleja hat diese Wirkung auf Männer«, sagte er. »Sie tun, was sie will – bis in den Tod.«

»Du meinst den Attentäter in Madrid«, sagte Nosé. Colin sah ihn fragend an. »Er wurde hingerichtet«, erklärte Nosé.

»Er war das offensichtlichste Opfer«, sagte Miguel. »Aber nicht das einzige. Emilio und ich haben ihr auch die Führung der Rebellen übergeben.«

»Bringt uns das irgendwie weiter?«, fragte Colin. Keiner antwortete. Sie leerten eine Flasche Weins. Manches wurde vorgeschlagen, verworfen, wieder aufgegriffen, endgültig begraben. Sie machten keine entscheidenden Fortschritte. Mit Morgenanbruch gingen ihnen die Ideen aus.

»Colin und ich sahen Aleja zusammen mit Maria dé Medici«, sagte Nosé. »Ich beobachtete sie kürzlich mit Richelieu bei einem heimlichen Stelldichein. Sie tanzt auf allen Hochzeiten. Hat jemand eine Idee, was dahinter stecken könnte? Du kennst sie am besten, Miguel.«

»Ach, ich weiß nicht«, erwiderte der Angesprochene. »In jedem Fall geht sie nach einem strengen Plan vor, improvisieren liegt ihr nicht. Sie kann ärgerlich werden, wenn etwas nicht exakt so läuft, wie sie es sich vorgestellt hat.«

»Sie hat womöglich den Diebstahl von langer Hand geplant«, meinte Colin. »Darum tauchte sie schon in Le Havre in Ardens Nähe auf. Es ging nie um den verkappten Königssohn, sie wusste, er war ein Kunstdieb.«

»Woher konnte sie das wissen?«, fragte Miguel.

»Whitehead!«, rief Nosé aus. »Mir gegenüber hat er sich darüber lustiggemacht, Aleja besäße Bilder von Rubens. Was, wenn sie in Wahrheit für ihn oder mit ihm arbeitet?«

»Whitehead hat uns geholfen, Dulcinée zu befreien«, sagte Colin. »Er kennt Arden viel länger als wir alle zusammen. Warum sollte er das tun?«

»Geld«, sagte Miguel knapp. Nosé setzte sich wieder zu den anderen. Colin trank den letzten Schluck Weins aus seinem Glas, überlegte.

»Er hat Ardens Leben schon einmal riskiert, als er ihn als Ablenkungsmanöver benutzte, um jemand anderen das Bild stehlen zu lassen, das er nehmen sollte.«

»Was, wenn das damals schon Aleja war?«, sagte Nosé. Miguel blickte starr vor sich hin.

»Sie arbeiten mit Ablenkungsmanövern. Ich und die Rebellen, wir waren auch nur Ablenkung. Selbst der Kardinal und die Königinmutter sind nur Ablenkung. Es geht um verdammtes Geld.«

»Wir gehen sofort zu Whitehead«, sagte Colin. Nosé streckte eine Hand aus.

»Halt!«, sagte er. »Wir dürfen nicht den Kopf verlieren. Erst schlafen wir ein paar Stunden, dann stimmen wir unsere Vorgehensweise ab.«

Nicht lange nachdem sie sich schlafen gelegt hatten, klopfte jemand an die Tür. Nosé stand auf, ging schlaftrunken zur Tür. Colin und Miguel streckten sich. Vor der Tür stand Dulcinée in Begleitung Emilios. Nosé bat sie herein. Emilio schloss die Tür von innen.

»Ich habe nach Baleno gesehen«, sagte er. »Unter Madame Dulcinées pflegenden Händen wird er schnell wieder genesen.« Dulcinée positionierte sich stolz in die Mitte des Raumes.

»Wo ist mein Bruder?«, fragte sie.

»Ich sagte Euch doch, er …«, begann Emilio.

»Papperlapapp«, fuhr sie dazwischen. »Ihr redet immer so viel. Ich habe keine Zeit, zuzuhören.«

»Arden ist zurzeit nicht hier«, sagte Nosé.

»Warum? Wo ist er?«

»Er ist im … Schloss. Dort ist er aber schwer zu finden.«

»Was heißt das?«

»Wenn Ihr mich zur Königin begleiten würdet, könnten wir mehr darüber herausfinden.«

»Warum denkt Er, die Königin könnte Ihn sehen wollen?«

»Die Königin würde gewiss Euch sehen wollen. So wäre es mir möglich, ihre Majestät zu sprechen.« Dulcinée sah ihn verständnislos an. »Wäre es Euch möglich, eine Audienz zu erlangen?«, fragte er.

»Unsinn – Audienz. Wenn ich zu ihr gehe, bin ich dort. Punktum.«

»Dann lasst uns doch gleich gehen«, sagte Nosé. Dulcinée lächelte.

»Er weiß, was Er will«, sagte sie. »Das mag ich.«

»Sollen wir mitkommen?«, fragte Colin?

»Nein«, entgegnete Nosé. »Ihr könnt einstweilen herausfinden, wo sich Mister Thorpe aufhält. Das sollte nicht allzu schwierig sein. Er wird in keiner billigen Herberge hausen.« Er hielt seiner Mutter die Tür auf.

***

Arden wurde in einem Kellerraum des Palais Luxembourg gefangengehalten, eh man ihn ins Gefängnis überstellen würde. Immerhin waren die Keller des erst vor einigen Jahren fertiggestellten Gebäudes noch nicht schimmlig oder feucht. Er saß auf dem Boden des leeren Raumes, spielte mit seinen Fingern. Ein Schlüssel wurde im Schloss umgedreht.

»Du hast Besuch!«, sagte eine männliche Stimme. Dann trat Aleja durch die Tür. Sie grinste zu ihm hinunter.

»Armer Arden«, sagte sie. »Du bist so leicht zu steuern.«

»Ich verstehe dich nicht«, sagte er. »Wir hätten gemeinsam …«

»Nichts hätten wir gemeinsam. Du hättest versagt. Du bist eingedrungen wie ein Bär in den Hühnerstall. Mir war das ganz recht so. Die Bilder waren längst nicht mehr an ihren Wänden, als du dich dem Palais genähert hast. Ich brauchte nur einen Schuldigen. Mich wird niemand untersuchen. Ich schaffe die Werke einfach aus dem Gebäude, während die Blaublutaffen dir beim Baumeln zusehen.«

»Solche Kälte habe ich nie gesehen.«

»Nein? Darf ich dein Gedächtnis auffrischen? Birmingham, vor zehn Jahren. Du solltest einen Rubens stehlen, der Maler war damals noch ein Geheimtipp. Jemand nahm ihn, während du gejagt wurdest. Rate, wer dieser jemand war.« Arden schluckte. Aleja ging im Raum auf und ab. »Ich war noch ein halbes Kind. Ich habe diese Technik mittlerweile perfektioniert. Ablenkung heißt das Geheimnis. Whitehead erkannte schnell, ich war dir von Anfang an überlegen. Du warst

für ihn ein verschmerzbarer Verlust. Für mich bedeutete es: ein Konkurrent weniger.«

»Du hast mir Gefühle vorgespielt.«

»Ich hätte es nicht tun müssen. Aber weißt du:
Wenn du einmal erlebt hast, wie es prickelt, wenn der
Mann, mit dem du gestern noch intim warst, heute hingerichtet wird, willst du das immer wieder haben. Es
wird zur Sucht. Vielleicht werde ich diesmal nicht zusehen können, ich muss die Bilder fortschaffen. Schade.«

»Du hast sie hier unter der Nase der alten Medici
versteckt.«

»Nein. Ich gebe zu, das wäre reizvoll gewesen, doch
der Sicherheit zuliebe habe ich das nicht getan.«

»Warum sagst du mir das alles?«

»Wo bliebe der Spaß, wenn dein Opfer nicht wüsste,
was du ihm angetan hast?«

»Ich könnte die Wachen rufen, Maria dé Medici alles erzählen.«

»Ha! Das ist so naiv, ich gehe nicht einmal darauf
ein. Leb wohl, Schatz – solange du noch lebst.« Sie rief
nach der Wache, wurde aus dem Kellerraum geleitet.

Arden dachte an nichts. Er fühlte die Kälte des
Raums, hörte das Scherzen der Wachen vor seiner Tür.
Die Wirklichkeit legte sich über sein Lügenleben wie
ein Spinnennetz, hauchdünn, fast unsichtbar. Es war
keine Wahrheit in der Wirklichkeit, so sehr sich die Begriffe ähnelten. Er wollte schlafen. Draußen wurde es
laut; ein Würfelspiel der Wachen, Betrugsvorwürfe, das

hohle Geräusch des Würfelbechers ... seine Lider wurden schwer. Einmal noch schlug er die Augen auf. – Bleib wach, bald gibt es nur noch Schlaf. Die Würfel prasselten auf den Boden, rollten, rollen ...

... über den Place du Louvre. Der Schandwagen rüttelt, sein Körper zittert, Blicke aus allen Richtungen, hunderte, mehr; die Riemen zu den Wangen des Wagens werden durchtrennt, man hebt ihn auf die Plattform; hier steht der Henker, lehnt sich auf den Stiel seines langen Beils; er trägt eine schwarze Maske, deutet auf einen Strunk auf dem Boden der Plattform, man zwingt Arden auf die Knie, legt seinen Kopf auf den Strunk, der Henker holt aus ... eine Küste nähert sich, Menschen stehen am Hafen, winken ihm zu, allen voran Pocahontas, die Abgesandte Virginias. Komm, ruft sie, wir warten auf dich. Neben ihr lächelt Lady Sidney, sie sagt: Willst du nicht neu beginnen, Sinn machen? Er steigt vom Schiff. Ja, das will ich, erwidert er. Ich will. Er fasst, fasste ...

... sich an den Kopf. Er musste stundenlang geschlafen haben. Das Rasseln der Würfel war verklungen. Nun war er ganz allein.

34

Nosé kehrte von der Königin zurück, schlüpfte in sein Narrenkostüm. Dulcinée war im Schloss geblieben.

»Und?«, fragte Colin.

»Habt ihr Thorpe ausfindig gemacht?«, wollte Nosé wissen. Colin nickte. Nosé setzte die Narrenkappe auf.

»Zieht euch um und los! Jemand wird zu Baleno gehen müssen, Dulcinée kommt erst später.« Miguel meldete sich freiwillig. Er war froh, kein Narrenkostüm tragen zu müssen, empfand es als Demütigung. Nosé nahm es mit sich.

Drei Narren standen alsbald in einer Herberge. Nosé klopfte an Thorpes Tür. Dieser öffnete sofort, eine Hand am Messerknauf in seinem Gürtel. Er staunte.

»Was wollt ihr Narren? Ich habe nichts zu geben. Sucht euch Arbeit!«

»Wir wollen nichts weiter von Euch, als ein paar Auskünfte zu Lord Whitehead und einer jungen Frau mit Namen Aleja.« Thorpe sah Nosé mit zusammengekniffenen Augen an.

»Was zur Hölle …«

»Es geht um ein Werk Shakespeares. Ihr wisst, welches ich meine. Wir sind bloß Narren, wir klagen Euch nicht an. Man trifft leicht moralisch fragwürdige Entscheidungen, wenn der Mammon winkt. Nicht wahr?«

»Ich muss schon sehr bitten!«

»Genau das wollten auch wir: bitten um Eure Mitarbeit beim Verhindern eines Unrechts, das in keinem Verhältnis zu einem kleinen Betrug steht.«

»Also wirklich! Betrug – ich werde …«

»Begreift, dass wir Euch nicht anklagen. Es geht um ein Menschenleben, das Eure potenziellen Geschäftspartner zu opfern bereit sind, um sich zu bereichern. Noch habt Ihr kein Unrecht begangen, Ihr habt nur mit einem verführerischen Gedanken gespielt, spielt nicht mit einem Leben.«

»Ich bin …«, begann Thorpe. »Tretet erst näher.« Nosé, Colin und Emilio traten ins Zimmer. Thorpe blickte sich im Gang um, schloss, dann die Tür. »Ihr werdet verstehen, ich fühle mich überfahren. Drei Narren stehen vor meiner Tür, scheinen über geheimste Sachverhalte unterrichtet zu sein, nennen mich Betrüger …«

»Wir nennen Euch nicht Betrüger, wir wollen Euch vor einem Fehler bewahren«, sagte Emilio.

»Was genau wollt ihr von mir?«

»Nicht viel«, sagte Nosé. »Hört zu!«

—

Als die Uhr Mittag schlug, trafen die Narren vor dem königlichen Schloss ein. Die Königin selbst – sie hatte eben ihren Gatten verabschiedet – stand mit Dulcinée am Eingang, den Narren Zutritt zu erlauben. Der König, der eben seine Kutsche besteigen wollte, hielt inne, kam auf sie zu.

»Was für Volk holt Ihr da ins Schloss, Teure?«, fragte er Anna von Österreich.

»Ihr seht, mein König, es sind bloß Narren. Sie sollen über spezielle komödiantische Fähigkeiten verfügen. Der spanische Hof war entzückt.«

»Na gut, so sollen sie willkommen sein. Ich bleibe einige Tage fort. Lebt wohl, Teure.«

»Ich verliere Euch noch an Euer Lieblingsprojekt, die Schlossbaustelle in Versailles. Mir gefiel es als kleines Jagdschlösschen.«

»Ich weiß. Wartet, bis Ihr das vollendete Bauwerk seht!« Er grüßte mit einem eleganten Schwung seines Hutes, kehrte zu seiner Karosse zurück.

Man wartete im roten Salon auf weitere Gäste. Nosé kannte nur den blauen Salon von seinen Vorstellungen. Das Rot und das Weiß mit den goldenen Verzierungen

nahmen sich edel aus, waren auch eine Referenz an die
»Österreicherin« aus dem Hause Habsburg. Alsbald
trafen die edlen Gäste der Königin ein: Die Königinmutter hatte sich vom Palais Luxembourg zum Tuileri-
enpalast bemüht, mit sich führte sie ihre neue Favoritin
Aleja. Jedermann wusste, die Königin und ihre Schwiegermutter hatten nicht unbedingt die liebevollste Beziehung, nachdem die alte Medici mehrfach versucht
hatte, ihrem Sohn die Macht zu entreißen. Nosé bemerkte die Spannung zwischen den beiden Frauen an
deren Gestik. Die Königinmutter betrachtete die Hofnarren, verzog ihre Lippen wie ein Fisch. Nosé hatte
plötzlich das Gefühl, das wertvolle brokatbespannte
Gestühl zu verunreinigen. Zwei der Narren standen
hinter den Stühlen, das hatte einen Grund.

»Lasst ihn nun ein«, befahl die Königin. Eine Bedienstete öffnete die Tür zu einem Nebenraum, wo jemand auf seine Audienz wartete. Lord Whitehead trat
in den Raum, verbeugte sich vor den Majestäten. Aleja
sah zwischen Nosé und Whitehead hin und her, duckte
sich hinter Maria dé Medici. Whitehead legte eine
Hand auf seine Brust.

»Ihre Majestät bat mich um Rat zur künstlerischen
Ausstattung eines Salons«, sagte er.

»Später, später«, sagte die Königin. »Tretet näher!«
Der Lord war sichtlich verunsichert durch die Größe
der Gesellschaft, er tat einen Schritt auf die Königin zu.

»Ihr seid gewiss mit den gestohlenen Werken aus
dem Palais der Königinmutter vertraut«, sagte sie.

»Die Rubens' aus dem Palais Luxembourg?«, fragte er. »Selbstverständlich.« Anna von Österreich streckte eine Hand zu Nosé aus.

»Sage Er, was Er zu sagen hat«, wies sie den Narren an. Whitehead blickte unverwandt zu Nosé.

»Danke, Eure Majestät«, sagte dieser, wandte sich dann an den Geschäftsmann. »Ein Mann wurde für diesen Kunstdiebstahl festgesetzt, ein Mann der Euch bekannt ist. Stimmt das so weit?«

»Kennen – mein Gott, ich begegnete ihm in Birmingham. Man trifft manch einen auf der Straße.« Whitehead lächelte zur Königin hin. »Ich verstehe nicht, was …«

»Auf der Straße also. Er hat nicht für Euch gearbeitet? Na gut.« Nosé zeigte auf Aleja. »Dann habt Ihr die junge Dame dort auch nur auf der Straße getroffen. Richtig?«

»Was … ich kenne die Frau nicht. Halt! Ich denke, ich kenne sie doch. Sie kam in meinen Laden wegen eines Manuskripts.«

»Shakespeare?«

»Ja. Ich verstehe nicht, was das zur Sache …«

»Wollte sie es kaufen oder verkaufen?«, fragte Nosé. Aleja deutete mit der Hand beruhigend nach unten, doch Emilio stellte sich dazwischen, Whitehead konnte es nicht sehen. Seine Lippen zuckten.

»Ich muss wirklich …« Sein Blick richtete sich flehend an die Königin. »Was geschieht hier?«

»Man stellt Euch einfache Fragen«, sagte sie. »Warum antwortet Ihr nicht ebenso?«

»Ebenso? Das ist doch – «

»Was, wenn ich Euch sagen würde, sowohl Arden, als auch Aleja haben in Birmingham für Euch gearbeitet, Kunstwerke gestohlen«, sagte Nosé.

»Unsinn. Wie will Er das beweisen?« Whitehead wandte sich wieder der Königin zu. »Ihr werdet doch einem Narren nicht mehr Glauben schenken als einem Edelmann. Seht Euch doch den Strolch an!« Die Königinmutter mischte sich nun ein.

»Ich weiß nicht, was das alles hier soll, aber der Mann hat Recht. Außerdem: Wer bezweifelt hier die Täterschaft des Einbrechers? Ich selbst habe ihn gestellt, auf frischer Tat ertappt.«

Nosé schluckte beim Gedanken, die Königinmutter zu belehren, fasste sich dann ein Herz.

»Hat Ihre Majestät sich nicht gewundert, warum der Täter die Bilder nicht bei sich hatte, wenn er sie doch eben erst gestohlen hatte?«

»Solches Gesindel hat doch Komplizen«, sagte die alte Medici, hob die Nase.

»Darauf wollte ich hinaus«, sagte Nosé. »Auf die ›Komplizin‹, die Konkurrentin schon in Birmingham.« Aleja konnte nicht länger an sich halten.

»Wie kann man mich vor den Augen und Ohren Ihrer Majestät solcher Dinge beschuldigen! Erst unbestimmte Andeutungen wegen irgundeines Manuskripts, dann gar die Beschuldigung, eine Kunstdiebin zu sein.« Sie zeigte auf Whitehead. »Was dieser Herr hier für dunkle Geschäfte betreibt, tangiert mich nicht.«

»So nicht, junges Fräulein, so nicht!« Whitehead geriet außer Atem. »Ich halte meinen Kopf nicht hin für dich.«

»Was duzt Er mich? Wer glaubt er zu sein?« Aleja stellte sich noch näher zur Königinmutter, diese rückte ein Stück ab, verteidigte sie dennoch.

»Ich denke, dieses Schauspiel ermangelt jeglichen Geschmacks«, sagte sie. »Ich kann nur wiederholen, ich habe den Täter gestellt und damit ist das für mich erledigt.«

»Wollt Ihr die Kunstwerke nicht zurückbekommen?«, fragte Nosé.

»Spreche Er mich nicht stets ungefragt an, Narr. Selbstverständlich will ich die Bilder.«

»Eure neue Favoritin ist vermutlich die Einzige, die sie Euch wiederbringen kann.«

Whitehead hatte Zeit gehabt, zu sich zu finden.

»Weder die junge Frau hier noch meine Person haben etwas mit diesen Bildern zu tun«, sagte er. »Man spielt uns gegeneinander aus, um den wahren Schuldigen zu schützen. Beweist uns das Gegenteil.« Nosé wusste nicht weiter. Aleja bemerkte seine Unsicherheit, triumphierte.

»Er ist ein Freund des Diebs, beide gehörten zu meiner Anarchistengruppe, beide ...« Sie stockte. Alle Blicke richteten sich auf sie.

»Eurer was?«, fragte die Königin.

»Ich … man bringt mich völlig durcheinander«, stammelte Aleja. »Das wollte ich nicht sagen.«

»Sie schwang sich zur Führerin der Bewegung des Volkes auf«, sagte Emilio. »Alle Macht dem Volk!«

»Hier erfährt man allerhand«, bemerkte die Königin. »Ist hier jemand, der sich die Hände nicht schmutzig gemacht hat?«

»Ich fürchte, Eure Majestät ist die Einzige im Raum«, sagte Nosé. Die alte Medici warf ihm einen flammenden Blick zu.

»Nicht die Einzige!«, sagte sie bestimmt. Die Königin lächelte, verdrehte die Augen.

»Was ist nun?«, fragte sie. »Ich verstehe nichts mehr.«

»Aleja und Whitehead spielten diese Scharade demselben Opfer schon einmal«, sagte Nosé. »Sie nutzen seine Abhängigkeit aus, ihn zu Verbrechen anzustiften, benutzen ihn aber nur zur Ablenkung, um selbst ungestört das Verbrechen zu begehen, während er gejagt würde. Sie sind ein Team.«

»Ich kenne die junge Dame nur vom Sehen«, sagte Whitehead. Aleja stimmte ihm zu.

»Was hat all das mit Shakespeare zu tun?«, fragte nun Maria dé Medici. »Ich fasse nicht, dass ich mich mit der Geschichte überhaupt auseinandersetze«, fügte sie hinzu.

»Ich habe nichts mit dem Dichter zu schaffen«, sagte Whitehead.

»Ihr habt doch schon gestanden, ein Skript gekauft oder verkauft zu haben«, warf die Königin ein.

»Idiot!«, zischte Aleja so laut, dass sogar Nosé es hören konnte. Whitehead ließ sich nicht beeindrucken. Er zeigte auf Nosé.

»Der junge Mann hier war vor Kurzem bei mir, hat mich nach jemandem gefragt, der mir ein angebliches Skript des Dichters andrehen wollte. Ein billiges Machwerk.«

»Stimmt das?«, fragte die Königin Nosé.

»Ja das stimmt«, sagte er. »Zumindest war es das, was er mir sagte. Tatsächlich war es genau umgekehrt. Er wollte dem Herrn eine Fälschung verkaufen, das ist sein Metier.«

»Wie will Er das beweisen?«, fragte die Majestät. Jetzt ging Colin zur Seite, hinter ihm stand der vierte Narr, zog seine Narrenkappe vom Kopf. Der Schelm trat in die Mitte.

»Wer ist der Herr?«, fragte die Königin. Nosé vollführte eine feierliche Geste.

»Darf ich vorstellen: Sir Thomas Thorpe, der Verleger Shakespeares«, sagte er. Die Königin lächelte.

»Oh! Endlich eine erfreuliche Nachricht«, sagte Anna von Österreich. »Der Name ist mir ein Begriff. Ich bin sehr glücklich, Euch in meinem bescheidenen Heim willkommen heißen zu dürfen.« Thorpe trat zu ihr, küsste ihre Hand, wie man das in Annas vermeintlichem Heimatland Österreich zu tun pflegte. Die Königin strahlte.

»Könnt Ihr etwas Licht in das Dunkel bringen?«, fragte sie den Verleger. Aleja und Whitehead tauschen rasche Blicke. Thorpe nickte.

»Ich will es versuchen, Majestät. Aleja – ich kenne ihren Familiennamen nicht – begegnete mir schon als junges Mädchen. Sie war die Botin einer Gruppe von Frauen, die zusammen … Shakespeare ins Englische übersetzten.«

»Ihr habt Euch versprochen«, sagte die Königin. »Sie meinten, ›aus dem Englischen übersetzten‹.«

»Es hat schon so seine Richtigkeit, wie ich es sagte. Das ist eine längere Geschichte. Ich wäre Euch dankbar, wenn ich diese jetzt nicht zu erzählen bräuchte.«

»So sagt, was ist die Pointe der Erzählung?«

»Nach Shakespeares Tod kam sie auf mich zu, behauptete, über ein Original zu verfügen, das der Dichter aus unerfindlichen Gründen nicht zur Veröffentlichung gebracht habe. Natürlich war ich interessiert, ich wusste, sie hatte tatsächlich Beziehungen zu Cerv… äh, Shakespeare. Die Übergabe des Manuskripts verzögerte sich fast ein Jahr. Wie ich heute glaube, wurde es in der Zeit erst geschrieben. Als ich aus dem Laden von Lord Whitehead kam, hatte er mir die Fälschung vorgelegt, die ich schon nach der Lektüre weniger Zeilen als eine solche erkannte und zurückwies, obgleich sie für sich von großer Begabung ihres Autors zeugte. Die junge Dame dachte, mit unbestreitbarem Talent einen Shakespeare aus dem Ärmel schütteln zu können, doch dieser Ärmel war ihr etwas zu weit.«

»Die beiden haben gemeinschaftlich versucht, Euch zu betrügen«, resümierte die Königin. »Das bestätigt die Behauptung, sie seinen ein Team.« Sie drehte sich zur Königinmutter. »Was sagt Ihr, verehrte Schwiegermutter?«

»Ich hasse es, wenn Ihr mich so nennt«, sagte diese.

»Er hat mich gezwungen!«, rief Aleja dazwischen. »Lord Whitehead erpresste mich mit … mit …«

»Improvisieren ist nicht dein größtes Talent«, sagte nun Emilio. »Dir fällt nie etwas ein, wenn du es nicht geplant hast.«

»Das ist lächerlich«, sagte sie, wandte sich an die Königinmutter. »Ihr werdet diesen Unsinn doch nicht glauben?« Die Angesprochene zog die Brauen hoch.

»Wir wollen hier keine vorschnellen Verurteilungen treffen«, sagte sie. »Es wurde nicht bewiesen, meine Favoritin habe die Fälschung erstellt.«

»Für den Kunstdiebstahl ist das doch gar nicht relevant«, berichtete die Königin ihre Schwiegermutter sichtlich mit Genuss. »Es diente nur zum Beweis der Zusammenarbeit der beiden. Um welches Werk ging es überhaupt?«

»The History of Cardenio«, sagte Thorpe. »Ein erstes Originalmanuskript wurde schon vor Jahren vernichtet.«

»Schon dieses Manuskript war eine Fälschung«, sagte Colin. »Das hat den Hass Alejas auf Arden – das ist der Einbrecher ins Palais Luxembourg – noch befeuert. Er war es, der das Skript auf die Bitte Shakespeares hin vernichtete. Ihr Stolz war verletzt, es handelte sich um ihr Werk.«

»Aber Liebste«, richtete sich nun Dulcinée an Aleja. »Cardenio war doch eines der Stücke, die du mir zur Korrektur brachtest. Es war von einem unbegabten Autor, ich musste fast alles ändern. Es wurde ein neues Stück daraus.«

»Es war mein Stück, zur Hölle! Meines.« Aleja brach in Tränen aus.

»So seid *Ihr* die Autorin«, richtete sich Thorpe an Dulcinée. »Ich kann nur zu Ihrem Können gratulieren. Von dem Missbrauch wusstet Ihr gewiss nichts.«

»Welcher Missbrauch?«, fragte Dulcinée.

»Es ist gut, Liebste«, sagte die Königin. »Alles gut. Hast du noch mehr korrigiert?«

»Ich habe zuvor nur die Werke eines bei Weitem besseren Autors für seine Übersetzerin kommentiert – typisch spanische Wendungen, welche die Engländerin sonst nicht verstanden hätte. Lady Sidney hieß die Gute. Gott hab' sie selig.«

»Wo ist Whitehead?«, fragte Nosé. Der Lord hatte die Ablenkung genutzt, sich fortzuschleichen.

»Wachen, ergreift ihn«, rief die Königin. Zwei Wachen stürmten in den Salon und durch die Seitentür in den Nebenraum, wo Whitehead kauerte, der keinen zweiten Ausgang im Nebenzimmer vorgefunden hatte. »Die junge Dame könnt ihr auch gleich mitnehmen«, sagte die Majestät mit Fingerzeig auf Aleja. Diese sah die Königinmutter flehentlich an, doch Maria dé Medici wandte sich ab.

»Was wird aus Arden?«, fragte Nosé die Königinmutter.

»Der Einbrecher wird vor Gericht gestellt wie die anderen«, sagte die alte Medici.

»Arden?«, rief Dulcinée freudig aus. »Mein Bruder ist auch hier?«

»Bruder?« Die Königin schaltete schnell. »Er ist nicht hier, aber das wird er bald sein.« Sie wandte sich der Königinmutter zu. »Wenn Ludwig aus Versailles zurückkommt, bitte ich ihn um seinen königlichen Pardon für den Mann.«

»Ich werde ihm davon abraten«, sagte Maria dé Medici.

»Ich kenne eine Methode, ihn zu überzeugen, die Euch nicht zur Verfügung steht«, sagte die Königin, lächelte geheimnisvoll. Nosé grinste und dachte an Mathurines Geschenk.

35

Die provisorische Zelle im Keller des Palais Luxembourg war nur eine Durchgangsstation für Arden. Die Königin bestand auf einer regulären Unterbringung in der Haftanstalt, wo sie dafür sorgte, Arden würde nicht misshandelt, wenn auch nicht mit Spitzenhandschuhen angefasst, immerhin war er ein ertappter Einbrecher. Der glückliche König hätte nach Annas engagierter Fürsprache seinen schlimmsten Feind pardoniert. Arden war nach Ludwigs Rückkehr nur noch für eine Nacht in Haft. Er machte keinen glücklichen Eindruck, als er in die Bleibe unter dem Dach zurückkehrte. Die Enttäuschung seiner Liebe machte ihm zu schaffen – zumindest argwöhnten das Nosé und seine Freunde, Arden selbst sprach nicht darüber. Auch die Ungewissheit über James' Verbleib trug nicht eben zur Besserung seiner Stimmung bei. Wochen vergingen, James ließ nicht von sich hören. Er hatte versprochen, eine Dépêche zu senden, sobald er angekommen wäre. Nicht nur Arden machte sich Sorgen um ihn. Nosé sagte sich, die Dépêche sei womöglich verloren gegangen, der Kurierreiter von Räubern überfallen worden, doch die Unsicherheit blieb. Mittlerweile trug keiner von ihnen mehr das Narrenkostüm, sie fühlten sich wieder sicher.

Die Spannungen zwischen Spanien und Frankreich stiegen. Emilio und Miguel glaubten sich ihrer Heimat verpflichtet, sie bereiteten sich auf die Rückkehr nach Madrid vor. Dulcinée war bereits vor einer Woche abgereist. Nosé hatte mit sich gerungen, beim Abschied »Leb wohl, Mutter« zu sagen, stand dann aber stumm abseits, als sich Dulcinée und Arden ein letztes Mal umarmten.

Die Gemeinschaft löste sich auf. Auch Arden und Colin sprachen davon, vielleicht nach Amerika zu gehen, in Pocahontas Heimat. Die Neue Welt lockte. Man hörte von kostenlosem Landbesitz, machte man das Land nur urbar, sogar Förderungen sollte man erhalten. Unstimmigkeiten mit den Einheimischen gab es angeblich, doch das ignorierte man beflissentlich, hatte man erst Feuer gefangen. Colin begeisterte sich zunehmend dafür, Arden schien es mehr darum zu gehen, von hier fortzukommen. Europa war kein sicherer Platz zum Leben, der ganze Kontinent fiel einem Flächenbrand zum Opfer. Zu Jahresbeginn besiegte Gustav II. Adolf von Schweden die Polen unter Lew Sapieha bei Wallhof; Tilly, der vor zwei Monaten Münden erobert hatte, schlug nun Christian IV. in der Schlacht am Barenberge. Es knisterte zwischen Spanien, Frankreich und den Niederlanden; Österreich, wo lokal ein Bauernkrieg gegen Bayern tobte, hatte vor einigen Jahren unter Ferdinand seine Residenz von Graz nach Wien zurückverlegt; Wien konnte vermeiden, Krieg auf eigenem Boden führen zu müssen, der Kaiser hatte im Norden und sonst wo zu tun; der Name Wallenstein geisterte durch die Verlautbarungen auf dem Place du Louvre und dem Pont Neuf. Selbst England mischte wegen seiner Pläne für die Pfalz aktiv mit, wollte erst Frankreich in einen Krieg gegen Spanien verwickeln, musste sich aber mit der Hilfe der Niederlande und Dänemarks in der Haager Allianz begnügen. Zur selben Zeit brach in London die Pest aus, drohte sich auszubreiten. Dem frischgebackenen König Charles I. schien jedoch das Schlachten von Katholiken mehr am Herzen zu liegen, als der Kampf gegen die Seuche, was sich als schlechte Entscheidung abzeichnete. Arden, der sich seit der Erkenntnis, er sei der rechtmäßige Thronfolger Englands, verstärkt mit dem Schicksal seines Heimatlandes befasste, war entsetzt. Er wusste, ihm fehlte jede Unterstützung, seine Erbrechte einzufordern. Das bedrückte ihn mehr noch als sein Liebeskummer, in gewisser Hinsicht trug es gar zur Heilung desselben bei. Colin erzählte Nosé, Arden spräche gelegentlich im Schlaf, murmelte Anklagen wie »Du bist ihr König, Charles. Ihr Leben zu *erhalten,* ist deine Aufgabe, du

Arsch!«, oder Schwüre wie »Ich gelobe, mich dieser Krone würdig zu erweisen.«. Colin selbst zeigte seine Empfindungen nicht oder kaum. Als irischer Katholik war er sich bewusst, was Charles seinen Freunden auf der Grünen Insel antat. Er gehörte zu den Menschen, die ihre Dämonen im Stillen bekämpften, Schlacht um Schlacht, während sie vermeintlich unberührt ihren täglichen Geschäften nachgingen.

Nosé selbst bemerkte die inneren Kämpfe seiner Freunde, wollte sich dadurch jedoch nicht in ein Tief zerren lassen. Er war mit seinen letzten Unternehmungen erfolgreich gewesen, was ihm viel Lob einbrachte, mittel- und langfristig aber versickerte es wie ein isoliertes Rinnsal. Er erkannte, andere beeindrucken zu wollen, war ein Unterfangen befristeten Werts. Das war der Moment, in welchem er beschloss, dem Beispiel seines Vaters zu folgen, etwas zu schaffen, das von gewissem Bestand wäre. Es ging ihm nicht darum, unsterblich zu werden wie Cervantes, was wiederum Anbiederung hieße. Es sollte ein Stück aus seinem Herzen sein, abgebildet durch Worte oder die Striche einer Skizze, festgeschrieben für lange Zeit, gleich einer Zeitkapsel, auf die er später zugreifen könnte. Er begann damit, ein Tagebuch zu führen. Bald bemerkte er, die täglichen Nichtigkeiten waren nicht, was er festhalten wollte. So verlegte er sich darauf, neben der Niederschrift besonderer aktueller Ereignisse, seine Gedanken zu verschiedenen Dingen wiederzugeben, über manches aus seiner Vergangenheit nachzusinnen, ergänzt

durch schnell hingeworfene Kritzeleien, deren Gegen-
stand wohl nur er selbst zu erkennen vermochte. Mit
der Zeit meinte er, darin besser zu werden. Die Skizzen
nahmen zumindest Gestalt an, die Sätze bestanden
nicht mehr aus denselben wenigen Worten, deren
Schreibweise er sicher handhaben konnte. Es gab nur
wenige allgemeine Schreibregeln, doch das eigene
Empfinden, wie ein Begriff abzubilden sei, deckte sich
zu oft nicht mit dem anderer, manchmal erkannte er
Tage später sein eigenes Wort nicht wieder. Er hatte
kein Werk seines Vaters bei sich, so nahm er sich den
Text eines unbekannten Autors, den er leicht verstehen
konnte, zum Vorbild, formte danach seine Sprache.

Aleja verbrachte nicht einmal einen Tag in Gewahrsam. Als man ihr das Essen brachte, lag in der geöffne-
ten Zelle einer ihrer Wächter mit gebrochenem Genick.
Sein Kollege war ihren Verführungskünsten erlegen
und nach dem Mord mit ihr geflohen. Richelieus Wachen stellten ihn in einem Innenhof des Schlosses. Aleja
blieb verschwunden. Arden hatte von alldem nichts bemerkt, obschon er zu dieser Zeit ins Gefängnis über-
stellt worden war. Er wusste nicht einmal, wer in seiner
Nachbarzelle saß. Nosé vermutete Richelieu selbst hinter dem Geschehenen. Für einen solchen Fall hatte sich
Aleja vermutlich mit ihm eingelassen. Er war mächtig.
Ihn auf seiner Seite zu haben, konnte von Vorteil sein.
Ein hochrangiger Geistlicher, der sich den Lüsten hin-
gab, war leicht erpressbar.

***

Emilio führte sein Pferd aus dem Hinterhof auf die Straße. Neben ihm tat Miguel das Gleiche. Am Straßenrand standen Arden, Colin und Nosé. Es gab nichts mehr zu besprechen, das hatten sie die letzten Tage über getan. Sie planten, denselben Weg zu nehmen, auf dem Nosé gekommen war. Reichlich Proviant lastete auf den Pferderücken. Die beiden Rebellen schwangen sich auf ihre Pferde. Sie beugten sich zu ihren Freunden hinunter, reichten diesen stumm die Hände. Die Rösser setzten sich im Schritt in Bewegung, ihre Reiter drehten sich ein letztes Mal um, lächelten, dann trieben sie die Tiere an, tauchten die Zurückgelassenen in eine Staubwolke.

Sie ritten durch Paris, passierten das Stadttor. Emilio atmete durch. Die Stadt zu verlassen, glich einer Befreiung. Spanien erwartete sie – Madrid, die Stadt seines Herzens. Er konnte kaum erwarten, den Duft der heimischen Märkte zu atmen, die dunkelhaarigen Frauen in freischwingenden Röcken wild tanzen zu sehen, so anders als ihre französischen Gegenstücke, die mit abgezählten Schritten in steifen Reifröcken stolzierten. Lebt wohl, Allongeperücken, Puder, gemalte Schönheitspunkte; willkommen, zu lautes Lachen, zu freche Blicke, Lebensfreude. Emilio brauchte eine Pause von der Befreiung der Menschheit. Er wollte in einem schattigen Garten sitzen, Fisch essen. Guter Rotwein sollte dazu gereicht werden. Den Degen wollte er aus seinem Gesichtsfeld schaffen für ein paar Tage nur.

An einer Straßenbiegung lag ein kleines Landgut. Aus seinem Hof kamen sechs Reiter in schwarzen Uniformen mit roten Kreuzen auf der Brust – die Garde Richelieus. Sie umringten Emilio und Miguel, pöbelten sie an.

»Was soll das?«, fragte Miguel. »Langweilt ihr euch?«

»*Ihr* langweilt uns«, sagte einer der Gardisten. »Wir wollen nur ein wenig Spaß.«

»Uns ist nicht nach Späßen«, sagte Emilio. »Wir haben eine lange Reise vor uns.«

»Das glaube ich nicht«, sagte der Gardist, zog seine Muskete. Im nächsten Moment zielten sechs Musketen auf die beiden Spanier. Richelieus Garde zwang sie, durch den Hof zu reiten, danach auf einer Kiesplattform anzuhalten. Hier stand eine geschlossene Kutsche. Sie war mit einem roten Kreuz versehen wie die Uniformen der Gardisten. Emilio und Miguel mussten von ihren Pferden steigen. Sie wurden mit vorgehaltener Muskete zur Kutsche geführt. Kardinal Richelieu lehnte sich aus der Öffnung über der halbhohen Tür, musterte die beiden Männer von oben bis unten.

»Sind sie das«, fragte er jemanden im Innern der Kutsche.

»Sie sind es«, antwortete eine weibliche Stimme, dann lehnte sich Aleja aus der Öffnung.

»Ich habe meinen Teil der Abmachung erfüllt«, sagte Richelieu. »Nun erwarte ich, nie wieder von Ihr zu hören. Ich hätte Sie auch anders zum Schweigen bringen können. Sie verdankt es nur meiner angeborenen Sanftmut, dass ich mich auf diesen Handel einließ.«

Aleja grinste.

»Ich will der Beendigung des Auftrags beiwohnen«, sagte sie. »Nur zur Sicherheit und weil ich ein Faible für diesen Vorgang habe.« Der Kardinal zog die Brauen hoch.

»Na gut«, sagte er und gab den Gardisten ein Zeichen. Emilios Hände wurden auf seinen Rücken gefesselt, dann seine Füße mit demselben Strick verknotet. Er lag zuletzt bewegungsunfähig mit angezogenen Beinen auf dem Boden. Mit Miguel geschah Gleiches.

»Ein schrecklicher Unfall«, sagte der Kardinal. Dann schleifte man die beiden vor die Kutsche, legte ihre Köpfe unter die Räder. Emilio schoss die Augen. Der Kutscher schwang seine lange Peitsche. Ein Pfeifen, knisternder Kies –

***

Die Fiedel sprang in den Händen des Geigers wie die Forelle im Netz eines Sonntagsfischers. Colin stand am Rand des Bois de Vincennes, blickte hinaus auf eine Wiese im Morgentau. Von einem blassen Schein umkränzt griff der Fremde mit schmutzigen Fingern um den Hals seines Instruments. War er wirklich? Der Kopf des einsamen Musikanten beugte sich über das Instrument, seine langen Haare fielen über die Saiten, glitten auf und ab anstelle eines Bogens. Er spielte ein Stück, das Colin vertraut war. Es war keine irische Weise, sie stammte aus England – Scarborough Fair hieß das Lied. Eine verunglückte Liebe, ein Liebesspiel, das Folgen hatte. Ein Mann schickt einen Boten mit Petersilie, Salbei, Rosmarin und Thymian von der Messe in Scarborough, fordert von der Frau, die Geburt damit abzuwenden, nur dann könne sie seine Liebste sein. Die Frau sendet den Boten zurück, lässt ihm mitteilen, er müsse zu seiner Verantwortung stehen, oder er brauche sich nicht mehr blicken zu lassen. Colin kannte die Geschichte nur zu gut. Es war seine Geschichte. Seine Liebste entschied sich für das Kind. Er drückte sich so lange vor seinen Pflichten, bis Eileen einen anderen vorzog, welcher der Tochter ein Vater war. Er wusste, so war es besser für das Kind, er wäre kein verlässlicher Ernährer gewesen, kein guter Ehemann auch. Und doch folgte ihm die Erinnerung überallhin, so weit er auch floh.

Are you going to Scarborough Fair?
Parsley, sage, rosemary and thyme,
Remember me to one who lives there …

Mit groben Strichen endete das Lied, der Geiger hob den Kopf, warf seine Haare zurück. Das Antlitz war das einer Frau. Sie rief ihm zu:

– Nicht nur mich hast du verlassen, Col, deine Freunde hast du verraten, dein Volk, dein Land. Du bist weggerannt wie ein verdammter Feigling, denn genau das warst du, bist du. Niemand will deine Rückkehr.

»Du kannst mir nicht verzeihen.«

– *Du* kannst dir nicht verzeihen.

Sie drehte sich um, schritt über die Wiese, löste sich zu wimmelnden Punkten auf.

… she once was a true love of mine.

36

Nach zwei Monaten entwarf Nosé einen ersten Brief an Dulcinée. Ihm war klar, er würde ihn niemals absenden, doch seine Gefühle niederzuschreiben, tat ihm gut und half ihm, sich über Verschiedenes klar zu werden. Er verfasste einen Zweiten und einen Dritten noch am selben Tag, dann verlegte er sich darauf, statt einzelner Briefe einen eigenen Abschnitt in seinem Tagebuch diesem Thema zu widmen und täglich zu ergänzen. Arden und Colin sah er in dieser Zeit nicht so oft. Er trieb sich gern in der Stadt herum. In seiner neuen Kleidung hatte er Sicherheit gewonnen, man kam ihm mit mehr Freundlichkeit entgegen und auch die eine oder andere junge Frau drehte sich nach ihm um. Er war mittlerweile siebenundzwanzig Jahre alt und in Liebesdingen immer noch unerfahren. Als Narr hatte ihn keine ernst genommen, auch musste er gestehen, sein Geruch war vor seiner Anstellung bei Hofe nicht der Beste gewesen. Dort wiederum sah man auf den Schelm nur herab, er war gut genug, zu unterhalten, nicht, jemandem nahezukommen. Wenn er in seinem Bett lag, dachte er an Mathurine, ihre füllige Schönheit. Das war alles, was er kannte. Niemals hätte er gewagt, sich ihr zu nähern. Er hatte seine Stelle dort ja auch verloren, besser gesagt, aufgegeben. Das stellte sich als sein größtes Problem heraus. Man bewerbe sich für eine Stelle, außer als Hofnarr, mit der Referenz: Ich bin ein Narr, oder besser: Ich mache mir richtig Spaß; wie wäre es mit: Ich bin lächerlich. Er verfügte auch noch über seinen Zunftbrief als Minenarbeiter, doch in der Stadt gab es freilich keine Minen und er wollte nicht auf dem Lande festsitzen. Nosé sah Frankreich als eine Durchgangsstation. Er war als Ulenspeygel aufgebrochen, seine Begegnung mit Holger in Andorra hatte sein Interesse an den deutschen Landen bestärkt. Um seine Maske als aus der Schweiz Stammender aufrechtzuhalten hatte er sich mit der deutschen Sprache beschäftigt. Hobo, ein närrischer Kollege, der auf Verlangen Annas aus Österreich nach Paris gekommen war, machte sich gern über seine Aussprache lustig, half ihm aber zugleich dabei, besser zu werden, zumindest mehr Vokabeln zu erlernen. Nosés Begeisterung für Till, den Schelm aus Brandenburg, hatte nachgelassen. Hobo war es, der in ihm die Sehnsucht nach Wien erweckte, wo der ganze Glanz der Habsburger zur Schau gestellt würde, zugleich der Krieg keinen direkten Zugriff hatte, so die Kultur blühen konnte. Doch derlei Träume lenkten nur von seinen eigentlichen Herausforderungen ab. Etwas musste geschehen, Nosés Finanzen würden sich bald erschöpfen. Er überlegte, was er zu bieten hätte und welche Tätigkeit ihm Freude machen würde. Letzteres war schnell beantwortet: Er wollte schreiben. Nun war aber Autor kein Beruf, mit dem man sein täglich Brot verdienen konnte, hieß man nicht Cervantes. Gut, er hieß Cervantes, konnte aber nicht nachweisen, Nachkomme des großen Cervantes zu sein. Der Name selbst war in Spanien weit verbreitet, hülfe ihm ohnehin nicht weiter. Vorzuweisen hatte er ebenfalls nichts, lernte er doch erst, mehr als kurze Botschaften oder Einkaufszettel zu schreiben.

Er lief durch die Stadt, hing diesen Gedanken nach, als man ihm ein Flugblatt anbot. Er kam aus den Gedanken hoch, sah in das Gesicht Mathurines. Sie betrachtete ihn von oben bis unten.

»Ist das nicht unser kleiner Narr?«, sagte sie. »Du hast dich ja richtig gemausert!«

»Du bist die Erste, die mich wiedererkennt«, sagte er. »Verbreitest du immer noch deinen Hofklatsch?«

»Das ist mehr als Klatsch, Junge.« Sie hielt ein Flugblatt hoch. »Es ist Macht. Ich kann Schicksale lenken, Karrieren zerstören, Könige stürzen mit meinen Worten.« Nosé horchte auf.

»Wann findest du die Zeit dazu«, fragte er.

»Du hast das größte Problem erkannt, die Zeit. Ich schreibe meist nachts bei Kerzenlicht, liefere es nächsten Morgen dem Schriftsetzer, der noch Geld dafür will, es zu korrigieren und in Form zu bringen. Manche Nachricht, die ihm nicht gefällt, streicht er einfach. Ich bin ihm ausgeliefert.«

»Er hat ebenso viel Macht wie du.«

»In gewisser Hinsicht.«

»Wäre es nicht fein, wenn du bloß jemandem deine Geschichten zu erzählen bräuchtest? Er schreibt sie für dich auf, korrigiert sie selbst und gibt sie an den Schriftsetzer weiter. Und all das würde weniger kosten, als was dir der Schriftsetzer berechnet.«

»Diesen Jemand gibt es nicht.«

»Noch nicht«, sagte Nosé. »Entschuldige, ich muss weiter. Wir sehen uns.« Er lief los, ließ Mathurine kopfschüttelnd zurück.

Nosé schäumte innerlich von Tatendrang. Er musste nicht seine eigenen Texte schreiben, um zu überleben, das konnte er nebenher tun. Was sich zu seiner Leidenschaft entwickelte, war vielen nur lästig. Es gab gewiss Bürger, die sich freuen würden, wenn er ihnen Schreibarbeit abnähme. Viele verstanden sich nicht einmal aufs Schreiben. Die Möglichkeiten reihten sich in seinen Gedanken: Die Ladner, Händler, Geschäftsleute, die ihre Waren anpriesen; die Apotheker und Alchimisten, die Zettel mit der Beschreibung der Wirkungsweise ihrer Drogen und deren Zusammensetzung benötigten; Gebrauchsanweisungen für alles, was kompliziert oder gefährlich war, Waffen oder Erfindungen etwa; Redenschreiber für Politiker, Kundmacher konnte er sein; Artikel für Zeitschriften schreiben, Stücke, Gelegenheitsdichtung für Kinderreime, Liedertexte ... eine ganze Welt schien sich ihm aufzutun.

***

In einer Dépêche an Dulcinée verabschiedete sich Arden, erklärte der Schwester, was ihn dazu veranlasste, die weite Reise nach den neuen Provinzen in Amerika anzutreten. Ihm war klar, sie würde nicht alles erfassen können. Vielleicht konnte es ihr jemand aus ihrer Umgebung vermitteln, vielleicht auch nicht. Womöglich war besser, sie verstand es nicht. Arden konnte Colin, der mit einem Mal Heimweh nach Irland bekommen hatte, überreden, ihn doch zu begleiten. Sie wollten ihren eigenen Sehnsüchten den Boden entziehen. Waren die Frauen ihres Herzens geografisch nicht mehr erreichbar, mochten sich die Hoffnungen, welche sich in winzigen Nischen ihrer beider Seelen eingenistet hatten, auflösen, derart neue Blickwinkel freigeben. Insgeheim zweifelte Arden daran, ihre Dämonen würden sich so einfach übertölpeln lassen. Colin sprach nicht viel, in seinem Gesicht zeichnete sich jedoch ab, er empfand ebenso. Arden wusste wenig über Colins Vergangenheit, spürte aber, dessen Leiden überstiegen seine eigenen. Ein Volk, das von einem anderen besessen

wurde, ein Land, in welchem Bruder auf Bruder ein-
schlug im Namen desselben Gottes, musste tiefe Wunden schlagen.

Der Himmel zeigte sein aufdringlichstes Königsblau,
als drei Männer sich mit Handschlag voneinander verabschiedeten. Sie sprachen wenig. Hatte man viel miteinander erlebt, neigte man nicht dazu. Zwischen den
Halbbrüdern war es nur zu geringer Annäherung gekommen, doch es reichte, sich umeinander zu sorgen.
Arden ließ den kleinen Bruder ungern allein im kriege-
rischen Europa zurück, verstand aber, der junge Mann,
der eben erst das Leben für sich entdeckte, verspätet
ohnehin, wollte nicht aus eben dieser Welt in eine völlig andere versetzt werden. Umgekehrt hatte Nosé Arden Mal um Mal ins Gewissen geredet, die gefährliche
Reise ins Ungewisse sein zu lassen. Man hörte, einige
zurückgelassene Siedler seien später von Versorgungs-
schiffen nicht mehr aufgefunden worden. Arden und
Colin versicherten, sie wären vorsichtig und wehrhaft.
Arden versprach, Zusammenfassungen seines Briefver-
kehrs mit Dulcinée in seine Schreiben an Nosé einzu-
schließen. Man versprach einander, bei Ortswechseln
die zu erwartende neue Postanschrift bekannt zu geben. Dann stiegen die beiden Reisenden auf ihre Rösser, machten sich auf nach Rouen.

Bis Vernon verlief die Reise ereignislos, sie fanden gute,
geschützte Rastplätze im Freien. Das Sommerwetter

kam ihnen entgegen. Kaum in der Stadt im Département Eure angekommen, gerieten sie in einen Platzregen. Sie suchten Schutz in einer Mühle – ein Fachwerkbau, auf einer Brücke errichtet. Sie war nicht in Betrieb, das Tor notdürftig mit einem Außenriegel verschlossen. Unter ihnen kroch die Seine gemächlich Richtung Ärmelkanal. Die Feuchtigkeit und der Modergeruch im Gebäude waren unangenehm, doch sie planten nicht, lange zu bleiben.

Nach etwa einer Stunde verriet ein schleifendes Geräusch, von außen wurde der Riegel vorgeschoben, sie waren gefangen. Sie hörten Pferde, dann menschliche Stimmen, Befehle.

»Lasst den Königssohn am Leben«, rief jemand. »Er ist ein Vermögen wert.« Arden und Colin tauschten rasche Blicke, Arden stürzte zu einem Fenster, riss es auf. Unter ihnen wälzte sich die Seine voran. Ein Sprung aus dieser Höhe wäre zweifellos bemerkt worden, sie mussten an Hauswand und Pfeilern nach unten klettern. In der Seine schwimmend wäre kein schnelles Vorankommen, sie kletterten an den Stützpfosten des Gebäudebodens nach oben, klemmten sich mit Armen und Beinen zwischen die Balken. Ihre Verfolger öffneten das Tor der Mühle, stürmten ins Innere. Arden hörte die Schritte der Eindringlinge, eine Pause, dann ging jemand ans Fenster. Wenig später wurden Stimmen am Ufer wahrnehmbar.

»Sie sind entkommen«, sagte jemand. »Weiß Gott wie – ein Boot muss sie erwartet haben.«

»Lasst uns verschwinden«, entgegnete ein anderer. »Wir werden völlig durchnässt.« Das gedämpfte Trommeln von Hufen verklang im nassen Uferrasen. Die beiden Verfolgten ließen sich ins Wasser fallen, schwammen ans Ufer. Der Regen ließ nach. Arden stöhnte.

»Auf diesem Kontinent hätte ich nie Ruhe«, sagte er. Colin winkte ab.

»Bald sind wir einfache Leute wie all die andern, finden gute Frauen und führen ein arbeitsames Leben.« Ihre Pferde waren glücklicherweise zurückgelassen worden. Sie schwangen sich in die Sättel, setzten ihre Reise fort.

Ihr Schiff wartete im Seehafen von Rouen, der weit im Landesinneren lag. Sie waren am Tag zuvor angekommen, wussten nicht, wann genau das Schiff ablegen würde, nicht einmal der Kapitän wusste das. Er sprach vom Nachmittag, sie hätten noch Zeit bis zur Abfahrt. So liefen sie durch die Stadt, besuchten den Place du Vieux-Marché, wo Jeanne d'Arc verbrannt wurde. Ein Platz wie jeder andere. Arden wusste nicht, was sonst er erwartet hatte. Er vermochte nicht, sich das Bild der brennenden jungen Frau ins Bewusstsein zu rufen oder gar, sich den Schmerz vorzustellen, den das Verbrennen bei lebendigem Leibe verursachen musste. Die beiden Männer beschlossen, die Wartezeit lieber in einer Taverne zu verbringen.

Paris endlich

Als sie an Bord des Schiffes eintrafen, mussten sie sich noch zwei Stunden gedulden, eh die Anker gelichtet wurden. Es war ein mittelgroßes Schiff, das nur bis Le Havre fahren würde, wo das Hochseeschiff nach Amerika wartete. Die versprochene Kabine konnten sie nicht beziehen, weil ein unerwarteter Fahrgast aufgetaucht war, eine feine Dame mit zwei großen Seekisten. Sie bekamen die Frau nicht zu Gesicht. Ardens und Colins Gepäck hatte man an Deck verzurrt. Die Unannehmlichkeit würde nur einige Stunden dauern.

37

Le Havre kannten Arden und Colin gut, hier hatten sie Jahre verbracht. Es war ein wenig wie Heimkehren – ein wenig nur. Viel Zeit hatten sie nicht. Früher als erhofft sollte ein Frachtschiff in die Neue Welt auslaufen. Sie konnten sich einen Platz im Frachtraum des Schiffes sichern. Die einzige Gästekabine hatte wieder die feine Dame für sich reserviert. Damit hatten die beiden schon gerechnet. Die großen Seekisten verrieten die Absicht der Frau, eine weite Reise zu unternehmen. Arden und Colin störte es wenig, sie planten, den Großteil der Reise an Deck zu verbringen. Der Nachmittag war fortgeschritten, der Kapitän wollte auslaufen, eh die Sicht sich verschlechterte.

Das Schiff stach in den Ärmelkanal hinaus. Das Meer weitete sich, wie sich eine Brust weitet, atmet man tief ein. Die Luft über Salzwasser roch nicht wie anderswo, die Möwen waren nicht bloß Vögel. Das Meer nahm dich auf gleich der Ziehfamilie, welche die schützenden Arme um den Waisen schlingt, bedrohlich zugleich und warm.

Der laue Abend lockte Arden und Colin an Deck. Wegen seines stechenden Geruchs erwies sich der Frachtraum als wenig einladend. Die Seeluft endlich reinigte Lungen und Herzen der beiden Passagiere. Der Steuermann zurrte das Ruder fest.

»Ich lege mich für zwei Stunden aufs Ohr«, sagte er zu den beiden. »Ruft mich, wenn der Wind Sperenzchen macht.«

»Erwartet Ihr Sturm?«, fragte Arden.

»Derzeit haben wir relative Flaute, darum mache ich Pause. Aber der Himmel ist bedeckt, keine Sterne zu sehen. Das ist kein gutes Zeichen auf See.«

»Reicht es, das Ruder festzubinden, um den Kurs zu halten?«

»Genaues Steuern ist bei diesen Bedingungen ohnehin nicht möglich. Die Abweichungen wird der Kapitän korrigieren, sobald wir wieder Anhaltspunkte haben.«

»Ist gut«, sagte Arden. »Erholt Euch gut.«

»Soll das ein Witz sein?« Der Steuermann stieg unter Deck.

Arden und Colin stellten sich ans Heck des Schiffes, verfolgten, wie das Wasser die Wunde, hervorgerufen durch den scharfen Bug, schäumend schloss.

»Es heilt«, sagte Colin. Arden nickte. Damit war das Ziel der Reise umrissen.

Colin fand ein Rettungsboot quer auf dem Achterdeck befestigt, schlug dessen Abdeckplane zurück, schlüpfte ins Innere und zog das Leinentuch über sich. Arden setzte sich an einen Mast, streckte die Beine von sich und genoss die Abendstimmung. Eine Stunde verging. Diffuses Licht glomm über allen Flächen, ließ nichts genau erkennen, aber durch seine gleichmäßige Verteilung das ganze Deck überblicken. Im Bereich des Aufstiegs aus dem Unterdeck bewegte sich etwas. Jemand ging auf das Rettungsboot zu.

»Schon ausgeschlafen?«, fragte er in Richtung des unkenntlichen Wesens. Niemand antwortete. Die Person erreichte das Rettungsboot. Jetzt bohrte sich eine Klinge in rascher Folge vier-, fünf-, sechsmal durch die Plane. Es musste eine lange Stichwaffe sein. Im nächsten Moment flog die Waffe durch die Luft, landete nahe dem Heck. Arden richtete sich auf, verlor in Folge die Kontrolle über seine Bewegungen. Die Person näherte sich ihm. Sie trug ein langes Kleid.

»Aleja«, stammelte Arden. »Was hast ...?«

»Dein Freund war mir im Weg, ansonsten ist er ohne Belang.«

»Du hast ihn getötet.«

»Danke für die Auskunft, das wusste ich bereits.« Sie zog eine Muskete aus der Tiefe ihres Kleids. »Das heißt: In Wahrheit hast du ihn getötet. Ich habe dich dabei überrascht, wir haben gekämpft, du hast versucht, dich an mir zu vergehen. Mir blieb keine andere Verteidigung als die Muskete. Es war ganz schrecklich.«

»Ich verstehe nicht.«

»Du hast mein Werk verbrannt. Du und dein englischer Freund, ihr habt um die Flammen getanzt. Er tanzt längst mit den Fischen im Hafen von Calais. Unsere zwei spanischen Rebellen werden die Welt wohl im nächsten Leben retten müssen. – Volksherrschaft. Ha! Sie mischten sich zu viel ein. So wie dieser Theaterdirektor, der den großen Dramatiker spielte. Das Stück reiche nicht an die anderen heran. – Idiot.«

»Shakespeare?«

»Es war ein Leichtes, seinen Saufkumpan dazu anzustiften, ein kleines Fläschchen in das Glas des Schauspielers zu entleeren. Ein wenig körperliche Zuwendung, und ihr tut alles, was ich will. Ich bin überzeugt, du würdest selbst jetzt noch gehorchen, wenn ich die Waffe fortnähme.« Sie spannte den Hahn. »Etwas stimmte mit der Dosis nicht, sie sollte sofort wirken. Egal, der alte Mime starb. Die Verzögerung kam mir letztlich zustatten, wirkte unverdächtig.«

»Dir ging es gar nicht ums Geld. Du bist wahnsinnig.«

»Nicht doch. Deine Schwester ist wahnsinnig. Ich bin nur etwas, na ja, eigen. Und Geld spielt durchaus auch eine Rolle.«

»Lass Dulcinée aus dem Spiel.«

»Ach, die süße Dulcinée. Ich habe keinen Grund, ihr etwas anzutun. Sie weiß von nichts, und ihr glaubte ohnehin keiner. Vielleicht lasse ich sie leben, es sei denn …«

»Rühr sie an und …!«

»Spar dir das Beschützergehabe. Das nimmt dir keiner ab, du kleiner Gelegenheitsdieb. Ich habe das Verbrechen zur Kunst erhoben.« Sie zielte mit der Muskete auf Ardens Stirn. »Ich war dir in allem voraus, Königssöhnchen. In allem. Amerika gehört mir. Für dich endet die Reise hi…« Ihre Augen weiteten sich, Blut rann aus ihrem Mund, sie fiel vornüber gegen Ardens Brust, dann vor seine Füße. Ein Dolch steckte in ihrem Rücken. Arden hob den Blick.

»Sie hat das Ankerseil erstochen«, sagte Colin. Er hob Aleja unter den Armen an. »Nimm die Füße!«, sagte er. Arden war immer noch bewegungsunfähig. Seine Lippen zitterten, in seinen Augen lauerte eine Frage. »Sie hat mindestens vier Menschen getötet«, sagte Colin. »Heute hätten es zwei mehr sein können: du und ich. Nun mach schon.« Mechanisch packte Arden Alejas Unterschenkel, schleppte die Regungslose mit Colin zur Reling. Auf drei war sie über Bord. Arden realisierte jetzt erst, was er getan hatte. Er zitterte am ganzen Leib, setzte sich auf die Schiffsdielen, vergrub seinen Kopf in den Händen. Colin lehnte sich gegen die gedrechselte Reling.

»Wir müssen uns abstimmen«, sagte er. »Sie sprach von der Sinnlosigkeit des Lebens, von der Nichtigkeit, dann ging sie nach vorn zum Bug und kehrte nicht zurück. Wir lassen den Steuermann ihr Verschwinden entdecken.« Arden steckte seinen Kopf zwischen die Knie.

»Ich kann das jetzt nicht.«

»Denk an James, denk an Emilio und Miguel, an Shakespeare, den Schauspieler.«

»Warum hat sie das getan?«

»Ein normaler Mensch tut das nicht. Wer weiß, was ihren Geist so verdunkelt hat.«

»Sie war noch so jung, als sie begann, für meinen Vater zu arbeiten; ein halbes Kind.«

»Womöglich hat sie die Stücke zu wörtlich genommen. Sie hätte sich mehr für Cervantes Romane begeistern sollen als für seine dramatischen Werke unter dem Namen Shakespeare.«

»Du meinst, mein Vater hat Schuld?«

»Was weiß ich. Ich bin bloß Ire.«

»Was willst du damit sagen?«

»Nichts. Leg dich hin. Ich verständige den Steuermann, die Dame sei schon recht lang am Bug unterwegs, er solle nachsehen.« Colin ging zur Bordluke, drehte sich noch einmal um. »Gute Nacht, mein Prinz«, sagte er.

»Was sollte das nun wieder?«

»Dein Vater dachte bei dieser Zeile vielleicht an dich.« Colin stieg die Treppe hinab. Arden legte sich auf die Dielen, kauerte sich zusammen.

»Ich hoffe, bei Hamlets Schicksal dachte er nicht an mich«, sagte Arden zu sich selbst, schloss die Augen.

Cervantes wusste nicht von seiner Existenz, fiel ihm ein.

***

Nosé traf am Seineufer auf einen Mann mit einer Apparatur, in die er hineinsah, während er an ihrem unteren Ende Gläser mit einem Rad durchwechselte. Er schien fasziniert von dem, was er sah. Nosé stellte sich zu ihm. Der Mann sah kurz zu ihm auf.

»Na?«, sagte er.

»Ich weiß, was das ist«, sagte Nosé stolz.

»Sieh an«, erwiderte der Mann. »Das sollte mich wundern.«

»Ihr seht Euch ganz kleine Dinge an, so klein, dass ich sie mit freiem Auge nicht erkennen könnte.«

»Alle Achtung. Wie hat Er das erraten?«

»Ich kannte einen alten Mann, der hatte ein ähnliches Gerät, nur einfacher. Ich traf ihn vor Jahren, es war mein erster Tag in Paris.«

»Das könnte mein Vater gewesen sein.«

»Ihr habt das Gerät weiterentwickelt?«

»Nicht ich, ein Niederländer. Ich nutze es nur für meine Forschung.«

»Forschung nach kleinen Dingen?«

»So könnte man das nennen, ja«, sagte der Mann. Nosé zwirbelte den Schnurrbart, den er sich unlängst wachsen ließ.

»Hm, da habt Ihr bestimmt viel zu schreiben: Tabellen, Aufstellungen, Notizen, Randbemerkungen.«

»Allerdings, da kommt man nicht umhin.«

»Natürlich könnt Ihr manches davon nur selbst erledigen. Einiges könnte Euch auch jemand abnehmen, jemand, der sich aufs Schreiben versteht, der lernbereit ist.«

»Trägt Er mir seine Dienste an?«

»Wäre das so unmöglich?«

»Die Naturwissenschaften sind nicht so einträglich wie Theologie und Alchemie. Ich kann es Ihm nicht gut vergelten. Außerdem hätte ich nur gelegentlich Beschäftigung für Ihn.«

»Damit wäre ich einverstanden.«

»Was, außer dem Schreiben, hat Er denn gelernt?«, fragte der Mann. Nosé ließ die Schultern hängen.

»Ich war Narr bei Hofe«, sagte er. »Ich habe auch in einer Mine gearbeitet.« Er setzte schon dazu an, weiterzugehen.

»Wie heißt Er?«

»Cervantes. Nosé Cervantes.«

»Er trägt einen berühmten Namen«, sagte der Mann, lächelte. »Er hat von seinem großen Namensvetter wahrscheinlich nie gehört.«

»Doch«, entgegnete Nosé. »Ich kenne Miguel Cervantes' Werke.« Er überlegte, ob er sich als dessen Sohn zu erkennen geben sollte, entschied sich aber dagegen. Es hätte nach Hochstapelei ausgesehen.

»Also ein belesener Hofnarr, der meinen Vater kannte und harte Arbeit nicht scheut«, summierte der Mann. »Wann kann Er anfangen?«

»Jetzt.«

»Dort liegt ein Stapel Papier. Ich beschreibe Ihm, was ich in meinem Gerät sehe, Er notiert es. Gegebenenfalls peppt Er es sprachlich etwas auf wie sein Namensvetter. Geht das heute gut, hat Er eine Beschäftigung – etwa einmal wöchentlich.« Nosé nahm Papier vom Stapel, fand daneben einen Federkiel und ein Tuschefass. So schnell hatte er nicht erwartet, Erfolg zu haben. Am nächsten Tag würde er verschiedene Läden aufsuchen und einfach nachfragen, ob man seine Dienste brauchen könne. Er musste sich nun nicht mehr als Hofnarr zu erkennen geben, konnte mit Fug und Recht behaupten, er sei Schreiber eines Gelehrten Mannes.

Wenig später verfügte er über Aufträge eines Alchemisten, eines Priesters und eines Studentenkollektivs. Er vermochte, sich seine Auftraggeber danach auszusuchen, wie sehr ihr Fachgebiet seine Aufmerksamkeit erregte. Er lernte dazu, während er seine Arbeit erledigte. Von seinen ersten Gehältern konnte er genug zurücklegen, eine Schmuckausgabe des Don Quijote zu erstehen. Das Hauptwerk seines Vaters, den er im Leben nur einige Minuten lang gesehen hatte, sollte ihm für die Weiterentwicklung seiner literarischen Fähigkeiten ein Vorbild sein. Mathurine brauchte seine Dienste letztlich nicht, sie zog sich in jenem Jahr von ihrer

Funktion als Hofnärrin zurück, starb Monate später. Sie war älter gewesen, als Nosé dachte.

Baleno wurde weitestgehend wiederhergestellt, er hinkte nur ein wenig. Seine Verachtung für die herrschende Gesellschaftsschicht war ungebrochen wie auch sein Wille, sich gegen deren Macht zu wehren. Emilio und Miguel standen nicht mehr zur Verfügung, ihn zu führen, so stellte er sich auf die eigenen Füße, sammelte eine kleine Gemeinschaft Gleichgesinnter um sich. Dem mittlerweile dreißigjährigen Nosé fiel es schwer, den ganzen Stand zu hassen, empfand er die Ungleichheit auch als Unrecht. Er hatte gute Beziehungen zur Königin, auch Arden und Dulcinée waren adeliger Herkunft. Jahre vergingen, Balenos Bemühungen, ihn zu bekehren, zeigten sich letztlich erfolgreich. Es ginge nicht um Hass, überzeugte er Nosé. Unsere persönlichen Empfindungen für einzelne Personen arbeiteten für die Mächtigen, welche das Bedürfnis des einfachen Menschen nach Harmonie ausnutzten, sagte der ehemalige Hofnarr. Er betrieb nun ein kleines Fuhrunternehmen, das ihn über die Runden brachte. Nosé konnte die Argumente Balenos nachvollziehen. Nicht der Unterdrückte solle sich in sein Schicksal fügen, sondern der durch Geburt Bevorzugte müsse lernen, er sei nicht von höherem Wert. Man müsse kein schlechter Mensch sein, keine bösen Absichten verfolgen, um auf der Seite des Unrechts zu stehen, von der Willkür zu profitieren. In gewissem Sinne ginge es auch darum, den im Unrecht Gefangenen zu befreien, zu unterrichten. Die Wohlwollenden unter den Adeligen mussten den Händen der Böswilligen entrissen und für die »Gute Sache« gewonnen werden. Von Gewalt nahm die Gruppierung zumindest vorerst Abstand. Nosé war darum wichtig für Baleno, weil er über die Fähigkeit verfügte, feurige Aufrufe zu verfassen, sie formal aufzubereiten. Eines Tages stand eine ausrangierte Druckerpresse, ein gewaltiges Ding, in der alten Scheune. Sie schafften es, das Monster zu bändigen, reparierten es so weit, Flugzettel drucken zu können, die – ob ihrer Inhalte – die Druckerei in der Stadt niemals akzeptiert hätte. Nosé war jedoch nicht bereit, seine gesamte Freizeit dem Projekt zu widmen. Er gab seine Bemühungen nicht auf, in seines Vaters Fußstapfen zu treten, wozu er auch die Druckerpresse nutzte. Aus rätselhaftem Grund fand er in Druckfahnen Stilfehler, die er in seinen handschriftlichen Aufzeichnungen übersehen hätte. Das gedruckte Blatt sprach zu ihm, sagte ihm, ob der Text würdig war, veröffentlicht zu werden. Seine Schreibübungen traten in eine Phase literarischen Bewusstseins über. Bald fasste er den Mut zu mehr. Ein Blatt Papier in Nosés Händen zeigte sein erstes Sonett in spanischer Sprache, als er, den Blick auf die Schmuckausgabe von *El ingenioso hidalgo Don Quixote de la Mancha* gerichtet, flüsterte: »Ich komme, Papa.«

38

Das Verschwinden der feinen Dame vom Deck des Frachtschiffs war nicht lange Thema für den Kapitän, da ein Unwetter aufkam, das seine ganze Aufmerksamkeit erforderte. Danach schien er es vergessen zu haben. Aleja war nicht in Erscheinung getreten, seit sie das Schiff betreten hatte. Es war, als habe sich ein Gepäckstück aus seiner Befestigung gelöst und sei von Bord gerutscht. Der Einzige, dem sie fehlte, war Arden. Ihr sang- und klangloses Verschwinden erschien ihm unwirklich. Er sprach Colin darauf an.

»Sie konnte sich in jedermanns Herz stehlen. Wie kommt es, dass sie dich so kalt ließ?« Der Angesprochene antwortete mit einer Gegenfrage.

»Warum hörst du keine Musik, eh der Lautenist sein Instrument in die Hand nimmt?«

»Heißt?«

»Erst wenn sie ihre Verführungskünste auf dich richtet, nimmst du sie wahr. Der Lautenist ist nichts anderes als du und ich, eh er seine Kunst ausübt.«

»Wie fühlte sie sich an, wenn sie nur sie selbst war?«

»Leer. Man spürte sie nicht, als sei sie nicht da. Ich bin solchen Menschen schon begegnet.«

»Warst du einmal Ziel eines solchen Menschen?«

»Zu spät. Wir ignorierten einander jahrelang. Es war zu offensichtlich, sie hatte eine Agenda, als sie sich mir zuwandte. Sie wollte mich für ihre Pläne benutzen. Ich spürte ihren Zauber, war aber nicht blind.«

»Ich war blind.«

»Du kanntest Aleja nicht, eh sie dich aufs Korn nahm. Sie beherrschte ihr Instrument.«

Das Unwetter wuchs an, ließ ihnen nicht mehr Zeit zum Reden. Die gesamte Mannschaft war an Deck, kämpfte gegen die Naturgewalt an. Arden meinte, er kenne die Situation, verhielt sich daher wie damals auf der Reise von England nach Frankreich, bis er feststellte, niemand hier band sich am Mast fest. Der Grund offenbarte sich ihm bald. Die Mannschaft war damit beschäftigt, Wasser in Eimern und allem, was Flüssigkeit halten konnte, von einem überladenen Schiff zu schaffen, das sich eben noch an der Oberfläche hielt. Tiefer Seegang war günstig, nicht vom Sturm umgeworfen zu werden, doch ab einem gewissen Punkt stieg die Gefahr, das Schiff würde unter Wasser gedrückt. Arden band sich los und versuchte, ein Gefäß zu finden, doch der Kapitän winkte ihn und Colin sowie zwei Matrosen zu sich. Sie sollten die weniger wertvolle Fracht über Bord werfen. Er erklärte ihnen kurz, welche Dinge das waren. Sie stiegen zum Frachtraum hinunter, schleppten die entsprechenden Kisten hoch, warfen diese über Bord. Nachdem sie mehrere Male auf und ab gelaufen waren, hielt der Kapitän Arden an der Schulter fest.

»Genug«, sagte er. »Das muss reichen.« Die beiden Matrosen schleppten noch eine Kiste hoch, warfen sie ins Meer. Es war die letzte Seekiste Alejas. Ihr Gepäck war der am leichtesten zu verschmerzende Ballast. Arden und Collin sahen den fortgespülten Kisten hinterher. Der Sturm legte sich sehr plötzlich. Noch einmal trieb die Kiste am Schiff vorbei, als wolle sie zurückkommen, dann wurde sie von der Gischt geschluckt, hüpfte im sprudelnden Wasser davon. Die letzte Zeugin Alejas' Existenz gehörte dem Meer.

Dann noch Wien

Augustin, Augustin,
Leg nur ins Grab dich hin!
O, du lieber Augustin,
Alles ist hin!

1679 – fast fünfzig Jahre später in Wien, Österreich: Nosé sitzt in einem muffigen Zimmer. Die Nachbarskinder
lärmen im Treppenhaus oder Stiegenhaus, wie die Österreicher sagen. Er liebt Kinderstimmen, wenn er nicht
konzentriert arbeitet, andernfalls hasst er sie. Er hat das
letzte Kapitel eines Kurzromans beendet. Der letzte Roman soll ein kurzer sein, wie das Leben eines alten
Menschen im Rückblick mit den Jahren kürzer und
kürzer erscheint. – War die Kindheit nicht erst letzte

Woche? Nein, das muss die Hofnarrenzeit gewesen sein. Finge er heute an zu schreiben, fasste er vermutlich alles in ein paar Worte. Heute ist jener Tag, der Tag, an welchem der Entschluss sich festigt.

Sein Kreuz schmerzt, die täglichen Verrichtungen sind allein schwer zu bewältigen. Er schafft es meist eben noch rechtzeitig vom Schreibtisch zum Plumpsklo im Garten, manchmal auch nicht. Die Frau, die zweimal pro Woche vorbeikommt, seinen Haushalt in Ordnung zu halten, beklagt sich zunehmend über seine »vollgekackten« Sachen. Niemand greife sowas gern an, sagt sie. Natürlich hat sie Recht, das hilft nur nichts. Er hat ihr Salär erhöht, damit sie nicht kündigt. Seine Hilflosigkeit demütigt ihn vor jedermann. Freunde hat er nicht mehr, sie sind vor ihm gestorben. Arden und Colin in Amerika sind da keine Ausnahme.

Er blättert durch die Seiten seines Romans. Dos und Nosés geliebte Straßenköter tauchen auf, verbellen einen Reiter, werden in den Strudel der Zeit gezogen – weg. Der hüpfende Bauch Sancho Panzas auf seinem Esel schwappt in die Gedanken des alten Mannes. Cervantes ist Don Quijote und doch nicht. Sanchos Rätsel ist das letzte verbliebene, nach Auflösung all der anderen: Cervantes ist Shakespeare und doch nicht, ist dein Vater und doch nicht, dein Großonkel und doch nicht. Nosé würde nie mit Sicherheit wissen, was der Knappe des Ritters von der traurigen Gestalt gemeint hat. Er legt es heute so aus, dass Cervantes in seiner Anbetung Dulcinées Don Quijote war. Sie war die unerreichbare edle Dame Dulcinea, die seine Fantasie beherrschte. Da Dulcinée die Namensgleichheit bemerkte, fügte der Dichter die Andeutung hinzu, Dulcinea sei nur irgendeine Idealfigur, die er auch in einer Dirne sehen könnte. Das war ein Fehler. Dulcinée fühlte sich gekränkt. Die ganze Geschichte des großen Romans schwamm in Nosés Blut. Sein Vater erfuhr nie von Dulcinées Schwangerschaft, seine beeinflussbare Mutter begriff nicht, sie hatte ihn geboren. Sancho war das Bindeglied. Er hatte Nosé zuerst zum sterbenden Cervantes gebracht, dann zu Dulcinée geführt, beides jedoch, ohne ihm zu sagen, wer sie waren. Nosé hat Sancho nie wieder gesehen, auch seine eigene Mutter nicht. Doch Arden berichtete ihm von ihr, auch von ihrem Tod 1641. Der erste Brief des Bruders war für Nosé noch ein Aufatmen gewesen. Manches Schiff hatte den neuen Kontinent nie erreicht. Stürme, Piraten, Seuchen bedrohten die Reisenden. Arden schrieb nicht lange nach seiner Ankunft, sobald es zumindest etwas mehr zu berichten gab, als »ich bin da«. Nosé nimmt den Brief aus der für persönliche Dokumente angelegten Mappe.

Lieber Bruder und Neffe,

nach einer abwechslungsreichen und gefährlichen Reise haben wir die Neue Welt erreicht. Das Gefühl, seine Füße auf einen fernen Kontinent zu setzen, ist überwältigend. Das Land tauchte aus einem Nebel auf, drohend zugleich und einladend. Zwei Monate auf See zeigten ihre Wirkung. Erst

*nach Tagen vermochte ich, sichere Schritte zu setzen. Das
Erste, was man sieht, ist nichts. Keine Städte, nicht einmal
richtige Dörfer sind auszumachen. Dieses Land muss erst
entwickelt werden. Die Aufgabe, die wir uns gewünscht haben, ist da. Colin hat bereits ein Stück Land markiert und
angemeldet. Ich selbst bin dabei, einen Grund unweit des seinen abzustecken. Daneben arbeiten wir in einem Pferdestall
für Kost und Logis. Hier herrschen keine Könige, sondern die
Geldverleiher. Ich werde wohl das Doppelte dessen, was ich
ausgeliehen habe, an Zinsen zurückzahlen müssen. Jeder
Ankömmling benötigt eine Grundausstattung und Samen
für den Anbau. Die Wohlhabenderen der Neuankömmlinge
können große Flächen abstecken, auf welchen sie Tiere weiden lassen. Die Tierzucht erweist sich hier als rentabler als
der Anbau von Getreide oder Gemüse. Alles andere ist nicht
wirklich zukunftsträchtig. Handwerk wird als selbstverständlich nebenbei verrichtet, leben kannst du hier nur von
eigener Nahrungsproduktion und Jagd. Das wird sich bestimmt noch ändern, aber nicht so bald.*

*Es gibt große Weiderinder, Büffel genannt, und Truthäh-
ne hier. Die Einheimischen, von denen ich nur gehört habe,
sind angeblich geschickt in der Büffeljagd. Da kann man sich
einiges abschauen. Ich fürchte, unsere Großgrundbesitzer
werden die Tiere einfangen und als ihren Privatbesitz be-
trachten. Die Skrupellosen drängen überall hin, besonders in
Gebiete, wo noch alles möglich ist. Hier sammelt sich Pack
an, das bei uns gar nicht auf die Straße dürfte. Aber es gibt
auch die andere Seite, fleißige Hände, ihre Familien zu ernähren, Menschen, die in Europa keine Chance bekommen*

hätten. Hier bauen sie nicht nur ihre eigenen Häuser und Scheunen, sondern helfen ihren neuen Nachbarn bei deren Existenzgründung.

Die Einheimischen kamen mir wie gesagt noch nicht vors Angesicht. Ihre Anführer sollen sich mit Federn schmücken wie Vögel, aber das kennen wir ja von den unseren genauso. Einer muss immer zeigen: Ich besitze mehr als du, ich habe mehr Macht, höheres Ansehen. Ätsch! Die Hasen wählen sich selbst einen Wolf, sie zu jagen. So entstehen Gesellschaften. Ich bin mir nicht mehr sicher, ob der Kampf, dem wir uns angeschlossen hatten, Sinn macht. Für wen kämpfen wir? Für jene, die uns aufknüpfen werden, weil wir ihren Wolf belästigt haben.

Doch das war nicht, was ich dir schreiben wollte. Deine Gedanken machst du dir schon selbst. Ich bin auch noch neu hier, sehe vielleicht vieles nicht im richtigen Licht. Außer einer Schlägerei mit einer Familie, die sich darauf spezialisiert hat, anderen die Samen zu stehlen, hat sich bislang nichts ereignet. Wir sind wehrhaft, hab keine Sorge. Etwas haben wir nicht bedacht, bevor wir in die Neue Welt aufbrachen: Es gibt keine unverheirateten Frauen hier. Die Gründung einer Familie könnte sich als schwierig erweisen. Einen Pfaffen haben wir, das ist nicht das Problem. Dafür gibt es keinen Arzt, keinen Drogisten oder Heilkundigen. Eine alte Frau gibt ihre Kenntnisse an die Ehefrauen der Bauern weiter – in Europa verbrennte man sie als Hexe. Ich habe meine Zweifel an ihrer Erinnerungsfähigkeit. Sie kann sich nicht der Namen ihrer Kinder entsinnen, will aber aufwändige Rezepte für Tinktu-

ren und Salben wissen. Man sollte hier besser nicht erkran-
ken. Ich werde mich in Acht nehmen.

Ich habe eine erste Dépêche an Dulcinée geschickt, die in
etwa dasselbe enthält, was ich dir schreibe. Sobald sie ant-
wortet, sende ich eine Abschrift an dich. Sieh zu, dass du ge-
sund bleibst, und leg dich nicht mit der Inquisition an, Brü-
derchen! Es grüßt dich herzlich dein Arden.

Nosé legt den Brief zurück in die Mappe, setzt die Lesebrille ab, manövriert die Fernsichtbrille auf die Nase,
klemmt sie mit dem Zwickel fest, erhebt sich vom
Schreibtisch, schlurft durch den Raum und sieht aus
dem Fenster. Die Kinder sind mittlerweile in den Garten gelaufen. Der alte Mann hat seine Arbeit abgeschlossen, freut sich wieder an den jungen Stimmen. Er
öffnet das Fenster, beugt sich hinaus. Eine Frühlingsbri-
se streicht durch seine Haare, der Duft der Blumen auf
den umliegenden Balkonen mischt sich in die Dünste
aus Nachbars Küche unter ihm. Schweinebraten mit
Sauerkraut nimmt er wahr. Ersteren könnte er kaum
noch beißen, das andere zerrisse seinen Darm. Doch
der Duft lockt. Nosé setzt sich zurück an den Schreibtisch, blättert wieder in seinem Roman. Darin finden
sich große Abschnitte über die Kriegszeit, ohne die politischen Hintergründe zu nennen oder Schlachten auf-
zuzählen – das vermögen andere besser. Seine Hinwen-
dung zum Schreiben vermittelte ihm Einsichten in die
Schicksale von Geschäftsleuten, deren Waren er in
Flugblättern und auf Plakaten anpries, kleine Händler,

die von den Kriegsgewinnlern vom Markt gefegt wurden, unfähig, den wie Krebsgeschwüren anwachsenden Konzernen der Konkurrenten etwas entgegenzusetzen. Auch die kleinen Drogisten mussten sich den großen Firmen, welche ihre Heilmittel zu günstigeren Preisen hundertfach produzierten, geschlagen geben. Es brach eine neue Zeit an, Profit allein hieß die Parole. Zugleich starben die jungen Männer zu tausenden als Landser und Soldaten, Mütterherzen brachen. Niemand konnte ermessen, welche Ideen, Werke, Beiträge zum Wohlergehen der Menschheit nie zur Reife kommen konnten, wie viel Begabung auf dem Schlachtfeld blieb. Am Ende herrschte ein Mangel an jungen Freiern für die zurückgebliebenen Mädchen. Natürlich fanden sich alte Lustmolche, die daraus Nutzen schlugen, ihre in die Jahre gekommene Ehefrau als Hexe denunzierten oder ihr damit drohten, sich danach unbehelligt am reichlichen Angebot delektierten. Auf der anderen Seite nahmen sich anständigere Männer der in jener Umwelt nicht allein lebensfähigen Frauen zusätzlich an, ohne das auszunutzen – soweit man das glauben durfte. In einer Welt der Machtlosen, wie es Alte, Frauen und Verwundete waren, konnten die Alphamännchen ungeahnte Macht anreichern, mehr noch als die herrschenden Monarchen zehrten sie das Volk aus.

Ja, Baleno entwickelte sich zu einer lokalen Legende, tauchte er auch in der Geschichtsschreibung nicht auf, weil er nicht von Adel war, wie Antoine du Puy de la Mothe, Seigneur von la Forêt, den er als Aushänge-

schild seines Kampfes benutzte. Der ehrgeizige Edelmann versprach sich steuerliche Vorteile von der Unterstützung des Bauernaufstandes, den Baleno initiier-
te. Baleno trug zu dieser Zeit seinen bürgerlichen Namen Jacques Dufour. Man schrieb das Jahr 1636. Baleno
entzündete die ganze Gascogne bis zur Garonne im
Norden mit seinen Reden auf Dorfangern, in Landgast-
häusern, bei Festveranstaltungen. Er zeigte eine Begabung, das Volk aufzupeitschen, ihre Verzweiflung in
Wut zu wandeln. Sie folgten ihm in die Nachbardörfer,
seine Rede noch einmal zu hören. Er konnte de la
Mothe für sich gewinnen, versprach ihm allerhand,
wusste seine Eitelkeit anzusprechen. Baleno erkannte,
erst wenn ein Seigneur die Führung des Aufstandes
oder der Aufstände – es war in Wahrheit eine Reihe nur
lose verbundener Einzelanstrengungen – übernähme,
erregte das die Aufmerksamkeit des Gouverneurs. Er
war an sich nicht mehr der Ansicht, nur Gewalt könne
das Problem lösen, doch einige Hitzköpfe töteten königliche Steuerbeamte bei Angoulême. Baleno griff ein,
nutzte die Verwirrung, Steuerzugeständnisse zu er-
zwingen. Doch Monate später brach der Gouverneur
seine Versprechen. Baleno wusste, schlüge er nicht zurück, wäre alles verloren. So kam es erneut zu Blutver-
gießen unter den Steuereintreibern durch die Cro-
quants, wie er seine Aufständischen nannte. Nosé war
unter den Kämpfern. Er war besser ausgerüstet als viele, die teils mit Mistgabeln aufs Schlachtfeld stürmten.
Baleno starb an der Spitze seiner Truppe schon zu Be-

ginn der Schlacht, de la Mothe kämpfte mutig weiter, gab erst nach Verlust zahlreicher Menschenleben auf. Danach zerfiel die Volksbewegung, auch Nosé, der seine neuerworbenen Fähigkeiten eingebracht hatte, zog sich zurück. Ihm eignete nicht die Begabung Balenos. Er hatte zwar dessen Reden geschrieben, doch nur der Rebell konnte durch seine Leidenschaft das Feuer unter Nosés Worten entfachen. Daraus zog der Schreiberling eine Lehre für die Figuren einer Geschichte. Nicht allein das Gesagte war von Bedeutung, auch die charakterliche Zeichnung der Figur, die es aussprach. Er musste aber zugeben, es blieb weit gehend bei der theoretischen Einsicht, er handhabe die Gestalten seiner komplexen Verwirrspiele eher wie Schachfiguren. Sein Vater hingegen war Meister darin, unvergessliche Figuren zu schaffen.

Nosé legt die Mappe ab, nimmt eine andere unter den Arm, jene, welche nur leere Blätter enthält. Er steckt einen Silberstift in den Rücken des Gebindes, die Lesebrille in die Pantalones, schlüpft in seine Schuhe, wirft sich ein Jäckchen über, tritt aus seinem Zimmer ins Stiegenhaus. Den Weg bis hin zu den Stufen schlurft er ohne Probleme, danach gähnt ein Abgrund unter ihm. Einen Fuß vor den anderen, abwärts dann, dem Schmerz entgegen – jeder Schritt ist eine Pein. Die Kinder laufen an ihm vorbei nach oben. Sie grüßen artig, schnattern durcheinander, sind im Nu verschwunden. Nosé kannte nie eine Kindheit wie diese, er sehnt sich mit einem Mal nach seiner Familie. Dos, Cuatro, Uno, Tres, Cinco laufen in seinen Gedanken um ihn herum, springen an ihm hoch. – Es ist gut, Freunde, alles gut. Ich bin bei euch, keine Sorge. Er spürt Pfoten auf seine Oberschenkel klettern.

»Aus!«, ruft eine Stimme. »Bei Fuaß! Låss den Oidn in Ruah!« Die junge Mutter der Kinder zerrt ihren Terrier an der Leine von ihm weg. Nosé hat die Mappe fallen lassen, um sich mit beiden Armen ans Geländer zu klammern. Die Frau sammelt die losen Blätter auf, legt sie zurück, reicht Nosé die Mappe.

»De Blattln sand ålle laa«, stellt sie fest. »Se gengant wos Neigs au, oda?«

»Wer weiß«, sagt Nosé. »Die Zettel haben mit dem Neuen aber nichts zu tun.« Die junge Frau sieht ihn mit dem Blick an, den Alte von ihren jungen Mitmenschen so gut kennen, verabschiedet sich und läuft mit dem Hund auf der Treppe nach oben.

Wenige Minuten später steht Nosé auf der Straße. Er vermag keine großen Schritte mehr zu setzen, vornübergebeugt trippelt er voran.

Wien war in keiner Weise das gewesen, was er sich erhofft hatte, als er dorthin aufbrach. Gut, der Krieg verschonte ihn, dafür holte ihn die Pest ein. Er fand eine Beule unter seinem rechten Arm, hart, noch nicht verfärbt, doch er wusste, was das hieß. Er hatte die Todeskämpfe gesehen, verzerrte Gesichter, entglittene Züge;

Brüllen und Gurgeln hatte er gehört, das Betteln, sterben zu dürfen.

Frankreich war nicht mehr seine Heimat gewesen, der verhasste Krieg trieb ihn fort. Im Jahr 1661 starb der Vertraute Annas, Mazarin, danach zog sich die Königin ins Kloster zurück, wo sie fünf Jahre später verschied. Ihr Sohn, Ludwig XIV. bestieg den Thron Frankreichs. Nosé vermisste Annas natürliche Klugheit. Da Mathurine schon zuvor ablebte, hatte Nosé keine persönlichen Bindungen mehr in Paris. Er verfügte nur noch über einen geschrumpften Kundenstock, weil andere sein Geschäftsmodell übernahmen, Jüngere. Sie brachten frische Ideen und konnten mit besseren Beziehungen punkten. Er hatte sich inzwischen ansehnliche Rücklagen geschaffen, entschied sich dafür, in den letzten Lebensjahren seinem Traum zu folgen. Wien wartete. Zuerst jedoch wählte Nosé eine Route, die ihn über Hamburg nach Mölln führen sollte, ins Wirkungsgebiet Till Eulenspiegels. Er versäumte nicht, Arden über seine Abreise zu informieren, schrieb ihm, er würde sich erst wieder melden, wenn er Wien erreicht hätte. In Mölln wollte er nur wenige Tage bleiben. Er wusste nicht, Der Adressat war zu dieser Zeit schon nicht mehr am Leben. Erst in Wien sollte ihn Collins Nachricht einholen. Arden, so schrieb dieser, hatte großen Erfolg mit seiner Farm, das Getreide schoss in die Höhe, wie nirgendwo sonst. Alle fragten sich, was sein Geheimnis sein mochte. Arden wusste es selbst nicht genau, hatte aber den Verdacht, es hinge mit den

Tieren seines Nachbarn zusammen, denn an der Grenze zu dessen Land wuchs der Weizen am besten. Er meinte, die Auswürfe der Tiere seien schuld. Collin selbst zweifelte daran, doch das spielte keine Rolle. Was sich jedoch zum Problem entwickelte, war die Gier des Nachbarn, der seinen Viehbestand ständig vergrößerte. Bald ging diesem der Raum aus, sie weiden zu lassen. Er bot Arden Geld für seine Farm. Arden dachte nicht daran, das Werk seiner schwieligen Hände zu veräußern. In Folge geschahen böse Dinge. Zäune wurden durchbrochen, die Ernte niedergetrampelt – Unfälle angeblich. Bald brannte die Scheune. Vieles mehr geschah, bis Arden die Kraft verließ. Er gab nach, musste nun weit billiger verkaufen, nachdem der Wert des Grundes so stark gelitten hatte. Arden bewarb sich als Knecht bei Collin, der ihn natürlich als Partner beschäftigte. Er hatte den Eindruck, es laufe gut, doch Arden wurde immer trauriger. Dann verließ ihn noch seine Geliebte. Beobachter sahen ihn von einer Klippe springen, seine Leiche wurde nie gefunden. Von all dem wusste Nosé nichts, als er sich in deutsche Lande aufmachte. Die Route ergab die Form eines gleichschenkeligen Dreiecks, wobei die Strecke von Paris nach Hamburg gleich lang war, wie jene von Hamburg nach Wien.

Die Reise war anstrengend. Er fand sich an die Fahrt von Toulouse nach Paris erinnert. Seine ganze Habe – nur Kleidung und eine kleine Auswahl seiner Schriften sowie den Schmuckband von Don Quijote –

hatte er in zwei Kisten untergebracht. Von Hamburg, wo er sich zwanzig Stunden lang erholte, war es nur noch eine Tagesreise nach Mölln. Am Morgen nach seiner Ankunft fühlte er sich guter Dinge. Er besichtigte den letzten Aufenthaltsort Till Eulenspiegels. In einer Nische der St. Nicolai Kirche entdeckte er eine Gedenktafel, aus dem letzten Jahrhundert, auf welcher der Narr, besser Schalk, abgebildet war, nebst dem Spiegel, den er seinem Gegenüber vorhielt, und der Eule, Symbol für die Weisheit. Ein Passant erklärte ihm, Till sei unter der alten Linde in unmittelbarer Nähe begraben worden. Nosé zweifelte daran. Till war an der Pest gestorben. Pestopfer wurden im Allgemeinen in Massengräbern verscharrt. Doch das war auch gar nicht wichtig. Die Pest, ja …

Die Pest hält im Jahr 1679 auch Wien in ihrem Würgegriff. Manche, Nosés Nachbarn etwa, lassen sich davon wenig beeindrucken, schicken die Kinder ungeschützt zum Spielen nach draußen. Die Österreicher, insbesondere die Wiener, sind ein eigenes Volk. Sie haben eine fast erotische Beziehung zum Tod, im geringsten Fall eine gleichgültige. Nosé sieht wenige Pestnasen. Während der Seuche in Rom sind sie allgegenwärtig gewesen. Gut, keiner kann sagen, ob das Zeug überhaupt von Nutzen ist. Auch Pestärzte, die riesige Schnäbel tragen, gefüllt mit allerlei Kräutern und Tinkturen, sterben den Schwarzen Tod. Der Wiener hat sein eigenes Gegenmittel entdeckt, den Wein. Das Wort geht um,

Volltrunkene seien vor der Pest sicher, der Alkohol, das edle Agens, töte den bösen Urheber, wer immer es sei. Beim Heurigen trinkt man auf die Opfer und den Sensenmann. Sie grölen einen Toast auf den Tod. Man hat entdeckt, es hat mit den Ratten zu tun, doch sie zu entfernen, bringt nichts, ist die Seuche erst ausgebrochen.

Die winzigen Schritte tragen Nosé nicht schnell voran. Er wohnt in der Vorstadt am Lerchenfeld, nahe der Kirche St. Ulrich. Diese sieht er schon, wenn er aus dem Haus tritt, er muss aber, so scheint es, eine Weltreise zurücklegen, sie zu erreichen. Letztlich setzt er sich auf eine Bank, wenige Meter von dem Gotteshaus entfernt. Tauben stolzieren auf dem Platz umher. Ihr Nicken hat etwas Bejahendes, das gefällt dem alten Mann. Gäbe es einen Sympathiewettbewerb unter den Vögeln, er würde für die Tauben und Hühner stimmen. Das Abstimmungsverhalten der Würmer sähe vielleicht anders aus, doch dies beiseite. Sitzen tut gut. Jetzt erst bemerkt er den Graben, der am Ende des Platzes ansetzt, sich etwa hundert Fuß in die Wiese hinein fortsetzt. Die Ränder klaffen etwa fünfzehn Fuß auseinander. Er weiß, wozu die Grube dient. Für eine Pestgrube ist sie klein, sie fasst vielleicht zweihundert Leichen, stapelt man sie in drei Schichten übereinander. Löschkalk lagert am Fußende des Grabens, bereit über eine Lage Leichen geschaufelt zu werden, sobald diese aufgefüllt wäre. Der Anblick erweckt keine Empfindungen mehr, gehört zum Alltag. Das Herz des Menschen passt sich dem allgemeinen Schrecken rasch an.

Dann noch Wien

Erst wenn es ihn selbst erreicht, geliebte Menschen hinweggerafft werden, bricht die Wunde auf. Nosé hat niemanden an die Pest verloren. In Wien hat er keine Freunde gefunden, glücklicher- oder unglücklicherweise. Das Laufen hat ihn angestrengt. Bis vor einigen Jahren hat er noch weit ausschreiten können, plötzlich gelang das nicht mehr, schon bevor seine Füße zu schmerzen begannen. Es hat mehr mit dem Kopf zu tun. Weiß Gott, wir sind nur kurze Zeit die Lenker unserer Körper, bald übernimmt der Verfall das Kommando. Nur kurz die Augen schließen, die Schwäche zulassen. Sein Kopf nickt …

… auf seine Brust. Eine Hand hebt sein Haupt am Kinn an.

– Na du!, sagt eine sanfte Stimme.

Er blickt in Jacquelines Augen.

– Da bist du wieder.

– Ich sehe, du bist deinen Weg gegangen. Das ist gut.

– Ich habe als Narr bei Hofe begonnen, heute bin ich Narr im Geiste.

– Du hast deine Aufgabe gefunden und erfüllt. Mehr kann ein Leben nicht bieten.

– Was war deine Aufgabe?

– Ich war die Hüterin der Quelle.

– Warum musste sie behütet werden?

– Alles Reine muss behütet werden.

– Du selbst bist so rein. Ich hätte dich behüten müssen. Ich sollte für dich da sein.

– Unsinn. Wach auf, du träumst von der Falschen.

– Du bist die einzig Richtige.

– Wach auf!

Ein lang gezogener Ton trötet …

… raunzt, wird langsam leiser, tiefer, als ginge ihm die Luft aus. Nosé sieht zur Kirche St. Ulrich hin. Es muss eine Orgel gewesen sein, der Blasebalg wurde falsch bedient. Vermutlich schult man einen künftigen Organisten ein. Jetzt hört Nosé ein Stöhnen. Es kommt aus einer anderen Richtung. Wieder erklingt der seltsame Ton, dann Wehklagen, erstickte Rufe. Er horcht auf, sackt kurz in sich ein, beinahe fiele er in Schlaf zurück. Ein lauterer Ton, ein Quietschen ruft ihn zur Aufmerksamkeit. Nosé stemmt sich von der Bank hoch. Die Knie tragen ihn kaum nach längerem Sitzen. Er wartet, bis Blut in seine Beine einfließt, setzt sich langsam in Bewegung. Klagen kommt aus der Richtung der Pestgrube. Kann das sein? Begräbt man die Pestkranken jetzt schon lebendig? Seelische Kälte greift um sich, doch das ginge doch zu weit. Er trippelt zur Grube, sieht hinab. Ein Mann, sichtlich nicht ganz nüchtern, bewegt sich schwerfällig unter einer dünnen Kalkschicht. Er hat sich hochgekämpft, drückt seinen Dudelsack, lamentiert bitterlich. Jetzt sieht er Nosé.

»He Oida!«, ruft er halb erstickt. »Hülf ma auße do!« Nosé starrt auf den mit Kalk gezuckerten Bänkelsänger, traut seinen Augen nicht. »Heast net gscheit, du Gstöll?«, ruft der Verschüttete lauter. Sein Oberkörper ragt nach der Arbeit seiner schaufelnden Hände weitgehend aus dem Kalk, er vermag wieder frei zu atmen. »Waunst scho söwa nix kaunst, ruaf oan, der ma hülft. I wüll auße do.« Nosé dreht sich weg, seine Blicke tasten die Umgebung ab. Niemand ist zu sehen. Er bewegt sich auf das Pfarrhaus zu. Wieder scheint es eine Weltreise zu sein. Völlig außer Atem kommt er dort an, betätigt den Türklopfer aus Messing. Die Stimme eines jungen Mädchens erklingt.

»Da Hea Pforra is net do. I bin die Lisi.«

»Ist irgendein Erwachsener hier? Es ist ein Notfall.«

»Nua de Gråbnan.«

»Wer?«

»De Gråbnan, die wos grobn tuan.«

»Genau die brauche ich. Bitte hol mir einen.«

»De tant essn.«

»Es ist wirklich wichtig. Sag Ihnen, sie haben einen Lebenden in die Pestgrube geworfen.«

»Des vasteh I net.«

»Sag, jemand ruft aus der Pestgrube.«

»Ana ruaft?«

»Ja.«

»I sågs eana.«

Eine Minute später schließt jemand das Tor zum Pfarrhaus auf.

»Wos wüllst?«, fragt ein bulliger Mann, wischt sich mit dem Handrücken Bratensaft aus dem Bart.

»In der Pestgrube liegt einer, der um Hilfe schreit. Er hat einen Dudelsack.«

»Du kummst da echt komisch vua, wos?«

»Es ist ernst. Er ist halb mit Kalk bedeckt.« Nosé tut sein Bestes, den Mann zu verstehen. Der schaut ihn groß an, dann dreht er sich um.

»Hauns, hea do!«, ruft er ins Innere des Hauses. »Mia haum an Foischn eibuddlt.«

Nosé geht los, auf die Grube zu. Er weiß, die beiden werden ihn ohnehin überholen. Schließlich stehen sie am Rand des Grabens. Einer der Totengräber staunt.

»Fix eini! Jetzt hea mir oba auf, heast.«

»A sowos a«, sagt der andere. Der Mann in der Grube wird ungeduldig.

»Zahts mi jetzt auße, oda wollts Wuazln schlogn?«

»Des is jå da Augustin«, sagt einer der Pfarrbediensteten. »I werd nimma. Oba hallo Mizi.«

»Host wida zvü gsoffn, wos?«, ruft sein Kumpel dem Verschütteten zu.

»Ejs håbs zvü gsoffn, dass ejs net meakts, der atmet no. Jetzt zahts me scho auße.«

»East spülst uns wos aufm Dudlsåck. Oba sche wax.« Die Totengräber lachen. Nosé kann die Heiterkeit nicht teilen, er verfolgt die Szene mit großem Interesse, trägt immer noch die Mappe unterm Arm. Jetzt tauscht er seine Fern- gegen die Lesebrille, holt die Mappe hervor und schreibt fieberhaft. Die Totengräber gehen zurück ins Pfarrhaus, holen ein Seil. Mit Lederschürzen und Mundschutz kehren sie zurück. Einer trägt ein Seil mit einer Schlinge, als wollten sie den Barden aufknüpfen. Nosé schreibt hastig, notiert alles, was er sieht. Die Totengräber werfen dem Dudelsackspieler das Seil zu. Beim dritten Versuch bekommt er es zu fassen, streift die Schlinge um seine Brust. Die zwei Pfarrbediensteten ziehen, Augustin strampelt sich frei. Er kann jetzt auf den Körpern der Toten stehen, streckt einen Arm nach oben.

»Glabst, mir greifn di au«, sagt einer der Totengräber, weist mit dem Daumen hinter sich. »Mia straffna des Sö, du kraxlst auffe.« So geschieht es. Die Totengräber vermeiden den direkten Kontakt mit Augustin.

»Und da Såck?«, fragt der Gerettete. »Des is mei Existenz.«

»Tua söba«, sagt einer der Totengräber und wirft ihm das Seil hin. Augustin nimmt es auf und wirft die Schlinge in die Grube, siebenmal, achtmal, bis sich endlich der Knoten um den Dudelsack schließt und der Barde ihn hochziehen kann. Die »Gråbnan« sind wieder im Pfarrhaus verschwunden, vermutlich um sich zu waschen. Augustin kommt auf Nosé zu, reicht ihm die Hand hin.

»Die Feiawea bist net grod, oba daunk da sche«, sagt er. Nosé zögert, nimmt die Hand und drückt sie, so fest er kann. Augustin spürt es bestimmt kaum. Er wirft sich seinen Dudelsack über die Schulter, winkt noch ein letztes Mal im Gehen oder besser Wanken. Der Restalkohol dampft von seiner Haut wie Nebel vom Novemberwald.

Nosé setzt sich zurück auf seine Bank, schreibt und schreibt, korrigiert, schreibt noch einen Absatz, korrigiert wieder wie im Wahn. Bald sind zehn Stunden vergangen, die Dunkelheit bricht herein. Er klemmt die Mappe unter den Arm, geht zurück in sein Zimmer, arbeitet weiter bei Kerzenlicht bis spät in die Nacht. Am nächsten Morgen greift er sofort wieder nach seinen Schriften. Er verlässt den ganzen Tag nicht das Haus. Nicht einmal der Kinderlärm kann seinen Eifer stören. Aufs Neue schreibt er bis spät in die Nacht. Noch sechs Tage und Nächte schreibt er, dann schlägt er die Mappe zu, zieht wieder sein Jäckchen an und trippelt zur Druckerei in der Innenstadt. Die Reise durch eine Straße und ein paar Gassen dauert fast zwei Stunden. Atemlos wirft er die Mappe hin, zieht sein Portemonnaie aus der Tasche. Ein Vermögen ist nur ein Vermögen, wenn es etwas vermag, erinnert er sich an eines der wenigen Worte, die sein Vater an ihn gerichtet hatte.

»Was kosten zweihundertvierzig Buchseiten im Schmuckeinband mit Satz, ohne Korrektur?«, fragt er den Satzmeister. Er zählt sein verbliebenes Geld, bestellt fünfzig Exemplare. Außerdem gibt er zehn Ausfertigungen des Buches, das er vor Tagen beendet hat, mit einfachem Einband in Auftrag. »Die zehn Bücher sind für die Wiener Buchläden, die fünfzig für das ganze Land. Sie verteilen das schon passend.«

Es ist Zeit, sagt er sich. Er läuft zurück zur Kirche St. Ulrich, setzt sich auf seine Bank.

Dann noch Wien

***

Mit einem Klacken zieht die Druckerpresse Papier auf die geschwärzten Lettern. Der Geselle steht neben dem Gerät, er hält eine Mappe in Händen, liest gelangweilt. Der Meister kommt die Treppe herunter, stellt sich hinter ihn.

»Håst nix zan tuan?«, fragt er ihn, versetzt ihm einen Klaps auf den Hinterkopf.

»De Boartn is glei featig. Kummt daun ans vun de Biacha vun dem Oidn draun?«

»Eastns haßt des ›Barte‹. Lean gscheit redn. Zweitns: Bist narrisch oda wos? Den Oidn seng ma nie wieda. Der is doch scho hålb tot. Du muaßt leanan strategisch zan denkn. Ea hot guats Göd dolåssn. Des kenna ma bessa eisetzn ois fia des Zeigs.«

»Deaf ma des?«

»Ma deaf, wos ma se traut.«

»Und wos måch I mit de zwa Mappn?«

»Damit hazt die Stubn. Ins Feia damit.«

Der Geselle geht mit den Mappen in den Vorraum, wo der Holzofen steht. Seine Tasche liegt dort auf dem Boden. Er steckt die Mappe mit der Geschichte vom Augustin in den Ranzen, die Lebensgeschichte Nosés schiebt er in den Ofen.

***

Nosé wartet. Er betrachtet die Kirche, sieht den gelegentlich vorbeiziehenden Passanten hinterher. Nach einer Stunde trifft ein Wagen mit den Leichen des Tages ein. Arme und Beine baumeln über den Pritschenrand hinaus. Das Pferd schnaubt – man könnte meinen, um den Leichengestank auszuhusten –, schüttelt seinen mächtigen Kopf, steht im nächsten Moment still. An den Spanngurten hat man ein Glöckchen angebracht, von Weitem wahrgenommen zu werden. Nosé erhebt sich, tritt wenige Schritte näher. Die Gesichter der Toten zeigen, sie haben bis zuletzt gelitten; nicht eine erleichterte Miene ist zu finden, nur blankes Entsetzen, Qual. Er erkennt eine Ladnerin wieder, sie hat scherzhaft mit ihm geflirtet, als er für sie ein Flugblatt entwarf. Jeder liebte sie, die Sonne schien auf sie, selbst wenn es regnete. Descartes, erinnert er sich, hat viel über die Beziehung zwischen Geist, Körper und Seele nachgedacht. Nosé hat den Eindruck, im veröffentlichten Ergebnis seiner Überlegungen beugte sich der Philosoph dem Druck der Kirche, welche die Macht besaß, all seine Schriften vernichten zu lassen. Egal. Die Körper auf dem Leichenwagen starren entseelt, puppenhaft pendeln Arme und Beine, Mäuler aufgerissen, von Fliegen umschwirrt. Wohin sollte ihr Geist geflohen sein? War es nicht naiv, zu glauben, dieser komplexe Organismus wäre geschaffen worden, wenn es ohne denselben ebenso gut ginge? Wozu die Sinne, herausgebildet in Jahrmillionen, das Sehen, das Spüren und

all die anderen Wahrnehmungen zu vermitteln, wenn
du einfach entschweben und auf die Welt herabblicken
könntest, zuhören, denken gar ohne Gehirn? Es ist
überheblich, seinen lächerlichen kleinen Geist über das
Wunderwerk des Körpers zu stellen, unsere kleinlichen
Vorbehalte, unsere Hinterfotzigkeit, blanke Ignoranz,
Dummheit, zugleich Selbstherrlichkeit aufgrund von
gar nichts, niente, nada. Das Wunder des Lebens in Re-
lation zu unseren Nichtigkeiten – hallo, ich habe ein
größeres Haus als der Nachbar, bewundere mich! –, einen lachhaften Vergleich ergibt das. Für Nosé ist die
Antwort alternativlos. Du bist Körpergeistseele, und
nichts ist ohne das andere. Denn wie wenig auch Körper ohne Geist ist, zeigt sich auf diesem Leichenwagen,
und was wäre Seele, die sich nicht selbst begreifen
kann im Geist. Letztlich sind diese Begriffe nichtig,
denn schon ihr Vorhandensein trennt. Alles ist Leben,
ist eins – Ende Gelände; Gelände des Augenblicks für
Nosé, schon in Momenten mag sich alles ändern. Wartet das Nichts auf ihn, wie er meint, spielt es keine Rolle, Recht zu behalten, du behältst nichts.

Die Totengräber kommen über die Kellertreppe aus
dem Untergeschoss des Pfarrhauses. Die beiden tragen
wieder ihre Lederschürzen und Masken. Sie sprechen
mit dem Fahrer des Leichenwagens, einem Mann, der
selbst nicht gesund aussieht. Nosé stellt ihn sich unter
den Leichen auf dem Wagen vor. Mit aufgerissenem
Mund voller Maden sieht er ihn, mit verständnislosem
Blick in glanzlosen Augen. Dann sieht er sich selbst auf

die gleiche Weise. Es scheint ihm stimmig. So will er enden. Er fasst an die Beule in seiner Achselhöhle.

Die Totengräber holen eine Leiche nach der anderen vom Wagen, schleppen sie zum Rand der Pestgrube, werfen sie auf eins, zwei und drei zielgenau nebeneinander auf den Kalk am Boden des Grabens. Die eine oder andere Gliedmaße aus der vorherigen Leichenreihe stochert noch aus dem Kalk heraus. Es dämmert. Der Fahrer bricht auf, die nächste Fuhre zu holen. Einstweilen trifft ein anderer Wagen mit Leichen ein. Diese hat man ausgezogen, die Letzten waren bekleidet. Sie kommen alle aus armen Familien, welche die Kleidung brauchen. Man kann sich nicht leisten, darauf zu verzichten. Die Armen sind stärker von der Pest betroffen als der Adel, die reichen Geschäftsmänner und deren Familien. Doch auch vor jenen macht sie nicht halt. Viele verstehen die Seuche als Strafe. Warum Gott die hart arbeitenden Leibeigenen, denen immer nur genommen wurde, am meisten straft, ist schwer zu vermitteln. Die Kirche verlegt sich daher auf die Unkeuschheit, die unter diesen Ständen bunte Blüten triebe. Für ihre Lust würden die Armen gestraft, für ihre Unreinheit in Gedanken und Werken. Die Totengräber stellen Öllampen auf, um bei der hereinbrechenden Dunkelheit noch arbeiten zu können. Nosé sitzt geduldig auf seiner Bank, verfolgt die Arbeit der zwei Pfarrbediensteten. Eine kühle Brise kommt vom Norden her. Nosé erschauert. Die Totengräber paffen ihre Tonpfeifen, während sie die Rückkehr des ersten Leichenwa-

gens erwarten. Schon von Weitem hört man das Glöckchen an den Gurten des Gespanns bimmeln. Die zwei
Raucher legen ihre Pfeifen beiseite, sehen in Richtung
des sich nähernden Wagens. Das ist der Moment, auf
den Nosé gewartet hat. Mit letzter Anstrengung hievt
er sich von der Bank hoch, trippelt rasch auf die Pestgrube zu. Er kann sich nicht fallen lassen, man würde
es hören. Der alte Mann setzt sich an den Rand des
Grabens, rutscht vorsichtig abwärts in die Grube.
Draußen unterhalten sich die Totengräber mit dem
Fahrer.

»Da oide Spinna is weg«, sagt einer von ihnen. »Håt
se gnua begeult aun de Leichn, scheint 's.«

»A kraunke Sau, waunst mi frågst.«

Nosé hat sich zwischen zwei Leichen gelegt, bewegt
sich nicht. Es stinkt. Er hört die Körper der Neuankömmlinge in die Grube purzeln. Einer reiht sich an
den anderen wie die Glieder einer Kette des Todes.

»Des warn ålle fia heit«, sagt einer der Totengräber.
Dann hört man Spaten in den Haufen mit Löschkalk
stechen. Nosé bemerkt, er hat nicht einmal daran gedacht, seine Brille abzunehmen. Der Zwickel hat sich
bei seinem Abstieg nicht von selbst gelöst. Jetzt prasselt
am anderen Ende der Grube der Kalk herab wie Hagel-
schloten. Es scheint ihm eine Ewigkeit, bis die Totengräber an der Hälfte der Grube angekommen eine Pause einlegen. Er atmet flach, versucht, kein Geräusch zu
verursachen. Der Fahrer des Leichenwagens tritt die
Heimreise an, die Totengräber rauchen den Tabak in ih-

ren Tonpfeifen zu Ende. Bald nehmen sie ihre Arbeit wieder auf. Das Prasseln des Kalks kommt näher, klingt lauter. Jetzt spürt er die Wucht des Aufpralls der Masse auf seinem Körper, auf seinem Gesicht zuletzt. Es wird still. Nosé ist ganz in sich abgeschlossen. Die dünne Kalkschicht raubt ihm nicht alle Atemluft, noch saugen seine Lungen einen scharfen Geruch ein, die Haut empfindet den kalten Kalk wie Feuchtigkeit. Noch bin ich. Immer noch. Ich werde einen Übergang vom Leben in den Tod erkennen oder auch nicht. Ist da ein Unterschied?

Da bist du ja, Freundchen. Kennst du mich noch? Wir trafen aufeinander zwischen Andorra und Toulouse. Ich hab mir dein Mädchen geholt – feine Ware. Ich habe sie geschlürft wie alten Wein. Weißt du noch? Du bist meinem Sensenblatt entgangen. Damals. Heute gehörst du mir. Ich komme persönlich, ganz ohne Begleiter. Hilflos bist du und alt, was soll ich da viel Aufwand treiben. Vor sechzig Jahren warst du knusprig wie frische Zweige. Ich wollte dich, den Narren wollte ich, ungeformt, eine Waise nur vor der Welt. Nun nehme ich dich als fahle Kost. Du hast mich betrogen um deine Jahre, das wird sich auswirken, du wirst sehen, ha! Meiner Strafe entgeht man nicht. Ich werde sie dir hinstellen, deine Jacqueline. Du wirst sie sehen, aber nicht erreichen können. Und dann nehme ich sie vor deinen Augen, trinke ihre Unschuld. Ich dringe in sie, wieder und wieder. Das wird fein. Ich freue mich auf dich. Willkommen im Feuer des Nichts!

Was heißt hier schlechtes Ende?
Lies erst mal den Hamlet!

Eine Wolke würgen (2019)

Die Vergangenheit schleudert der Menschheit den Fehdehandschuh in Form eines einzigartigen Höhlengemäldes, das vermeintlich von Neandertalern geschaffen wurde, vor die Füße. Unser Verständnis der Welt und der Rolle des Menschen in ihr stehen infrage. Wer ist das Maß aller Dinge?

Für den erfolglosen Performancekünstler Jan, der die Malereien untersucht, ergeben sich Herausforderungen, die seine Versagensängste auf die Probe stellen. Hat das Werk des Neandertalers mit Jans Leben zu tun, der Beziehung zu seiner Partnerin, seiner Kunst?
… und welche Rolle spielt der Regentanz bei alldem?

Falten werfen (2020)
Projekt Elefantenfriedhof

Es begann mit Sterbehilfe. Die Mächtigen der Wirtschaftswelt erkannten bald ihre Chance, sich der Alten und der sozial oder körperlich Schwachen, die der Gesellschaft Kosten verursachten, zu entledigen.

Im Projekt Elefantenfriedhof wird staatlich organisierte Euthanasie für vermeintlich Freiwillige abgewickelt. Der Krieg Reich gegen Arm schwelt, ohne offen erklärt worden zu sein. Der Tod kommt mit einem Lächeln.

Hans, Zeremonienhelfer bei den pompösen Verabschiedungen im Elefantenfriedhof wird gegen seinen Willen zum Hoffnungsträger der Schwachen.
Die entfesselte Gier einiger droht, zur Auslöschung vieler zu führen.

Shenna (2021)
Die Stimme aus dem Off

In Dublin treibt ein Pädophiler und Kindermörder sein Unwesen. Don, ein gealterter Folk Musiker, verlor durch ihn vor zwei Jahren seine Tochter, Tisha, musste untätig abwarten. Jetzt wird wieder ein Mädchen aus seinem Umfeld getötet, ein weiteres, Shenna, Tishas Freundin, entführt.

Dons Frau, Faye, die nach dem Tod ihrer Tochter in eine posttraumatische Starre fällt, geht eine seelische Verbindung mit Shennas Ängsten ein. Don gerät selbst unter Verdacht, die Misshandlungen begangen zu haben. Er muss Shenna und den Täter finden, um die Verbrechen an den Mädchen zu sühnen.

Durch den Wolf (2021)
Trugbilder eines Verlorengegangenen

Sergej ist Autor im Jahr 1971 in Le Havre, Frankreich. Er scheint keine Vergangenheit zu besitzen. Nach misslungenem Suizid hängt ein anderer Lebensmüder in Sergejs Schlinge. Die Suche nach der Identität des Fremden bringt ihn auf die Fährte seiner eigenen.

Der Autor begegnet uns hier als absurder Konstruktivist. In seinem bislang literarischsten Werk zeigt er uns, wie absurd Erkenntnis tatsächlich konstruiert sein kann.

An den Händen beiden (2022)

Eine bis auf die Knochen abgemagerte Leiche erregt in Andersonville, dem Ort, wo tausende Gefangene gegen Ende des amerikanischen Bürgerkriegs verhungerten, mediales Aufsehen. Ein Anschlag auf das Ansehen der USA in der Welt?

Senior Special Agent Sherman geht dem Verbrechen, das sich zur grausigen Mordserie ausweitet, auf den Grund.

Eine deutsche Kindergeschichte spielt bei der Aufklärung des Falls eine Schlüsselrolle.

Lethe (2022)
Überfahrt ins Nichts

In O., einer Stadt in Österreich, deren Existenz öffentlich geleugnet wird, trifft Liam auf den seltsamen Aro. Die sehr unterschiedlichen Männer lernen in der Stadt Dinge über sich selbst und die sie umgebende Welt, die ihre kühnsten Visionen übertreffen.

Ihr Warten auf den Fährmann zum Überqueren der Lethe, einem Fluss mit mysteriösen Eigenschaften, gerät zur Prüfung ihres Verstandes. Als letztlich ein Feuervogel über der Stadt O. auftaucht, nimmt ihr Schicksal einen ungeahnten Verlauf.

Was nach dem Menschen kam (2023)
Über kurz oder lang

Sein Wimmern klang wie ein leises Gebet. Es war das Gebet zum Ende der Menschheit, der Geburt des Neuen; archaisch wie das rhythmische Drücken der Pfötchen eines frischgeworfenen Jungen an den Zitzen der ersten Säugetiermutter.

»Wenn heute Aliens am Rathausplatz landeten, spräche in zwei Wochen niemand mehr darüber.«
»Doch, die Aliens.«

Ein Roman und eine Hand voll Miniaturen, blanke Lügen über eine Zukunft, die nirgendwo passieren kann, außer in einem zur Unvernunft begabten Gehirn.

Mühle alter Schuld (2023)

Drei Menschen flüchten vor ihren Schuldgefühlen. Geschicke berühren einander im Vorübergehen, Wunde blutet in Wunde. Wer stehenbleibt, wird Teil der Geschichte des anderen. Hinter grauen Schläfen lauern dunkle Geheimnisse. Eine Parallelwelt zerfällt in die nächste. Zeit ist eine Illusion.

Was einen Namen hat, kann man töten.

Eine weitere Sammlung blanker Lügen eines Unvernünftigen. In Dithmar Mayers achtem Roman sehen drei Menschen ihrem Ende entgegen.